Clara-Martha Mai

Dresden – Gift am Altmarkt

Kriminalhauptkommissar Alexander List weiß nicht, ob jemand tatsächlich in seine Privatsphäre eindringt, oder ob er Gespenster sieht. Er ignoriert die Gefahr, bis er selbst in Ermittlungen gerät.

Clara-Martha Mai, ehemalige Dozentin einer sächsischen Polizeischule, schreibt über Ängste, Abgründe und das Gute im Menschen.

Clara-Martha Mai

Dresden –
Gift am Altmarkt

Impressum
Bibliografische Information der Deutschen Nationalbibliothek: Die Deutsche Nationalbibliothek verzeichnet diese Publikation in der Deutschen Nationalbibliografie; detaillierte bibliografische Daten sind im Internet über dnb.dnb.de abrufbar.
© 2022 Autorin Clara-Martha Mai
c/o Autorenservice.de, Birkenallee 24, 36037 Fulda
Umschlaggestaltung Clara-Martha Mai
Titelbild Clara-Martha Mai
Herstellung und Verlag: BoD – Books on Demand, Norderstedt
ISBN 9783756226337

Kriminalhauptkommissar Alexander List hört es genau: In seiner Küche ist jemand. Geschirr klappert und Kaffeeduft weht zu ihm ins Schlafzimmer herauf. Er liegt in seinem Bett, hellwach, nicht fähig nur ein Augenlid zu heben. Eine seiner Stärken ist es analytisch zu bleiben, wenn andere in Panik verfallen.

Was tue ich zuerst, fragt er sich. Er versucht irgendetwas. Nichts funktioniert. Er kann keinen Finger rühren und nicht das Tempo seiner Atmung beeinflussen. Er weiß, das ist kein Traum. Er überlegt, was geschehen ist. Hatte ich einen Unfall? Nein. Nicht, dass ich wüsste. Woran kann ich mich erinnern?

Mühsam kommen die Geschehnisse wieder hervor. Er war gestern zum Sonnenwendfeuer im Bürgertreff von Hellerau, nahe Dresden. Fast alle seiner Nachbarn waren da. Er hat sich unterhalten. Er hat Cola getrunken, weil er nie Alkohol trinkt. Er hat eine Bratwurst gegessen. Er war allein dort. Seine Frau Caro und seine Tochter Laura sind beide verreist. Er müsste jetzt allein sein.

Wer ist in meiner Küche?

Caro? Wie gern würde ich sie rufen, doch ich kann nicht. Wenn mir jetzt eine Fliege in den halb geöffneten Mund kriechen würde, könnte ich sie nicht abwehren.

Caro! schreien seine Gedanken. Seine Frau ist weit weg. Sie ist auf einer Alm, besucht ein Seminar. Kinesiologie. Sie wird noch einige Tage dort sein. Vielleicht ist sie früher zurückgekommen, versuchen sich Alexanders Gedanken an einen Strohhalm zu klammern. Es ist nicht Caro. Sie würde zu dieser Zeit keinen Kaffee kochen, morgens trinkt sie Tee.

Auch Laura, seine Tochter, würde keinen Kaffee kochen. Sie trinkt Kakao. In ihrem Alter ist der Kaffeegeschmack scheußlich. Sie ist auf einer Sprachreise mit der Klasse. Paris. Auch sie wird erst am nächsten Wochenende nach Hause kommen.

Es hämmert in seinem Kopf: Welcher Tag ist heute? Wie lange liege ich schon hier? Ich muss jetzt hochkommen! Ich muss!

Meistens ist Kriminalkommissarin Julia Kranz schon lange vor Arbeitsbeginn an ihrem Arbeitsplatz. Wenn sie das Dienstzimmer aufschließt, hat sie einen kurzen, ehrgeizigen Sprint hinter sich. Zwei Kilometer sportliche Höchstleistung. Sie wohnt in der Dresdner Neustadt. Auf dem Arbeitsweg zu ihrer Dienststelle ins Polizeipräsidium muss sie auf einer Brücke die Elbe überqueren, vorbei an einem Gotteshaus und dann sieht sie schon ihr Ziel. Jeden Morgen konzentriert sie sich an ihrer Haustür, holt tief Luft – und dann gilt es: Sie muss sich selbst übertreffen. In jedem Fall startet sie die Stoppuhr ihres Handys. Sie legt die Regeln fest. Jeden Tag ist es etwas anderes. Manchmal zählt sie die Atemzüge, die sie braucht für ihren Weg. Manchmal spannt sie die Bauchmuskeln an, zehn Schritte fest, einen Schritt loslassen. Manchmal versucht sie die Schrittlänge zu vergrößern, um mit möglichst wenigen Schritten über die Strecke zu kommen. Heute nicht.

Als sie auf der Schwelle ihrer Haustür steht, fällt ihr ein Zettel auf. Jemand hat angezeigt, dass in Kürze junge Katzen abzugeben sind. Sie betrachtet das Foto. Ein Lächeln zieht über ihr ebenmäßiges Gesicht und der Gedanke an junge Kätzchen lässt sie für einen Augenblick den Ehrgeiz vergessen. So schlendert sie heute ohne Eile über die Elbbrücke. Sie hört eine Amsel singen und sie sieht einen Mann auf einem Fahrrad, der versucht eine Tortenschachtel zu balancieren. Die Morgensonne bescheint sie von links und so nimmt sie zum ersten Mal auf diesem Weg ihren Schatten wahr. Eigentlich schade, denkt sie, dass ich an einem so schönen Tag nicht in Sandalen und wehendem Sommerrock zur Arbeit gehen kann. Sicherheit geht vor, ermahnt sie ihren Gedanken. Schuhe, in denen man einen Sprint hinlegen kann, sind Vorschrift. Dazu passt kein flatternder Rock.

Wie jeden Morgen startet sie ihren Computer und während der zum Leben erwacht, holt sie sich einen Kaffee vom Automaten. Dabei sieht sie unausweichlich das Bild ihres Vaters, das am Kaffeeautomaten im goldenen Rahmen hängt. Der Trauerflor war irgendwann abgefallen, doch ihr Schmerz der Trauer nicht. Manche Kollegen sehen ihren stetigen und schnellen Aufstieg als Wiedergutmachung an ihrem Vater an. Er ist im Dienst gestorben. Ausgerechnet Alex ist jetzt ihr nächster Vorgesetzter und unmittelbarer Kollege. Alex, der an jenem Tag mit ihrem Vater unterwegs war, um Personenüberprüfungen durchzuführen. Die beiden Männer waren auch privat befreundet. Auf einigen Familienfotos der Familie Kranz sind auch Alex und seine Frau Caro zu sehen.

Alles war entspannt, damals, als das Unheil geschah. Nichts deutete auf eine Gefahr hin. Die beiden standen vor der Fahrertür eines Autos und wollten die Papiere des Fahrers sehen. Der nickte, lächelte und sagte, dass die Papiere im Handschuhfach auf der Beifahrerseite seien. Er öffnete dieses Fach und in derselben Sekunde knallte es. Julias Vater, Martin Kranz fühlte einen Stich im Hals. Alex hätte ihn sichern können. Er hat die Gefahr nicht erkannt. Nach dem Schuss hat Alex verzweifelt versucht, die Blutung mit seinen eigenen Händen zu stoppen. Vergeblich.

Es gab ein feierliches Begräbnis und eine Gerichtsverhandlung. Der Täter ist längst wieder auf freiem Fuß und die verbüßte Strafe darf ihm nicht zum Nachteil ausgelegt werden. Julia, ihre Mutter und ihre Schwester tragen den Schock jenes Tages noch immer in sich. Ihre Mutter Ingrid war viele Jahre depressiv. Sie sah die Welt nur noch durch die Brille ihres verstorbenen Mannes. Bei jeder Entscheidung war ihr erster Gedanke: Was würde Martin tun, was würde er dazu sagen? Seit einem Jahr versucht sie, sich aus diesem Gedankenkarussell zu befreien. Julias Schwester Tina benimmt sich wie ein Teenager. Sie findet den Weg in ihr eigenes Leben nicht. Sie will alles ausprobieren, sich nicht festlegen. Stellvertretend versucht sie, alle Familienmitglieder zu kontrollieren. Das war bis zu jenem Tag die Eigenart des Familienvaters. Er war der große Beschützer, der Planer und Lenker der Familie. Julia wollte damals Lehrerin werden, studierte auf Lehramt. Nach der

Gerichtsverhandlung konnte sie das nicht mehr. Die Mutter des Mörders trat vor und zeigte dem Gericht Kinderbilder eines braven Jungen. Sie bat um Nachsicht. Sie erklärte, dass dieser gute Junge mit den großen Kulleraugen nur im Schock gehandelt hätte. Er hat es nicht so gemeint. Der Verteidiger projizierte die Bilder mit einem Beamer auf eine Leinwand. Der Mörder ihres Vaters war ein hübsches Kind. Diese Bilder haben sich in Julias Seele eingebrannt. Sie sah von nun an in jedem kleinen Schüler einen zukünftigen Verbrecher. Einen, der grinsend die Werte der Gesellschaft hintergeht. Sie war wie erstarrt. Sie ist es heute noch. Sie schaffte es zu funktionieren, doch sie schafft es kaum zu vertrauen. Außer ihrer Mutter und Alex, vielleicht.

Alex hat sich bis auf den heutigen Tag nicht verziehen, dass er die Bedrohung in jenem Augenblick nicht erkannt hat. Es gab eine Untersuchung und man hat ihm nichts vorgeworfen. Im Herzen gibt er sich die Schuld. Als vor einigen Monaten Julia in sein Zimmer versetzt wurde und sie ihm unterstellt worden war, lastete das tonnenschwer auf seiner Seele. Julia war die Beste. Sie kam aus dem Dezernat Versicherungsbetrug und sie war brillant. Doch mit ihr kam auch Alexanders Schmerz um den toten Freund und Kollegen zurück. Julia hat äußerlich große Ähnlichkeit mit ihrem Vater.

Wie jeden Morgen schaut sich Julia die Meldungen der letzten Nacht an. Einbruch in eine Gaststätte; Randale bei einer Sportveranstaltung; Schmierereien an einem neu gebauten Haus; ein vermisster Jugendlicher - nicht zum ersten Mal; Autodiebstähle; Einbruch in ein Modegeschäft. Das Übliche. Nichts davon wird sie bearbeiten. Sie ist für die Unversehrtheit von Leib und Leben verantwortlich, wie es in der Amtssprache heißt.

Sie öffnet die Datei der Fahndungen. Es ist eine lange Liste. Es sind fast nur Männer, die sich staatlicher Kontrolle entzogen haben. Die Anklagen lauten Steuerhinterziehung, Betrug, Raub, Drogenhandel… Irgendwie geht es immer nur ums Geld, denkt sie. Viele von denen sind wahrscheinlich schon längst nicht mehr in Deutschland. Ein paar Freigänger haben den Weg zurück ins Gefängnis nicht gefunden. Die meisten von denen geben ihre Flucht irgendwann von selbst auf. Sie müssen von etwas leben und das erfordert Registrierung, das Vorzeigen ihres Ausweises – und den haben Insassen der Justizvollzugseinrichtungen nicht.

Auf Alexanders Schreibtisch klingelt das Telefon. Julia steht auf, geht hinüber und nimmt ab. Noch ehe sie sich meldet, schreit jemand am anderen Ende:

„Ihr liegt wohl noch in den Federn? Schlamperei! Seit einer Ewigkeit versuche ich dich zu erreichen, Alex! Seit wann stellst du das Handy aus, wenn du Bereitschaft hast?"

Julia hat die Stimme und auch den Grund der Tirade erkannt. Es ist ein Kollege, der heute in der Einsatzzentrale sitzt. Er wird gleich abgelöst. Er muss müde sein.

„Ich bin es, Julia. Alex ist noch nicht da. Was liegt an?"

„Wieso tippe ich mir die Finger wund, wenn der nicht rangeht? Er steht im Plan!"

„Das weiß ich nicht. Was gibts?" Julias Stimme klingt genervt.

„Eine Meldung aus der Uniklinik. Ein Mann ohne Papiere ist mit schweren Gesichtsverletzungen eingeliefert worden. Der Arzt vermutet, dass es sich um Verletzungen durch einen Schlagring handelt."

„Gut. Ich übernehme das. Wo liegt er? Gib mir die Daten."

Julia notiert sich, was der Kollege ihr mitteilt.

Auf Alexanders Schreibtisch liegt ein Blatt Papier:

Montag Personalgespräch!

Das ist ein wichtiger Termin. Alex wird das doch hoffentlich nicht vergessen haben? Das wäre ein fataler Fehler, wenn der Chef mit ihm über die weitere berufliche Entwicklung sprechen will und er das vergisst. Alex wird doch nicht krank sein, überlegt sie.

Dann schwingt sie sich in ihre Jacke, schaltet ihren Computer aus und fährt ins Krankenhaus, um den neuen Fall zu bearbeiten.

Das Röntgenbild zeigt massive Verletzungen der Wangenknochen, des Unterkiefers und ein gebrochenes Nasenbein. Dann schaut sie auf ein Foto, das der Arzt ihr auf dem Computer zeigt.

„Sehen Sie, hier ist ein Foto seines Gesichtes, nachdem wir die Verschmutzungen gereinigt hatten. Ich denke, das sind die Spuren eines Schlagringes."

Julia sieht vier längliche Verletzungen in einer Reihe auf der Haut. Eindeutig ist das ein Schlagring!

Diese Waffe wird über die vier Finger der Hand gezogen. Eine unscheinbare Schlagwaffe, die die Kraft des Armes bündelt. Ein Faustschlag damit hat die Wucht, wie der Schlag mit einer Keule. Die Dinger sind verboten! Wenn so etwas zur Anklage kommt, wird versuchter Mord verhandelt. Dieser Angriff ist keine einfache Schlägerei. Hier spielt Vorsatz eine Rolle und das fällt ganz klar in Julias Bereich.

„Wie ist die Prognose? Wird er wieder gesund?"

„Wenn wir davon ausgehen, dass keine inneren Verletzungen vorliegen, wird er überleben. Aber es kann sein, dass wir noch einmal operieren müssen. Das bleibt abzuwarten."

„Kann ich mit ihm sprechen?"

„Er ist vor ein paar Minuten erst aus dem Aufwachraum gekommen. Wir mussten eine Not-OP durchführen, um die Atemwege freizubekommen. Ich weiß nicht, ob er schon mit Ihnen reden kann."

„Ich schaue ihn mir trotzdem an."

Vor ihr liegt ein schlafender Mann mit einem großen Pflaster über der zerschmetterten Wange. Sein Alter ist schwer zu schätzen. Vielleicht ist er vierzig, fünfzig Jahre alt? Obwohl er liegt und zugedeckt ist bis zur Brust sieht Julia, dass er einen gedrungenen Körperbau hat und nicht ganz schlank ist. Schöne Männer sehen anders aus, denkt sie.

Sie spricht ihn an: „Können Sie mich hören? Können Sie mir Ihren Namen nennen? Wie heißen Sie?"

Der Mann reagiert nicht. Seine Augen sind geschlossen und die Atmung ist flach. Er schläft. Julias Blick fällt auf seine Hand. Zwischen Zeigefinger und Daumen sind drei kleine Pünktchen tätowiert. Julia kennt dieses Zeichen. Es ist das Zeichen dafür, dass man im Gefängnis gesessen hat und einen Ehrenkodex einhält. Nichts sehen, nichts hören und nichts sagen. Hat er doch etwas gesehen, etwas gehört und dann etwas gesagt? Julia denkt, das sieht nach einem Konflikt unter Gefangenen aus. Sie runzelt die Stirn. Auch wenn er wach wäre, würde er mir nicht sagen, was er weiß und was er gesehen hat. Diesen Hinweis hat er bereits geliefert.

Julia bittet eine Krankenschwester ihr zu helfen. Sie wird seine Fingerabdrücke nehmen und dann wird sie wissen, wer dort liegt. Wer im Gefängnis war, ist erkennungsdienstlich behandelt worden. Während Julia die Finger auf die Unterlage drückt, öffnet er kein Auge.

Julia fragt die Krankenschwester: „Wo ist er gefunden worden, wie kam er hier her?"

„In den Unterlagen steht, dass er von einer Frau am Hellerauer Marktplatz gefunden wurde. Sie betreibt dort eine Postagentur und verkauft Zeitungen und Schreibwaren. Sie hat den Krankenwagen gerufen."

Julia notiert sich die Adresse. Ganz in der Nähe wohnt Alex.

Wieder im Polizeipräsidium veranlasst Julia, dass die Fingerabdrücke ausgewertet werden.

Alex ist noch immer nicht erschienen. Sie ruft ihn auf dem Handy an.

„Der Teilnehmer ist im Augenblick nicht erreichbar", sagt eine Stimme.

Komisch. Warum geht er nicht ran? Als Nächstes wird sie nach Hellerau fahren, um die Zeugin zu befragen, die heute Morgen den geschlagenen Mann gefunden hat. Doch vorher wird sie bei Alex klingeln und fragen, was los ist. Ein bisschen unwohl ist ihr dabei. Man kontrolliert den Chef nicht.

Julia macht sich Sorgen. Vielleicht ist er krank, braucht Hilfe? Bei solchen Gefühlen hat sie sich noch nie geirrt. Andererseits hat sie noch nie dafür Anerkennung erhalten. Im Gegenteil. Einmal hat man sie deshalb als hysterisch bezeichnet, doch das ist sie keinesfalls.

Als Julia vom Gartentor bis zu Alexanders Haustür geht, überlegt sie, wie sie ihr Erscheinen begründen soll. Sage ich, dass ich ihn abholen wollte? Frage ich, ob er verschlafen hat? Soll ich überhaupt klingeln? Er ist der Chef und wenn er nicht zur Arbeit kommt, dann ist das nicht meine Angelegenheit…

Doch als sie vor der Tür steht, braucht sie keine Erklärung mehr. Alexanders Haustür steht halb offen. Sie sieht seine Lederjacke im Flur an der Garderobe hängen. Seine Waffe, ist ihr erster Gedanke! Sie beruhigt sich gleich wieder: Alex nimmt seine Waffe nicht mit in sein Privatleben. Wenn er Feierabend hat, bleibt die im Waffenschließfach im Präsidium. Julia schaut, warum die Tür offen ist. Ein kleiner Betonbrocken liegt zwischen Rahmen und Türblatt und verhindert, dass die Tür ins Schloss fallen kann.

„Alex", ruft sie von außen, „bist du hier?"

Sie lauscht, doch es kommt keine Antwort. Wenn seine Jacke hier hängt, dann ist er auch zu Hause. In den Taschen hat er alles verstaut, was er braucht: ein Schlüsselbund, seine Dienstmarke und den Dienstausweis, Tüten für die Sicherstellung von Beweismitteln und auch die Handschellen. Sie muss nicht mehr nach einem Grund suchen, um nach Alex zu sehen. Jetzt hat sie einen: Gefahr in Verzug.

Sie zieht ihre Waffe und ruft noch einmal: „Alex, wo bist du?"

Keine Antwort. Ein leises Geräusch vom Obergeschoss.

Sie sichert die Räume des Erdgeschosses mit einem Blick. In der Küche schaut sie hinter die Tür, ob sich dort jemand versteckt hat. Es ist niemand da. Dann schaut sie die Treppe hinauf. Auch dort ist niemand zu sehen. Jetzt hört sie deutlich, dass oben jemand ist. Da bewegt sich jemand.

Zwei Stufen auf einmal, die Waffe schussbereit, stürmt sie die Treppe hinauf. Die Schlafzimmertür ist offen und Alex liegt im Bett. Er atmet. Das sieht sie von der Tür aus. Sie kontrolliert oben die anderen Räume. Als sie sicher ist, dass außer ihr und Alex niemand im Haus ist, steckt sie ihre Waffe wieder ein. Sie weiß, dass etwas nicht stimmt. Er hätte auf ihr Rufen geantwortet, wenn er gekonnt hätte. Doch er liegt starr im Bett. Seine Augen sehen sie an. Seine Pupillen bewegen sich. Aber er antwortet nicht.

„Alex, was ist los?"

Alex hat überhaupt kein Zeitgefühl. Mit Julias Hilfe hat er es nach unten in die Küche geschafft. Die Küchenuhr zeigt zehn nach zehn und es ist hell. Vormittag, schlussfolgert er. Nach dem Wochentag zu fragen, wagt er nicht. Niemand darf davon erfahren, dass irgendetwas nicht stimmt und Julia erst recht nicht. Alles, was in diesem Haus geschieht, ist absolut privat.

Wenn Alex eine schnelle Augenbewegung macht, wird ihm schwindlig und er sieht doppelt. Sein Kopf fühlt sich an, wie in Watte gepackt. Julia dreht ihm den Rücken zu. Sie greift nach der Kaffeekanne und stutzt.

„Wann hast du Kaffee gekocht? Der ist noch warm."

„Nicht den, den mag ich nicht. Brüh mir einfach einen auf."

Julia füllt Wasser in den Wasserkocher und nimmt die Tasse mit dem Elefantenbild vom Regal. Es ist Lauras Tasse. Die darf normalerweise niemand anrühren. Alex bleibt still. Julia sieht, dass im Spülbecken ein Messer liegt, an dem Nuss-Nougat-Creme klebt.

Alexanders Blick hängt an seinem Schlafanzug. Er denkt: Gestern Abend muss noch alles in Ordnung gewesen sein. Sonst hätte ich mir nicht den Schlafanzug angezogen. Eine Hand tastet nach seinem Kinn. Er hat sich auch gestern, wie immer vor dem Schlafengehen, noch ordentlich rasiert. Meistens kommt die Einsatzmeldung überraschend und es bleibt keine Zeit mehr für die Rasur. Alex hasst es, wenn er wie ein Igel aussieht. Deshalb hat er sich angewöhnt die Rasur vor dem Schlafengehen zu erledigen. Gestern hat er es getan.

„Wie bist du hier reingekommen, Julia?" Alex bringt es nur mühsam hervor.

„Die Haustür stand offen."

„Was? Wieso?"

Julia gießt heißes Wasser in die Tasse mit dem Kaffeepulver.

„Wieso stand die Haustür offen? Sie hat einen Mechanismus, dass sie immer ins Schloss fällt."

„Blockiert." Julia geht und holt den kleinen Betonbrocken, der in der Tür klemmt.

„Zeig!"

„Das lag dazwischen. Deshalb ging sie nicht zu."

Alex betrachtet ihn und schüttelt den Kopf. Ihm wird davon wieder schwindelig. Dieses Stück Beton könnte er nirgendwo seinem Haus zuordnen. Wie ist das dorthin gekommen? In der Nähe der Haustür ist seit mehr als zehn Jahren nicht mehr betoniert worden. Alex trinkt einen Schluck Kaffee.

„Julia, was machst du hier? Weshalb bist du gekommen?"

„Zeugenbefragung. Die Inhaberin des kleinen Ladens am Markt hat einen Mann mit Schlagringverletzung gefunden. Ich will hören, ob sie etwas beobachtet hat."

„Tot?"

„Nein, verletzt."

„Ich ziehe mich schnell an und komme mit." Alex versucht aufzustehen und setzt sich gleich wieder hin. „Ich glaube, ich trinke erst meinen Kaffee."

„Auf deinem Schreibtisch liegt ein Zettel, dass du heute ein Personalgespräch hast. Weil du nicht gekommen bist, dachte ich, dass ich mal nachschaue. Naja, und dann stand da deine Haustür offen."

„Sch…", flucht Alex. Das Personalgespräch ist in einer Stunde. Er muss ins Präsidium. „Danke, Julia. Es wird schon wieder. Mir gehts schon besser.

Es ist wahrscheinlich eine Migräne." Alex stützt sich hoch und fällt auf seinen Stuhl zurück.

„Soll ich den Chef anrufen und sagen, dass wir bei einer Zeugenbefragung sind?"

Alex nickt.

„Ich gehe jetzt und frage die Frau. Dann komme ich zurück und fahre dich zu einem Arzt. Du solltest das untersuchen lassen. Vielleicht hattest du einen Schlaganfall."

Alex wird dienstlich: „Du gehst jetzt zu der Zeugenbefragung und ich entscheide danach, wie es weiter geht."

Als Julia nach mehr als einer Stunde zurückkommt, sitzt Alex angezogen vor einer weiteren Tasse Kaffee.

„Wie gehts dir, Alex?"

„Gut, besser. Sag, was hat die Befragung ergeben?"

„Die Ladeninhaberin hat bei Ladenöffnung die Werbeschilder vor die Tür getragen. Auf der anderen Straßenseite ist eine kleine Grünanlage mit Bäumen."

Alex nickt. „Ja, ich weiß."

„Auf einer der Bänke hat etwas Merkwürdiges gelegen. Sie hat nachgesehen und einen Mann mit blutigem Gesicht auf der Bank liegend gefunden. Er hat gestöhnt. Sie ist in den Laden gelaufen und hat einen Rettungswagen gerufen. Das war schon alles, was sie ausgesagt hat."

„Hat sie andere Personen gesehen, Fahrzeuge, Geräusche?"

„Ich habe sie eingehend befragt und sie hat nichts vom Hergang gesehen, gehört oder wahrgenommen. Die hat den Mann gefunden und die Rettung angerufen. Das wars."

„Was war im Krankenhaus? Was waren dort die Fakten?"

„Alex, du bist nicht arbeitsfähig. Du musst zu einem Arzt."

„Das muss ich selbst am besten wissen. Ich hatte heute Morgen eine leichte Unpässlichkeit, doch jetzt geht es wieder. Wahrscheinlich habe ich gestern Rauch vom Feuer eingeatmet."

„Alex, du und ich wissen, was Kriminalität für Auswüchse haben kann. Wer weiß, was dir wirklich geschehen ist. Du musst dich untersuchen lassen. Was, wenn es jemand auf dich abgesehen hat? Du hast unzählige Kriminelle in den Knast gebracht. Was, wenn nun einer den Spieß umdreht und dich schachmatt setzten will?"

Alex fühlt einen Stich im Herzen. Wenn er damals so viel Fürsorge für seinen Freund und Kollegen Martin empfunden hätte, wie sie jetzt für ihn, wäre Julias Vater noch am Leben.

„Danke, Julia. Es tut gut, dass du dir Gedanken machst." Alex stützt sich hoch und sagt im Stehen: „Mir geht es gut. Ich habe es gestern wahrscheinlich ein wenig übertrieben. Das werden wir nicht an die große Glocke hängen. Ich habe heute mein jährliches Personalgespräch. Das ist ein überaus wichtiger Termin. Lass uns gehen." Alex steht ein wenig schwankend, als er das Küchenfenster schließt. „Kannst du bitte oben das Fenster schließen, Julia?" sagt er und sie weiß, dass es ihm viel schlechter geht, als er zugibt.

Im Schlafzimmer sieht es unordentlich aus. Das Bett ist nicht gemacht, eine Zeitung liegt auf dem Boden und auf dem Nachttisch steht eine leere Wasserflasche. Alexanders Telefon liegt ausgeschaltet auf einer kleinen Kommode. Sie nimmt das Telefon und bringt es Alex, nachdem sie das Fenster geschlossen hat.

„Wo lag das Handy?", fragt Alex.

„Auf der Kommode neben der Tür."

„Komisch! Hast du es ausgeschaltet?"

„Nein."

Alex tippt die Geheimzahl ein und startet das Telefon wieder. Unzählige Anrufe in Abwesenheit, Kurznachrichten und E-Mails werden gemeldet.

Als er zur Tür geht, hält er sich mit einer Hand an den Möbeln fest.

Am Fuß der großen Treppe im Foyer des Polizeipräsidiums steht die Informationstafel der Kantine mit der Ankündigung: Spaghetti Bolognese und Gurkensalat. Keiner der beiden achtet darauf. Sie haben anderes im Sinn. Alex muss zum Personalgespräch und Julia hört schon am Klingelton ihres Handys, dass die Einsatzzentrale anruft. Es ist wieder ein Notruf reingekommen, um den sie sich jetzt kümmern muss.

Am oberen Ende der Treppe geht Julia nach links in ihr Dienstzimmer. Alex schwenkt nach rechts ins Büro seines Chefs, dem Leiter der Mordkommission, Polizeirat Hans-Jürgen Germer. Alex wird gleich über seine Zufriedenheit mit seiner beruflichen Entwicklung befragt. Das ist jedes Jahr ein wiederkehrendes Ritual. Er erinnert sich noch gut an das vom letzten Jahr: „Wie geht es dir, in deiner beruflichen Stellung? Fühlst du dich ausgelastet, unterfordert, überfordert? Wo siehst du dich in fünf und wo in zehn Jahren?" Germer versteht es meisterhaft eine zwanglose und freundliche Atmosphäre aufzubauen und manchmal vergisst man, in welcher Situation man sich befindet. Es ist eine knallharte Prüfung.

Vor Jahren fragte ihn Germer am Ende eines solchen Fragespieles kumpelhaft, als Alex schon im Gehen war: „Und wohin steuert Käpt'n Alex sein privates Schiff?"

Er hatte sich schon erhoben und die Erleichterung über das Ende dieser Unannehmlichkeit war ihm anzusehen. Was sollte er so schnell auf diese unerwartete Frage antworten? Schließlich ist es Germer, der über Aufstieg oder Untergang entscheidet und hinter Alexanders Position stehen mindestens hundert Beamte, die ihn sofort ersetzen würden.

Alex sagte damals nach der Bedenkzeit von einer Sekunde: „Zehn Kilo abnehmen und aus den Kindern ordentliche Menschen machen."

Wenn er sich heute daran erinnert, hätte er besser einen Hustenanfall vorgetäuscht, als diese Antwort zu geben. Von den zehn Kilos, die er abnehmen wollte, trägt er noch immer neun mit sich herum und was die Kinder betrifft, so ist - zumindest bei seinem Stiefsohn - das Gegenteil eingetreten. Germer weiß das und er wird seine Schlussfolgerungen zu Alexanders Führungsqualitäten gezogen haben. Seine fünfzehnjährige Tochter Laura ist eine gute Schülerin, aber sie opponiert gegen alles, was von ihm kommt. Sie würde ihn gern aus ihrem Leben verbannen. Sie schämt sich für den Beruf ihres Vaters. Seit der zweiten Klasse hat sie keine Freunde mehr mit nach Hause gebracht. Einer ihrer Klassenkameraden hat schlecht über den Beruf des Polizisten geredet und andere haben ihm zugestimmt. Seitdem wünscht sie, dass ihr Vater Handwerker oder Busfahrer wäre. Laura ist noch der leichtere Fall, im Vergleich zu seinem Stiefsohn Jonas. Der ist schon vierundzwanzig und er macht Alex und Caro richtig Sorgen.

Germers Vorzimmertür steht offen und auch die Zimmertür zu Germer selbst.

„Komm rein, Alex!", hört er von drinnen. Jetzt gibt es kein Zurück. Ein Zögern, ein rotes Ohr oder ein Räuspern könnten als taktisches Ausweichen gewertet werden. Wenn Alex eine Wahl hätte, dann würde er die regelmäßige Fitness-Kontrolle diesem Gespräch vorziehen. Diese Kontrollen enden immer damit, dass Alex eine Zerrung oder Prellung hat, sich völlig verausgabt und sich anschließend eine Woche elend fühlt. Ausgerechnet heute, wo er selbst nicht sagen kann, wie es ihm geht.

Er hat ein böses Gefühl im Bauch.

„Willst du ein Wasser?", fragt Germer.

Alex nickt. An einem Glas kann man sich notfalls ein wenig festhalten.

„Alex, was gab es denn heute Morgen, dass du mich versetzt hast?"

„Schwere Körperverletzung mit einem Schlagring, ganz in meiner Nähe."

„Mit Todesfolge?"

„Nein, das Opfer liegt in der Uniklinik."

„Konnte Frau Kranz das nicht allein machen?"

Alex zieht die Augenbrauen hoch und weiß nicht, was er sagen soll. Natürlich hat Julia das allein gemacht.

Germer lacht: „Gib es zu, du hast gedacht, dass du so dem Personalgespräch entgehen kannst!"

„Erwischt!"

„Du siehst blass aus. Ist alles in Ordnung? Wenn du dich krank fühlst, dann werden wir das verschieben. Du musst es nur sagen."

„Alles in Ordnung! Meinetwegen können wir."

Eine Reihe von jährlich wiederkehrenden Fragen beantwortet Alex routiniert mit „Ja!", „Gut!", „Natürlich!" und „Selbstverständlich!" Er hört sie seit vielen Jahren und er weiß genau, was er darauf antworten muss. Doch dann trifft es ihn wie ein Blitz: „Alex, wie schätzt du deine Teamfähigkeit ein?"

„Bestens, volle Punktzahl", antwortet Alex lächelnd.

„Wieso hinterlässt du keine Information, wenn du außer Haus gehst? Es gibt Beschwerden darüber."

„Das kann nicht sein! Wer hat das gesagt?"

„Der Leiter der Kriminalpolizei, Polizeioberrat Dr. Wiegold."

Wiegolds Vorgesetzter ist der Polizeipräsident persönlich.

Alex denkt, es gibt nur einen, der sich für wichtig genug hält, um überall einen Vorrang zu bekommen: Staatsanwalt Jens Volkmann. Er hat Alex im letzten Jahr einmal gefragt, ob der Herr Kriminalhauptkommissar sich absichtlich verstecken würde, wenn er eine Frage hätte. Alex hielt es für einen Scherz. Er hat gelacht und gesagt: „Jeder wie er kann!" Jetzt bereut Alex, dass er nicht vorsichtiger war.

Volkmann hat privaten Kontakt zu Wiegold. Sie gehören dem gleichen Golfclub an. Alex fühlt sich, als hätte ihm jemand auf den Kopf geschlagen. Er will protestieren, doch ehe er die richtigen Wörter findet, legt Germer nach:

„Das ist mir auch schon aufgefallen, dass man immer vor verschlossener Tür steht, wenn man von dir was will. Wenn man telefonisch versucht, dich zu erreichen, ist entweder besetzt, oder du gehst nicht ran. Heute Morgen soll das Telefon sogar ganz ausgeschaltet gewesen sein. Das hat der Kollege aus der Einsatzzentrale gemeldet."

Alexanders Empörung kennt keine Steigerung. Er ringt nach einer Antwort. „Ermittlungen. Ich hatte Zeugen zu befragen und Ermittlungen zu leiten. Das geht nur selten vom Schreibtisch aus."

„Falsch!", donnert Germer. „Die Ermittlungen leitet der Staatsanwalt. Du recherchierst nur die Fakten. Wenn du glaubst, dass du hier etwas zu leiten hast, dann erklärt das, warum du nie da bist, wenn man dich braucht."

Alex erscheint es, als ob das ganze Zimmer in weißem Licht erstrahlt. Er hört, dass Germer wie aus weiter Ferne auf ihn einredet. Dann hört es sich an, wie Elfengesang.

„Alex! Alex!", hört er Germer schreien.

Alex sitzt noch immer im Sessel in der Sitzgruppe, ist aber weit nach vorn gerutscht. Sein Kopf liegt – nach hinten gebeugt – auf der Polsterlehne und über ihm ist das Gesicht von Germer.

„Was?"

„Hier, trink erst mal einen Schluck." Germer hält ihm das Glas hin.

Alex trinkt, schnappt nach Luft und zischt: „Ich habe mir hier für euch den Arsch aufgerissen und jetzt das?"

„Deine Fäkalsprache verbitte ich mir!"

„Ich habe tausende Überstunden gemacht! Ich bin zu jeder Tages- und Nachtzeit erreichbar gewesen. Ich bin nicht der Sklave des Staatsanwaltes! Ich bin Kriminalhauptkommissar!" Alex trinkt in einem Zug das Glas aus.

„Was die Überstunden betrifft, die sind mit deinem Gehalt abgegolten. Das steht im Vertrag und den hast du damals mit Freuden unterschrieben. Auch die Erreichbarkeit ist Teil deines Vertrages und mit genau diesem

Punkt gibt es jetzt Schwierigkeiten. Ich erwarte, dass sich das ab sofort bessert."

Alex nickt.

„Nachdem wir den Punkt Teamfähigkeit nun geklärt haben, kommen wir zur Kritikfähigkeit. Wie schätzt du dich in diesem Punkt selbst ein?"

Julia steht wieder im Arztzimmer in der Universitätsklinik. Sie hat einen neuen Fall. Diesmal ist es die Intensivstation und der Grund ist eine Frau.

„Wir haben ihr den Magen ausgepumpt und den Inhalt untersucht. Es war nicht klar, ob sie Gift genommen hat oder etwas anderes vorlag. Deshalb sind wir systematisch vorgegangen. Die Untersuchung hat ergeben, dass sie Parathion im Magen hatte."

Der Name sagt ihr nichts.

„Parathion ist eine chemische Verbindung, die man bis in die 70er ganz legal kaufen konnte. Es war ein Pflanzenschutzmittel mit der Handelsbezeichnung E605. Der Volksmund nannte es Schwiegermuttergift."

„Davon habe ich gehört", sagt Julia, „Jedoch hatten wir noch nie so einen Fall, soviel ich weiß. Wie hat sie das Gift genommen und wo kommt es her?"

„Das sind wohl eher Fragen, die ich an Sie weitergebe. Einen vorsätzlichen Suizid würde ich an Ihrer Stelle ausschließen. Wer weiß, wie dieses Zeug wirkt, hält Abstand."

„Wie wirkt es?"

„Zuerst beginnt es mit Übelkeit, später Erbrechen. Dann kommt es zu Krämpfen und unwillkürlichen Muskelkontraktionen, begleitet von Schmerzen. Diese Phase kann lange dauern. Schließlich kommt es zu Lähmungen und je nachdem, wie die Konstitution des Betroffenen ist, setzt entweder die Atmung aus oder das Herz bleibt stehen."

„Wie lange dauert dieser Prozess?"

„Das hängt von der Menge ab, die eingenommen wurde. Diese Frau liegt seit gestern Abend hier und kämpft um ihr Leben."

„Wie ist die Prognose?"

Der Mann im weißen Kittel schüttelt den Kopf. „Wir können nur lindern. Gegen Parathion gibt es nichts."

„Wer hat sie gebracht?"

„Sie hat noch selbst den Notarzt angerufen. Als der eingetroffen ist, hatten die Lähmungen gerade eingesetzt. Sie konnte uns keine Auskunft mehr geben."

„Hat sie jemand begleitet?"

„Das weiß ich nicht. Ich war gestern Abend nicht im Dienst." Er drückt Julia einige Papiere in die Hand. „Hier sind die Kopien der Einlieferungsbelege. Mehr weiß ich nicht."

„Sie denken, dass sie es nicht überlebt?"

„Wunder gibt es immer wieder."

„Wie heißt die Frau?"

Der Mann übergibt ihr eine Handtasche. Julia findet einen Personalausweis. Martina Müller, geborene Wiesner. 16.5.1949. Die Adresse im Personalausweis ist nicht identisch mit dem Ort der Abholung.

„Hier steht noch eine Notiz vom Labor", sagt der Arzt, „Das Parathion wurde früher üblicherweise vom Hersteller mit dunkelbrauner Farbe und einem widerlichen Geruchszusatz vergällt. Man wollte so verhindern, dass man das Gift unbemerkt jemandem verabreichen kann. Das hier verwendete Gift ist unvergällt. Das bedeutet, dass es nahezu geruch- und geschmacklos ist. Offenbar ist es kein alter Restbestand."

„Aha. Können Sie mir auch von dieser Information eine Kopie geben?"

Er reicht ihr ein bedrucktes Blatt Papier aus dem Drucker.

Julia schaut durch die Glasscheibe der Schiebetür. Drinnen versorgt eine Krankenschwester die vergiftete Frau. Martina Müller liegt mit geschlossenen Augen und scheint nicht bei Bewusstsein zu sein. Ein durchsichtiger

Schlauch mit zwei kleinen Stutzen versorgt ihre Nase mit zusätzlichem Sauerstoff.

Julia hat es gelernt, sich von ihrer Arbeit zu distanzieren. Sie kann nicht jeden Schmerz in ihr eigenes Gefühlsleben lassen. Das würde sie krank machen und ihre Arbeit beeinflussen. Doch der Anblick dieser Frau tut ihr weh.

Julia ruft die Kollegen von der Kriminaltechnik an. Sie erklärt kurz die Lage und gibt die Adresse an, wo man Frau Müller abgeholt hat. Es ist ein Apartment am Altmarkt. Dann fährt sie ins Präsidium.

Als sich Alex von Germers Sessel erheben will, versagen seine Beine. Er plumpst zurück.

Eben hat er sich anhören dürfen, dass er auf Kritik aggressiv reagiert. Germer, der für ihn immer ein Freund gewesen ist, hat seine Welt zum Einsturz gebracht. Germers letzter Satz hallt ihm noch in den Ohren: „Alex, du musst an dir arbeiten! Kollegen, die nach Gutsherrenart mit anderen umspringen, können wir hier nicht gebrauchen. Du bist ein wichtiger Teil vom Ganzen, ein Rad im Getriebe, aber eben nur ein Teil und nicht..."

Alex springt taumelnd auf, hält sich die Hand vor den Mund und rennt schwankend zur Toilette.

‚Julia hat den Computer gestartet. Die Auswertung der Fingerabdrücke des Mannes mit der Schlagringverletzung ist da. Rolf Unruh, geb. 4.11.1976. Der Mann wohnt am anderen Ende der Stadt. Er war Buchhalter und hatte eine Verurteilung wegen Betruges und Unterschlagung. Vier Jahre, von denen er zwei abgesessen hat. Vorzeitige Entlassung wegen guter Führung, trotz schlechter Sozialprognose. Seine Frau hatte sich scheiden lassen, während er einsaß. Julia druckt diese Information aus, genauso wie das Passfoto und die Daten zur Person. Sie geht in die kleine Abstellkammer am Ende des Flures, holt eine fahrbare Pinnwand in ihr Zimmer und eröffnet damit den neuen Fall.

Ihre Gedanken sind bei Alex. Sie versucht zu verstehen, was sie heute Morgen in seinem Haus gesehen hat. War er gestern betrunken? Niemals, nicht Alex! Ist er krank? Hatte er unliebsamen Besuch? Bei der letzten Überlegung krallen sich die Gedanken fest. Er wollte den fertigen Kaffee nicht trinken. Es lag ein benutztes Messer mit Schokocreme in der Spüle. Das hat garantiert nicht er benutzt. Er isst so etwas nicht. Caro und Laura sind seit Tagen nicht da. Was ist in seinem Haus geschehen? Sie würde ihn gern fragen, doch sie weiß, dass er ihr nicht antworten wird.

Noch einmal geht sie, um eine weitere Pinnwand zu holen.

Sie recherchiert im Einwohnermeldeamt, wer in der Wohnung am Altmarkt polizeilich gemeldet ist, aus der Martina Müller abgeholt wurde. Es ist die Adresse ihrer Schwester. Frau Wanda Wiesner, geboren am 30.9.1951. Die vergiftete Frau Müller ist wohnhaft in Radebeul, einer Kleinstadt nahe Dresden. Julia druckt gerade die Informationen und Fotos aus, als ihr Telefon klingelt. Der Klingelton sagt ihr, dass es Polizeirat Germer ist. Sie beeilt sich, um den Anruf entgegenzunehmen.

„Kommen Sie sofort in mein Büro!"

Zehn Sekunden später klopft sie an seine Tür.

„Frau Kranz, ich muss Sie nicht daran erinnern, dass Sie uneingeschränkt der Wahrheit und der Strafverfolgung verpflichtet sind?", fragt Germer.

„Natürlich nicht!"

„Dann will ich jetzt in allen Details wissen, was Sie zu Ihrem Teamleiter zu sagen haben. Es gibt Hinweise, dass da etwas im Hintergrund läuft."

„Was? Davon weiß ich nichts!"

„Halten Sie mich für dumm?"

„Nein! Keinesfalls."

Germer schaut sie an, wie früher ihr Vater, wenn er sie bei etwas Verbotenem erwischt hat.

Schließlich berichtet sie haarklein, was sie heute Morgen erlebt hat.

„Gut, das wusste ich schon", blufft Germer. „Ich verpflichte Sie hiermit, mir jede noch so unbedeutend erscheinende Kleinigkeit zu berichten."

„Alex ist mein nächster Kollege und Chef. Er wird das als Vertrauensmissbrauch werten."

Germer lacht sarkastisch.

Auf dem Rückweg in ihr Dienstzimmer grübelt Julia, woher Germer wusste, was sich heute Morgen abgespielt hat. Doch die Gedanken sind verflogen, als sie die Tür öffnet. Alex sitzt an seinem Schreibtisch, einen Becher Kaffee vor sich und er telefoniert.

„Nein, mir geht es gut. Es gibt keinen Grund zur Beurlaubung."

Seinem Gesicht ist anzusehen, dass Wut in ihm tobt.

„Wenn das eine Anweisung ist, dann muss ich der wohl folgen. Gut, ich gehe."

Alex legt auf und sieht Julia mit verkniffenen Augen an: „Danke, gut gemacht, Judas! Was versprichst du dir davon? Willst du meinen Posten?"

Er zieht sich seine Jacke an, fährt den Computer herunter und geht ohne Gruß.

Julia fühlt sich, als wäre sie mit kaltem Wasser übergossen worden. Sie hätte sich verteidigen müssen, hätte etwas erwidern sollen, doch sie hat kein Wort herausgebracht. Alex, denkt sie, das ist nicht wahr!

Minutenlang hat sie nur so dagesessen. Was war geschehen? Wo lag ihr Fehler? Sie fühlt sich, als wäre das ihr neuer Fall. Sie hat nur eine Hand voll Puzzlesteine, die überhaupt keinen Zusammenhang ergeben. Sie überlegt einen Augenblick, was das Wichtigste ist. Alex! Doch daran wird sie sich im Moment die Zähne ausbeißen. Abwarten, beschließt sie. Einen Moment überlegt sie, ob sie ihm hinterherläuft. Nein. Sie muss sich um die Vergiftung kümmern. Das hat die höchste Priorität. Doch sie entscheidet sich anders. Sie muss die Angelegenheit mit Alex wieder ins Lot bringen.

Sie beruhigt ihre Zerrissenheit damit, dass die Spurensicherung nach den Ursachen der Vergiftung sucht und die Leute im Krankenhaus alles tun, um Frau Müller am Leben zu halten. Sie fährt nach Hellerau. Sie wird, sollte jemand fragen, vorgeblich im Fall der Schlagringverletzung ermitteln. Sie muss Zeugen finden, die gestern Rolf Unruh gesehen haben. Irgendwo muss er ja gewesen sein. Aber in Wahrheit geht es ihr nur darum, wieder mit Alex klarzukommen. Wenn sie das nicht schafft, wird sie alles verlieren, was in ihrem Leben Bedeutung hat. Ihre Karriere.

Keiner der Kollegen würde mit ihr jemals wieder zusammenarbeiten, wenn es den Anschein hätte, dass sie über seine berufliche Leiche gegangen wäre. Noch bevor sie sich von ihrem Stuhl erhebt, klopft ihr Herz, als hätte sie einen 1000-Meter-Sprint hingelegt.

Wie ein Strahlenkranz sind die kleinen Straßen um den Hellerauer Marktplatz angeordnet. Freitags stehen im Zentrum Marktwagen mit Fleisch, Käse und Gemüse. Heute ist der Platz zur Hälfte mit parkenden Autos gefüllt. An einer Seite des Platzes, ein Stück erhöht, ist eine kleine Parkanlage mit Bäumen und Bänken. Auf einer dieser Bänke lag heute Morgen Rolf Unruh mit blutendem Gesicht. Die Kollegen der Spurensicherung sind schon wieder abgerückt. Sicher war die Spurenlage dürftig. Julia schaut sich noch einmal um. Wieso hat der Mann gerade hier gelegen? Ist er selbst auf diese Bank gekrochen? Hat ihn jemand hier abgelegt? Julia schaut nach einem Haltestellenschild einer Buslinie. Doch sie sieht keins. Die Straßenbahn fährt etwa 150 Meter entfernt in einer Parallelstraße. Aus einem öffentlichen Verkehrsmittel ist er offenbar nicht ausgestiegen. Wie ist er hierhergekommen? Sie sucht nach einem Hinweis.

Direkt am Markt stehen einige Mehrfamilienhäuser aus den Zwanzigern. Diese und der Rest des Ortes sind am Reißbrett entstanden. Eine Gartenstadt, in der Arbeit, Kultur, Kinderbetreuung und das Leben eine Einheit sind. Ein Möbelfabrikant brauchte einst zuverlässige Arbeiter. Deshalb hat er hier Lebensbedingungen für seine Arbeiter geschaffen. Wer hier arbeiten und leben konnte, wollte nie wieder weg. Julia kann es gut verstehen, dass Alex sich mit seiner Familie hier niedergelassen hat.

Er wohnt in einem Einfamilienhaus, drei Querstraßen vom Markt entfernt.

Julia parkt ihr Auto auf dem Markt und sieht sich um. Sie schaut auf die Postagentur, in der die Zeugin arbeitet. Im Erdgeschoss eines Mehrfamilienhauses, gleich neben diesem Geschäft sind eine Apotheke und eine Arztpraxis. Wollte der Verletzte hier Hilfe suchen? Hat er es nicht mehr geschafft, sich bemerkbar zu machen? Vielleicht hat die Zeugin im Laden sich inzwischen an irgendetwas erinnert.

Julia öffnet die Tür. In der gläsernen Ladentür hängt ein Zettel: Annahmestelle für chemische Reinigung. Zwischen den Gängen der Regale stapeln sich Päckchen, die auf die Abholung durch das Postauto warten. In den Regalen gibt es alles, was man in Schule und Haushalt braucht. Nähutensilien und Wolle zum Stricken, Zeitungen und Informationsmaterial zu Hellerau. Julia ist von diesem Laden fasziniert. Sie nutzt die Gelegenheit, dass jemand gerade Briefmarken kauft, um sich umzusehen. Dass es so etwas überhaupt noch gibt, denkt sie und freut sich darüber. Vielleicht sollte ich die Polizei aufgeben und selbst so einen Laden eröffnen.

Die Frau hinter dem Postschalter fragt: „Was wünschen Sie noch, Frau Kranz?"

„Ich muss Sie noch einmal befragen. Haben Sie eine Vermutung, was hier geschehen sein könnte? Warum hat der Mann sich ausgerechnet auf diese Bank gelegt?"

Die Frau schüttelt den Kopf. „Ich habe keine Ahnung und keine Vermutung. Aber sagen Sie, wie geht es ihm?"

„Er wird überleben", sagt Julia in ihrer knappen Art, die Dinge und Vorgänge zu beschreiben. „Können Sie mir noch einmal die Umstände beschreiben, wie Sie ihn gefunden haben?"

Die Ladeninhaberin geht mit ihr vor die Tür und berichtet in allen Einzelheiten, wie sie den Mann gefunden hat. Sie hat keine weiteren Personen gesehen und auch keine Autos. Um diese frühe Stunde schleicht höchstens eine Katze über den Markt.

Julia holt ihr Telefon aus der Jackentasche und lädt das Passfoto des Mannes. Sie zeigt es der Zeugin.

„Das ist der Mann. Er heißt Rolf Unruh. Kennen Sie ihn, haben Sie ihn schon einmal gesehen?"

Die Frau schaut auf das Display. Sie schüttelt ein wenig den Kopf. „Nicht, dass ich mich erinnern könnte."

„Es ist wichtig!", mahnt Julia.

„Gestern war im Gemeindezentrum", die Zeugin zeigt in die Richtung, quer über den Markt, „das Sonnenwendfeuer. Vielleicht hat ihn dort jemand gesehen. Ich kenne ihn nicht."

Hinter den Frauen geht eine Kundin ins Geschäft.

„Ich muss wieder rein", sagt die Ladeninhaberin.

Letzten Freitag sprach Alex davon, dass er jedes Jahr zu diesem Sommerfest geht. Er bedauerte, dass weder seine Frau Caro noch seine Tochter Laura dabei sein würden. Er wollte allein hingehen. Wahrscheinlich war er froh, dass er so am Sonntag nicht ganz allein sein musste. Jetzt hat Julia einen Grund, um den Leuten auf den Zahn zu fühlen, die vielleicht auch etwas über Alex wissen könnten. Bei diesem Feuer muss mehr geschehen sein, als nur fröhliche Stimmung am längsten Tag des Jahres. Julias Herz beginnt wieder wie wild zu klopfen, als sie sich die ersten Fragen zurechtlegt, die sie in Alexanders Angelegenheit stellen wird. Sie fragt sich: Ist das korrekt von mir? Was werde ich erfahren? Ihre Gedanken tanzen wie wild. Er war heute Morgen in Panik. Er hat versucht, es zu verbergen. Seine Stimme und seine Unsicherheit haben erkennen lassen, dass er außer sich war.

Was, wenn Alex von einem Nachbarn erfährt, dass sie in seiner Sache Fragen stellt? Sie atmet tief durch, beruhigt sich. Schließlich hat sie gelernt, wie man mit solchen Situationen umgeht. Man ermittelt ohne jede Erwartungshaltung! Schwierig, denkt sie, wenn es um den eigenen Chef geht und er nichts davon erfahren darf.

Sie lässt ihr Auto stehen und geht die kurze Strecke zu Fuß.

In Julias Kopf drehen sich noch immer die Fragen, auf die sie nur von Alex eine Antwort bekommen kann. Aber was, wenn gar nichts geschehen ist? Was, wenn er Damenbesuch hatte und es ihm nun peinlich ist, dass sie es bemerkt hat? Was, wenn er gestern so betrunken war, dass er sich nicht mehr erinnern kann. Sie schüttelt den Kopf und ist überzeugt, dass er ganz genau weiß, was geschehen ist. Er will nicht, dass diese Angelegenheit offiziell wird. Ich bin heute Morgen in etwas hineingeraten, was ich nicht hätte sehen sollen. Aus irgendeinem Grund hat Alex etwas zu verbergen. Was, wenn ich mich selbst in Gefahr bringe, indem ich hier etwas ans Licht zerre, das Alex unbedingt im Dunklen halten will? Julia schaltet den Gedankensturm in ihrem Kopf aus. Schluss, jetzt wird ermittelt, denkt sie und geht zum Gemeindezentrum Waldschänke.

Der Garten des ehemaligen Ausflugslokals ist von einer überdachten Galerie umgeben. Inmitten des Grundstücks steht das zweistöckige Haus. Es ist prachtvoll. Das Gebäude ist frisch saniert und die Fassade nun hellblau, grau und weiß. Julia steht mitten im Grundstück und sieht eine Metallschale, in der verkohlte Reste des gestrigen Feuers liegen. Tische und Stühle stehen noch herum. Unter einer Überdachung ist die Zapfanlage aufgebaut und zwei Fässer stehen daneben. Lichterketten hängen in den Bäumen.

„Suchen Sie etwas?", wird Julia von einem Mann angesprochen.

„Ja. Ich suche den Veranstalter des Sonnenwendfeuers. Mein Name ist Julia Kranz." Sie hält ihren Ausweis hin.

„Der Veranstalter bin ich. Uwe Lorenz. Worum gehts?"

„Waren Sie gestern Abend hier?"

„Natürlich."

Julia hält Herrn Lorenz das Passfoto von Rolf Unruh hin. „War dieser Mann gestern auch hier? Kennen Sie den Mann?"

Einen Moment lang herrscht Stille. „Ja, der war gestern hier, aber ich kenne ihn nicht."

„Woran können Sie sich erinnern, diesbezüglich?"

„Der hatte ganz schön geladen, wenn Sie verstehen, was ich meine."

Julia zieht die Augenbrauen hoch und schaut ihn fragend an.

„Der war ganz schön voll."

„Betrunken?"

Der Mann nickt.

„Frau Kranz, warum schickt man Sie? Warum ist Alex nicht hier? Der wohnt hier. Der war gestern dabei und wenn ich mich richtig erinnere, dann hat er sogar mit dem Mann gesprochen." Er zeigt auf das Bild. „Fragen Sie Alex! Er hat mit fast jedem gesprochen. Er kennt hier beinahe alle und er hatte Zeit. Er war Gast. Ich hatte zu tun."

„Womit hatten Sie zu tun? Mit dem Feuer?"

„Nein. Das hat die Feuerwehr veranstaltet. Ich habe mich um die Organisation der Bewirtung gekümmert."

„Wo hat dieser Mann gesessen?"

„Überall mal. Er hatte wohl ein Auge auf die Mädels."

„Eine Bestimmte?"

„Fragen Sie Alex. Ich habe nicht so drauf geachtet."

„Wie war das gestern mit dem Alkohol? Ist viel getrunken worden?"

Uwe Lorenz lacht sarkastisch. „Das kann man sagen!"

„Haben Sie auch…?"

„Nein, gar nichts habe ich getrunken. Fragen Sie Alex. Der wird das bestätigen. Wir beide haben uns die letzte Cola geteilt."

„Was hat Alex getrunken?", fragt Julia und würde diese Frage im selben Moment gern ungeschehen machen.

"Cola. Hören Sie mir überhaupt zu? Wieso fragen Sie danach? Was ist mit Alex? Warum ist er nicht hier? Ist ihm was geschehen?"

In Julias Kopf blitzen die Gedanken wie ein Gewitter. Dann sagt sie: "Alex ist mit einem anderen Fall beschäftigt und nicht abkömmlich. Deshalb bin ich hier."

"Was ist denn mit dem Mann geschehen? Warum wollen Sie das wissen?" Uwe Lorenz schaut auf das Bild im Display.

Julia sagt: "Der Mann hat heute Morgen auf einer Bank am Markt gelegen und es besteht der Verdacht, dass er zusammengeschlagen wurde."

"Als ich ihn das letzte Mal gesehen habe, war er unversehrt, aber alkoholisiert."

"Mit wem ist er gegangen?"

"Das habe ich nicht gesehen."

"Könnte Alex das wissen?"

"Nein. Alex ist verhältnismäßig früh gegangen. Noch vor Mitternacht. Der Mann dort", er zeigt auf das Handy, das Julia inzwischen wieder eingesteckt hat, "ist noch ganz zum Schluss hier gewesen."

"Sicher?"

"Warum fragen Sie, wenn Sie mir nicht glauben?"

"Sagen Sie, wie war das Feuer? War es sehr groß? Hat es sehr gequalmt?"

Der Mann schaut Julia an und überlegt: "Nein, weder noch. Schauen Sie doch selbst." Er zeigt auf die Feuerschale. "Es hat auch nicht gequalmt. Es hat gut gebrannt. Es war kaum Wind."

Julia lächelt, zieht ihre Visitenkarte aus der Tasche und überreicht sie. "Wenn Ihnen noch etwas einfällt, dann rufen Sie mich an, bitte."

Sie nimmt die Personalien des Zeugen auf und verabschiedet sich.

Jede Aussage dieses Mannes verweist auf Alex. Wieso kann der sich an nichts erinnern? Sie muss ihn fragen, doch sie scheut sich, zu ihm zu gehen und ihm gegenüberzutreten.

Alle Überlegungen, die sie während der letzten Stunde angestellt hat, sind wie weggewischt. Sie hat den Klingelknopf an Alexanders Tür gedrückt und nun steht sie vor ihrem Chef und erkennt ihn beinahe nicht. Er hat die Tür geöffnet und ist dann wortlos in die Küche gegangen. Sie ist ihm gefolgt. Alex sitzt auf einem Stuhl und starrt ins Nichts.

„Was ist geschehen? Wie geht es dir?", fragt sie und sie sieht, dass es ihm nicht gut geht. Seine Nasenspitze ist weiß und er scheint um Jahrzehnte gealtert.

„Geht schon…", stammelt er. Dann steht er von seinem Stuhl auf und sagt: „Komm mal mit." Er geht voraus, die Treppe hinauf und bleibt vor Lauras Kinderzimmer stehen. Die Tür ist offen und er schaut hinein. „Als Laura abgefahren ist zur Klassenfahrt, hat sie hier alles weggeräumt. Sie hat Staub gesaugt und ihr Bett frisch bezogen. Jetzt schau mal, wie es hier aussieht." Er tritt bei Seite.

Julia sieht eine Kuhle im Bett. Da hat jemand gelegen. Die Schranktüren sind nur angelehnt und eine Schublade ist offen. Unterwäsche eines Teenagers ist zu sehen. Sie dreht sich zu Alex: „Bist du sicher, dass sie das Zimmer nicht so hinterlassen hat?"

Alex nickt.

„Dann sollten wir sofort Pit anrufen!", sie greift nach ihrem Handy.

„Auf gar keinen Fall! Die Kriminaltechnik hat anderes zu tun, als dem Chaos meiner Tochter nachzuspüren." Er drückt ihre Hand nach unten, in der sie das Telefon hält.

„Alex, warum zeigst du mir das?", fragt Julia in scharfem Ton.

„Nichts ist hier geschehen, gar nichts. Ich weiß es selbst nicht. Julia, ich will, dass du über die merkwürdigen Vorgänge hier den Mund hältst."

Sie fällt ihm ins Wort: „Du bist gut! Ich bin, wie alle Polizisten, zu jeder Strafverfolgung verpflichtet, von der ich Kenntnis habe. Das hier fällt eindeutig darunter."

„In erster Linie ist es mein Haus. Hier entscheide ich. Meine Entscheidung lautet: Keine Kriminaltechnik! Hast du das verstanden?"

Julia schüttelt den Kopf. „Ich weiß nicht, was das hier bedeutet, aber irgendetwas geht hier vor. Das siehst du doch selbst so. Warum willst du, dass ich davon weiß, wenn du dann meine Meinung ignorierst?"

„Vergiss es", brummt Alex und steigt die Treppe wieder hinab.

Auf dem Küchentisch steht ein Glas mit milchig sprudelndem Inhalt. Neben dem Glas liegt eine Packung Kopfschmerztabletten und in der Mitte steht eine große dampfende Tasse mit frisch aufgebrühtem Kaffee.

„Willst du auch einen?", fragt Alex und zeigt auf die Kaffeetasse.

„Ja, gerne."

Während Alex sich dem Wasserkocher zuwendet, öffnet Julia den Geschirrspüler. Das Messer mit Schokocreme liegt nicht mehr im Spülbecken. Hat es jemand in den Geschirrspüler geräumt? Außer einem Teller und einer Tasse ist der leer. Kein Besteck. Sie hält es für unwahrscheinlich, dass Alex dieses Messer einzeln abgespült hat.

„Julia, was wollte Germer vorhin von dir?"

„Nichts."

„Hat dir schon mal jemand gesagt, dass du eine erbärmliche Lügnerin bist? Germer wollte etwas über mich wissen, stimmts?"

„Er wusste bereits, was hier geschehen war."

Alex dreht sich um und starrt sie an: „Was?" Er ist kreidebleich und sein Blick sieht aus, als ob er gerade ein Gespenst gesehen hätte. „Er hat dich reden lassen und dann hat er gesagt, dass er das schon wusste?"

Sie nickt.

„Du bist auf den ältesten Ermittlertrick hereingefallen. Dankeschön! Du hast mir wahrscheinlich damit meinen Job genommen."

„Alex, ich kann so nicht arbeiten. Du sagst selbst, dass ich schlecht lüge. Ich brauche klare Verhältnisse."

„Dann geh doch zurück in den Versicherungsbetrug, von wo du gekommen bist. Mit jemandem, der alles haarklein dem Chef weiterträgt, was er privat in Erfahrung gebracht hat, kann niemand arbeiten."

„Das habe ich nicht getan und das weißt du." Julia steckt ihr Handy ein und wendet sich zur Tür. „Ich werde noch heute meine Versetzung beantragen."

„Julia…", sagt Alex und Verlegenheit schwingt in seiner Stimme mit, „nein." Seine Gedanken waren wieder bei seinem Personalgespräch. Teamfähigkeit und Kritikfähigkeit, schallt es ihm noch immer in den Ohren. Wenn Julia sich gerade jetzt versetzen lässt, dann ist auch er erledigt. Er muss das Blatt wenden. Wenn sie das tut, denkt Alex, dann hätte Germer in allen Punkten richtig gelegen. Er muss sie unbedingt zurückhalten.

Sie dreht sich um und sieht Alex schwanken. Sie schiebt ihm einen Stuhl hin und weiß nicht, was sie machen soll. Sie will nur raus hier.

„Julia, egal, was hier spukt, das Leben geht weiter. Vielleicht liegen meine Nerven im Moment ein wenig blank. Ich fühle mich erbärmlich und der Alte hat mich heute Morgen total fertig gemacht."

„Alex, du brauchst Hilfe! Wir beide wissen, wozu Kriminelle fähig sind. Du hast keine Ahnung, woher die Gefahr kommt, aber du willst die Sache allein regeln. Das geht schief! Heute Morgen lag hier ein Messer, verschmiert mit einer Schokocreme. Ich weiß, dass du dieses Zeug nicht magst. Ich glaube nicht, dass du dieses Messer benutzt hast. Ich glaube auch nicht, dass es seit einer Woche hier liegt und Laura es hier hingelegt hatte. Es ist nicht im Geschirrspüler und ich glaube nicht, dass du es abgespült hast, während alles andere noch herumsteht. Sag mir, was ich davon halten soll!"

„Danke, dass du dir Sorgen machst. Das ist aber völlig unnötig. Mir geht es gut. Ich habe gestern wahrscheinlich ein wenig zu viel gefeiert. Kein Grund zur Sorge."

„Alex, hier war heute jemand und der hat Spuren hinterlassen und auch welche beseitigt. Hast du nachgesehen, ob Wertsachen gestohlen wurden? Wo ist deine Waffe? Das hier ist kein dummer Streich."

„Meine Waffe habe ich in der Dienststelle gelassen und es fehlt nichts im Haus. Kommen wir wieder gemeinsam auf den Teppich. Was hast du ermittelt, Julia?"

Sie setzt sich auf den anderen Stuhl und geht chronologisch vor. Als sie zu der Stelle kommt, wo sie vom Veranstalter des Sonnenwendfeuers berichtet, zeigt sie Alex das Passfoto von Rolf Unruh auf ihrem Telefon.

„Schau dir den mal an. Du müsstest den kennen."

Alex starrt auf das Display und fragt nach dem Namen des Mannes. Julia antwortet.

„Nie gehört, nie gesehen, keine Ahnung."

„Wie steht es mit Uwe Lorenz? Kennst du den?"

„Klar kenne ich den. Der wohnt dort drüben." Alex zeigt in die Ecke, in der sein Kühlschrank steht, meint aber die gegenüberliegende Straßenseite. „Der ist mein Nachbar."

„Ja, und es ist der Veranstalter des Sonnenwendfeuers und der hat dich mit Rolf Unruh reden sehen. Gestern. Beim Feuer."

„Du weißt doch, wie das mit Zeugen ist. Schon nach zwei Stunden wissen sie nicht mehr, was sie gesehen und gehört haben. Du solltest nicht alles glauben."

„Außer, du sagst, dass ich es glauben soll, was?", fragt sie scherzhaft und die alte Vertrautheit ist wieder da.

„Jo! So isses!"

„Nicht ganz. Dort oben hat jemand in den Sachen deiner Tochter gewühlt. Es war jemand hier. Das ist augenscheinlich. Wie er hier reingekommen ist, war heute Morgen klar. Deine Haustür war nicht ins Schloss gefallen. Doch dann hast du die Tür verschlossen – ich habe es gesehen – und nun war er wahrscheinlich in deiner Abwesenheit noch einmal hier. Was mich jedoch viel mehr bewegt, ist die Frage, warum du heute Morgen so taumelig warst. Hat dir jemand etwas ins Glas geschüttet? Wo ist das geschehen und wer war es und – vor allem – was war es? Welche Antworten suchen wir?"

„Gar keine! Julia, lass uns mit der Arbeit weitermachen."

Julia holt tief Luft: „Es geht um Laura! Du weißt, dass Jugendliche oft nicht in der Lage sind, einzuschätzen wie gefährlich Bekanntschaften sein können. Du solltest herausbekommen, wer ein überzogenes Interesse an deiner Tochter hat. Sie ist in Gefahr."

„Hör auf. Die Sache ist erledigt."

„Nicht im Geringsten. Das war der erste Versuch."

Alex merkt, dass er keine Chance hat, die Sache zu beenden. Soll er jetzt autoritär werden? Was, wenn Julia doch zum Alten geht und ihre Versetzung beantragt? Dann steht ihm das Wasser bis zum Hals.

„Du bist von deinem Beruf geschädigt, Julia. Aber irgendwie sind wir das alle."

„Alex, wie viele Schlüssel gibt es zu deinem Haus und zu wem hatte Laura Kontakt? Das sind die ersten beiden Fragen, die unbedingt geklärt werden müssen. Jetzt."

„Zur Haustür gehören fünf Schlüssel. Einer ist an meinem Schlüsselbund, einen hat Caro, einen Laura und einer ist bei den Sachen von Jonas im Gefängnis."

„Das sind vier. Wo ist der fünfte?"

Alex steht auf, geht in den Flur und schaut in den hölzernen Schlüsselkasten neben der Flurgarderobe. „Hier!"

„Den will ich sehen", sagt Julia. Mit einem kleinen Schlüsselring und einem Schildchen ‚Gäste' hängt ein einzelner Schlüssel an seinem Haken.

„Rufe Caro und Laura an, frage sie, ob sie ihre Schlüssel noch haben. Vielleicht sind sie bestohlen worden. Du erinnerst dich, dass es mal Bandenkriminalität gab. Man hatte Urlaubern die Schlüssel ihrer Wohnungen gestohlen. Die hatten sie natürlich nicht vermisst. Dann wurden die Adressen ausfindig gemacht und deren Wohnungen ausgeräumt."

„Hier fehlt nichts." Alex nimmt sein Handy und wählt Caros Nummer. „Caro geht nicht ran. Sie ist auf einer Alm und hat dort keinen Empfang. Sie geht abends zu einer Gaststätte und telefoniert von dort. Auch Jonas' Schlüssel werden wir ohne die Zustimmung des Staatsanwaltes nicht überprüfen können. Ich will auf keinen Fall, dass Volkmann, unser übereifriger Staatsanwalt, etwas von meiner Misere weiß. Der nicht! Der würde zwangsläufig davon erfahren, wenn ich die Sachen von Jonas überprüfen lasse."

„Was hast du gegen Volkmann?"

„Der hat mich beim Alten angeschwärzt. Er meint, dass ich nicht teamfähig sei. Er würde immer vor meiner verschlossenen Tür stehen und wenn er mich anruft, dann ginge ich nicht ran. Volkmann hätte das mit mir besprechen können. Stattdessen stellt er mich als Einzelgänger hin."

„Ich glaube nicht, dass Volkmann dich auf dem Kieker hat. Der hätte etwas gesagt. Ich denke, dass Germer Druck von oben bekommen hat und den jetzt systematisch weiter nach unten verteilt. Wir haben immer mehr Ermittlungen mit immer weniger Leuten. Der muss ein Gleichgewicht finden zwischen gründlichen Ermittlungen und dem Abschließen von Fällen. Das nennt man Effizienz. Der hat nur zum Rundschlag ausgeholt und du warst der erste, der es abbekommen hat."

„Das glaube ich nicht. Da steckt mehr dahinter. Der will mich loswerden. Entweder Germer oder Volkmann, das ist doch augenscheinlich."

„Alex, jetzt lass mal locker. Du bist Beamter. Die können dich nicht loswerden, wenn du nicht gravierende Fehler machst."

„Deshalb werden wir von meinen privaten Problemen kein Wort verlieren! Verstanden?"

„Es ist deine Entscheidung. Ich halte aber genau das für einen gravierenden Fehler."

„Egal! Wenn es ein Fehler ist, dann ist es meiner."

„Gut. Wenn du sicher bist, dass du dieses Risiko eingehen willst, dann sei es drum. Aber jetzt solltest du Laura anrufen und ihren Schlüssel überprüfen. Frag sie gleich, wie der Verehrer hieß und wo er wohnt."

„Bist du jetzt die Chefin?", fragt Alex sarkastisch und nimmt das Telefon.

„Warte hier!", sagt er zu Julia und geht hinaus.

Eine Minute später kommt Alex wieder in die Küche zurück. „Die Dame fühlt sich kontrolliert und der Name ihres Verehrers sei ihre Privatsphäre."

„Und der Schlüssel?"

„Den hat sie in ihrer Tasche. Der ist da."

„Alex, wir müssen ein Protokoll ihrer Telefonate anfordern. Dann werden wir erfahren, wer ihr nachstellt."

„Nein."

„Warum nicht?"

„Dieses Telefonprotokoll gibt dem Alten einen Hinweis auf meine Ermittlungen hier, genauso wie die Überprüfung des Schlüssels meines Stiefsohnes. Das will ich unbedingt vermeiden."

„Was willst du tun?"

„Gar nichts. Und du wirst auch nichts tun!"

Sie schüttelt den Kopf.

„Julia, ich weiß nach diesem Personalgespräch nicht, was im Gange ist. Das mit dem Druck von oben nach unten ist zu simpel. Dieses Problem besteht seit Jahren und das hat andere Auswirkungen. Es kann sein, dass Volkmann mich aus ‚Leib und Leben' raushaben will. Es kann sein, dass Germer Personal abbauen muss. Es ist gut möglich, dass hier noch ganz andere Sachen im Gange sind. Ich will einfach keinen Anlass geben. Ich kann es mir nicht leisten, in meinem Alter degradiert zu werden. Ich könnte nicht zurück in ein anderes Dezernat, nachdem ich es in den Olymp des Polizeidienstes geschafft habe. Abgesehen davon, das habe ich nicht verdient! Ich habe in den vielen Jahren so viel geleistet und jetzt kommt da so ein..." Alex versucht sich zu beruhigen, „...so ein Herr Staatsanwalt und will mich raushaben! Niemals. Er ist der vierte Staatsanwalt während meiner Dienstzeit. Ich werde auch noch einen fünften erleben. Das ist mein Ziel!"

Es ist später Nachmittag, als Julia noch einmal ins Polizeipräsidium fährt um die Protokolle der Zeugenaussagen zu schreiben. Sie weiß, dass sie die ganze Nacht daran denken wird, solange noch unerledigte Arbeiten auf ihrem Schreibtisch liegen.

Sie legt den Bericht aus der Klinik zu Rolf Unruhs Dateien im Computer ab. Was könnte ich in diesem Fall noch tun, denkt sie. Warten, bis ich mit ihm reden kann, lautet ihre eigene stumme Antwort.

Sie sammelt die Daten und Fakten zum Fall Martina Müller, geborene Wiesner. Die Wohnungsinhaberin aus der die vergiftete Frau abgeholt wurde, ist ihre Schwester Wanda Wiesner und die macht gerade Urlaub in Spanien. Was, wenn die eine Schwester die andere ins Jenseits befördern wollte? Beinahe wäre der Plan aufgegangen. Julia wählt die Handynummer jener Schwester.

„Wanda Wiesner."

Julia stellt sich vor und erklärt ihr Anliegen.

„Nein!", schreit Frau Wiesner panisch ins Telefon. „Das kann nicht sein! Meine Schwester ist mir der liebste Mensch auf der Welt. Sie darf einfach nicht vergiftet sein. Wo liegt sie? Wie geht es ihr?"

„Das darf ich Ihnen nicht sagen, Frau Wiesner. Bitte kommen Sie umgehend ins Polizeipräsidium, dann kann ich Ihnen weitere Auskunft geben."

„Ja! Natürlich! Ich komme! Aber, sagen Sie mir doch wenigstens, wie es ihr geht!" Verzweiflung schwingt in ihrer Stimme.

„Es geht ihr nicht gut. Sie liegt auf der Intensivstation und ist nicht ansprechbar."

„Wird sie wieder gesund?"

„Die Ärzte tun ihr Bestes, Frau Wiesner. Kann ich Ihnen jetzt ein paar Fragen stellen? Wir ermitteln, wie es zu dieser Vergiftung kommen konnte."

„Ja, selbstverständlich."

„Hat Ihre Schwester Feinde? Profitiert jemand von ihrem Tod?"

„Um Gottes willen, nein!"

„Wer könnte ihr das angetan haben? War sie depressiv?"

„Nichts dergleichen. Sie ist sehr beliebt. Sie hat nur Freunde. Sie spendet regelmäßig für Tierschutzorganisationen. Sie ist eine liebenswürdige, alte Dame. Wer sollte ihr etwas antun?"

„Das müssen wir herausfinden. Lebt sie in einer Partnerschaft? Im Melderegister steht, dass sie verwitwet ist."

„Nein, sie ist allein. Sie hat nicht einmal eine Katze, weil sie unabhängig bleiben will."

„Wer wird einmal ihr Erbe antreten?"

„Unsere Mutter und ich."

„Frau Wiesner, kommen Sie so schnell wie möglich. Wir brauchen dringend Ihre Unterstützung. Kommen Sie zuerst ins Präsidium. Das hat jetzt höchste Priorität."

„Ich komme umgehend, vielleicht erreiche ich den nächsten Flieger noch."

Julia macht sich Notizen für die Befragung, sobald Wanda Wiesner hier ist. Sie würde also vom Tod ihrer Schwester profitieren, überlegt Julia. Es ist das erste mögliche Motiv. Was, wenn…? denkt sie. Schließlich wurde die vergiftete Frau aus der Wohnung jener Begünstigten getragen. Sie wurde wahrscheinlich vergiftet mit Joghurt aus dem Kühlschrank ihrer Schwester, so lautet der erste Bericht der Kriminaltechnik. Julia ruft das Krankenhaus an. Sie ordnet Auskunftssperre für Frau Martina Müller an. Sie darf auch keinen Besuch empfangen, außer in Begleitung eines Polizisten. Julia muss verhindern, dass der Versuch, diese Frau zu töten, nicht doch noch gelingt. Sie würde gern einen Kollegen vor die Tür des Krankenzimmers setzen, doch sie hat die richterliche Anordnung dazu noch nicht und es gibt zu wenige Gründe für diese Maßnahme. Also muss sie sich im Augenblick damit zufriedengeben, dass die Telefonzentrale des Krankenhauses nicht den Aufenthalt von Frau Müller bestätigt.

Julia weiß, dass sie frühestens morgen mit Wanda Wiesner rechnen kann. Bevor sie ihren Computer ausschaltet, schaut sie noch einmal, ob ein neuer Bericht der Spurensicherung vorliegt.

Es ist nichts angekommen.

Als Julia vor die Tür des Polizeipräsidiums tritt, ist es leicht dämmerig. Sie hat alles abgearbeitet, was im Augenblick möglich ist. Sie kann jetzt entspannen und an sich selbst denken. Sie könnte sich jetzt auf eine ruhige Nacht freuen. Sie wird trotzdem nicht gut schlafen. Das weiß sie schon jetzt. Alexanders letzter Satz geistert durch ihre Gedanken. Kann es sein, dass der Staatsanwalt Jens Volkmann, geboren in einem kleinen Dorf bei Hannover und drei Jahre jünger als Alex, hier personelle Veränderung wünscht? Sie geht gedanklich jeden Kontakt mit Volkmann durch. Sie kann nichts finden, was die Vermutung ihres Teamleiters bestätigt. Volkmann durchdenkt und analysiert auf eine andere Weise.

Julia denkt: Dass Alex davon belastet ist, kann ich mir gut vorstellen. Doch, dass die Vorgänge in seinem Haus in der letzten Nacht die nervliche Folge dieser Spannung sind, will ich nicht glauben. Dieser Spuk hat reale Ursachen.

Sie überlegt, ob sie einen kleinen Umweg zum Eiscafé am Goldenen Reiter macht, um sich dort eine Eiswaffel zu kaufen.

Das vergoldete Reiterstandbild auf seinem Sockel zeigt den König „August der Starke" auf seinem Pferd. Das Denkmal steht am Anfang der Neustädter Prachtstraße und ganz in der Nähe ist ein italienisches Eiscafé mit geschätzt 50 Eissorten im Angebot. Ihre Lieblingssorte ist Basilikum mit Limone.

Julia wohnt in einem von vier Hochhäusern auf der Neustädter Seite. Von ihrem Balkon aus hat sie einen großartigen Blick auf die Altstadt. Jeden

Abend werden die Frauenkirche und der Turm am Schloss, die Kuppel der Kunstakademie und die Hofkirche aus westlicher Richtung von den letzten Sonnenstrahlen verzaubert. Ein Dampfer kommt elbabwärts gefahren und wird gleich an einem der Stege des Terrassenufers festmachen. Immer, wenn Julia ihren Balkon betritt, legt sie ab, was sie tagsüber erlebt hat. Das ist ein Ritual geworden. Eisern trainiert sie, jeden Gedanken an ihre Arbeit hier nicht zuzulassen. Doch oft sind die Erlebnisse des Tages stärker als ihr Wille.

Sie geht in ihre kleine Küche und setzt Teewasser auf. Sie öffnet alle Fenster ihrer Zwei-Zimmer-Wohnung und hört leise Musik aus der Wohnung ihrer Nachbarin. Mit der dampfenden Teetasse setzt sie sich auf den Balkon. Jetzt gibt es nichts zu tun, als nur zu genießen, denkt sie. Kaum sitzt sie, erhebt sie sich wieder. Die Ängste des Tages treiben sie. Was, wenn auch jemand in ihre Wohnung eindringt, während sie schläft? Julia nimmt einen Stuhl von ihrem Esstisch. Sie geht damit in den Flur und klemmt die Stuhllehne so unter die Türklinke, dass man die Wohnungstür von außen nicht öffnen kann. Einen Moment lang wägt sie ab: So könnten auch Rettungskräfte nicht herein, wenn es notwendig sein sollte. Schließlich entscheidet sie, dass die Wahrscheinlichkeit gerettet zu werden nachrangig ist, gegen die Möglichkeit, nachts von einem Einbrecher überrascht zu werden.

Dienstag

Julia rubbelt sich mit dem Handtuch die Haare trocken nach der morgendlichen Dusche, als ihr Handy klingelt.

Es ist Alex. „Julia, ich komme heute etwas später. Ich will nicht, dass mich jemand vermisst. Lass dir etwas einfallen!"

Julia hasst solche Aufträge. Sie soll eine Geschichte erfinden, die ihm eine Ausrede verschafft, ohne dass sie weiß, worum es geht.

„Okay, ich sage, du bist überfallen worden und liegst im Straßengraben."

„Du weißt genau, was ich meine. Stell dich nicht dumm!"
„Ich weiß gar nichts. Wenn du willst, dass ich für dich eine Ausrede erfinde, dann sage mir wenigstens, was los ist."

„Ich habe die ganze Nacht nicht geschlafen. Ich habe tausend Geräusche gehört, die nicht da waren. Ich fühle mich elend. Ich bin mir inzwischen sicher, dass mir am Sonntag jemand etwas Betäubendes in die Cola gemischt hat. Ich gehe jetzt zum Arzt und lasse das untersuchen. Weder Germer noch Volkmann sollen das wissen. Ich will nach diesem Personalgespräch nicht noch Anlass für Spekulationen geben. Hast du verstanden?"

„Zwei Sachen dazu, Alex: Ich bin kein dummes Kind, das man mit ‚verstanden' anbellt und ich finde es gut, dass du dich untersuchen lässt. Und noch etwas: Uwe Lorenz hat gesagt, dass er sich am Sonntag die letzte Cola mit dir geteilt hat. Dort kann das Betäubungsmittel nicht drin gewesen sein. Das musst du anderswo zu dir genommen haben. Lass die Wasserflasche auf deinem Nachttisch überprüfen. Höchstwahrscheinlich waren dort KO-Tropfen drin."

„Was für eine Wasserflasche? Auf meinem Nachttisch steht keine."
„Doch. Als ich in deinem Schlafzimmer war, um die Fenster zu schließen, habe ich dein Handy auf der Kommode gesehen und

mitgebracht. Zu dem Zeitpunkt stand eine Wasserflasche mit einem Rest Wasser auf deinem Nachttisch. Ganz sicher."

„Jetzt nicht mehr! Ich habe sie nicht weggeräumt. Ich muss mich untersuchen lassen. Gib mir Rückendeckung. Mehr brauche ich im Moment nicht."

„Gut. Soll ich dich abholen? Wenn du in diesem Zustand Auto fährst, dann kann das ein neues Problem auslösen."

„Julia, ich will gar nichts. Ich komme heute ein wenig später. Von mir aus sage, dass ich verschlafen habe. Das stimmt ja auch irgendwie. Also, danke schon mal. Bis gleich."

Als Julia in die Dienststelle kommt, sieht sie, dass einige Meter vor ihr der Chef von ‚Leib und Leben' das Gebäude betritt. Sie verlangsamt ihren Schritt und schaut – nur um Zeit zu gewinnen - im Foyer intensiv auf die Anzeigetafel der Kantine. Heute Mittag gibt es Spargel mit Schinken und Petersilienkartoffeln, dazu wahlweise braune Butter oder Holländische Soße. Frische Erdbeeren als Nachtisch.

Germer geht langsamer als sie die Treppe hinauf und Julia wartet, dass er vor ihr oben ankommt. Vielleicht wird Alex von niemandem vermisst und sie muss gar nicht lügen.

Unbehelligt gelangt sie in ihr Zimmer und schaut als erstes in das polizeiinterne Intranet. Es war eine ruhige Nacht.

Julias Handy klingelt. Germer. Er will sie sprechen, gleich.

„Guten Morgen!", ruft er ihr schallend entgegen, als sie in sein Vorzimmer eintritt. Sie nickt der Sekretärin, Marion Vogel, zu und geht in Germers Arbeitszimmer.

„Guten Morgen", sagt sie zu ihrem Chef und am liebsten hätte sie sich auf dem Absatz umgedreht.

„Sie wissen, was ich will?", sagt er und schließt die Tür.

„Nein", stammelt Julia und hofft, dass ein Wunder geschieht und sie nicht über Alex sprechen muss.

„Was gibt es Neues bei Ihrem Kollegen?"

„Nichts. Zumindest nichts, von dem ich wüsste."

„Keine Gespräche über private Probleme, keine Telefonate?"

„Ach so, ja, doch", sagt Julia und bekommt einen roten Hals. „Alex hat mich heute Morgen angerufen und gesagt, dass er verschlafen hat."

Germer hat sich vor seinen Computer gesetzt und Julia den Stuhl auf der anderen Seite seines Schreibtisches zugewiesen. „Wann war das? Um welche Uhrzeit?"

„Ich habe nicht auf die Uhr gesehen."

„Dann schauen Sie bitte jetzt in der Anrufliste Ihres Handys nach."

Julia schaut nach. „6.55 Uhr."

„Jetzt ist es gleich neun. Wenn er kurz vor sieben wach war, dann könnte er ohne Probleme um acht hier gewesen sein. Aber er ist nicht da. Was wollte er wirklich?"

„Er fühlt sich nicht wohl. Er wollte zum Arzt gehen."

„Frau Kranz, nur mal zur Auffrischung: Sie sind Beamtin und dem Dienst an der Staatstreue verpflichtet. Wenn Sie Kenntnis von irgendwelchen Unregelmäßigkeiten haben, dann ist das nicht ihre private Angelegenheit, mit denen sie umgehen können, wie sie wollen. Wenn ich nach Ihrem Kollegen frage, dann habe ich Gründe. Dann will ich von Ihnen jede Auskunft und jede Information, die Sie liefern können."

Ganz leise und mit gesenktem Kopf widerspricht sie: „Mit einem gewissen Ermessensspielraum."

„In diesem Fall nicht. Ich will alle Fakten, ohne Interpretation Ihrerseits, sofort."

„Ja." Julia berichtet. Sie fühlt sich elend. Wie kann sie danach Alex noch unter die Augen treten.

„Polizeirat Germer, ich bitte darum, das Team mit Kriminalhauptkommissar Alexander List verlassen zu dürfen. Ich kann in diesem Spannungsfeld nicht arbeiten."

Germer lächelt altväterlich. „Liebe Frau Kranz, die Loyalität zu Alex ehrt Sie. Doch Sie sind Kriminaloberkommissarin und haben schon in manchen menschlichen Abgrund geschaut. Sie wissen ganz genau, dass es weder das Gute, noch das Böse in Reinheit gibt. Es ist immer ein wenig Beimischung aus dem anderen Lager dabei. Es gibt Hinweise, dass Alex vielleicht – wie soll ich sagen – ein wenig wankelmütig geworden sein könnte. Das muss geklärt werden. Er hat nach dem Personalgespräch völlig verstört reagiert. Ich muss mir sicher sein, dass er noch einer von uns ist. Verstehen Sie?" Germer schaut sie eindringlich an und wartet, bis sie mit einem Nicken ihr Einverständnis zeigt. „Deshalb bitte ich Sie, mich bei dieser unangenehmen Angelegenheit zu unterstützen. Sie wollen doch nicht in den gleichen Zweifel gezogen werden?"

Julias Herz klopft bis zum Hals. „Nein, natürlich nicht."

Germer lächelt sie siegreich an.

Julia sagt: „Erlauben Sie mir eine Frage? Kommt der Verdacht, auf den Sie gerade angespielt haben, von Staatsanwalt Jens Volkmann?"

Germer nickt ein wenig und schüttelt dann den Kopf. „Auf diese Frage kann ich Ihnen nicht antworten."

Julia fühlt sich, als hätte sie gerade selbst ein schlimmes Verbrechen verübt. Sie zappelt in der Falle und der Spielraum, den sie jetzt noch hat, ist ein Nicken. Germer benutzt sie gegen ihren nächsten Vorgesetzten. Wenn Alex davon auch nur den Hauch eines Verdachtes hegt, kann sie ihre Sachen nehmen.

Sie holt sich einen Kaffee am Automaten und sieht unausweichlich das Bild ihres Vaters. Während sich der Becher füllt, fragt sie in Gedanken: Papa, was soll ich machen? Ich wollte das alles nicht. Was ist mit Alex los? Papa, ich fühle mich so mies.

Eine Erinnerung steigt in ihr auf. Damals war sie zehn und sie hatte sich mit ihrer einzigen Freundin gestritten, weil diese ein anderes Mädchen zu ihrer Freundin gewählt hatte. Mit ernster Miene sagte Papa damals: „Juli, so etwas wird noch oft geschehen. Das Beste, du nimmst es zur Kenntnis und machst weiter, wie gewohnt. Es wird alles nicht so heiß gegessen, wie es gekocht wird."

Julia überlegt, wie die Sache damals ausgegangen ist. Ihre Freundin ist Tag und Nacht nur um die Neue herumgesprungen und ist dieser damit ziemlich auf die Nerven gegangen. Nach vier Wochen war es aus zwischen den beiden. Julia konnte nie wieder richtig Vertrauen zu ihrer alten Freundin fassen. Wer weiß, wo sie jetzt ist?

Ihr Handy klingelt. Alex.

„Julia, kannst du mich abholen? Ich will zu Dr. Wagner-Müller. Sie ist die Fachfrau für mein Problem. Ich glaube, dass es keine gute Idee ist, wenn ich selbst fahre. Ich war eben bei meinem Hausarzt. Er hat mir eine Krankschreibung angeboten. Das will ich nicht. Ich will eine Laboruntersuchung und das kann er nicht im nötigen Umfang machen. Bringst du mich in die Gerichtsmedizin?"

„Klar. Bin gleich da."

Frau Dr. Ramona Wagner-Müller hat mit einem Handgriff alles bereit, um Alex Blut abzunehmen. Nach mehreren gefüllten Röhrchen zieht sie die Kanüle aus der Armbeuge. Sie presst ihm einen Tupfer auf die Einstichstelle und sagt: „Drücken!"

Alex drückt.

„Ich kann hier nicht nach allem suchen, was die Welt an Hässlichem zu bieten hat. Ich brauche einen Hinweis. Erzählen Sie mal, warum Sie denken, dass Sie irgendetwas verabreicht bekommen haben?"

Alex erzählt in allen Einzelheiten, was geschehen ist. Die Ärztin hat in ihrer Bewegung innegehalten und schaut Alex mit Sorge an. „Wie lange hat das angehalten?"

„Das weiß ich nicht. Ich muss dann wieder eingeschlafen sein. Meine Kollegin kam gestern, am Morgen. Sie hatte in meiner Nachbarschaft eine Ermittlung. Weil ich mich nicht krankgemeldet hatte, ist sie zu mir nach Hause gekommen und da ging es wieder."

„Hat die Cola nach irgendetwas geschmeckt, außer nach Cola?"

„Nein. Ich dachte, dass ich zu viel Rauch vom Feuer abbekommen habe, aber das scheint es auch nicht gewesen zu sein."

„Das hört sich nach dem Klassiker an: KO-Tropfen. Das Zeug gibt es mit einigen Beimischungen und man kann nie genau sagen, welche Reaktion hervorgerufen wird. Kreuzgefährlich! Es wäre besser gewesen, wenn Sie gestern Vormittag gekommen wären. Ich weiß nicht, ob da", sie zeigt auf die mit Blut gefüllten Röhrchen, „noch viel zu finden ist."

„Ich war gestern Abend todmüde und konnte doch nicht schlafen", sagt Alex.

„Das Adrenalin", sagt Frau Wagner-Müller gibt Alex ein Glas. „Wenn wir Glück haben, finden wir was im Urin. Viel Hoffnung besteht allerdings nicht, nach der langen Zeit. Warum kommen Sie damit zu mir und gehen nicht zu Ihrem Hausarzt?"

„Ich glaube nicht, dass der mehr Kompetenz in dieser Sache hat, als Sie."

„Alter Schmeichler!", sagt die Ärztin und verlässt mit dem Blut in den Röhrchen den Raum. Im Gehen sagt sie: „Ich rufe Sie an!"

Alex steht vor der Pinnwand, die Julia gestern für den Fall Rolf Unruh eingerichtet hat. Sein Blick hängt an dem Foto und er murmelt: „Unruh, Unruh, Rolf Unruh…"

Julia schaut ihn an. „Und?"

Alex schüttelt den Kopf. Fünf Sekunden später ruft er: „Doch, mit dem habe ich schon mal was zu tun gehabt, aber ich bringe es nicht zusammen. Wie ausradiert." Alex schüttelt den Kopf.

Aus Julias Computer ertönt ein Dreiklang. Das bedeutet, dass eine wichtige oder eilige E-Mail eingegangen ist. Sie öffnet die Datei und beginnt vorzulesen:

„Der bisherige Stand der kriminaltechnischen Ermittlungen im Fall Martina Müller ergibt folgende Übersicht:

In der Wohnung wurde auf dem Küchentisch ein geöffnetes Glas mit Fruchtjoghurt vorgefunden, daneben ein benutzter Löffel. Die Untersuchung ergab, dass der Joghurt mit Parathion versetzt war. Diese Substanz ist ein Alkylophosphat, das bis in die 70er Jahre als Pflanzenschutzmittel mit dem Namen E605 eingesetzt wurde."

Julia schaut Alex an. Der sagt: „Das hieß früher auch Schwiegermuttergift!"

„Alex, was ich dir noch nicht gesagt habe, dass das Labor im Krankenhaus die gleiche Substanz aus dem Magen von Martina Müller geholt hat. Doch jetzt kommts: Als Pflanzenschutzmittel wurde es vergällt, dass man es nicht unbemerkt einem Essen zusetzen konnte. Es stank beißend und schmeckte sehr bitter. Frau Müller hat es unvergällt zu sich genommen." Julia schaut wieder zu Alex. „Das kann also nicht irgendeine alte Flasche gewesen sein, die jemand gebunkert hatte. Hier hat ein Chemiker diese Substanz neu kreiert."

„So siehts aus!", sagt Alex.

„Hier steht weiter, dass es sich um ein Mehrwegglas eines Bioladens handelt. Der Deckel war wahrscheinlich nicht mehr durch Vakuum verschlossen, sondern durch einen winzigen Tropfen Kontaktkleber."

„Jemand hat das Glas geöffnet, das Gift reingemischt und dann wieder mit Kleber verschlossen."

Julia nickt.

„Julia, wir wissen doch, wer mit Gift tötet. Frauen." Alex ist sich in diesem Punkt sicher.

„Wissen wir das wirklich?", fragt Julia. „So haben wir das gelernt. Aber zu jeder Regel gibt es eine Ausnahme."

„Ach Julia, jetzt geht das schon wieder los!" Alex fährt sich mit den Fingern durch die Haare.

Julia schlussfolgert: „Wir können also davon ausgehen, dass Martina Müller mit diesem Joghurt das Gift zu sich genommen hat."

Alex nickt.

„Sie hat diesen Joghurt möglicherweise aus dem Kühlschrank in der Wohnung ihrer Schwester genommen. Jedenfalls wusste die Schwester, dass sie diesen Joghurt in ihrem Kühlschrank hatte. Mit ihr habe ich bereits telefoniert. Sie hatte ihn für sich selbst gekauft und wollte ihn eigentlich mit auf die Reise nehmen. Dann hat sie ihn aber vergessen."

„Wo ist die Schwester?"

„Auf dem Weg hierher."

„Gut. Sie ist nach dem Stand der augenblicklichen Ermittlung die Hauptverdächtige."

„Alex, wir haben noch nicht mal einen Überblick über das Umfeld. Wie können wir da schon einen Verdacht haben? Vielleicht hatte es jemand auf die verreiste Schwester abgesehen." Julia zieht die Pinnwand heran und schreibt unter das Passbild von Martina Müller: Joghurt – woher? Feinde? Wer profitiert? Hinter diese Frage schreibt Julia: Wanda Wiesner und deren Mutter. Julia notiert weiter ihre Fragen: Warum war die Vergiftete in der Wohnung ihrer Schwester?

Alex liest und kommentiert: „Warum ist die Schwester verreist? Gift benutzt man, wenn man den Todeskampf des Opfers nicht mit ansehen will."

Julia nickt und schreibt: Wanda Wiesner (Schwester) warum verreist?

„Julia, das ist der Klassiker!"

„Scheint so…"

„Steht noch etwas im Bericht?"

„Ja. Die daktyloskopische Auswertung mehrerer Fingerabdrücke ist noch nicht abgeschlossen."

„Was hat die KT in der Wohnung sonst noch gefunden?"

„Der Auftrag beschränkte sich vorerst auf den Joghurt."

Alex tritt vor die Pinnwand. Er schaut auf das Foto von Frau Müller. „Hier können wir erst weiter machen, wenn Wanda Wiesner da ist. Lass uns Mittagessen gehen!"

Alex und Julia suchen in der Kantine einen freien Tisch. Alex grüßt mehrmals Kollegen, die bereits vor ihren Tellern sitzen. Quer durch den Raum erkennt er einen Kollegen, nickt ihm zu und weiß plötzlich wieder, wer Rolf Unruh ist.

„Julia, ich habe mal bei der Festnahme eines betrügerischen Buchhalters geholfen. Das war der, den man in Hellerau mit der Schlagringverletzung gefunden hat. Stimmts?"

„Na, Gott sei Dank! Deine Erinnerung kommt wieder." Julia ist erleichtert.

Alex nickt. Er stellt das Tablett mit seinem Essen vor sich ab. „Was hat der in Hellerau gemacht? Du sagst, dass ich mit ihm gesprochen haben soll? Ich kann mich nicht daran erinnern."

Julia sagt: „Wenn du dich an den Mann erinnern kannst, dann wird es nicht lange dauern, dass du dich wieder an den Sonntag mit dem Sonnenwendfeuer erinnerst. Dann wird sich der Rest der Fragen auch beantworten lassen. Guten Appetit!"

„Julia, denkst du, dass der mir was in die Cola gemischt hat?"

Sie hebt die Schultern. „Ich hoffe, du erinnerst dich selbst daran. Ich war ja nicht dabei."

Während des Essens zieht Alex ein angespanntes Gesicht. Normalerweise schaltet er die ganze Welt da draußen aus, wenn er Besteck in den

Händen hält. Heute ist er nicht bei der Sache. Er stochert in den Kartoffeln herum, als ob er etwas suche.

„Alex, ich an deiner Stelle, würde jetzt mal rüber gehen und mit dem Kollegen plaudern. Vielleicht kommt dann noch mehr in deiner Erinnerung zurück."

„Super Idee!", sagt er sarkastisch. „Dann kann ich mir gleich ein Schild umhängen: Demenz in der Endphase!" Alex legt sein Handy auf den Tisch überprüft, ob ein Anruf eingegangen ist. Nichts. Nach jedem Bissen schaut er erneut.

„Worauf wartest du?"

„Pathologie", sagt er mit vollem Mund.

Als die beiden mit Kaffeebechern vom Automaten in ihr Dienstzimmer kommen, hält Julia die Spannung nicht mehr aus.

„Alex, ich fahre jetzt in die Wohnung, aus der Martina Müller abgeholt worden ist. Ich will selbst sehen, was sie dort hinterlassen hat."

„Ich komme mit."

„Nein. Bleib hier und versuche dich zu erholen. Ich gehe lieber allein."

Alex schwingt die Jacke über und steht schon an der Tür. „Julia, noch bin ich der Teamleiter! Kann sein, dass sich das irgendwann ändert. Doch bis dahin werde ich entscheiden, was ich tue. Auch wenn ich heute nicht ganz fit bin, gibt dir das noch lange nicht das Recht, mich zu bevormunden."

„Nein, natürlich nicht. So war das nicht gemeint, Alex." Leise murmelt sie: „Ich mache mir Sorgen."

Alex dreht sich zu ihr um und brüllt: „Vergiss es!"

Wanda Wiesner wohnt in einem Gebäude, direkt am Altmarkt. Im Erdgeschoss haben noble Geschäfte, Juweliere und Boutiquen ihre Läden. In den Etagen darüber haben sind Makler, Ärzte der

Schönheitschirurgie und Edelmetallhändler niedergelassen und darüber befinden sich edle, teure Wohnungen. Die Wohnungstür von Wanda Wiesner ist von der Spurensicherung versiegelt worden. Mit wenigen Handgriffen öffnet Julia die Tür. Alex tritt zuerst ein. Alle Zimmertüren sind offen. Es ist freundlich in dem kleinen Zwei-Zimmer-Apartment. Kleine Teppiche auf Echtholzparkett, Bilder in goldenen Rahmen, Gardinen, überall Grünpflanzen und über dem Bett eine seidene Decke, mit der Tapete farblich abgestimmt.

Im Wohnzimmer hatten die Rettungskräfte dieses Bild der Harmonie gestört. Der Couchtisch steht direkt vor dem Wohnzimmerschrank. Die Sofakissen liegen auf dem Boden. Ein Weinglas ist umgestoßen worden und auch eine Obstschale. Auf dem Teppich liegen drei zertretene Erdbeeren. Alex und Julia versuchen die Geschehnisse des Sonntagabends zu ergründen.

„Sie hat den Joghurt in der Küche gegessen und sich dann ein Getränk genommen", sagt Alex. Er geht zu einem kleinen Servierwagen. Er findet schnell eine offene Flasche Wein und riecht daran. „Der große Fleck auf dem Teppich lässt vermuten, dass sie nichts aus dem Glas getrunken hat."

Julia nickt und fotografiert.

Alex schaut sich um und dann geht er in den Flur. Er öffnet eine kleine Reisetasche aus dunkelbraunem Leder. Er betrachtet den Inhalt und sagt: „Wenn das die Sachen von Frau Müller sind, dann wollte sie nur eine Nacht hier verbringen."

Julia schaut ebenfalls und nickt. „Hier liegt ein Bestellkärtchen von einer Radiologischen Praxis zu einer Kontrolluntersuchung. Montag, um 8.30 Uhr. Die Adresse ist hier in der Nebenstraße."

„Wenn wir das mal zusammenfassen, dann wollte die Frau hier bei ihrer Schwester übernachten, um den Weg zu ihrem Termin von hier aus anzutreten. Das erscheint sinnvoll. Von ihrer Wohnung aus hätte sie mindestens eine Stunde Anfahrt gehabt."

Julia geht zurück ins Wohnzimmer und fühlt mit dem Finger in einen Blumentopf. „Sie hat die Pflanzen gegossen."

„Wollen wir mal sehen, womit sie sich die Zeit vertrieben hat", sagt Alex und schaltet den Fernseher ein. Ein Video läuft an. Zwei Frauen. Die eine sieht aus wie Frau Müller vor einigen Jahren, die andere ist etwas kleiner und jünger. Beide stehen unter Palmen und winken in die Kamera. Alex nimmt die Hülle des Videos und liest: „Urlaub 2015 – Teneriffa". Das Video zeigt die Schwestern, die sich gut verstehen und einen Urlaub genießen.

Julia schiebt den Couchtisch wieder an seinen Platz und dabei findet sie das Telefon auf dem Boden. Sie drückt die Wahlwiederholung und sieht die Nummer der Rettungsstelle. Alex hat das Weinglas aufgehoben und riecht daran. „Wein, oder etwas in der Art." Er zieht sein Handy heraus und beauftragt die Spurensicherung das Weinglas und die Getränke auf dem Servierwagen ebenfalls noch zu untersuchen.

Julia steht in der Küche und öffnet den Kühlschrank. Er ist komplett leer, ebenso der Mülleimer. Die Spurensicherung hat alles mitgenommen.

„Julia, wir sollten uns jetzt die Wohnung von Frau Müller ansehen."

Die beiden fahren nach Radebeul. Am westlichen Stadtrand von Dresden grenzen die beiden Städte aneinander. Radebeul ist ein idyllisches Fleckchen Erde. Weinbau und Wohlstand, wohin man schaut. In ihrer Villa bewohnt Frau Müller das Obergeschoss. Das Erdgeschoss ist vermietet. Der Garten ist wie ein Park gestaltet. Parkbänke und geschwungene Wege, hübsche Lampen und ein kleiner Teich lassen das Grundstück größer erscheinen als es ist.

Julia öffnet die Haustür und schaut auf die Klingelschilder. Als die beiden die Treppe hinaufsteigen, öffnet sich die Wohnungstür im Erdgeschoss. „Kann ich Ihnen helfen?", fragt eine junge Frau.

Alex zeigt seinen Ausweis. „Wir überprüfen die Wohnung von Frau Müller."

„Was ist geschehen?"

„Nichts. Nur Routine", sagt Alex. „Bitte, können Sie mir sagen, wann Sie Frau Müller das letzte Mal gesehen haben?"

Die Frau schaut nach unten und zieht die Stirn in Falten. „Sonntag, denke ich. Sie hat den Müll rausgebracht und gesagt, dass sie zu ihrer Schwester fährt, um die Blumen zu gießen. Sie wollte am Montagnachmittag wieder hier sein. Sie wollte zum Arzt und noch einige Dinge besorgen in der Stadt. Ich habe sie seitdem noch nicht wieder gesehen. Ist etwas passiert?"

„Sie wird es Ihnen selbst sagen, wenn sie wieder hier ist."

„Ist sie verhaftet?"

„Nein. Wir schauen uns nur kurz ihre Wohnung an. Alles reine Routine."

Alex und Julia finden den gleichen Einrichtungsgeschmack auch in der großen Wohnung von Martina Müller. Gardinen, Bilder, Teppiche, Vasen. Keine Grünpflanzen. Dafür aber Nippes aus Meissner Porzellan, Goldrandgläser, Lampen aus Kristallglas und eine Sammlung goldener Taschenuhren. Auf der Dachterrasse steht ebenfalls nicht eine Pflanze. Dafür eine bequeme Liege, Sonnenschirm und eine gekühlte Minibar. Alex findet im Schlafzimmer einen Ordner mit Kontoauszügen. Er zieht die Augenbrauen hoch und zeigt sie Julia. „Geldsorgen hatte sie nicht!" Alex setzt ein breites Grinsen auf. „Die Schwester ist die Begünstigte im Todesfall. Ich habe Menschen schon für weniger morden sehen."

Julia verzieht das Gesicht. „Alex, schau: Fotos. Die beiden Schwestern haben viel miteinander unternommen. Das tut man nicht, wenn man sich hasst."

„Das kann alles nur Tarnung sein."

Es ist bereits ruhig im Polizeipräsidium, als die beiden zurückkommen. Sie hätten auch Feierabend machen können. Alex will unbedingt noch die Notizen des Tages ablegen. Normalerweise überlässt er das stillschweigend Julia. Doch heute tut er, als wäre es seine wichtigste Aufgabe. Auf seinem Schreibtisch blinkt der Anrufbeantworter. Frau Dr. Wagner-Müller hat eine Nachricht hinterlassen. „Es gibt nichts, was einen Hinweis auf Ihre Vergiftung gibt. Tut mir leid. Sie hätten früher kommen müssen", ist die Ansage auf dem Anrufbeantworter.

„Auch gut", sagt Alex und schaut zu Julia. Sie lässt ihren Computer herunterfahren.

„Julia, ich möchte, dass du über alles, was mich betrifft, absolut den Mund hältst. Verstanden!"

„Alex, mit verstanden ist bei mir gar nichts zu machen. Du bist zwar der Chef, aber ich trage genauso die Verantwortung einer Polizistin, wie du. Ich akzeptiere, dass du in deiner eigenen, extrem bedrohlichen Angelegenheit nichts unternehmen willst. Ich verstehe es nicht, aber ich akzeptiere es. Ich verstehe, dass du auf mich sauer bist, weil ich mit Germer darüber gesprochen habe. Er hat mich diesbezüglich reingelegt. Zugegeben, das hätte nicht passieren dürfen. Ist es aber. Es tut mir leid. Ich verstehe absolut nicht, warum du das Geschehene abtust. Aber ich sollte es verstehen, wenn wir künftig weiter zusammenarbeiten müssen." Normalerweise fällt Alex jedem ins Wort, wenn das Gespräch eine Richtung nimmt, die ihm nicht gefällt. Doch er hat sogar nach Julias letzten Worten mit seiner Antwort gezögert. „Julia, du weißt genau, was für eine Mühle in Gang gesetzt wird, wenn erst einmal interne Ermittlungen starten. Germer hat mich bei dem Personalgespräch auf allen Ebenen in Frage gestellt. Ich will ihm einfach keinen Anlass geben, mich weiterhin zu beobachten. Es ist meine Privatangelegenheit. Wenn sich jemand an meine Tochter ranmacht, dann muss ich das privat regeln. Erinnerst du dich noch, als im letzten Jahr Jonas vor Gericht stand? Da habe ich eines meiner Kinder verloren. Ich weiß nicht, ob das jemals wieder in Ordnung kommt. Ich kann bei Laura nichts riskieren."

Julia erinnert sich genau, wie damals Alexanders Stiefsohn jede Hilfe und jede letzte Chance ausgeschlagen hatte. Er wollte als Sohn eines Polizisten allen Widerstand leisten, den ein junger Erwachsener seinem Vater nur entgegenbringen kann. Er hatte sich in Drogengeschäfte eingelassen. Er hat Drogen mit Mietautos transportiert, die er mit Alexanders Kreditkarte angemietet hat. Jonas hat alles getan, um seinen Vater zu belasten. Wäre der Junge reumütig gewesen und hätte er Besserung gelobt, wäre ihm das Gefängnis erspart geblieben. Nun fürchtet Alex, dass seine Tochter in gleicher Weise gegen ihn rebelliert, wie einst sein angenommener Sohn.

Julia nickt. „Du musst selbst wissen, was du tust, Alex. Ist noch etwas, oder kann ich gehen?"

„Mach Feierabend. Wir können heute nichts mehr tun. Tschüss"

„Tschüss, Alex", sagt Julia und nimmt die Jacke über den Arm. Dann dreht sie sich noch einmal um: „Hast du jemanden, bei dem du heute schlafen kannst?"

„Ich gehe nach Hause!", sagt Alex mit Entrüstung in der Stimme. „Ich überlasse mein Haus niemandem kampflos."

„Pass auf, dass du nicht derjenige bist, der nach dem Kampf liegenbleibt."

Als Julia außer Hörweite ist, brummt er: „Danke, aber ich brauche dein Mitleid nicht."

Mittwoch

Alex sitzt schon vor seinem Computer, als Julia ins Dienstzimmer kommt. Er sieht ausgeschlafen und gepflegt aus. Kaum, dass sie ihn begrüßt hat, steht Volkmann im Raum, ohne anzuklopfen.

„Moin, was gibts?", fragt er nachdrücklich.

Julia schiebt die Pinnwand mit dem Fall Rolf Unruh so, dass der Staatsanwalt sie sehen kann. Dann erklärt sie, was vorgefallen ist. Noch bevor sie sich dem Fall Martina Müller zuwenden kann, fragt Volkmann:

„Hat der Herr Kriminalhauptkommissar auch etwas zu berichten, oder sind das Ihre Fälle, Frau Kranz?"

Alex schnappt nach Luft und würde Volkmann gern alles sagen, was sich in ihm aufgestaut hat, doch Julia schiebt sich zwischen die beiden:

„Wir sind ein Team und arbeiten immer gemeinsam. Das wissen Sie doch, Herr Staatsanwalt."

Alex steht auf und verlässt das Zimmer. Sein Kopf ist krebsrot und seine Hände zittern. Hatte er bis eben noch Zweifel, dass der Staatsanwalt seine Spielchen mit ihm treibt, so ist er sich jetzt dessen sicher.

„Drecksack", brummt er, als es niemand hören kann.

„Herr Volkmann", fragt Julia, „was geht hier vor? Was ist mit meinem Kollegen und Ihnen?"

„Frau Kranz, falls es Ihnen noch nicht aufgefallen ist, gibt es keine Anweisung, die Ihr Teamchef nicht versucht zu untergraben. Jede Anweisung, jede Priorität, die ich vorgebe, wird ignoriert. Stattdessen ermittelt der Herr Kriminalhauptkommissar so, wie es ihm genehm ist. Das werde ich keinesfalls dulden. Es kann schon sein, dass er sich für den Chef hält, aber ich muss die Ermittlungen vor Gericht aufrechterhalten. Wenn ich keine schlüssige Beweisführung abliefern kann, wird die ganze Anklage sinnlos. Das ist mein Job. Natürlich hat Ihr Kollege eine andere Auffassung von seinem Beruf als ich. Doch ich bin derjenige, der weiß, worauf es ankommt. Also: ICH leite die Ermittlungen!" Dann wendet er sich der Pinnwand zu und betrachtet die Ergebnisse, die im Fall der vergifteten Martina Müller zusammengetragen wurden. Julia druckt die Ergebnisse der Spurensicherung aus und Volkmann liest, als Alex wieder ins Zimmer kommt. Volkmann wiederholt seine Ansprache, die er eben an Julia gerichtet hat, nun an Alex. Sein letzter Satz lautet: „Herr List, wenn Sie ein Problem mit dieser Tatsache haben, dann sind Sie hier falsch, nicht ich. Jetzt können Sie gern zu Ihrem Vorgesetzten, Polizeirat Germer oder auch gleich zu Polizeioberrat Wiegold gehen und sich über mich beschweren. Das würde mir entgegenkommen." Dann wendet sich Volkmann wieder dem Bericht der Spurensicherung zu. Er fragt, wer von dem möglichen Tod dieser Frau profitieren könnte. Als Julia antwortet: „Die Mutter der Frau Müller und ihre Schwester Wanda Wiesner", klingelt das Telefon. Der Pförtner des Besuchereinganges meldet, dass eben jene Schwester eingetroffen sei und nach Julia Kranz gefragt hat.

Im Vernehmungszimmer steht Wanda Wiesner. Sie hat eine schwere Reisetasche bei sich. Ihr Gesicht ist rot und ihr Atem ist hastig. „Wie geht es meiner Schwester? Ich will sie sehen. Sofort!"

Julia rückt einen Stuhl für sie zurecht und macht eine Handbewegung, dass sie sich setzen soll.

Jens Volkmann steht hinter der verspiegelten Scheibe und beobachtet jede Regung.

Julia fragt: „Sie sind Frau Wiesner?"

„Ja, aber sagen Sie mir, wie geht es meiner Schwester. Das ist für mich im Augenblick die wichtigste Frage."

„Kann ich bitte Ihren Ausweis sehen."

Frau Wiesner sucht den Ausweis heraus.

„Bitte, nehmen Sie Platz. Ich habe Fragen an Sie."

„Was ist mit meiner Schwester?"

„Ihre Schwester liegt auf der Intensivstation. Sie ist nicht bei Bewusstsein. Sie können sie auch nicht besuchen. So lange wir nicht wissen, wer sie vergiftet hat, darf niemand zu ihr. Auch Sie nicht. Sie können uns aber helfen. Wir haben eine Menge Fragen."

„Wird sie überleben?"

„Die Ärzte tun ihr Möglichstes."

„Was kann ich tun? Was wollen Sie wissen?"

„Zuerst brauchen wir Ihre Fingerabdrücke. Sind Sie damit einverstanden?"

„Ja, bitte!" Sie hält ihre Hände vor und Julia holt den Scanner, mit dem sie die daktyloskopischen Rillen an Frau Wiesners Händen erfasst. Die Frau schaut Julia vertrauensvoll an. „Wenn ich helfen kann, dann bitte."

„Frau Wiesner, wir stehen mit unseren Ermittlungen noch ganz am Anfang. Wir wissen nur, dass Ihre Schwester in Ihrer Wohnung etwas zu sich genommen hat, dass möglicherweise eine giftige Substanz enthalten hat. Was könnte das sein?"

Mit dem tiefen Ton der Überzeugung sagt sie: „Ich weiß es nicht. Ich habe keine Ahnung und ich habe nichts damit zu tun."

„Was hatten Sie in Ihrem Kühlschrank?"

„Da war kaum noch etwas. Eine Zitrone vielleicht und ein angerissenes Stück Butter, eine Tube Tomatenmark und ein Becher Senf. Ich wollte doch wegfahren und deshalb habe ich den Kühlschrank vorher leer gemacht."

„Denken Sie genau nach."

„Ein Glas Fruchtjoghurt war da. Den hatte ich für meine Reise gekauft. Den wollte ich mitnehmen und dann habe ich ihn doch vergessen."

„Aha." Julia wartet, ehe sie weiterspricht.

„Ja. Den habe ich einfach vergessen."

„Ihre Schwester wollte bei Ihnen übernachten. Wussten Sie das?"

„Ja. Das wusste ich. Sie hatte einen Termin bei einem Arzt und sie wollte meine Pflanzen gießen."

„Hatten Sie für diese Übernachtung nichts eingekauft? Wollten Sie Ihre Schwester an diesem Abend hungern lassen?"

„Nein. Sie kauft sich gerne Meeresfrüchte in dem Spezialitätenladen gleich um die Ecke. Das tut sie immer, wenn sie bei mir übernachtet. Ich mache mir nichts daraus. Sie sagte, dass sie sich selbst um ihr Essen kümmern wollte."

Julias Handy vibriert in ihrer Tasche. Sie schaut nach und liest eine Textnachricht von Alex: „Martina Müller ist gestorben". Julia leitet diese Nachricht an Volkmann weiter.

„Frau Wiesner, ich habe soeben eine Information bekommen und muss etwas überprüfen. Bitte warten Sie einen Augenblick. Ich bin gleich wieder da."

Julia geht zu Volkmann, der noch immer hinter der verspiegelten Scheibe steht. Er sagt: „Jetzt haben wir eine Tote. Das ändert die Lage. Wir brauchen das komplette Programm der Spurensicherung." Volkmann eilt ins Dienstzimmer und beauftragt Alex: „Als nächstes muss die Spurensicherung sowohl in die Wohnung von Frau Wiesner, als auch in die Wohnung der Toten."

Alex nickt.

„Ich will wissen, ob Rückstände von diesem Gift irgendwo nachzuweisen sind. Abflüsse, Mülleimer, Kosmetik, Putzlappen und jede mögliche Substanz, alles muss überprüft werden. Alles, was nur irgendwie vorhanden ist, wird untersucht."

Das kann dauern, denkt Alex, doch er nickt nur und notiert.

„Außerdem brauche ich die kompletten Anruflisten des letzten Jahres von der Toten und ihrer Schwester."

Auch das wird nicht so schnell gehen, wie der Staatsanwalt es fordert, weiß Alex.

„Machen Sie das mit Nachdruck! Besser gestern als morgen! Haben Sie mich verstanden?"

Normalerweise hätte Alex jetzt eine heftige Widerrede gestartet. Er ist Beamter des Freistaates Sachsen und auch wenn der Staatsanwalt eine höhere Dienststellung hat, so hätte Alex sich nicht in dieser Weise degradieren lassen. Doch angesichts der augenblicklichen Stimmung nickt er nur. Er fühlt, wie an seinem Hals die Adern anschwellen.

Mit langen Schritten eilt Volkmann zurück zum Vernehmungszimmer. Julia steht noch immer vor der einseitig verspiegelten Scheibe des Vernehmungszimmers und schaut auf Frau Wiesner. Die sitzt völlig regungslos und starrt auf die Tischplatte.

„Hat sie was gemacht?", fragt Volkmann.

„Nichts."

„Gut. Frau Kranz, ich möchte, dass Sie versuchen ein positives Gefühl in Frau Wiesner zu erzeugen. Fragen Sie nach der Herkunft es Joghurts. Nach jeder Kleinigkeit dazu. Versuchen Sie etwas über den Freundeskreis sowohl dieser Frau, als auch der Toten in Erfahrung zu bringen. Vielleicht haben Sie Glück und bekommen einen Hinweis auf den Lieferanten des Giftes. Fragen Sie auch nach der Mutter. Schließlich profitiert die auch vom Tod ihrer Tochter. Halten Sie die Information, dass Frau Müller verstorben ist, vorerst noch zurück. Wir werden ihr das sagen, wenn es für die Ermittlungen richtig ist.

„Aber die Vorschriften besagen ganz klar…"

„Sie sind lange genug dabei um zu verstehen, was ich von Ihnen will. Die Vorschriften kenne ich selbst. Erst, wenn die Frau als Tatverdächtige vernommen wird, hat sie ein Recht auf einen Anwalt. Wir brauchen noch ein wenig Zeit, bis die Spurensicherung etwas gefunden hat."

„Ja, gut", sagt Julia und schaut auf die Frau, die immer mehr in sich zusammensinkt. Wieso ist Volkmann so sicher, dass dort drinnen die Täterin sitzt, fragt sie sich. Doch dann geht sie hinein und tut, was er von ihr erwartet. Volkmann steht auf der anderen Seite der verspiegelten Scheibe.

Julia wendet sich wieder Frau Wiesner zu: „Entschuldigen Sie die Unterbrechung. Wir haben im Moment viel zu tun."

„Ich möchte meine Schwester sehen. Auch wenn ich mit ihr nicht sprechen kann. Ich will sie sehen. Ich habe kein gutes Gefühl. Bitte."

„Frau Wiesner, die Ärzte haben keinen Besuch erlaubt. Es geht ihr sehr schlecht. Sie können mehr für Ihre Schwester tun, wenn Sie uns helfen."

„Wird sie überleben?"

„Davon gehen wir aus, Frau Wiesner. Können Sie mir ein paar Fragen beantworten?"

„Ja. Fragen Sie."

„Was war das für ein Joghurt? Wo haben sie den gekauft?"

„Beim Biobauern Schnabel. Ich kaufe oft dort ein."

Julia gibt die Stichwörter in ihr Handy ein und bekommt eine Adresse angezeigt. Glückliche Kühe und Schafe auf dem Hochland zwischen Dresden und der Sächsischen Schweiz. Sie zeigt die Website und fragt Frau Wiesner, ob das der richtige Verkäufer des Joghurts sei.

„Ja, genau der. Dort bin ich Stammkundin."

„Was kaufen Sie dort gewöhnlich?"

„Obst, Wein, Gemüse und manchmal auch Honig."

„Auch diesen Joghurt?"

„Ja. Das ist die Sorte, die ich am liebsten mag."

„Und Ihre Schwester, mag die diesen Joghurt auch?"

„Eigentlich nicht. Die mag keine Milchprodukte. Sie hat als Kind selten Käse oder Quark gegessen. Es wundert mich, dass sie dieses Glas geöffnet hat."

„Es steht ziemlich genau fest, dass in diesem Joghurt eine giftige Substanz war. Wenn Ihre Schwester keine Milchprodukte isst und es nicht absehbar war, dass sie dieses Glas öffnet, könnte es dann sein, dass nicht Ihre Schwester, sondern Sie vergiftet werden sollten?"

Die Frau schüttelt den Kopf: „Nein, das schließe ich aus."

„Wieso?"

„Ich habe das Glas gekauft, ich habe es selbst transportiert, ich wollte es essen und habe es vergessen. Wenn mich jemand vergiften will, dann muss er mir das Gift doch irgendwie unterschieben. Außer mir war niemand da."

„Handwerker, Putzfrau oder sonst jemand? Hat jemand den Schlüssel zu Ihrer Wohnung?"

„Nur meine Schwester."

„Ihre Mutter nicht?"

„Nein. Was will sie damit? Sie braucht Begleitung, wenn sie das Haus verlässt. Die meiste Zeit sitzt sie in ihrem Sessel und schaut fernsehen. Sie kommt doch kaum noch aus dem Haus."

„Wie ist das Verhältnis zu Ihrer Mutter?"

„Gut. Ich besuche sie regelmäßig und meine Schwester auch. Immer im Wechsel. Einmal sie und einmal ich."

„Wo wohnt Ihre Mutter?"

„In der Neustadt, auf der anderen Elbseite. Warum fragen Sie danach?"

„Wir müssen jede Möglichkeit in Betracht ziehen."

Frau Wiesner reißt die Augen auf: „Sie wollen doch damit nicht andeuten, dass jemand von uns etwas mit diesem Gift zu tun hat?"

„Ich deute damit gar nichts an, Frau Wiesner." Julia zeigt auf die Handtasche der Frau. „Würden Sie uns erlauben, dass wir Ihr Handy untersuchen?"

„Ja." Frau Wiesner holt das Handy heraus. „Hier, bitte. Ich habe keine Geheimzahl. Schauen Sie nach und finden Sie den, der meiner Schwester das angetan hat. Ich habe damit nichts zu tun. Ich bin reinen Herzens!" Tränen rollen über die Wangen der Frau.

Volkmann tritt ein und holt tief Luft: „Frau Wiesner, ich muss Ihnen eine traurige Mitteilung machen. Ihre Schwester ist soeben gestorben."

„Nein! Das glaube ich nicht! Sie halten mich hier fest und irgendwo in einem Krankenhaus liegt meine Schwester und stirbt. Ihre Fragen hätten so lange noch warten können. Ich will sie sehen. Jetzt."

Volkmann beugt sich vor: „Frau Wiesner, wir müssen Sie hierbehalten."

Als Frau Wiesner in eine der Verwahrzellen gebracht wird, sehen Volkmann und Julia ihr hinterher. Der eine ist sich sicher, dass dort die Frau läuft, die ihre eigene Schwester vergiftet hat. Die andere denkt, vielleicht sollte sie vergiftet werden und es war nur ein Zufall, dass es ihre Schwester erwischt hat.

Im Dienstzimmer wird Volkmann amtlich: „Herr List, ich erwarte, dass Sie mich umgehend informieren, wenn die Auswertung der Spurensicherung eingetroffen ist. Ich möchte es nicht noch einmal erleben, dass ich der Letzte bin, der von vorliegenden Untersuchungsergebnissen zufällig erfährt. Das einfache Weiterleiten per E-Mail genügt mir nicht. Ich erwarte, dass Sie mich sofort anrufen."

Alex antwortet mit einem gequälten „Ja."

„Frau Kranz, Sie kümmern sich um die Telefonate der beiden Schwestern. Ich weiß, dass sich die Telefongesellschaften oft viel Zeit lassen, ehe sie solche Anfragen beantworten. Deshalb rufen Sie persönlich an und machen Druck. Wir haben einen Mord, wie es aussieht und der hat jeden Vorrang. Kommen Sie mir nicht mit irgendwelchen Ausreden. Morgen will ich die Telefonlisten hier haben."

„Das kann ich nur, wenn diese Untersuchung richterlich angeordnet ist."

„Ich kümmere mich darum. Diese Anordnung bekommen Sie heute noch von mir."

Julia weiß, dass es eine utopische Forderung ist, doch sie nickt.

„Sobald die Listen da sind, beginnen sie damit nach Kontakten zu suchen, die auf die Herkunft des Giftes hinweisen können. Also zuerst überprüfen Sie die Kontakte von Frau Wiesner auf Chemiker, Apotheker und dergleichen. Wir müssen herausfinden, woher sie das Gift hatte."

Am liebsten hätte Julia heftig widersprochen: Woher wollen Sie wissen, dass sie es war? Doch sie nickt und widerspricht nicht.

Volkmann verlässt den Raum, ohne Gruß und ohne die Tür hinter sich zu schließen.

„Wie ein Schwein vom Trog rennt der weg", brummt Alex leise. In den nächsten Stunden sitzen zwei Kriminalisten an ihren Computern und schreiben. Die eine sitzt am Bericht der Vernehmung einer Frau, die verdächtigt wird. Der andere sitzt an einer Zusammenfassung der Spurensicherung.

„Lass uns Mittag machen", sagt Alex und erst damit weicht die böse Spannung, die Volkmann hinterlassen hat.

Pellkartoffeln mit Kräuterquark, Butter und Leberwurst stehen auf dem Speiseplan.

Auch nach dem Essen gibt es nichts Neues. Weder hat die Spurensicherung einen neuen Bericht geschickt, noch ist die richterlich angeordnete Auswertung der Telefonprotokolle da. Julia ruft trotzdem bei den Telefongesellschaften an und teilt ihre Wünsche mit. Doch erwartungsgemäß lehnen die ab, solange nichts Amtliches auf ihren Tischen liegt.

Alex fährt zur Wohnung von Frau Wiesner. Schon im Treppenhaus stehen Kisten aus Edelstahl mit Untersuchungsmaterial. Alex bleibt an der Wohnungstür stehen und zieht sich einen Overall an. Dann ruft er von der Tür aus: „Pit, kann ich reinkommen?"

„Warte, ich komme" antwortet eine Männerstimme aus dem Inneren der Wohnung. Pit Wilhelms ist der Leiter der kriminaltechnischen Abteilung des Landeskriminalamtes und er ist einer, den Alex aus tiefstem Herzen schätzt. Es gibt nichts, was Pit nicht irgendwie verstehen könnte. Er hat alles studiert, was nur halbwegs interessant ist und er lebt, als müsste er nie sterben. Vor vielen Jahren hat Pit einen alten Bauernhof gekauft und baut nun mit eigenen Händen, was nötig ist. Das Dach ist fertig, mehrere Garagen säumen die Hofstätte und in denen stehen alte Autos. Manche sind fertig aufgebaut und von manchen kann man nur erahnen, was das einmal war und was Pit wieder daraus entstehen lassen will. Sein Hof ist gepflastert und das Haus ist frisch verputzt. Alles sieht aufgeräumt aus und jedes Ding hat seinen Platz. Zum Wohnen hat sich Pit einen Raum im Erdgeschoß hergerichtet. Es ist eine alte Küche mit Herdstelle zum Feuern. In einer Ecke steht sein Schreibtisch mit dem Computer, in der anderen ein Sofa und ein Fernseher am Fußende. Auf diesem Sofa schläft er. Die Dusche hat er hinter einem Vorhang im Flur. Doch wenn er einen Gast im Haus hat, dann stellt er das Haus vor, als ob alles fertig ausgebaut wäre: Hier ist das Bad mit der Eckwanne und dort ist der Wintergarten… Dabei zeigt er auf unverputzte Wände und leere Ecken. Als Alex einmal diese Führung erleben durfte, fragte er, welcher Wert denn in den Oldtimern stecke. Pit meinte: „Wenn du Dinge nach dem materiellen Wert beurteilst, dann kannst du nur Verluste schreiben. Liebst du sie aber, werden sie für dich immer eine Bereicherung sein." Dann hat Pit den Kronkorken einer Bierflasche an den Zinken eines Rechens geöffnet und Alex die Flasche gereicht. Wenn Alex etwas über Pit sagen sollte, dann: Der Mann ist einfach unglaublich.

„Hallo, Alex! Komm hier entlang", sagt Pit und weist Alex den Weg in die Küche. Alle, die in dieser Wohnung zu Gange sind, tragen ebenfalls Overalls und Überzieher über den Schuhen. Alex muss zweimal hinschauen, ehe er erkennt, welcher seiner Kollegen da vor ihm steht. Helena Große, eine von Pits besten Mitarbeiterinnen, steckt mit dem Oberkörper im Unterschrank der Spüle. Sie taucht auf und grüßt. In den Händen hält sie den Siphon des Abflusses. Sie packt ihn in eine Plastiktüte.

„Was habt ihr schon?", fragt Alex.

„Wir haben eben erst angefangen."

Dann berichtet Alex, dass Volkmann über alle Maßen Druck macht. Im Wohnzimmer ist ein Kollege damit beschäftigt, den Boden mit Klebestreifen Zentimeter für Zentimeter abzukleben und die Streifen zu beschriften. In der Küche ist diese Arbeit schon beendet. Sonst hätte Pit hier niemanden hineingelassen.

„Wie lange werdet ihr hier noch brauchen?", fragt Alex.

„Noch den ganzen Tag."

„Kann ich schon irgendeine Information an Volkmann weiterleiten?"

„Ja. Sag ihm, du hast uns alle schlafend vorgefunden und wenn er nicht solchen Stress gemacht hätte, dann würden wir immer noch schnarchen." Pit kann sich solche Antworten erlauben. Er würde es auch sagen, wenn Volkmann anwesend wäre. Pit ist unersetzlich, unentbehrlich. Doch Alex ist es nicht. Das wird ihm gerade wieder schmerzlich klar.

„Pit, bitte rufe mich gleich an, wenn du irgendetwas gefunden hast."

„Klar! Mache ich. Rechne aber nicht vor morgen früh mit Ergebnissen."

„Ich fahre dann mal wieder...", sagt Alex und weiß nicht so recht wohin. Was soll er im Präsidium? Volkmann hat alle Priorität auf den Fall Martina Müller gelegt und alle Spuren sind in Arbeit. Die

Spurensicherung hat noch nichts Neues. Einige von Pits Mitarbeitern werden heute eine Nachtschicht einlegen, um so schnell wie möglich Ergebnisse zu liefern. Alex würde gern etwas tun, was deren Arbeit unterstützt. Doch jede Aktion seinerseits würde den Betrieb nur aufhalten. Am meisten trägt er bei, wenn er sich zurückhält und nicht nervt. Um die Telefonlisten kümmert sich Julia. Sie wird nicht viel erreichen. Selbst wenn sie die richterliche Anordnung hat, wird sie frühestens morgen die Protokolle zugeschickt bekommen. Alex könnte sich um den Fall Rolf Unruh kümmern, doch das wäre heute auch ebenso Anlass zur Rüge. Er schickt Volkmann eine Nachricht: Spurensicherung arbeitet noch. Keine neuen Ergebnisse.

Alex schaut auf die Uhr. In einer halben Stunde hätte er ohnehin Feierabend. Also fährt er nach Hause.

Julia hat sich das Telefon von Frau Wiesner vorgenommen. Sie notiert die letzten Rufnummern, die von deren Handy aus angerufen wurden. Mehrmals hat Wanda Wiesner mit ihrer – inzwischen verstorbenen – Schwester telefoniert. Zweimal hat sie in der letzten Woche ihre Mutter angerufen. Nichts, was ihr weiterhelfen könnte. Sie geht alle Kontakte durch, ob da jemand Zugang zu Chemikalien hat. Doch weder ein Apotheker, noch ein Arzt und auch kein Chemiker ist dabei, soweit ihre Recherche das belegt.

Julia fährt ins Krankenhaus. Sie veranlasst, dass die Tote in die Gerichtsmedizin überstellt wird und sie ordnet die Sektion an. Dann lässt sie die persönlichen Sachen sicherstellen und nimmt das Telefon der Toten an sich. Zurück im Präsidium beginnt sie, nun auch die Telefonlisten der Verstorbenen auszuwerten. Doch das Ergebnis ist genauso wenig hilfreich, wie das ihrer Schwester. Es bleibt nur die Hoffnung, dass die richterliche Anordnung und die Nachfrage bei allen anderen Telefongesellschaften Hinweise bringen. Vielleicht hat eine der Schwestern noch ein Telefon von dem man bisher nichts weiß. Vielleicht kommen dort Kontakte zu Tage, die auf ein Tötungsinteresse hinweisen.

Der richterliche Auftrag liegt inzwischen vor und Julia hat endlich etwas in der Hand, um den nächsten Schritt zu veranlassen. Sie leitet die Anweisung an die Telefongesellschaften der Schwestern weiter und ruft auch dort an. Dringlichkeit!

Julia widerstrebt es, jetzt nach Hause zu fahren. Auch wenn Volkmann in seiner letzten Anweisung den Fall Rolf Unruh vorerst ganz klar kaltgestellt hat und auch im Fall der Vergiftung keine weiteren Schritte möglich sind, sie will heute noch etwas tun. Sie rollt mit ihrem Schreibtischstuhl vor Martina Müllers Pinnwand. Sie betrachtet die Fotos und notiert: Kein Zugang zu Chemikalien.

In einer anderen Farbe schreibt sie: Obduktion.

Hier muss erst neues Material vorliegen ehe ich weitermachen kann. Ihr Blick fällt auf die Pinnwand von Rolf Unruh. Sie schaut ihn eine Weile nur an. Dann notiert sie unter seinem Foto: Mithäftlinge.

Sie müsste jetzt einen Antrag an den Staatsanwalt stellen, dass ihr die Listen der Inhaftierten überstellt werden, mit denen er Kontakt hatte. Doch der Staatsanwalt würde toben, wenn er von ihr diesen Antrag auf den Tisch bekäme. Also schaltet Julia ihren Computer aus und geht nach Hause.

Als Alex die Haustür seines Einfamilienhauses öffnet, wünscht er, dass er seine Waffe mitgenommen hätte. Er kann nicht sagen warum, aber er fühlt sich bedroht. Er hört Geräusche und nimmt Gerüche wahr. Da ist doch jemand, denkt er. Mit aller Vorsicht durchsucht er das ganze Haus. Er geht von Raum zu Raum und schaut nach, ob er seinem Gefühl trauen kann. Er ruft: „Hallo! Ist da jemand? Caro? Laura?" Statt einer Antwort hört er das Klicken eines Lichtschalters irgendwo in einem anderen Zimmer. Alex stürmt nach oben und findet die Räume so vor, wie er sie verlassen hat. Niemand ist da. Er geht in den Keller und er hat wieder dieses beklemmende Gefühl. Alex hält alle Türen im Keller immer geschlossen. Jetzt sind sie offen.

„Hallo! Wer ist da!", ruft er.

Keine Antwort. Er geht von Raum zu Raum und glaubt ganz fest daran, dass er spinnt. Wenn Caro erst wieder zu Hause ist, dann wird alles wieder normal, denkt er. Leise murmelt er: „Es ist nicht gut, dass der Mensch allein ist." Er klinkt an der Kellertür, die hinaus in den Garten führt. Sie ist ordentlich verschlossen. Er schließt die Türen, die offen waren und steigt wieder hinauf. Er hängt seine Jacke an die Flurgarderobe, zieht die Schuhe aus, setzt Kaffeewasser auf und geht ins Bad, um sich die Hände zu waschen. Sein Spiegelbild zeigt einen alten, kranken Mann. Mit leeren Augen schaut er auf sich selbst und fragt leise: „Wozu dieses Leben? Wo liegt der Sinn? Wenn Caro nicht da ist, macht gar nichts Sinn." Er beugt sich über das Waschbecken und schöpft sich Wasser ins Gesicht. Dreimal. Dann schaut er auf. Sein Gesicht tropft. Er greift nach dem Handtuch auf dem Haken. Im Spiegel sieht er etwas, das ihn erschreckt. In der Wanne ist ein Rest Badeschaum und die Wanne glänzt nass vom Wasser. „Verdammt", murmelt er. Doch er ist auch froh, dass sein Gefühl kein Hirngespinst ist. Da war jemand!

Donnerstag

Julia hat heute auf dem Weg zur Arbeit eine völlig neue Übung probiert. Sie hat den ganzen Weg über nicht an die Arbeit gedacht. Es ist ihr wirklich schwergefallen. Sie hat außer ihrer Arbeit nur wenig, woran sie denken könnte. Auch der Versuch, einmal an gar nichts zu denken, ist gescheitert. Nicht mit der allergrößten Anstrengung gelingt es ihr, Alex, den Staatsanwalt und auch nicht die beiden Fälle an denen sie gerade arbeitet, aus ihrem Kopf herauszuhalten. Was soll ich denken, wenn nicht etwas Berufliches, fragt sie sich selbst. Dann hat sie aufgegeben. Ich habe nur Berufliches, antwortet sie sich selbst. Mitten auf der Elbbrücke bleibt sie stehen, schaut dem Dahinziehen des Wassers nach und denkt: Warum habe ich kein Privatleben? Nach einer Sekunde schüttelt sie den Kopf. Natürlich habe ich eins. Heute Abend werde ich meine Mama anrufen und meine Schwester. Irgendwann werde ich einen Mann an meiner Seite haben und eine Familie gründen. Der Richtige ist mir nur noch nicht begegnet. Ein Stück weit kreisen ihre Gedanken darum, wo sie den Mann fürs Leben kennenlernen könnte. Sie hat in der Dienststelle nur mit Polizisten, Verbrechern oder Opfern zu tun und keine dieser Kategorien würde sie sich in ihr privates Leben holen wollen. Ihre alte Tante hat immer gesagt: Womit du dich umgibst, das haftet dir an. Kriminalität, egal ob auf der guten oder bösen Seite, will sie nicht auch noch zu Hause um sich haben. Was dann, überlegt sie. Ganz langsam kommt ein Bild aus dem Nebel. Ein stämmiger Mann in Gummistiefeln und Latzhose läuft zwischen langen Reihen Apfelbäumen entlang. Er prüft die Blüten und zählt die Bienen, die auf den Blüten krabbeln. Dann holt er seine Gartenschere aus der Tasche und schneidet hier und da etwas ab. Am Ende der Plantage stehen Bienenkörbe mit lebendigen Helfern. Abends sitzt er im Wohnzimmer, blättert in Fachliteratur und sein Hund liegt auf dem Teppich. Zu diesem Bild fühlt sie sich hingezogen.

Ein Radfahrer rast an ihr vorbei und schreckt sie aus ihren Gedanken. Sie denkt: Es ist nicht gut, wenn ich mich in Sehnsüchten bade. Das macht es nur noch schlimmer. Den Rest des Weges sind ihre Gedanken bei Martina Müller und Rolf Unruh.

Alex ist schon wieder unterwegs, als Julia in die Dienststelle kommt. Er muss sehr früh dagewesen sein. Er ist zu Martina Müllers und Wanda Wiesners Mutter unterwegs. Er hat es ihr mit einer Textnachricht auf ihr Handy mitgeteilt.

Julia startet ihren Computer und fragt die Posteingänge ab. Pit Wilhelms hat die ersten Ergebnisse aus dem Labor. In der Wohnung von Wanda Wiesner war nicht die geringste Spur des Giftes zu finden. Nicht in einem Behältnis, nicht an einem Gegenstand und auch nicht in den Rohren der Abflüsse. Ausschließlich im Joghurtglas und an dem Löffel, den Martina Müller benutzt hat, konnte das Gift nachgewiesen werden. Julia überlegt und schlussfolgert, dass in dieser Küche nicht mit dem Gift hantiert worden ist. Es muss an einem anderen Ort in das Joghurtglas gekommen sein.

Im nächsten Absatz der Spurenauswertung teilt Pit mit, dass die Auswertung der daktyloskopischen Spuren erst abgeschlossen werden kann, wenn Vergleichsmaterialien von allen Fingerabdrücken aller Beteiligten vorliegen. Julia erweitert den Auftrag zur Obduktion von Martina Müller um den Passus: Fingerabdrücke von allen Fingern und Handabdruck sichern.

Ein akustisches Signal verrät Julia, dass eine Information mit Dringlichkeit bei ihr eingegangen ist. Sie schaut nach. Die Auswertung der Funkzellen vom Hellerauer Markt liegt vor. Rolf Unruh – der Fall ist im Augenblick zweitrangig. Julia wirft nur kurz einen Blick auf die Auswertung und verdreht die Augen. Tausende Telefonnummern sind aufgelistet. Sie wird sich später darum kümmern, wenn der Staatsanwalt an diesem Fall weiterarbeitet. Bei dieser Menge an Daten wird sie wissen müssen, was sie sucht. Doch das ist nicht ihre augenblickliche Sorge. Sie greift zum Telefon und lässt sich Frau Wiesner in den Vernehmungsraum bringen.

Alex ist vom Pflegedienst der alten Frau Wiesner hereingelassen worden. Die alte Dame machte einen unwirschen Eindruck. „Wer sind Sie und was wollen Sie?", fragt sie mit vollem Mund. Sie hat ihr Butterbrötchen in den Kaffee getaucht und abgebissen.

„Mein Name ist Alexander List, Kriminalhauptkommissar, und ich bringe Ihnen eine traurige Nachricht."

„In meinem Alter hat man nur noch traurige Nachrichten zu erwarten."

Die Pflegerin räuspert sich: „Leichte Demenz", sagt sie leise hinter dem Rücken der alten Dame.

Alex nickt.

„Frau Wiesner, ich fürchte, diese Nachricht ist besonders traurig. Ihre Tochter Martina ist gestorben."

Frau Wiesner schaut auf und fragt: „Was ist geschehen? War sie denn schon dran, mit dem Sterben?"

„Frau Wiesner, Ihre Tochter ist an einem Gift gestorben."

„Wanda, das Luder! Hat sie es geschafft! Bei mir versucht sie es seit Jahren. Ich esse nichts, was sie mitgebracht hat." Die Frau beugt sich vor und flüstert: „Sie will mein Geld!"

„Ach ja? Erzählen Sie mir von Wanda."

„Sie hat keinen Mann und auch sonst niemanden. Sie ist missgünstig und habgierig. Sie gönnt mir mein gutes Verhältnis zu Martina nicht. So siehts aus!" Die alte Dame starrt Alex an. Ihr Gesicht verändert sich. „Was haben Sie gesagt? Martina ist tot? Sie spinnen doch. Niemals."

„Leider nicht." Alex weiß, dass er die nächsten Augenblicke nutzen muss, ehe die Frau begreift, dass eine ihrer Töchter nicht mehr am Leben ist. „Frau Wiesner, sie sagten, dass sie fürchten, dass auch Sie vergiftet werden sollen? Wie kommen Sie darauf?"

„Jedes Mal, wenn Wanda hier war, fühle ich mich schlechter und schlechter. Das ist doch kein Zufall. Ich kann mich kaum noch auf den Beinen halten und außerdem durchwühlt sie meine Sachen. Ich finde nichts mehr. Wahrscheinlich hat sie alles weggetragen, was ihr gefallen hat."

„Frau Wiesner, können Sie mir etwas zu Martinas Essgewohnheiten sagen?"

„Was wollen Sie wissen!"

„Hat Martina gern Milchprodukte gegessen? Joghurt, Käse, Quark..."

„Ja, das isst sie sehr gern, schon als Kind."

Alex nickt.

„Frau Wiesner, wenn Sie vermuten, dass Sie vergiftet werden, muss ich Sie untersuchen lassen. Das ist ein schwerer Vorwurf. Dem muss ich nachgehen."

Alex telefoniert. Dann schaut er Frau Wiesner an und sagt: „Heute kommt noch jemand und der wird Ihnen Blut abnehmen. Dann wissen wir, ob Sie jemand vergiften will."

„Ich will hier niemanden haben und mein Blut geht nur mich etwas an."

„Frau Wiesner, das ist nicht Ihre Entscheidung. Das will das Gesetz."

„Gesetz, Gesetz! Wo ist denn Ihr Gesetz, wenn ich nicht mehr aufstehen kann..." Frau Wiesner ist rot vor Wut und würde gern etwas nach Alex werfen, doch der ist bereits an der Tür und ruft: „Auf Wiedersehen."

Alex verfasst eine Textnachricht über das Ergebnis dieser Untersuchung und schickt sie Julia.

Julia sitzt Wanda Wiesner gegenüber und will gerade mit ihrer Befragung beginnen, da vibriert ihr Telefon. Textnachricht von Alex: Mutter vermutet, dass sie ebenfalls vergiftet wird.

Manchmal, das weiß Julia, ist nicht alles Unsinn, was ein Mensch im Abbau seines Geistes sagt.

Die Frau, die im Vernehmungsraum ihr gegenübersitzt, sieht elend aus. „Wie geht es Ihnen, Frau Wiesner?"

Die Antwort ist ein leises Kopfschütteln. „Meine Schwester ist tot. Ich konnte mich nicht von ihr verabschieden. Ich bin verdächtig, sie umgebracht zu haben. Wie soll es mir gehen? Miserabel. Das ist noch zu milde ausgedrückt."

Julia fühlt einen Stich im Herzen. Sie glaubt nicht, dass diese Frau ihre Schwester vergiftet hat. Ganz und gar nicht. Doch der Staatsanwalt hat diese Ermittlung angeordnet und sie hat nur sehr wenig Handlungsspielraum. Sie hofft so sehr, dass sich ein neuer Ermittlungsansatz offenbart, weit ab von Wanda Wiesner.

„Frau Wiesner, im Augenblick haben wir nur eine Chance: Wir müssen systematisch jede Möglichkeit abarbeiten. Nur so können wir herausfinden, was geschehen ist. Was ist ihre Vermutung? Wie erklären Sie sich, was geschehen ist?"

„Ich kann nicht glauben, was geschehen ist. Vielleicht wollte mich jemand vergiften. Martina macht sich normalerweise nichts aus Milchprodukten. Mich wundert, dass sie das Glas überhaupt angerührt hat."

„Hätte denn jemand Zutritt zu Ihrer Wohnung gehabt, um an Ihren Kühlschrank heranzukommen?"

„Nein." Sie schüttelt den Kopf. „Vielleicht ja doch! Wir haben eine Schließanlage, wo Haustür und Wohnungstür mit dem gleichen Schlüssel aufgeschlossen werden. Niemand weiß, wie viele gleiche Schlüssel dieses Haus hat. Es sind hunderte Türen, die zu dieser Schließanlage gehören. Der Hausmeister hat einen Generalschlüssel und jeder Schlüsseldienst macht die Tür in ein paar Sekunden auf."

„Wer könnte ein Interesse an Ihrem Tod haben?"

„Wenn Sie denken, dass das Gift für mich bestimmt war, warum bin ich dann verdächtig? Warum kann ich dann nicht zu meiner Schwester, auch wenn es bereits zu spät ist?"

„Wie ich schon sagte: Ich suche nach weiteren Möglichkeiten. Also, wer würde von Ihrem Tod profitieren?"

„Seit Jahren versucht mich der Hausbesitzer aus meiner Wohnung zu drängen. Er hat eine Eigenbedarfsklage gegen mich angestrebt. Mich hat damals nur gerettet, dass in der Etage über mir der Mieter freiwillig ausgezogen ist. Damit war der Eigenbedarf vom Tisch. Aber ich bekomme bei jeder Gelegenheit ein böses Schreiben, das mich in Bedrängnis bringt."

„Warum, was ist der Grund?"

„Ich habe einen sehr alten Mietvertrag und ich bezahle verhältnismäßig wenig Miete. Ich bekomme zwar regelmäßig eine Mieterhöhung, aber wenn er meine Wohnung renoviert und komplett neu vermietet, bekommt der Besitzer das Doppelte."

„Was hat er denn schon unternommen, um sie loszuwerden?"

„Das Letzte, woran ich mich erinnere war, dass im Keller ein Kanister Benzin gefunden wurde, auf dem mein Name stand. Die Klage lautete: Gefährdung der allgemeinen Sicherheit. Davor hat eine Wohnungsbegehung stattgefunden. Der Besitzer hatte einen Begleiter und der hat anschließend bezeugt, dass ich beleidigend gewesen sei. Während der ganzen Zeit war meine Schwester anwesend und die hat das Gegenteil bestätigt. Nur so konnte ich meine Wohnung behalten. So geht das schon seit Jahren. Der würde die teuerste Flasche Champagner öffnen, wenn er mich los wäre."

„Wie heißt der Mann, wo wohnt er?"

Frau Wiesner schreibt den Namen Georg Wittmann und die Adresse auf einen Zettel.

Julia freut sich, dass sich hier ein neuer Ermittlungsansatz auftut. Diese Frau, die da vor ihr sitzt, hat ihrer Schwester nichts angetan. Davon ist Julia überzeugt. Sie nimmt das Papier und fragt: „Frau Wiesner, gibt es jemanden in Ihrem oder im Umfeld Ihrer Schwester, der an Chemikalien herankommt. Vielleicht ein Apotheker, ein Chemiker oder vielleicht auch ein Lehrer, der für den Chemieunterricht einkauft?"

Frau Wiesner überlegt eine Weile, dann schüttelt die den Kopf. „Nein, nicht das ich wüsste."

„Was haben Sie gearbeitet, als Sie noch berufstätig waren?"

„Ich war Abteilungsleiterin im Finanzamt."

„Haben Sie sich dort Feinde gemacht?"

„Nein. Bestimmt nicht. Ich war für die Umsatzsteuer zuständig. Das war ganz langweiliger Bürokram. Außerdem habe ich dort nie Publikumskontakt gehabt. Ich habe die zusammengefassten Ergebnisse weitergeleitet."

„Wann sind Sie ausgeschieden?"

„Vor vier Jahren."

„Hatten Sie unter Ihren Kollegen oder Vorgesetzten Feinde oder Widersacher?"

Sie schüttelt den Kopf.

Julia macht sich Notizen und überlegt, ob es klug ist, wenn sie Frau Wiesner jetzt auf den Vorwurf ihrer Mutter anspricht. Sie fragt: „Frau Wiesner, wie ist eigentlich Ihr Verhältnis zu Ihrer Mutter?"

Die Frau zieht die Augenbrauen hoch. „Früher war es gut. Unsere Mama war eine tolle Frau. Sie war lebenslustig und voller Elan. Doch mit den Jahren wurde sie immer verschlossener. Als wir beide, Martina und ich, in Rente gingen, wurde sie missgünstig. Wenn wir beiden etwas zusammen unternahmen, hat sie uns die Gemeinsamkeit geneidet. Sie wollte selbst an diesen Unternehmungen nicht teilhaben. Sie wollte, dass wir bei ihr sind, um ihre schlechte Laune zu ertragen. Seit ein paar Monaten behauptet sie, dass der Pflegedienst ihr nach dem Leben trachtet. Das ist natürlich kompletter Unsinn. Im Herbst letzten Jahres hat sie die Diagnose Alzheimer bekommen. Wir werden sehen müssen... Nein, ich werde sehen müssen, wie ich mit ihr zurechtkomme. Sie ist so einsam. Doch sie ist auch einsam, wenn ich bei ihr bin. Sie findet sich selbst nicht mehr."

„Frau Wiesner, ich kann Sie leider nicht gehen lassen."

Die Frau hinter dem Tisch hat ein rotes Gesicht und sie ist kurzatmig. Sie macht den Eindruck, als friere sie.

Sie nickt. Als sie sich erhebt, schwankt sie. Julia fängt sie auf. Die Frau ist glühend heiß.

„Haben Sie Fieber?"

Keine Antwort.

Julia veranlasst, dass Frau Wiesner einem Arzt vorgestellt wird.

Alex sitzt an seinem Computer und gibt die Auswertung seiner letzten Ermittlung ein.

„Julia, die Mutter der beiden Schwestern ist nicht mehr auf der Höhe. Sie würde als Zeugin keine verlässliche Aussage machen. Ich denke, es ist besser, wir nehmen sie aus den Ermittlungen heraus. Ich habe eine Blutuntersuchung veranlasst. Sie hat behauptet, dass man sie vergiftet. Ich glaube das nicht. Ich will das vorsichtshalber aber genau wissen."

„Sei ehrlich, Alex, du glaubst auch nicht, dass hier eine Schwester die andere umgebracht hat?"

Alex schüttelt den Kopf. „Darum geht es nicht. Wir müssen eine Beweisführung liefern. Mein Glaube ist hier nicht gefragt."

Neue Informationen kommen aus der Kriminaltechnik. Jetzt sind alle Ergebnisse da. Weder im Müll, noch im Geschirrspüler oder an einem

Lappen ist die geringste Spur der gesuchten Substanz E605 zu finden. Es gibt nicht den kleinsten Hinweis in der Wohnung von Wanda Wiesner. Alex liest es vor. Er nimmt sein Telefon und unterrichtet den Staatsanwalt von den jüngsten Ergebnissen. Dann sagt er: „Julia, es gibt in der Kantine Frikassee vom Huhn mit Reis und frischen grünen Salat. Niemand hat etwas davon, wenn wir beide verhungern. Lass uns essen gehen."

Neue Informationen sind eingegangen. Die Telefonprotokolle der beiden Schwestern sind da. Die Schwestern haben beinahe täglich miteinander telefoniert. Sonst hatten sie wenig Kontakt.
„Alex, weißt du, was Frau Wiesner sagte?"
„Wenn ich etwas nicht leiden kann, dann solche Fragen!" Seine Stimme verrät, dass er es nicht im Spaß gesagt hat.
Julia berichtet von Frau Wiesners Vernehmung und dem Ärger mit dem Vermieter. Als sie damit fertig ist, schreibt sie den Namen Georg Wittmann an die Pinnwand.
Alex schaut auf. Die Mundwinkel sind leicht nach oben gezogen und er sagt: „Das wäre nicht der erste Mord, der auf eine Wohnungsräumung zielt." Er gibt den Namen in seinen Computer ein und ruft: „Bingo!"
Julia rückt näher und fragt: „Was?"
„Der Mann ist Apotheker. Damit kann er beinahe jede Substanz kaufen, die es gibt. Wir müssen nur noch herausfinden, wo er eingekauft hat."
Die beiden fühlen sich erleichtert. Das ist eine Spur, die Sinn macht. Durch das geöffnete Fenster hören die beiden das Signalhorn eines Elbedampfers. Die Sonne scheint und eine Amsel singt. An einem solchen Tag sollte man nur Innendienst machen, wenn es absolut nicht zu ändern ist.

Alex holt sich noch einen Kaffee. Als er zurückkommt, sagt er: „Julia, ich suche jetzt im Internet nach einer Spur zu diesem Georg Wittmann, dem Vermieter. Du solltest dir einen angenehmen Tag machen. Als dein Teamleiter weise ich an, dass du das Passfoto von Rolf Unruh nimmst und in den Läden rund um die Auffindestelle fragst, ob jemand diesen Mann kennt. Mach die Leute darauf aufmerksam, dass er das Opfer eines Gewaltverbrechens geworden ist. Das macht Nachdruck. So etwas will niemand in seiner Nachbarschaft haben. Schick mir die Ergebnisse auf mein Handy. Wenn du fertig bist, machst du Feierabend."

„Aber, der Staatsanwalt hat…"

„Ja, er hat diesen Fall erst einmal kaltgestellt. Aber sag, was willst du heute machen? Ich bleibe hier. Falls Volkmann doch noch einmal hereinschauen sollte – was ich keinesfalls glaube – dann bin ich hier und arbeite an dem Fall Martina Müller."

„Du bist der Chef", sagt Julia und folgt der Anweisung. Bevor sie ihren Computer ausschaltet, stellt sie noch schnell einen Antrag. Sie fragt nach den Mithäftlingen von Rolf Unruh. Ganz sicher wird der Staatsanwalt diese Eigenmächtigkeit bemängeln. Doch sie hofft, dass er diesen Antrag in der Papierflut übersieht und einfach absegnet. Rolf Unruh, das ist einer, der die drei Tränen tätowiert hat. Er ist seinen alten Mithäftlingen verbunden.

Als sie geht, hört sie, wie Alex in der Kriminaltechnik anruft und fragt, welche Bestandteile benötigt werden, um dieses Gift E605 herzustellen.

Julia hat das Passfoto von Rolf Unruh auf ihrem Handy bereit, als sie die Apotheke am Markt von Hellerau betritt. Sie zeigt ihren Ausweis und fragt den freundlichen jungen Mann hinter der Ladentafel, ob er sich an den Mann auf dem Bild erinnert. Er schüttelt den Kopf. Dann ruft er nach hinten und zwei Mitarbeiterinnen in weißen Kitteln betrachten das Bild ebenfalls. Auch sie haben diesen Mann noch nie gesehen. Eine fragt: „Ist das der Mann, der am Montag dort drüben auf der Bank lag?"

„Ja."

„Er kommt mir bekannt vor, aber ich kann nicht sagen, woher."

Julia überreicht eine Visitenkarte. „Rufen Sie mich bitte an, wenn Sie sich erinnern."

„Ja, selbstverständlich."

Julia schaut sich um. Der Marktplatz vor ihr ist menschenleer. Autos stehen da. Ihr Blick fällt auf eine alte, gelbe Telefonzelle neben der Apotheke. Da, wo einst ein Münzfernsprecher hing, sind jetzt Regale. Julia öffnet die Tür. Gebrauchte Bücher, Krimis und Kinderbücher liegen dort und warten auf einen neuen Besitzer. Sie schaut sich die Bücher an. Tod im Parkhaus; Mordsgeschwister; das Grab in der Scheune... Julia schüttelt den Kopf. Als ob es nichts anderes gäbe, womit man sich die Zeit vertreiben könnte. Der einzige Krimi, den sie jemals gelesen hat, war ‚Emil und die Detektive' von Erich Kästner. Das ist lange her.

In der Poststelle mit Landwarenhandel ist gerade kein Kunde. Julia betritt das Geschäft und die Inhaberin erkennt sie. „Gibt es etwas Neues?", fragt sie voller Neugier.

„Das wollte ich gerade Sie fragen? Vielleicht haben Sie inzwischen etwas gehört."

„Ja, es gibt etwas Neues. Ich weiß aber nicht, ob es stimmt. Eine alte Dame aus dem Haus da drüben hat mir gestern erzählt, dass ein Mann, auf den die Beschreibung passt, manchmal in ihrem Treppenhaus ist. Er sei freundlich, grüßt die Leute. Leider weiß sie nicht, zu wem er geht."

„Interessant! Wie heißt die alte Dame und in welchem Eingang wohnt sie?", fragt Julia, denn das Haus ist ein langes Mehrfamilienhaus mit vier Eingängen. Da gibt es viele Möglichkeiten.

„Das weiß ich leider nicht. Die Frau kommt nur, um sich eine Zeitung zu kaufen. Ihren Namen habe ich bisher nicht erfahren."

Julia freut sich. Jetzt wird Rolf Unruh nicht mehr sagen können, dass er nicht wisse, was er dort gewollt habe. Jetzt wird er eine Aussage machen müssen. Ihr Blick streift über den Markt. Auf der anderen Seite sieht sie ein Café mit einem schattigen Garten. Sie steuert über den Platz und erfreut sich an der einzigartigen Fassade. Eine Sandsteinfigur ziert die Hausecke. Es ist ein Bäcker mit einem Baumkuchen in den Händen. „Hübsch!", sagt sie leise hörbar. Dann setzt sie sich unter einen der Bäume und bestellt sich einen Eiskaffee. Mit dem Vanilleeis auf der Zunge kommt ihr ein Gedanke: Wenn ich hier fertig bin, werde ich die Klingelschilder dieser Hauseingänge fotografieren. Das ist übersichtlicher, als im Pass- und Meldewesen die gemeldeten Bewohner zu ermitteln. Mancher kommt seiner Meldepflicht nicht nach, aber seine Post will er trotzdem haben. Vielleicht ergibt sich eine Querverbindung. Julia beeilt sich nicht. Sie genießt und sie freut sich, dass sie möglicherweise einen Schritt weitergekommen ist. Bereits an der ersten Haustür bleibt ihr Blick an einem Namensschild hängen. Einen dieser Namen hat sie schon einmal gehört. Aber wo und in welchem Zusammenhang? Sie schüttelt den Kopf. Das sind Allerweltsnamen. Ganz sicher hast du mit jedem dieser Namen schon einmal etwas zu tun gehabt, denkt sie.

Es ist früher Nachmittag und Julia hat kein gutes Gefühl, wenn sie jetzt nach Hause fahren würde. Es ist das Pflichtbewusstsein. Sie fährt noch einmal in die Dienststelle.

Auf ihrem Stuhl sitzt der Staatsanwalt Jens Volkmann und bespricht mit Alex den Fall Müller. Julia zieht sich einen Besucherstuhl heran und startet ihren Computer.

Alex berichtet über die letzte Befragung der tatverdächtigen Schwester. Er nennt den Namen des Vermieters und dessen Interesse, dass er wieder über die Wohnung verfügen möchte. Volkmann tut es ab. „Ich, an ihrer Stelle, würde auch nach jedem Strohhalm greifen. Sie ist die direkte Begünstigte, sie hat das Gift in ihrer Wohnung gehabt. Herr List, Sie sind lange genug dabei, um zu wissen, wie die Leute sich winden, wenn sich die Schlinge zuzieht."

Früher hätte Alex hier eine saftige Widerrede geführt, doch heute fragt er nur: „Wie geht es weiter?"

„Machen Sie die Protokolle fertig und schicken Sie sie mir. Dann versuchen Sie alle Möglichkeiten abzuklopfen, wo die Frau das unvergällte E605 herbekommen haben könnte. Danach sehen wir weiter."

„Und was wird mit der Aussage zu dem Vermieter?"

„Die Spur legen wir erst an, wenn es Sinn macht. Wir müssen die Akten nicht unnötig aufblähen."

Alex nickt und Julia weiß, welche Überwindung ihn das kostet.

Volkmann erhebt sich und will gehen. Doch dann wendet er sich noch einmal an Julia. „Was ist bei Ihnen der Stand der Ermittlungen?"

„Heute Vormittag habe ich Frau Wiesner befragt und vorhin war ich noch einmal in Hellerau, im Fall Unruh."

„Hatte ich den nicht auf Eis gelegt? Ich bin natürlich nicht der Richter, aber ich schätze ein, dass dieses Verfahren ohnehin eingestellt wird. Mangels öffentlichen Interesses. Die Gerichte sind total überlastet. Der Mann lebt noch. Es ist gar nicht sicher, dass er ein Delikt gegen Leib und Leben erfahren hat. Vielleicht war es lediglich ein Unfall. Wenn er etwas Verwertbares aussagen würde, ja dann. Es gibt also überhaupt keinen Grund in diesen Fall weiterhin Zeit und Energie zu verschwenden."

„Ja, das sagten Sie bereits. Ich habe im Augenblick alles abgearbeitet, was uns weiterbringen könnte. Die Protokolle der Vernehmungen sind fertig. Wir warten auf die endgültige Auswertung der Spurensicherung und auf den Obduktionsbericht von Martina Müller. Ich wollte die Zeit nicht nutzlos verstreichen lassen." Julia hat das Gefühl, dass ihr Vater vor ihr steht und Vokabeln abfragt. „Außerdem:", sie will sich ein wenig Luft verschaffen, „Frau Müller ist heute Vormittag bei der Vernehmung physisch umgefallen. Ich habe sie aufgefangen und gefühlt, dass sie glühend heiß war. Ich habe veranlasst, dass sie einem Arzt vorgestellt wird."

Volkmann zieht die Augenbrauen hoch und die Mundwinkel herunter. „Frau Kranz, wenn Sie nichts mehr zu tun haben, dann sollten Sie das Polizeirat Germer wissen lassen. Der wird eine Beschäftigung für Sie finden." Mit einem Nicken verabschiedet er sich.

Erleichterung macht sich breit, als Volkmann die Türe hinter sich schließt.

„Julia, ich hätte nicht gedacht, dass du noch einmal herkommst. Gibts was Neues bei dir?"

„Ja und nein. Die Inhaberin der Poststelle hat herumgefragt. Eine Zeitungskundin kennt den Mann..." Julia berichtet von ihren Ergebnissen.

Alex hat nicht viel Neues. „Frau Wiesner ist von einem Arzt untersucht worden und man hat eine Lungenentzündung diagnostiziert. Sie ist auf dem Weg ins Haftkrankenhaus nach Leipzig."

Alexanders Computer meldet einen Posteingang. Die Blutuntersuchung der Mutter der beiden Schwestern liegt vor. Es gibt keinen Hinweis auf eine Vergiftung.

„Das war klar", sagt Alex und schaut zu Julia. Die steht gerade vor der Pinnwand und notiert, was sie im Fall Unruh zusammengetragen hat. Sie lädt die Fotos der Klingelschilder in den Computer und überlegt, was sie jetzt noch tun könnte.

„Mach endlich Feierabend, Julia. Es ist ein wunderschöner Tag. Genieße ihn. Wir können heute nichts mehr tun. Morgen ist auch noch ein Tag."

Irgendwie hat Julia das Gefühl, dass Alex sie loswerden will. Sie nimmt ihre Jacke und verabschiedet sich mit einem „Tschüss". Auf halbem Wege zum Ausgang bemerkt sie, dass sie ihren Schlüssel nicht eingesteckt hat. Sie dreht um und steigt die Treppe wieder hinauf. Vor der Tür ihres Dienstzimmers stoppt sie.

Sie hört Alex: „Pit, bist du dir ganz sicher? Weder die Fingerabdrücke, noch die DNS sind registriert?"

Julia wartet, bis Alex fertig ist. Als sie hört, dass er sich am Telefon vom Leiter der Kriminaltechnik verabschiedet, tritt sie ein. Sie greift nach ihrem Schlüsselbund, sagt: „Vergessen!" und verschwindet wieder.

Alex fährt zum nächsten Baumarkt. In der Abteilung mit der Technik zur Haussicherung schaut er sich die Angebote an. Überwachungstechnik mit Meldung aufs Handy, Einbruchsschutz, Zylinderschlösser und mechanische Türblockierung. Er überlegt, was er brauchen könnte. Dann schüttelt er entschieden den Kopf. „Nein", murmelt er. Er geht wieder, ohne etwas zu kaufen. Auf dem Parkplatz bleibt er einen Augenblick in seinem Auto sitzen. Er überdenkt die Möglichkeiten.

„So weit kommt es noch!", sagt er zu sich selbst. Dann startet er das Auto und fährt zum nächsten Supermarkt. Sein Kühlschrank ist leer. Während er seinen Einkaufswagen füllt, versucht er Normalität herzustellen. Ganz sicher war der Spuk in seinem Haus nur eine Sinnestäuschung, redet er sich ein. Ich habe mir das alles nur eingebildet, versucht er sich selbst zu beruhigen. Als er darauf wartet, dass sein Brot in Scheiben geschnitten wird, schämt er sich beinahe, dass er Pit mit der Untersuchung der kleinen Sektflasche beauftragt hat. Was, wenn das alles nur das Resultat meiner momentanen Einsamkeit ist, fragt er sich. Was, wenn man in der Dienststelle an meiner Zurechnungsfähigkeit zweifelt? Er fühlt sich dumm und kindisch. Hätte ich doch bloß den Mund gehalten, zieht ein Gedanke vorbei. Julia, sie hat das alles an die große Glocke gehängt. Beim Versuch, das geschnittene Brot in eine Tüte zu verpacken, fällt die Hälfte auf den Boden. „Ich bin ein Trottel", beschimpft er sich selbst. Er entscheidet sich für eine Dose Ravioli als heutiges Abendessen. Sein Drang, die Dinge zu kontrollieren, lässt ihn auf das Mindesthaltbarkeitsdatum schauen. Er rechnet aus, dass das Datum noch länger als 18 Monate in der Zukunft liegt. Er ist zufrieden mit seiner Entscheidung. Als er an der Kasse wartet, plant er den Rest seines Tages. Wäschewaschen – er hat heute Morgen die letzten Socken aus dem Schrank genommen, Abendessen und dann sofort ins Bett. Er fürchtet, dass er nicht so einfach einschlafen wird. Vielleicht nehme ich eine Tablette, denkt er. Schließlich entscheidet er sich für ein Glas Rotwein. Als er seine Einkäufe in einen Karton packt, um sie in den Kofferraum zu laden, murmelt er: „Alleinsein ist schrecklich."

In der einen Hand trägt er seine Einkäufe, mit der anderen versucht er die Haustür aufzuschließen. Der Schlüssel fällt ihm aus der Hand. Er flucht. Ich muss schlafen, denkt er und kann endlich die Tür öffnen. Kaffeeduft schlägt ihm entgegen. „Caro!", ruft er voller Hoffnung, doch er bekommt keine Antwort. „Laura!", versucht er es noch einmal und die Hoffnung ist kleiner. Stille. Er trägt den Karton in die Küche, stellt ihn auf den Küchentisch. Die Kaffeemaschine ist eingeschaltet. Die gläserne Kaffeekanne ist halb voll mit frischem Kaffee. Heißem Kaffee!

„Ich werden noch bekloppt!", brüllt er. Er rennt durch das ganze Haus. Ohne jede Vorsicht, die er in der Polizeiausbildung gelernt hat, durchsucht er jedes Zimmer. „Wo steckst du? Zeig dich! Was ist das für Spiel!" schreit er. Er bekommt keine Antwort.

Alex schaut dem strudelnden Kaffee im Spülbecken nach. Der Geruch des Dampfes ekelt ihn. Er holt sich ein Bier und nimmt einen großen Schluck. Was läuft hier, denkt er. Will mir jemand ans Leben? Wahrscheinlich nicht. Sonst hätte er mich schon im Schlaf getötet. Neue Schlösser und Überwachungstechnik! Jetzt!

Doch dann schüttelt er den Kopf. Nein. Ich werde ganz normal weiterleben und sehen, was geschieht. Irgendeine Absicht steckt dahinter. Er hatte das Bild einer Jagd vor Augen. Ein Reh flüchtet vor dem Jäger und erliegt letztlich doch. In seiner Vorstellung verwandelt sich das Reh in einen ausgewachsenen Grizzlybären. Der Bär richtet sich auf und greift nun seinerseits den Jäger an. Er räumt die Einkäufe in den Kühlschrank und entdeckt das Glas Nussnugatcreme, das gestern noch halb voll war. Es ist fast leer. Er fischt eine saure Gurke aus einem anderen Konservenglas und wirft sie in die Nussnugatcreme. Als er den Deckel wieder auf das Glas schraubt, sagt er hörbar: „Guten Appetit!"

Er füllt die Waschmaschine und entdeckt ein frisch gewaschenes und nasses Handtuch, das offenbar beim Entnehmen der Wäsche vergessen wurde. Jemand hat hier vor kurzem Wäsche gewaschen. Er hängt das Handtuch über die Heizung und legt einen Zettel daneben aufs Fensterbrett: Zu viel Waschmittel! Wir haben sehr weiches Wasser, da reicht die Hälfte.

In dieser Nacht findet Alex keinen Schlaf. Er liegt in seinem Bett und lauscht in die Nacht. Er hört, wie in den Nachbarhäusern die Rollläden herabgelassen werden. Er hört in der Ferne die Straßenbahn durch die Kurve fahren; er hört, wie sich die Automatik seines Kühlschrankes ein- und ausschaltet. Er wartet auf ein Geräusch, dass ein Fremder in seinem Haus macht, doch alles bleibt ruhig. Als mit der ersten Dämmerung die Vögel vor seinem Fenster zu singen beginnen, überkommt ihn der Schlaf.

Freitag

Es ist kurz nach neun, als Alex endlich in der Dienststelle eintrifft. Er hatte den Wecker ausgedrückt und wollte nur noch eine Minute liegenbleiben. Als er endlich wieder erwacht ist, war es rettungslos zu spät. Er hielt es für angemessen, gedenk der Ereignisse der letzten Tage, sich beim Chef dafür zu entschuldigen. Als er bei Marion Vogel im Vorzimmer steht und fragt, ob er kurz zu Germer ins Zimmer darf, schüttelt sie den Kopf. „Er hat eine Besprechung."

In Germers Büro sitzen Julia und Pit.

Germer fragt die beiden eindringlich: „Jeder noch so kleine Hinweis ist von Bedeutung. Jetzt, wo wir wissen, wer dort sein Unwesen treibt, stellt sich die Frage, ob Alex Opfer oder Täter ist. Er wäre nicht der erste Polizist, der jemanden mit Informationen versorgt. Wir wissen noch nicht, was der Kerl im Schilde führt, aber irgendetwas hat er vor. Ich hoffe, Sie beide stimmen mir dabei zu?"

Julia nickt. „Natürlich. Ich habe Alex mehrmals gesagt, dass er ein gefährliches Spiel spielt."

„Was hat er darauf geantwortet?"

„Er sagte: Das ist meine Sache. Hier geht es um meine Familie. Ich entscheide, was gefährlich ist, oder so ähnlich."

„Hoffen wir, dass er nur naiv ist und die Lage falsch einschätzt", sagt Germer. Dann wendet er sich an Pit: „Herr Wilhelms, Sie lassen nichts über unsere Erkenntnisse verlauten."

Pit nickt.

Germer: „Ich setze für heute Nachmittag eine vertrauliche Arbeitsberatung in dieser Sache an. Ich brauche Sie beide um 14 Uhr hier." Dann steht Germer auf und öffnet die Tür.

Julia und Pit verlassen Germers Büro.

Marion Vogel sagt: „Jetzt gehts."

Alex murmelt kleinlaut: „Guten Morgen, Hans-Jürgen, ich möchte um Entschuldigung bitten. Ich habe verschlafen."

„Mahlzeit!", antwortet Germer. „Gibt es sonst irgendetwas, was du mir sagen willst?"

Alex glaubt, etwas Lauerndes, Unbestimmtes in seiner Stimme zu hören.

„Nein, nichts. Habe ich etwas verpasst? Hattet ihr eine Besprechung? Gibts was Neues?"

„Nein, nichts", antwortet Germer im gleichen Tonfall wie Alex. „Ich dachte, du hättest etwas zu berichten."

Alex nickt: „Martina Müller, die Frau, die mit E605 vergiftet wurde, ist gestern verstorben. Ihre Schwester ist tatverdächtig. Volkmann hat den Fall Rolf Unruh erst einmal kaltgestellt. Er glaubt, dass das Verfahren mangels öffentlichen Interesses ohnehin eingestellt wird."

„Aha! Sonst noch etwas?"

„Nein."

„Okay."

Alex ist im Dienstzimmer angekommen. Julia sitzt vor ihrem Computer. Ohne aufzublicken murmelt sie: „Hallo."

„Was wollte Germer von dir?" Alex startet seinen Computer.

„Gar nichts."

„Für gar nichts hat er mit dir und Pit eine Besprechung abgehalten?"

„Es ging um die Vermeidung von Überstunden."

„Habe ich dir schon mal gesagt, dass du miserabel lügst?"

„Wenn du meine Antwort nicht hören willst, dann frage mich nicht."

Alex spürt, dass sie sehr gereizt ist. In seinem Monitor erscheint eine Dringlichkeitsmeldung: Volkmann will sofort zurückgerufen werden. Alex ruft an.

Volkmann wettert ohne Gruß los: „Das wurde ja auch Zeit! Wo waren Sie heute Morgen? Ich kann so nicht arbeiten, wenn ich ständig auf Sie warten muss!"

„Herr Volkmann, es tut mir leid. Ich habe heute verschlafen. Ich bin eben erst gekommen. Was gibt es denn?"

„Ich brauche die Protokolle von Frau Wiesners Vernehmung. Sofort. Alles. Wie Sie gestern sagten, haben Sie die Frau nach Leipzig ins Haftkrankenhaus bringen lassen. Wo ist die Aktennotiz darüber. Das wäre doch wirklich keine Arbeit gewesen, darüber zwei Zeilen niederzuschreiben. Außerdem sagten Sie gestern, dass die Mutter der beiden Schwestern Wiesner und Müller glaubt, dass sie vergiftet wird? Wo ist das Ergebnis dieser Untersuchung?"

„Ich mache die Protokolle sofort fertig."

„Ja. Schicken Sie mir die Unterlagen. Sofort!"

„Ja, selbstverständlich", sagt Alex kleinlaut und er fühlt sich, als wäre er zu dumm für diese Welt.

Volkmann redet weiter: „Wir brauchen unbedingt noch eine Beweisführung, dass es für diese Frau Wiesner möglich gewesen wäre, an das E605 heranzukommen. Versuchen Sie, dieses Zeug zu kaufen oder anderweitig zu beschaffen. Veranlassen Sie, dass sämtliche Computer und Handys untersucht werden, ob die Dame in dieser Sache im Internet unterwegs war. Ich will dazu noch heute Ergebnisse."

„Ja, die Auswertung der Computer läuft noch. Die Spurensicherung hat sie bereits mitgenommen. Sobald ich Ergebnisse habe, informiere ich Sie, Herr Volkmann", sagt Alex.

„Ach, und außerdem: Rufen Sie im Haftkrankenhaus an und fragen Sie, wann die Dame endlich wieder vernehmungsfähig ist. Das wäre es für den Moment. Bleiben Sie erreichbar!"

„Ja", sagt Alex, aber Volkmann hat schon aufgelegt.

Wie ein geprügelter Hund schreibt Alex schnell die geforderte Notiz zu der Einweisung ins Haftkrankenhaus der Tatverdächtigen. Dann sucht er in den eingegangenen Emails nach dem Untersuchungsergebnis der Mutter der beiden Schwestern. Er findet den Bericht. Es gibt nichts, was auf eine Vergiftung hindeutet.

Er steht auf, holt zwei Becher Kaffee vom Automaten und stellt einen auf Julias Schreibtisch.

Er fragt: „Wie siehts bei dir aus?"

„Keine Ahnung", murmelt Julia abwesend.

„Was meinst du?"

„Ich weiß nicht, woher dieser komische Wind gerade kommt. Ich habe keine Ahnung, was hier vorgeht. Ich habe gestern noch den Antrag auf die Liste der Mithäftlinge von Rolf Unruh gestellt, ehe Volkmann diesen Fall kaltgestellt hat. Die Aufstellung ist schon da. Ich schaue trotzdem mal, mit wem er eingesessen hat. Vielleicht ergibt sich da ein neuer Zusammenhang."

„Lass es lieber. Es kann gut sein, dass da etwas hinter den Kulissen brodelt."

Julia nickt und denkt: Das kannst du wissen!

„Alex, soll ich zu Germer gehen und sagen: Ich habe nichts zu tun?"

„Um Gottes willen, nein! Wer weiß, welche Lawine damit losgetreten würde. Wir sollen E605 aufspüren, hat Volkmann angeordnet. Machen wir uns ans Werk."

„Für ihn ist Wanda Wiesner die Täterin stimmts?"

„Ja, ganz offensichtlich."

„Was denkst du, Alex?"

„Seit ein paar Tagen weiß ich nicht mehr, was ich denken soll. Wir haben da einen Vermieter, der ein Interesse am Tod seiner Mieterin hat. Wir haben eine Mutter, die sich bedroht fühlt. Wir wissen noch nicht, wem der Giftanschlag tatsächlich gegolten hat. Ich würde erst einmal ermitteln, ob die vergiftete Schwester wirklich eine Abneigung gegen Milchprodukte hatte. Wenn ja, warum hat sie dann diesen Joghurt gegessen? Macht es Sinn, ein tödliches Gift für jemanden in ein Nahrungsmittel zu geben, das die Betreffende nicht essen wird? Ich denke, es gibt hier vieles, was unklar ist."

„Hmm, sehe ich auch so."

Obwohl Julia ihm nicht im Geringsten widersprochen hat, fühlt Alex, dass da etwas ist, das zwischen ihnen steht, ein Graben, eine Mauer oder ein böser Geist.

Zum Platzen gespannt, liegt Julia eine Frage auf der Seele: Gibt es bei dir etwas Neues? Hattest du wieder ungebetenen Besuch? Doch Julia verkneift sich diese Neugier. Sie weiß, dass Alex nichts sagen würde, auch wenn es noch so schlimm wäre. Er hat ihr gegenüber dicht gemacht.

Julia fühlt sich, als hätte jemand eine Glasglocke über sie gestülpt. Alex hat ihr keine der anstehenden Arbeiten übertragen. Sie fragt: „Worum soll ich mich kümmern? Gift kaufen? Sag mir, was ich tun soll."

Alex schüttelt den Kopf. „Ich mache das schon."

Julia sitzt auf ihrem Stuhl und ist am Explodieren. Sie geht hinaus, läuft den Gang einmal hoch und einmal runter, holt zwei Becher Kaffee und geht zurück ins Dienstzimmer. Sie stellt einen vor Alex ab und sagt: „Es kommen auch wieder bessere Zeiten." Dann scrollt sie die Listen mit den Namen der Mitgefangenen ab. Bei einem bleibt sie hängen. Für 22 Tage hat Rolf Unruh mit Tobias Pommaschenke zusammengesessen. Doch als sie diesen Namen ins Melderegister eingibt, scheidet der als der Mann mit dem Schlagring aus. Pommaschenke sitzt noch ein. Vor seiner Verhaftung damals hatte Julia lange ermittelt. Er war Sozialhilfeempfänger und betrieb einen gutgehenden Versicherungsschwindel. Im Auftrag eines Schrotthändlers verwickelte er Schrottautos in vorsätzliche Verkehrsunfälle um eine Versicherungssumme zu kassieren. Außerdem stahl er Autos und verkaufte die Einzelteile als gebrauchte Ersatzteile.

Damals waren es monatelange Ermittlungen und letztlich standen insgesamt 20 Leute vor Gericht.

So sitzen an diesem Vormittag Alex und Julia vor ihren Computern und wursteln vor sich hin. Alex fährt sich durch die Haare und brummt: „Seit einer Woche nichts als Beschäftigungstherapie. Dankeschön, Herr Staatsanwalt."

Julia tut, als hätte sie nichts gehört.

Zum Mittag gibt es panierte Schweineschnitzel mit Bratkartoffeln und Tomatensalat, wahlweise Rote Grütze oder Vanillepudding zum Nachtisch. Die Kantine ist so gut besucht, dass kein freier Stuhl zu entdecken ist. Alex und Julia warten, ihre Tabletts in den Händen, bis die ersten mit ihrem Essen fertig sind. Alex hat in der Warteposition sein Schnitzel vor Augen und kann noch nicht essen. Das verdrießt ihn zusätzlich. Als endlich einer der Kollegen seinen Platz räumt, gebietet es sein Anstand, dass er Julia diesen Platz überlässt. Er findet Platz an einem anderen Tisch. Sein Schnitzel ist beinahe so kalt, wie das Stück Zitrone darauf, als er endlich den ersten Bissen zu sich nimmt. Gerne hätte er beim Essen mit Julia geplaudert. Vielleicht hätte er dabei erfahren, was diese merkwürdige Stimmung, die sie ausstrahlt, ausgelöst hat. Aber dann ist er doch ganz froh, dass er sich in aller Ruhe seinem Essen zuwenden kann. Die beiden Verwaltungsangestellten und der Kollege in Uniform an seinem Tisch haben die gleichen Wünsche. Außer einem „Mahlzeit" gibt es kein Gespräch.

Julia schaut von ihrem Computer auf, als Alex ins Dienstzimmer eintritt. Wie immer nach dem Essen trägt er zwei Kaffeebecher herein. „Alex, das glaubst du nicht!", sagt sie und greift nach dem Kaffee. „Danke", sagt sie beiläufig und zeigt auf den Monitor.

„Was meinst du?"

„Egal, was für eine Substanz man braucht, nichts ist unmöglich. Alle gängigen Gifte, jedes Betäubungsmittel, alle chemischen Substanzen, Waffen, Falschgeld, Frauen..."

Alex nickt. „Ja. Nichts ist unmöglich. Das habe ich auch schon herausgefunden."

„Dann müssen wir nur noch die Beweisführung liefern, wer aus Frau Müllers Umfeld Zugriff auf diese Lieferanten hatte. Mit dem Vermieter von Frau Wiesner würde ich anfangen."

„Kleiner Haken", sagt Alex, „Die Bezahlung funktioniert immer über ein nicht nachvollziehbares Bezahlsystem. Die Anbieter dieser Substanzen sitzen irgendwo auf der Welt und verschicken diese Dinge so, dass der Zoll sie meistens nicht entdeckt. Oft haben sie in Deutschland Zweigstellen, die den Versand übernehmen, so dass die Pakete völlig harmloser Inlandsversand sind. Ganz sicher wird niemand von denen mit uns kooperieren. Diese Welt der kriminellen Geschäfte auszuheben, braucht mehr als eine Sonderkommission. Das ist eine Sache auf Bundesebene. Nein, das ist international."

„Wie willst du weiter vorgehen, Alex?"

„Ich werde eine Möglichkeit der Beschaffung von E605 aufzeigen und das an Volkmann weiterleiten. Mal sehen, was er vorschlägt", sagt Alex und grinst über das ganze Gesicht.

Auch Julia zieht die Mundwinkel nach oben.

Marion Vogel steckt den Kopf zur Tür herein. „Frau Kranz, kommen Sie bitte mal!"

Es ist erst kurz nach eins. Um zwei sollte sie erst bei Germer sein. Sie wundert sich. Julia steht auf und geht zur Tür.

Alex erhebt sich ebenfalls: „Was gibts?"

„Verwaltungskram. Es betrifft nur Frau Kranz", sagt Germers Sekretärin und verschwindet mit Julia.

Pit Wilhelms verabschiedet sich gerade bei Germer, als Julia eintritt.

„Bitte, nehmen Sie Platz", fordert Germer sie auf. „Frau Kranz, wir haben eine spezielle Situation. Ich muss gestehen, dass ich so etwas noch nie erlebt habe und mir auch nicht vorstellen konnte – bis gerade eben – dass ich es je erleben würde."

„Ich verstehe nicht?"

„Wir haben jetzt Gewissheit, dass Alexander List entweder in Verkennung des Ernstes der Lage oder aber vorsätzlich seine Pflicht als Polizist verletzt."

„Worum genau geht es?"

„Wir wissen jetzt genau, wer sich offenbar in den Nahbereich Ihres Kollegen geschlichen hat. Es ist keinesfalls ein harmloser Übergriff. Wenn dieser Mann, wie Alex vermutet, nur ein Verehrer seiner Tochter ist, dann ist die Tochter in höchster Gefahr."

„Wer ist..."

Germer fällt ihr ins Wort: „Verstehen Sie mich nicht falsch, aber ich werde vorerst diesen Namen nicht bekannt geben."

„Was soll ich tun? Was wollen Sie von mir?"

Germer holt tief Luft und schaut Julia eindringlich an. „Heikel! Wir müssen Alex aus dem Tagesgeschäft herausnehmen. Das müssen wir in aller Diskretion tun. Er darf es selbst nicht merken und auch Volkmann nicht."

Julia hört zwar, was Germer sagt, aber sie hat keine Vorstellung davon, wie es gehen soll.

„Frau Kranz, ich weiß noch nicht, wie ich es anstelle, aber Sie müssen aus dem Dienstzimmer raus. Sein Sie also nicht überrascht, wenn ich Sie unverhofft abziehe. Trotzdem sollten Sie zu Alex so viel Kontakt halten, dass er vielleicht doch die eine oder andere Bemerkung macht. Das könnten wertvolle Hinweise sein."

„Das mache ich nicht. Sie sagen mir nicht, worum es geht, aber ich soll für Sie spionieren? Mein verstorbener Vater und Alex waren beste Freunde. Wissen Sie, was Sie von mir verlangen?"

„Ja. Das weiß ich ganz genau. Für Alex sieht es so aus: Entweder er ist grenzenlos dumm und läuft hier in eine Falle, die ihn alles kosten kann, oder er ist der polizeiliche Spion eines Kriminellen, oder aber – und das ist am Wahrscheinlichsten – er wird erpresst."

„Was? Wie soll ich das verstehen?"

Germer nickt. „Hat Alex irgendeine Bemerkung gemacht, dass er Geld braucht?"

„Nein, nicht zu mir."

„Wo sind seine Angehörigen? Ist er im Augenblick allein zu Hause?"

„Ja. Seine Frau ist auf einem Lehrgang und die Tochter ist auf einer Sprachreise mit ihrer Schulklasse."

„Wann erwartet er die beiden zurück?"

„Seine Frau wohl morgen oder übermorgen, von Laura weiß ich es nicht."

„Wo ist seine Frau?"

„Auf einem Lehrgang, irgendwo in den Bergen. Ich weiß es nicht genau. Soll ich ihn fragen?"

„Nein. Verhalten Sie sich so unauffällig, wie möglich. Informieren Sie mich, sobald es etwas Neues gibt."

Julia fragt Alex, als sie wieder im Dienstzimmer ist: „Was gibts?"

„Gar nichts. Alles prima. Ich versuche an E605 heranzukommen und kann mich nicht entscheiden, wo ich es kaufe. Es gibt so viele Angebote."

„Was willst du machen?"

„Ich liste die Möglichkeiten auf und schicke sie Volkmann. Er ist doch hier der Chef. Soll er entscheiden, wo ich ansetze."

„Das ist schlau", sagt Julia mit gespielter Fröhlichkeit.

„Volkmann hat uns beauftragt, dass wir noch heute nach Leipzig fahren sollen und im Haftkrankenhaus ein Geständnis von Frau Müller erwirken."

„Was?"

„Das habe ich auch gesagt. Er meinte aber, dass er einen Stapel von einem Meter fünfzig Höhe vor sich stehen hätte, mit offenen Fällen. Der Fall Wiesner sei eindeutig. Die Tatverdächtige sei auch die Begünstigte im Fall des Todes. Der Todesfall ist nun eingetreten. Er könne sich nicht wegen jeder Kleinigkeit wochenlang beschäftigen lassen."

In dem Moment klingelt das Telefon und Volkmann ist schon wieder dran. Er setzt noch einmal nach: „Recherchieren Sie, ob es beim Amtsgericht ein Testament von Frau Müller gibt oder einen Hinweis, bei welchem Notar sie eins hinterlegt hat." Noch ehe Alex irgendetwas sagen konnte, hat der Staatsanwalt schon wieder aufgelegt.

Julia schüttelt den Kopf: „Ich fresse einen Besen, wenn die Wiesner ihre Schwester umgebracht hat. Niemals."

„So etwas in der Art habe ich ihm auch gesagt. Seine Reaktion war: Der Richter und die Geschworenen entscheiden über Schuld oder Unschuld. Wir liefern nur die Fakten. Aus die Maus!"

Julia ist fassungslos. Sie sitzt kopfschüttelnd vor ihrem Computer und sieht gerade, wie sich der Monitor verabschiedet. Der Computer lässt sich nicht wieder starten.

„Was mache ich jetzt?", fragt sie leise.

„Gar nichts. Wir machen uns einen schönen Tag. Wir fahren nach Leipzig ins Haftkrankenhaus. Hier ist die Liste mit den Fragen, die Volkmann noch einmal gestellt haben will."

„Sollten wir nicht vorher dort anrufen und fragen, ob wir mit Frau Wiesner reden können?"

„Kommt darauf an. Wollen wir hinfahren, dann rufen wir nicht an, wir fahren einfach. Haben wir aber etwas anderes zu tun und keine Lust dazu, dann rufen wir an und melden Volkmann, dass Frau Wiesner nicht vernehmungsfähig ist und in ihrem Zustand ein Geständnis jederzeit widerrufen werden kann. Irgendwann wird sie sich einen Rechtsbeistand nehmen und dann fangen wir ohnehin noch einmal von vorne an. Das kennen wir doch."

Mit einem schweren Seufzer sagt Julia: „Also rufen wir nicht an. Der Fall Unruh ist kaltgestellt, die Kriminaltechnik hat noch nichts Neues und E605 haben wir auch beschafft. Wir haben nichts Sinnvolles zu tun und fahren mal ein bisschen durch den Frühling." In ihrem Herzen sucht sie nach einer Ausrede, diese Fahrt nicht zu machen. Was, wenn Alex etwas sagt, dass sie dann Germer weitertragen müsste?

Alex stellt noch schnell einen Antrag ans Amtsgericht, um zu erfahren, wo er das Testament von Frau Müller einsehen kann. Dann ruft er im Fuhrpark an, um ein Fahrzeug für diese Dienstfahrt zu bestellen. Julia hofft inständig, dass keins frei ist. Doch Alex hat sogar die Auswahl. Er entscheidet sich für einen schnellen deutschen Wagen mit viel Komfort. Julia hofft, dass ihn das Auto so fasziniert, dass er keine Konversation braucht. Vorbereitend reibt sie sich die Schläfen und sagt: „Ich glaube, wir bekommen einen Wetterwechsel."

„Kopfschmerzen?"

Sie nickt. Hoffentlich reicht ihm das als Erklärung für meine Schweigsamkeit, denkt sie.

Das Auto ist nagelneu, schwarz und es riecht nach Leder. Alex ist begeistert. Als er den Motor startet, startet er gleichzeitig ein Hörbuch in der Stereoanlage. Der Kollege, der vor ihnen das Auto hatte, muss die CD vergessen haben. In sattem Sound erzählt ein Kleinkünstler von seinem Känguru. Julia ist erleichtert. Kein Geplauder mit dem Chef, stattdessen amüsante Unterhaltung.

Frau Wiesner liegt schlafend in ihrem Bett. Der Arzt berichtet, dass seit Mittag ihre Körpertemperatur sinkt. Doch ihre Lunge ist noch immer schwer entzündet. Er sagt mit allem Nachdruck, dass er einer Befragung dieser kranken Frau nicht zustimmen kann.

„Dann haben wir wohl die Reise umsonst gemacht."

„Warum haben Sie vorher nicht angerufen?"

„Das ist eine gute Frage, junger Mann. Etwas können Sie noch für uns tun: Passen Sie gut auf, dass sich Frau Wiesner nichts antut. Die Gefahr besteht in diesem Fall."

„Ja, machen wir mit jedem, der hier ist."

Alex wirft noch einen Blick durch die Scheibe in der Tür. Frau Wiesner liegt mit rotem Kopf auf einem Kissen. Ihr Haar ist nass vom Schweiß. „Arme Socke", murmelt Alex.

Sonnabend

„Was ist das schon wieder für ein Mist!" Julia hört Alex von drinnen brüllen, als sie auf dem Flur vor ihrem Arbeitsplatz steht. Alex sitzt vor seinem Computer und starrt den Monitor an. Sein Kopf ist rot und man sieht ihm an, dass er gerade aufs Äußerste gereizt ist.

„Was gibts?"

„Erst fährt der Computer nicht hoch, dann will er dreimal von mir das Passwort bestätigt haben und jetzt ist alles blockiert und es gibt eine Meldung, dass ich mich an den Administrator wenden soll. Verdammte Sch..., ich habe Besseres zu tun!"

„Das hat meiner gestern auch gemacht. Wir sind dann nach Leipzig gefahren und ich habe mich nicht weiter darum gekümmert. Mal sehen, ob es heute wieder geht."

Julias Computer zeigt die gleiche Fehlermeldung: Bitte wenden Sie sich an Ihren Administrator!

„Wie soll ich mich an den Admin wenden, wenn ich nicht an mein Adress- und Telefonbuch komme? Das ist im Computer abgelegt. Alex, hast du die Nummer vom Kollegen?"

Alex schüttelt den Kopf. Er hat gerade mit einem harten Abbruch den Computer ausgeschaltet und versucht nun erneut ihn zum Leben zu erwecken.

Julia erhebt sich: „Ich frage die Kollegen nebenan, ob sie die Nummer haben."

Alex gibt nicht auf. „Das muss doch gehen!", doch nun zeigt sein Monitor nicht mal mehr die Fehlermeldung. Der Bildschirm bleibt schwarz.

Julia geht den Flur entlang, in der Hoffnung einen anderen Kollegen in seinem Zimmer zu finden, der die Nummer vom Admin hat. Germers Tür zu seinem Sekretariat steht offen. Auch die Tür zum Chefzimmer ist offen. Sie hört, dass Germer mit Pit Wilhelms spricht. Julia sagt besonders laut: „Guten Morgen! Ich habe ein Problem." Germer selbst steckt den Kopf heraus.

„Ihr Computer tut es nicht, stimmts?"

„Ja. Wir brauchen die Telefonnummer vom Administrator. Die haben wir in unseren Dateien und da kommen wir im Augenblick nicht ran."

„Lassen Sie das jetzt mal bei Seite. Es gibt etwas Neues und wir haben in 10 Minuten eine Beratung im Konferenzraum. Bitte seien Sie und Alex pünktlich." Germer schließt die Tür und Julia steht ganz allein in seinem Vorzimmer.

Zwei Kollegen aus einem anderen Arbeitsbereich sitzen bereits wartend im Konferenzraum. Sie haben einen Berg Akten vor sich liegen. Man grüßt sich mit einem Nicken: „Tach", sagt Alex und die beiden nicken zurück. Alex könnte nicht sagen, wo die beiden arbeiten. Er hatte vor Jahren mal einen Einsatz bei einer Ermittlung, da waren diese beiden auch dabei, doch er kann sich nicht an die Namen der Kollegen erinnern. Sie sind etwas jünger als er und so hat er sie seither in der Kantine auch nicht gegrüßt. Eigentlich interessiert es ihn nicht, wer dort sitzt und warum. Er regt sich innerlich immer noch über das Computerproblem auf. Germer und Volkmann erscheinen gemeinsam im Konferenzraum und kommen gleich zur Sache.

Germer sagt: „Wie ich gerade erfahren habe, gibt es ein Problem mit dem polizeiinternen Computernetz. Wir haben noch keine Ahnung, wo der Fehler liegt. Der Administrator arbeitet mit Hochdruck daran das System so schnell wie möglich wieder arbeitsfähig zu machen."

Die beiden Kollegen aus dem anderen Bereich schauen sich an und zucken mit den Schultern. „Echt? Das haben wir noch gar nicht bemerkt."

Mit einem kurzen „Seien Sie froh", bringt Germer sie zum Schweigen. Dann fragt er: „Wie weit sind Sie in der E605 – Angelegenheit?"

Alex antwortet: „Es gibt nur eine Spur, die sich meiner Meinung nach als fraglich darstellt." Alex erklärt in zehn Sätzen, was der Stand der Ermittlungen ist. Er schließt damit, dass er sagt: „Ich glaube keinesfalls, dass hier eine Schwester die andere vergiftet hat. Die mutmaßliche Täterin, nach dem derzeitigen Stand der Ermittlungen, hat auf die Mitteilung, dass ihre Schwester verstorben sei, mit einer heftigen Lungenentzündung reagiert. Ich glaube, dass ist die Folge eines Schockes. Den hätte sie nicht gehabt, wenn sie ihrer Schwester Gift verabreicht hätte."

Volkmann ergreift das Wort: „Möglich. Es ist aber auch gut möglich, dass sie sich auf ihrer Heimreise aus Spanien auf dem Flughafen infiziert hat. Wenn das jetzt gerichtsrelevante Beweismittel sein sollen, dann hätten wir viel zu tun bei Gericht."

Germer brummt: „Hmm, das kann mehrere Ursachen haben, aber ja, durchaus möglich, dass man es so sehen kann, wie Herr List."

Alex strafft sich.

Dann fährt Germer fort: „Was steht in dieser Angelegenheit noch aus?"

„Wir haben gestern im Amtsgericht eine Anfrage eingereicht, ob es Informationen zu einem Testament der Verstorbenen gibt. Die Antwort steht noch aus."

Volkmann: „Nein, es gibt kein Testament beim Amtsgericht und es gibt auch keinen Hinweis auf die Hinterlegung bei einem Notar."

Germer: „Was haben Sie gestern im Haftkrankenhaus erreicht?"

Alex berichtet.

Germer ist erzürnt: „Und für dieses Ergebnis mussten gleich beide hinfahren? Konnten Sie das nicht am Telefon klären?"

Alex hätte jetzt gerne gesagt, dass Volkmann es so wollte. Doch er hebt nur die Hände und sagt: „So gesehen…"

„Was hat die Recherche nach der Herkunft des Giftes ergeben?"

„Wir können es Frau Wiesner nicht nachweisen, dass sie es beschafft hat und auch nicht, woher sie es haben könnte. Aber es gibt viele Möglichkeiten diese Substanz im Internet zu kaufen. Man müsste die Verlaufsprotokolle ihrer Internetverbindungen überprüfen."

„Das hat Herr Wilhelms bereits gemacht. Nichts, was einen Hinweis geben könnte." Germer fährt fort: „In diesem Fall können wir jetzt nichts tun. Wir müssen warten, bis die Tatverdächtige vernehmungsfähig ist und dann wird Staatsanwalt Volkmann weiter entscheiden, was getan wird."

Volkmann packt schon seine Sachen. Im Gehen sagt er: „Sobald Sie Ihre Computer wieder nutzen können, erwarte ich die Protokolle!" Er grüßt mit einem Nicken und verlässt den Raum.

Alex lehnt sich in seinem Stuhl zurück. Julia schaut Germer an. Was kommt jetzt?

Germer wendet sich an die beiden Kollegen und sagt: „Herr List, Frau Kranz, die beiden Kollegen kennen Sie? Das sind Herr Winkler und Herr Kästner."

Julia und Alex wechseln einen kurzen Blick. Alexanders Blick wandert von den Aktenbergen vor den beiden Kollegen zu deren Gesichtern. Er weiß, was deren tägliches Brot ist. Sie sitzen nächtelang in irgendwelchen Gebüschen oder hinter Hausecken und warten, bei Kälte und Regen, ob sie vielleicht eine Einbrecherbande in einer Gartenkolonie stellen können, oder Graffiti sprayende Vandalen.

„Hallo", sagen Julia und Alex beinahe zeitgleich.

Die Kollegen erwidern den Gruß.

„Wir werden die Kollegen unterstützen", beginnt Germer. „Seit Wochen arbeiten sie an einer Fahndung und sind…", Germer hätte beinahe gesagt: erfolglos. „…und brauchen Hilfe."

„Wir bräuchten mehr Zeit und ein Fahrzeug zur dauerhaften Verfügung und mindestens noch einen Kollegen. Sonst ist diese Aufgabe nicht zu schaffen", verteidigt sich Kästner.

Germer nickt. „Ja, das kennen wir. Wir hätten auch so manches nötig." Sein Tonfall ließ spüren, dass er solche Erwiderungen nicht duldet.

Das erste, was Winkler sagt, ist: „Hier, Kollegen!" Er schiebt den Aktenberg über den Tisch. „Es steht alles drin. Sie müssen nur lesen. Wenn wir diese Dokumentationen nicht hätten machen müssen, hätten wir mehr Zeit gehabt, diesen Kerl zu finden." Winkler erhebt sich und will gehen.

„Stopp!", sagt Germer in aller Entschiedenheit. „Die Grundfakten hätte ich gerne von Ihnen gehört." In diesem Moment ist der Rangunterschied zwischen Germer und Winkler der Grund, weshalb sich Winkler wieder hinsetzt. „Der Mann, den wir finden müssen, heißt Nick Schiffer und er ist 28 Jahre alt."

Germers Blick ist starr an Alexanders Gesicht geheftet. Er beobachtet jede Regung. Doch Alex regt sich nicht.

Winkler fährt fort: „Schiffer ist im März von einem Freigang zwecks Arbeitssuche nicht zurück in die JVA gekommen. Er hätte noch 18 Monate im offenen Vollzug gehabt, aber er hat es vorgezogen sich vorübergehend gänzlich zu verabschieden."

„Wie lautete sein Urteil?"

„Vier Jahre und 10 Monate wegen mehrerer Delikte. Hauptsächlich Verstoß gegen das Betäubungsmittelgesetz, dann Hehlerei, und Erpressung, sogar Geiselnahme. Der letzte Anklagepunkt musste fallen gelassen werden, weil alle Zeugen einen Rückzieher gemacht haben. Weiterhin stand er unter dem Verdacht der Kopf einer radikalen Schutzgeldbande zu sein. Das konnte ebenfalls nicht bewiesen werden. Keine Zeugen."

„Ziemlich hartes Urteil", murmelt Alex.

„Er ist vorher bereits mehrfach wegen Vergehens gegen das Betäubungsmittelgesetz verurteilt worden. Wiederholungstäter. Außerdem muss er in der Verhandlung den Richter provoziert haben."

„Ist der ein bisschen blöd?"

„Eher nicht. Unter den Mitgefangenen hat der den Spitznamen ‚Fuchs'. Soweit wir es einschätzen können, ist der einer, der keine Fehler macht. Er hat in der JVA geherrscht, wie ein Fürst. Wir haben versucht herauszubekommen, womit er diese Position errungen hat, doch wir haben keine Antwort erhalten. Nicht einer der Mitgefangenen hat auch nur die Andeutung einer Aussage gemacht. Wir haben alle befragt, die in seinem Umfeld waren. Niemand weiß etwas, niemand hat etwas gehört. Das kennen wir ja."

Alex hat inzwischen den obersten Aktendeckel aufgeschlagen und liest vor: „Abgängig seit 4. März. Beginn der Fahndung am 20. März." Alex schaut auf. „Mehr als 2 Wochen habt ihr ihn laufen lassen, ehe mal jemand nachgesehen hat? Wie soll ich das verstehen?"

„Das ist der übliche Verfahrensweg. Die Abgängigen haben keinen Personalausweis. Sie können weder eine Arbeit aufnehmen noch eine Wohnung anmieten noch sonst etwas machen. Meistens kommen sie nach 2 Wochen wieder und wollen den Rest ihrer Strafe freiwillig absitzen."

„So, wie Sie den beschrieben haben, sieht der nicht aus, als würde der eine Arbeit aufnehmen oder eine Wohnung anmieten wollen. Der nimmt sich, was er braucht!"

„Der ist richtig gefährlich", sagt Kästner. „Kollegen, bitte! Wir wissen nicht, was wir zuerst tun sollen. Lesen Sie sich ein. Es ist alles haarklein aufgeschrieben."

Germer beendet die Beratung. Er erhebt sich, klopft mit den Knöcheln seiner Faust auf die Tischplatte und sagt: „Mahlzeit, Kollegen!" Er verlässt den Beratungsraum und steuert auf sein Büro zu.

Alex legt die Akten mit dem Fall Schiffer auf seinen Schreibtisch. Der Bildschirm seines Computers ist noch immer schwarz, ebenso Julias. Sie nimmt eine der Akten und blättert.

„Alex, hör mal zu", sagt sie und beginnt vorzulesen: „Ich kannte ihn aus der Schule. Er war zwei Klassenstufen über mir und ich war eine Zeit lang in ihn verknallt. Er hat mich überhaupt nicht wahrgenommen, damals. Dann stand er im Supermarkt plötzlich hinter mir und plauderte, als ob wir beste Freunde wären. Ich hatte meine kleine Tochter vorn im Einkaufswagen sitzen und die lachte mit ihm und war total begeistert. Normalerweise hat sie Angst vor Fremden. Ich hatte volle Taschen und er nahm mir etwas ab. Er begleitete mich nach Hause und wir plauderten. Er fragte mich nach meinen Eltern. Ich erzählte, dass sie den Winter immer im Süden verbringen und ich das Haus hüte. Vor der Haustür wollte ich mich verabschieden, doch er wollte mir die Tasche unbedingt noch bis in die Küche tragen. Ich fand das total nett und fragte, ob er noch einen Kaffee trinken möchte. Er wollte. Um die Kaffeemaschine zu füllen, drehte ich ihm den Rücken zu. Als ich ihn wieder ansah, hatte er die Kleine auf dem Arm und ich konnte sehen, dass in seinem Hosenbund eine Waffe steckt. Ich wollte ihm das Kind sofort wieder abnehmen, doch er gab sie nicht her. Er sagte, dass er für ein oder zwei Tage irgendwo übernachten müsse, danach wollte er wieder gehen. Ich suchte mein Handy, um eine Nachricht abzusetzen und um Hilfe zu rufen. Er hatte es schon an sich genommen. Nachts hat er mich im Keller in einen fensterlosen Raum eingesperrt. Am Tage musste ich ihn bedienen. Er hat mich Zigaretten holen und zum Einkaufen geschickt. Er stand dann am Fenster und hatte die Kleine auf dem Arm. Er sagte: Ich weiß, dass du so schnell wie möglich zurückkommst. Du wirst auch nicht zur Polizei gehen. Schließlich willst du dein Kind wiedersehen. Es kann so viel passieren, wenn du einen Fehler machst. Ich dachte: Ein oder zwei Tage, dann ist der Spuk vorbei. Doch er blieb 3 Wochen. Eines Morgens erwachte ich in meinem Kellerraum, die Tür war nicht mehr verschlossen und oben hörte ich die Kleine weinen. Sie lag in ihrem Kinderbett und er war weg. Auf dem Tisch lag ein Zettel ‚Wenn du zur Polizei gehst, finde ich dich überall auf der Welt und dann werde ich nicht wieder gehen'."

Julia blättert in der Akte. „Hier: Nick Schiffer behauptet, dass er von ihr ausdrücklich eingeladen worden sei und sein Besuch bei ihr vollkommen einvernehmlich war. Der Zettel mit der Drohung war nicht mehr vorhanden. Sein Anwalt hat erwirkt, dass dieser Anklagepunkt fallengelassen wurde."

Alex sagt: „Wer weiß, wen er jetzt gerade mit seiner Anwesenheit beehrt."

Dann holt er zwei Kaffee vom Automaten. Als er zurückkommt, sagt er: „Julia, heute kommt Caro nach Hause. Ich bin so froh. Mein leeres Haus hat ein Eigenleben und ich hasse es."

„Denkst du wirklich, dass es im Haus gespukt hat? Vielleicht war es ein Geist aus Fleisch und Blut?"

„Lassen wir das. Jedenfalls muss ich noch aufräumen, ehe sie kommt. Wir dürfen es heute nicht zu spät werden lassen."

Nach der Mittagspause beordert Germer die beiden in sein Büro. Alex hatte sich eine Fertigsuppe aufgegossen, doch danach ist er weder satt noch froh.

„Setzen Sie sich! Das Computerproblem ist umfangreicher, als gedacht. Alex, deinen Computer hat der Admin wieder hinbekommen. Hier ist dein neues Passwort." Er schiebt Alex einen Zettel über den Tisch. „Frau Kranz, bei Ihnen ist es noch nicht gelungen, den Zugang wiederherzustellen. Sie müssen vorübergehend an einen anderen Arbeitsplatz wechseln."

„Was? Das macht es nicht leichter. Wo soll ich hin?"

„Bei Ulf Richter, im Zimmer nebenan, ist noch ein Arbeitsplatz ungenutzt. Außerdem ist Richter im Urlaub. Dort werden Sie sich jetzt einrichten. Ich hoffe, Sie kommen an Ihre Dateien heran, die sie für Volkmanns Protokolle brauchen."

„Mal sehen..."

„Ich möchte, dass Sie umgehend die E605 Angelegenheit ablegen, die Niederschriften fertig machen, so schnell wie möglich - auf jeden Fall noch heute– diese an Volkmann weiterleiten."

Alex fragt: „Sollen wir nicht erst mit dem Schiffer weitermachen?"

„Ich erwarte von Ihnen die Vollzugsmeldung in wenigen Minuten, dass Volkmann hat, was er braucht. Wenn Sie das fertig haben, kommen Sie wieder her und bringen die Unterlagen der Fahndung Schiffer mit. Dann sehen wir weiter."

Alex sagt gedehnt: „Okay..."

„Bis gleich!", schnauzt Germer.

Julia ist erstaunt, als sie den Computer in Ulf Richters Zimmer startet. Ihr eigenes Hintergrundbild lächelt sie auf dem Monitor an. Alle ihre Dateien sind da, so wie sie es selbst angelegt hat. Als sie unter den Tisch schaut, sieht sie zweifelsfrei ihren Computer, den sie seit Jahren schon benutzt. Sie erkennt ihn an der Inventarnummer. Wäre sie mit Alex zusammen, hätte sie gefragt: Was hat das zu bedeuten? Warum musste ich mit meinem Computer in ein anderes Zimmer ziehen? Doch so allein, schüttelt sie nur den Kopf. Leise brummelt sie: „Verstehe ich nicht." Nach ein paar Minuten erinnert sie sich, dass Germer ihr eine Andeutung gemacht hat. Das Ganze hätte nichts mit ihr zu tun. Germer hat Alex isoliert.

Die meisten Protokolle und kriminaltechnischen Untersuchungen hatte sie bereits so abgelegt, dass sie die einzelnen Dokumente nur noch nummerieren muss. Fünfzehn Minuten später schickt sie alles an Alex und hofft, dass er seinen Teil dazu fertig hat. Noch einmal zehn Minuten später stehen die beiden in Germers Vorzimmer. Alex hat die Akten

„Schiffer" in einen Karton gepackt und stellt den auf den Schreibtisch des Leiters der Kriminalpolizei.

„Frau Kranz", beginnt Germer, „wie geht es mit ihrem Computer?"

„Alles prima, funktioniert wie vorher."

„Gut, dann können wir endlich wieder arbeiten." Germer nimmt die Ordner aus dem Karton. Er schlägt die Aktendeckel auf und sortiert nach dem Erstellungsdatum. Dann schaut er Alex an und beginnt: „Alex, wir haben hier einen heiklen Fall. Eigentlich ist es Routine. Wie allgemein bekannt ist, ist die Flucht aus der JVA straffrei und – ganz unter uns – eine der gängigsten Fahndungen, die wir haben. Dieser Schiffer ist ein alter Bekannter. Er hat schon zweimal wegen Verletzung des § 29 Betäubungsmittelgesetz gesessen. Vor der ersten Verurteilung hatte er 4 Verwarnungen und Bewährungsstrafen unter Jugendrecht." Alex nickt und Julia überlegt, warum Germer so ausschweifend vorbereitet.

„Oft fahnden wir sinnlos nach diesen Typen und es dauert noch viel länger, sie wieder in den Bau zu stecken. Deshalb warten wir normalerweise, ob sie nicht nach einer kurzen Zeit von selbst wieder einrücken. Soviel zu deiner Frage Alex, warum die Fahndung erst so spät eingeleitet worden ist. Für gewöhnlich wäre der von ganz allein wieder angetrabt. Doch die Untersuchung einer Gasexplosion in der Gartensparte Elbaue hat ergeben, dass Nick Schiffer in dieser Laube gewesen sein muss. Er hat Speichel an einem Besteck hinterlassen. Seit wir in der Kriminaltechnik das neue High-Speed-Analysegerät für DNS-Bestimmungen haben, können wir innerhalb von Stunden genau sagen, wessen Genmaterial vorliegt. Wir können also zweifelsfrei sagen, dass dieser Kerl eine Gefährdung der öffentlichen Sicherheit darstellt. Das Verhaltensmuster scheint sehr analog dem zu sein, welches wir vor Jahren in Thüringen hatten. Sie erinnern sich?"

„Ja", sagt Alex. „Letztlich hatte der Flüchtige auf seinem Ausflug aus der JVA mal schnell vier Leute umgebracht, nur um irgendwo ein Unterkommen zu finden."

„Ja, Alex. Und ich muss nicht darauf hinweisen, dass der Aggressionspegel mit jedem Tag von Schiffers Flucht höher werden wird. Mit solchen Leuten ist nicht zu spaßen. Oft arbeiten die mit Erpressung. Die Erpressten hoffen auf ein glückliches Ende der Aktion und tun alles, was verlangt wird. Das ist aus menschlicher Sicht völlig verständlich. Aber nur selten geht diese Sache gut. Wenn so einer erst einmal merkt, was er erreichen kann, dann hakt er nach."

Alex nickt. Er schaut auf die Tischplatte und macht einen irritierten Eindruck.

„Alex, so etwas ist gefährlich." Germer schaut Alex an.

Alex nickt. „Oh, ja. Das ist es."

Germer wartet, ehe er weiterspricht.

Alex reagiert nicht.

Tief atmend fährt Germer fort: „Gut, dass wir uns in diesem Falle einig sind." Er öffnet den ersten Aktendeckel und beginnt erneut: „Ich möchte, dass Sie beide sich bitte jetzt gleich so gründlich wie möglich in diesen Aktenberg einarbeiten. Wenn Sie eine Übersicht haben, dann erstellen Sie einen Plan, wo mögliche Verstecke für Schiffer sein könnten. Gehen Sie alle Kontakte durch, die bekannt sind. Überprüfen Sie jede Verwandtschaft, Nachbarn, Vereine. Versuchen Sie zu denken, wie er. Er braucht eine neue Unterkunft. Das bedeutet, dass wieder Menschen in ganz heimtückischer Gefahr sind. Er gibt sich ausgesprochen leutselig und kann sehr überzeugend sein. Erstellen Sie sofort einen Ermittlungsplan. Den will ich noch heute sehen."

Alex ist anzusehen, dass er andere Pläne für diesen Tag hatte. „Ich muss heute pünktlich gehen. Ich habe auch noch ein Leben, nebenbei."

„Alex, gut dass du mich erinnerst. Der Sonntag ist natürlich gestrichen. Wir müssen diesen Kerl fassen, ehe noch mehr passiert."

Alex bläst die Wangen auf.

„Das wäre es für den Augenblick, Alex." Germer packt die Ordner wieder in den Karton. Alex erhebt sich und geht zur Tür. Germer hält Julia zurück. „Bitte, warten Sie, Frau Kranz. Ihr alter Urlaubsschein…" Germer tut, als ob er in seinen Unterlagen etwas sucht. Als Alex die Tür im Vorzimmer hinter sich geschlossen hat, sagt er: „Frau Kranz, wir haben eine heikle Lage. So etwas habe ich noch nie erlebt. Ihr Kollege ist in dieser Fahndung nicht nur Ermittler. Er hat Pit Wilhelms eine kleine Sektflasche zur Untersuchung gegeben und an der waren nicht nur Speichel, sondern auch die Fingerabdrücke von eben jenem Nick Schiffer."

„Was?" Julia ist auf den Stuhl zurückgesunken. „Warum arbeitet er dann an diesem Fall?"

„Gute Frage! Frau Kranz, mit wie viel Prozent Sicherheit können Sie sagen, welche Rolle Alex dabei spielt? Er ist ein Polizist und er weiß, wie man sich in solchen Fällen verhält. Können Sie ihm noch vertrauen?"

„Zu 100 Prozent, absolut!", bringt Julia hervor.

„Er hat ein kriminelles Problem in seinem Haus, wie ganz eindeutig feststeht. Was würden Sie als Polizistin tun, wenn Sie in seiner Lage wären?"

„Anzeige."

„Was tut Alex?"

„Vielleicht wird er erpresst. Sie haben eben selbst auf diese Möglichkeit hingewiesen."

„Was würden Sie in dieser Situation tun, wenn Sie erpresst würden?"

„Ich weiß es nicht."

„Er wird in dieser Angelegenheit versuchen, es allein zu lösen. Wir haben ihm mehrere Brücken gebaut. Er denkt nicht dran, um Hilfe zu bitten. Pit und ich sind inzwischen sicher, dass er die Gefahr unterschätzt. Alex hätte die Flasche niemals an Pit weitergegeben, wenn er gewusst hätte, wer die vor ihm in den Händen hatte."

„Nein, hätte er nicht."

„Ich stehe jetzt vor der Wahl: Entweder ich suspendiere Alex und muss eine interne Ermittlung einleiten, oder ich warte ab, was geschieht. Ich habe mich für Variante zwei entschieden. Ich kenne Alex schon so lange und ich habe ihm immer vertraut. In letzter Zeit ist er sonderbar. Ich habe das auf den Konflikt zurückgeführt, den er mit seinem Stiefsohn hatte."

„Ja. Ich verstehe. Ich glaube, Alex hält den Kerl für eine zudringliche Bekanntschaft seiner Tochter. Er will das unbedingt allein lösen. Ich bin sicher, dass er die Situation vollkommen unterschätzt."

„Frau Kranz, ich hoffe für Alex, dass es so ist. Alles andere wäre eine Katastrophe. Ich muss von Stunde zu Stunde entscheiden. Jetzt habe ich ihn erst einmal separiert. Mal sehen, welchen Ermittlungsplan er vorlegt. Sie halten Ohren und Augen offen. Es kann gut sein, dass wir ab morgen gegen Alex ermitteln. Ich will Ihnen nicht zumuten, dass Sie ihm gegenübersitzen müssen, in dieser Situation."

„Danke." Julia starrt in die Ferne. „Was muss dafür geschehen?"

„Das kann ich im Augenblick noch nicht genau sagen. Ich weiß es noch nicht. Ich will sehen, ob dort drüben ein ignoranter Esel sitzt oder einer, der glaubt, dass er oberschlau ist." Germer hätte jetzt gern seiner Hoffnung Ausdruck gegeben, dass er Alex bedingungslos vertrauen möchte. Doch er konnte in diesem Augenblick so viel Nähe nicht zulassen. „Bitte, Frau Kranz, bleiben Sie wachsam. Ich kann in dieser Angelegenheit nur unmittelbar entscheiden und ich muss mich auf Sie verlassen."

Julia atmet schwer. Sie nickt. „Ich habe ihn gefragt, warum er nicht wenigstens die Schlösser in seinem Haus austauscht. Er hat nur geantwortet: ‚Kommt nicht in Frage.' Ich verstehe ihn nicht. Er spricht nicht über seine Motive. Wenn mich jemand in meinem eigenen Bett betäubt und sich dann Kaffee in meiner Küche kocht, dann wüsste ich nicht, ob ich dieses Haus noch bewohnen könnte. Ich verstehe Alex nicht und er tut nichts, um mir meine Fragen zu beantworten."

Germer nickt. „Das ist der Punkt. Deshalb machen Sie ihren Dienst so gut Sie können. Seien Sie sensibel und halten Sie Augen... naja, Sie wissen schon." Germer ist aufgestanden und hat die Tür geöffnet. Er sagt: „Ich bin hier, auch morgen."

Julia geht mit einem leisen „Okay."

Alex hat Julias leeren Schreibtisch bereits mit einem der Ordner belegt. Auch auf seinem eigenen Schreibtisch, dem Fensterbrett und dem Ablagetisch neben dem Kopierer liegen Unterlagen aus dem Fall Schiffer.

„Was ist das für ein Zirkus mit deinem Urlaubsschein?", fragt er gereizt, als Julia ins Zimmer kommt.

„Schon gut."

„Die Kollegen haben wirklich gründlich gearbeitet. Als sie endlich mit der Fahndung beginnen konnten, haben sie sich in Serie drei Nächte um die Ohren geschlagen, um Schiffers letzte bekannte Adresse zu überwachen. Zu zweit. Tagsüber haben sie dann ganz normal ihren Dienst getan."

Julia hätte sich am liebsten nachträglich auf die Zunge gebissen, doch sie hatte es schon ausgesprochen: „Kennst du diesen Schiffer? Hast du schon mal mit ihm zu tun gehabt?"

Alex schüttelt den Kopf. „Nein. Nicht, dass ich wüsste." Er nimmt das Foto aus der Akte und heftet es mit Magneten an die Pinnwand. Er betrachtet das Bild lange und sagt: „Nick Schiffer? Nee, mit dem hatte ich noch nicht das Vergnügen. Bestimmt."

„Denk nach, Alex. Das hat bei Rolf Unruh auch eine Weile gedauert, ehe du dich erinnert hast."

„Was bohrst du so? Weißt du etwas, was ich nicht weiß? Raus mit der Sprache. Das ist unfair von dir."

Julia schüttelt den Kopf. Dann holt sie tief Luft und sagt leise: „Alex, unfair ist es, dass du deine Familie in dem Glauben lässt, alles wäre in Ordnung. Du weißt nicht, welche Gefahr euch wirklich bedroht. Sie sollten wenigstens die Wahl haben, ob sie das genauso sehen, wie du."

Alex schnellt von der Pinnwand herum und brüllt: „Julia, das ist meine Sache. Nur meine! Das geht dich nichts an, das geht niemand etwas an, nur mich!"

„Gut, oder auch nicht. Wie machen wir jetzt hier weiter?"

„Die Kollegen haben hier eine Liste angelegt mit Adressen, zu denen Schiffer Bezug hat. Er hat sich nie polizeilich umgemeldet, wenn er umgezogen ist. Im Melderegister steht er noch immer mit der Adresse seiner Mutter." Alex reißt die Augen auf. „Die Mutter wohnt in Hellerau, in einem der Mehrfamilienhäuser direkt am Markt."

Julia erinnert sich, dass sie genau dieses Klingelschild bemerkt hatte, als sie dort war. Schiffer, ein Allerweltsname und doch so bedeutsam. „Schiffer", sagt sie, „ist draußen und sein ehemaliger Mithäftling, Rolf Unruh, liegt ganz in der Nähe der letzten bekannten Adresse mit eingeschlagenem Gesicht. Ist das ein Zufall?"

„Garantiert nicht", murmelt Alex. Dann liest er die Liste vor, welche die Kollegen erstellt haben. Zwanzig Adressen, teils von jungen Frauen, von ehemaligen Mitgefangenen, von einer Verwandten, von Leuten, deren Verhältnis zu Schiffer noch nicht feststeht. Alex heftet die Liste links unter Schiffers Foto.

Er öffnet in seinem Computer das Formular Ermittlungsplan und beginnt: Name...

Unter 1. schreibt er: Überprüfung der bekannten Aufenthaltsorte auf aktuelle Relevanz.

Julia sagt: „2. Mithäftlinge."

Alex notiert. Dann hebt er den Kopf und sagt: „Vielleicht haben wir Glück und es gibt einen V-Mann, der uns weiterhelfen kann?"

„Wie erfahren wir das?"

„Wir gar nicht. Den Antrag muss Germer stellen. Dann wird im Innenministerium abgewogen, ob die Wichtigkeit unserer Ermittlungen ausreicht, um uns von der Existenz dieses Mannes wissen zu lassen. Vielleicht haben wir Glück."

„Alex, wir sollten den Laubenbesitzer in die Rechtsmedizin überstellen lassen und die Leichenöffnung anordnen. Ich lese gerade, dass der immer noch in einer Kühlkammer liegt. Vielleicht ist der gar nicht an der Gasexplosion gestorben. Wir sollten darüber Gewissheit haben."

Alex nickt und veranlasst die Untersuchung per Formular im Computer. „Das Ergebnis wird frühestens am Montag vorliegen", sagt er.

Julia hat vor Jahren einmal eine Vorlesung über psychologische Ansatzpunkte besucht. Der Dozent erklärte, dass es hilfreich sein kann, wenn man eine Liste zur Persönlichkeit des Gesuchten erstellt. Zu jedem Punkt, der fraglich ist, gibt es immer drei Antworten. Die Liste beginnt mit: sexueller Orientierung – hetero – homo – beides; Temperament – ausgeglichen – spontan – phlegmatisch; Suchtneigung – vorhanden – nicht vorhanden – gelegentlich.

Zwanzig solche Punkte umfasst die Liste und sie ist hilfreich, bei der Einschätzung der zu erwartenden Handlungen und Reaktionen. So würde ein phlegmatischer Homosexueller mit gelegentlicher Suchtneigung andere Entscheidungen treffen, wie ein Hetero ohne Suchtneigung. Julia überlegte, ob diese Liste in diesem Augenblick nützlich sein könnte. Eventuell. Auf jeden Fall würde es Germer beeindrucken, ist ihr Gedanke.

„Was können wir jetzt noch Sinnvolles tun, in diesem Moment?", fragt sie.

Alex zuckt mit den Schultern. Er schaut betont auf seine Uhr. „Caro sitzt seit einer Stunde im Auto und kommt bald nach Hause. Ich möchte unbedingt vor ihr da sein. Ich will noch einmal aufräumen und nachschauen, ob alles in Ordnung ist."

„Wann erwartest du sie zurück?"

„Zwischen sechs und sieben Uhr heute Abend."

„Okay. Du musst nur aufpassen, dass Germer dich nicht noch einmal erwischt. Sag ihm einfach, dass du heute nicht kannst. Ich werde ihm vorschlagen, dass ich ins Krankenhaus zu Rolf Unruh gehe und ihn mit der Tatsache konfrontiere, dass er vor Schiffers Elternhaus gefunden wurde und wir wissen, dass er Schiffer kennt. Mal sehen, was er meint."

„Würdest du das tun?"

„Warum nicht?"

Germer nickt zustimmend, als er den Ermittlungsplan durchgeht. „Die Obduktion des Gartenbesitzers hätten die Kollegen von der Fahndung längst veranlassen können."

Germer hat immer etwas zu kritisieren, denkt Julia.

Als Alex ihn fragt, ob er nach Hause gehen kann, wechseln Germer und Julia einen Blick. Germer antwortet nicht gleich. Alex hält diese Spannung nur schlecht aus. Er sagt: „Was hat das zu bedeuten? Was ist das für eine komische Stimmung? Kann mir mal jemand sagen, was hier abgeht?"

„Willst du Frau Kranz allein zu der Befragung ins Krankenhaus gehen lassen?"

„Warum nicht? Sie hat es mir selbst angeboten."

„Morgen früh möchte ich dich pünktlich hier sehen. Ich werde bis dahin wissen, ob es einen V-Mann gibt." Germer legt die Papiere, die

Alex und Julia ihm erstellt haben, auf einen Stapel und schiebt ihn zu Alex. „Gibt es noch irgendwelche Protokolle, die zu schreiben sind?"

Alex fühlt sich, wie ein Erstklässler. „Nein, wir sind auf dem Laufenden."

„Gut, dann sehen wir uns morgen."

Erleichtert stürmt Alex davon, um endlich nach Hause zu kommen.

Den ganzen Heimweg über geht Alex die Tätigkeiten durch, die er vor Caros Ankunft unbedingt noch erledigen will. Bett machen, Müll raus, Staub saugen... Vor allem muss er nach Spuren seines ungebetenen Gastes suchen.

Als er in seine Straße einbiegt, fühlt er sich, wie von einer Keule getroffen. Caros Auto steht schon vor dem Haus.

Julia war ein wenig verwundert, dass Rolf Unruh noch immer auf der gleichen Station im Krankenhaus zu finden ist. Normalerweise dauert es nicht lange, eine gebrochene Nase oder Wangenknochen zu richten und der Heilungsprozess ist nicht schlechter, wenn der Patient zu Hause ist. Doch Unruh liegt noch immer in seinem Bett und breite Pflaster kleben in seinem Gesicht. Julia hält ihm den Dienstausweis hin begrüßt ihn. „Guten Tag, Herr Unruh. Wie geht es Ihnen?"

Der Mann im Bett schließt die Augen und schüttelt vorsichtig den Kopf. „Ganz schlecht", nuschelt er leise.

„Können Sie mit mir reden?"

Kopfschütteln.

Der Bettnachbar hebt den Kopf und sagt: „Rolli, alte Granate! Eben hast du noch Witze erzählt und jetzt mimst du hier den sterbenden Schwan?"

Julia grinst. Er will nicht mit mir reden, denkt sie. Sie klingelt nach einer Schwester und möchte, dass Herr Unruh sie in den Flur begleitet. Die Schwester bringt einen Rollstuhl und setzt den Mann hinein. Julia schiebt ihn in eine ruhige Ecke auf dem Flur und beginnt: „Herr Unruh, Sie haben eine schwere Verletzung von einem Faustschlag mit einem Schlagring erhalten. Können Sie sich erinnern, wer Ihnen das angetan hat?"

Kopfschütteln.

„Sie haben auf einer Bank in einer Grünanlage nahe des Hellerauer Marktes gelegen und waren nicht in der Lage von allein aufzustehen. Ich nehme an, es war mehr der Schock als die Verletzung, der Sie so außer Gefecht gesetzt hat. Sie haben den Täter sehr wohl erkannt und Sie wissen genau, wer es war."

Unruh reißt die Augen auf und schüttelt erneut den Kopf.

„Darf ich Ihnen ein wenig auf die Sprünge helfen? War es Nick Schiffer?"

Heftiges Kopfschütteln.

„Wenn Sie so genau wissen, dass er es nicht war, dann wissen Sie demzufolge, wer es war." Julia hält den Blickkontakt einige Sekunden. „Wer?"

Schultern zucken.

„Ich erzähle Ihnen jetzt einmal eine Geschichte: Sie sind schon seit langem wieder draußen. Während Ihrer Haftzeit haben Sie Nick Schiffer kennengelernt. Er hat Sie vor Ihrer Entlassung gebeten, mal nach seiner Mutter und Schwester zu sehen. Das ist üblich. Das machen die Leute drinnen so. Schließlich musste er zu diesem Zeitpunkt noch Jahre einsitzen. Sie haben sich um seine Familie gekümmert, wie vereinbart. Doch Schiffer meint vielleicht, Sie hätten es mit der Fürsorge ein wenig übertrieben. Er hat seine Spione. Sie kamen von einem schönen Abend, erst Sonnenwendfeuer, und dann... Wer weiß was? Als Sie nach Hause fahren wollen, auf dem Weg zur Straßenbahn, steht plötzlich Schiffer vor Ihnen und ballert Ihnen eine auf die Nase. War es so ungefähr?"

Unruh schaut starr auf den Boden.

„Keine Antwort, ist auch eine Antwort. Herr Unruh, welcher der Damen Schiffer gilt Ihre Aufmerksamkeit? Nick Schiffers Schwester?"

Kopfschütteln.

„Seiner Mutter?"

Nicken.

„Oh, dann möchte ich nicht in Ihrer Haut stecken. Ein Techtelmechtel mit der Mutter eines Gewalttäters. Kein schöner Gedanke."

„Wer hätte denn ahnen können, dass der so schnell entlassen wird?"

„Der Herr kann sprechen! Wie schön. Nick Schiffer hat sich selbst entlassen. Freigang zwecks Arbeitssuche."

„Haben Sie ihn schon wieder? Sitzt er wieder ein?"

„Nein. Deshalb bin ich hier. Ehrlich gesagt, hält sich das Interesse des Staates an Ihrer Nase in Grenzen. Wir wollen Schiffer finden. Ich könnte mir vorstellen, dass es für Sie auch ein beruhigendes Gefühl sein wird, wenn er wieder hinter Schloss und Riegel sitzt. Oder?"

Nicken.

„Jetzt erzählen Sie mal der Reihe nach: Was hat Nick Schiffers Mutter gesagt, als sie erfahren hat, dass er ausgebrochen ist?"

„Ehrlich gesagt, sie hat mich gewarnt. Sie meinte, der ist zu allem fähig und ich soll mich so fern wie möglich halten. Nick hat sie angerufen, nachdem er zwei Stunden draußen war. Man hat ihn noch gar nicht vermisst. Er hat ihr eine Liste mit Dingen durchgegeben, die er braucht. Unter anderem war ein Auto dabei. Er hat das Auto seiner Schwester bekommen. Kleidung, Geld, seine Zeltausrüstung und das Handy der Schwester. Das sollte alles, zusammen mit einer Kiste Lebensmitteln, in das Auto geladen werden und an einem Parkplatz am Sportplatz in Hellerau abgestellt werden. Der Autoschlüssel sollte auf einem Reifen im Radkasten abgelegt werden. Die Schwester sollte es überbringen. Eine Stunde später, nachdem sie es abgestellt hatte, war es weg."

„Wann war das genau?"

„Das Datum weiß ich nicht mehr. Aber es war noch bevor sein Verschwinden entdeckt worden war. Seine Mutter hatte Angst, als er plötzlich wieder vor der Tür stehen könnte. Sie wollte mich schützen. Doch nachdem er mehr als 3 Monate nichts von sich hören lassen hat, sind wir davon ausgegangen, dass er über alle Berge ist."

„War er aber nicht?"

Kopfschütteln.

„Wo könnte er sein?"

„Woher soll ich das wissen?"

„Ich brauche das Autokennzeichen, mit dem er unterwegs ist und die Telefonnummer des Handys, das er hat. Dringend."

„Das Autokennzeichen weiß ich nicht. Es ist ein roter Kleinwagen, zugelassen auf seine Schwester. Die Handynummer kann ich Ihnen geben." Er tippt auf sein Telefon und hält Julia eine Nummer hin. Sie macht ein Foto von diesem Display.

„Der bringt uns alle um, wenn er erfährt, dass Sie diese Information von mir haben. Der darf das nie erfahren."

„Ist klar", sagt Julia kurz. „Sie melden sich sofort, wenn Sie irgendetwas wissen. Sollten seine Mutter oder seine Schwester zu ihm Kontakt haben, sofort eine Info an mich! Verstanden?"

„Sie müssen den unbedingt schnappen, so schnell wie möglich."

Julia lächelt: „Das ist mein Plan. Sie haben meine Nummer? Rufen Sie an. Je kooperativer Sie und Schiffers Angehörige sind, umso schneller ist es ausgestanden."

Julia ist zufrieden, als sie nach Hause fährt. Nicht, dass sie irgendetwas Unerwartetes erfahren hätte. Doch jetzt hat sie Gewissheit, dass Schiffer sich noch in der Stadt herumtreibt. Mit der Handynummer und dem Autokennzeichen dürfte es nur eine Frage weniger Tage sein, bis auch dieser Fall erledigt ist.

Normalerweise fährt Alex sein Auto immer in die Garage, eher er das Haus betritt. Heute nicht. Er zieht den Zündschlüssel ab, lässt es in der Einfahrt stehen und stürmt ins Haus. „Caro!" Es ist nur Freude in seiner Stimme. Er schaut sie nicht an, er nimmt sie in die Arme. Mit geschlossenen Augen drückt er seine Frau an sich. Das hat er lange nicht getan. Caro ist da. Jetzt wird alles gut.

„Hey, so stürmisch. Das hätte ich nicht erwartet." Sie gibt ihm einen Kuss.

In dieser gerührten Stimmung bringt er heraus: „Hattest du eine gute Fahrt? Du bist früh hier. Ich hatte dich erst gegen Abend erwartet."

„Überraschung!" Caro zeigt auf das Kuchenpaket auf dem Küchentisch. „Kaffee?", fragt sie und sucht die gläserne Kaffeekanne. Sie schaut in den Geschirrspüler, nichts.

„Es tut mir leid", stottert Alex. „Sie ist kaputtgegangen."

Caro nimmt zwei Kaffeebecher aus dem Schrank, löffelt Kaffeepulver hinein und gießt heißes Wasser auf. Sie legt zwei Windbeutel auf Kuchenteller und seufzt: „Die letzte Vorlesung ist ausgefallen. Schade. Das Thema war mein eigentlicher Grund, warum ich diesen Lehrgang gebucht habe."

Caro hat irgendwann vor vielen Jahren entdeckt, dass sie etwas lebt, was nicht ihr Leben ist. Sie hatte einen bockigen Sohn, einen Mann, der kaum für die Familie da war und zunehmend ein Alkoholproblem. Damals war Laura noch ein Kindergartenkind. Alles war wichtig in ihrem Leben, außer sie selbst. Das neu gebaute Haus musste abgezahlt werden. Der Anschein einer glücklichen Familie musste gewahrt werden. Caros Welt wurde immer enger und immer kleiner. Nur das kleine Schnäpschen, das sie sich manchmal gönnte, brachte Weite und Leichtigkeit. Damals war sie Physiotherapeutin. Die Patienten, die vor ihr lagen, brachten Schmerz, Elend und Verfall in ihr Leben. Welcher Jubel, wenn ein Patient sagte, dass es ihm besser ginge. Doch in der Regel war es das langsame Sterben der Patienten, was ihr Leben ausmachte. Ein Sohn, der nur ein Ziel kannte: Rebellion; eine Tochter, die sich immer mehr in sich selbst zurückzog und ein Ehemann, der seine Berufstätigkeit zwischen Mord und Totschlag, Leichenteilen und Verrat fristete. Dieses Umfeld wollte auch ihr an den Kragen. Damals begann sie Bücher zu lesen und auf die Signale ihres Körpers zu achten. Sie fand interessante Gebiete, die sie näher ergründen wollte. Sie legte die Prüfung als Heilpraktikerin ab und fand wieder Freude an ihrem Leben. Anfangs war es Homöopathie und Kräuterkunde, dann kam Yoga und aktive Entspannung dazu. Seit zwei Jahren betrachtet sie die Welt durch eine andere Brille. Es ist die Brille der Dreifaltigkeit. Da ist der Körper. Er ist an diesen Planeten gebunden und vergänglich. In dem Maße, wie er Kummer und Angst ertragen muss, schwindet seine Kraft. Freude und Hoffnung verlängert seine Fähigkeit zur Regeneration. Dann sind da die Gedanken und die Fähigkeit der Erkenntnis. Das ist die Schaltzentrale, welche uns entscheiden lässt. Aber das eigentliche ist die Seele. Sie ist unsterblich und allwissend, glaubt Caro. Die Seele hat entschieden, ob und wo wir uns auf dieser Welt inkarnieren. Im Jenseits hat diese Seele entschieden, warum sie auf diese Welt gekommen ist. Doch als sie einige Monate auf dieser Welt war, hat die Schaltzentrale die Herrschaft übernommen. Wir haben gelernt, wie die Dinge auf dieser Welt funktionieren. Stück für Stück ist die Seele in den Hintergrund gerückt. Der Mensch hat Erwartungen erfüllt und ist süchtig nach Lob und Anerkennung geworden. Schließlich hat der Ehrgeiz den ganzen Menschen übernommen. Man ist ja schließlich wer! Doch wer ist man wirklich? Diese Frage stellt sich erst dann wieder, wenn der Krebs an der Unsterblichkeit knabbert, oder Organe ihren Dienst versagen. Es ist der Körper, der diese Hilfeschreie ausstößt. Man will, dass der Körper wieder funktioniert. Deshalb ist man bereit Medikamente zu schlucken und Operationen zu erdulden. Caro war sich sicher, dass der Zugang zur Seele die Heilung bringt. Sie hat es an ihrem eigenen Leib erfahren.

„So?", Alex hat nur Augen für den Windbeutel auf seinem Teller. „Was wäre das Thema gewesen?"

„Wenn Wahrheit zerstört."

Mit vollem Mund und Schlagsahne an der Oberlippe brummt Alex: „Was ist denn das für ein Quatsch!"

„Interessiert es dich nicht, was dahintersteckt?"

„Ich bin Polizist, wie du dich vielleicht erinnerst. Es gibt nur richtig oder falsch, Wahrheit oder Lüge. Wir sind dem Richtig und der Wahrheit verpflichtet."

„Wenn es nur immer so einfach wäre."

Alex lässt die Kuchengabel auf den Teller fallen. „Es ist so einfach!"

Caro schmunzelt, als sie das Kaffeegeschirr in den Spüler räumt. Ihr kommt ein Spruch in den Sinn: Wovor fürchten sich Apotheker? Davor, dass es nur noch gesunde Menschen gibt. Sie überlegt: Wie wäre die Ableitung dieses Spruches für Polizisten?

Sonntag

Alex trägt eine Tüte in der Hand. Das Leckerste, was er sich vorstellen kann, ist in dieser Tüte. Es ist ein frisches Brötchen, belegt mit Streifen von paniertem Schnitzel und einem Salatblatt. Das Salatblatt ist festgeklebt mit ein wenig Mayonnaise, garniert mit Tomatenscheiben. Das, was es so unvergleichlich lecker macht, sind nicht nur die Zutaten. Es ist das Wissen, dass Caro heute Morgen im Nachthemd in der Küche gestanden hat, um ihm dieses Essen zu bereiten. Er trägt es, wie einen zerbrechlichen Schatz durch das Treppenhaus des Polizeipräsidiums. Trotzdem wandern seine Augen zu der Anzeigetafel der Kantine. Heute ist Sonntag und es wird nichts geben. Heute ist die Kantine zu. Caro weiß das und sie lässt ihn nicht im Stich.

Alex wird heute zwei Kaffee aus dem Automaten holen. Die braucht er beide selbst. Immer, wenn er am Einschlafen war, ist er wieder aufgeschreckt. Er hat dann in die Nacht gelauscht, auf Geräusche achtend, die da nicht sein sollten. Es war alles ruhig. Das schönste Geräusch, das sich Alex vorstellen kann, hatte er neben sich. Es waren Caros leise Atemzüge, die von tiefem Schlaf zeugten. Einen Moment lang denkt er: Es ist unverantwortlich, dass ich Caro allein in dem Haus gelassen habe. Doch dann beruhigt er sich. Es waren alles Einbildungen, Resultat meiner Einsamkeit. Ich brauche jetzt Kaffee.

Julia und Germer sind beide schon da. Sie sitzen in Germers Dienstzimmer und besprechen den Ermittlungsplan, den Alex gestern ausgearbeitet hat. Germer lässt Alexanders Handy klingeln und legt auf. Am Klingelton hat Alex gehört, wer angerufen hat. Er geht mit seinem Kaffeebecher hinüber. „Morgen, Kollegen", sagt er und setzt sich dazu. „Die Obduktion des Laubenbesitzers ist...", beginnt Julia.

Germer unterbricht sie. „Guten Morgen, Alex. Gut geschlafen?"

„Geht so", murmelt er und nimmt einen Schluck Kaffee.

„Ist Caro wieder da?"

Alex nickt.

„Und sonst? Alles gut?"

„Hans-Jürgen, bitte, was willst du? Das geht schon seit Tagen und ich verstehe nicht, was es bedeutet."

„Nichts, gar nichts, Alex. Fangen wir an zu arbeiten." Germer gibt das Wort an Julia.

„Die Obduktion des Schrebergärtners ist noch gestern Abend fertig geworden. Er heißt Michael Bayer, war knapp siebzig und hatte den Garten erst seit ein paar Monaten. Der Mann ist nicht an der Explosion seiner Propangasflasche gestorben. Er ist erwürgt worden. Gebrochenes Zungenbein und kein Ruß in der Lunge."

Alex nickt. „Wenn dieser Schiffer in der Laube DNS-Spuren hinterlassen hat, dann hat er sich dort wahrscheinlich eine Zeit lang aufgehalten. Es stellt sich die Frage, ob er das mit dem Einverständnis des Gärtners getan hat oder ob der Gärtner seinen Untermieter überrascht hat und deshalb sterben musste."

Julia sagt: „Wenn der Schiffer dort längere Zeit gewohnt hat, dann müssen wir prüfen, ob die beiden sich gekannt haben."

Germer nickt: „Tun Sie das, Frau Kranz."

Alex weist auf den Ermittlungsplan von gestern. „Ich muss heute die Mutter und auch die Schwester von Nick Schiffer hier befragen. Es macht einen Unterschied, ob wir zu denen nach Hause gehen, oder ob die hierher geladen werden. Wir müssen sie unbedingt getrennt voneinander befragen. Ich erhoffe mir neue Ermittlungsansätze."

Julia sagt: „Ich war gestern noch einmal bei Rolf Unruh." Dann berichtet sie von dieser Befragung und Alex grinst über das ganze Gesicht.

„Wusste ich es doch. Das war mein Verdacht von Anfang an."

Dann fragt Germer: „Was ist dein nächster Schritt, Alex?"

„Wie gesagt: Wir sollten die Mutter und die Schwester befragen, jetzt gleich."

Germer und Julia nicken.

„Gib mir Bescheid, wenn die beiden hier sind", sagt Germer. Er klopft mit den Knöcheln der Faust leicht auf die Tischplatte und beendet damit das Gespräch.

Eine Stunde später sitzen die beiden Verwandten von Nick Schiffer auf dem Gang. „Wir beginnen mit der Mutter", entscheidet Germer. Alex bittet die Frau in den Vernehmungsraum.

Julia führt die Schwester in einen Besucherraum. „Bitte, warten Sie hier. Ich hoffe, es ist etwas nach ihrem Geschmack dabei", sagt Julia und zeigt auf den Ständer mit den Zeitschriften. „Es wird nicht lange dauern. Sie helfen damit nicht nur uns. Auch für Ihren Bruder wird es besser sein, wenn alles wieder seine Ordnung hat."

Die junge Frau, neunzehn Jahre alt, zuckt mit den Schultern: „Gerne, aber ich weiß nichts und meine Mutter auch nicht."

„Trotzdem, danke schon mal." Mit freundlichem Lächeln schließt Julia die Tür.

Germer und Alex haben die Technik gestartet und Julia hört Alex sagen: „Sie sind Frau Anja Schiffer, Mutter von Nick Schiffer? Wenn dem so ist, dann antworten Sie bitte vernehmlich mit Ja."

„Ja."

„Sie sind als Zeugin zu jeder Aussage verpflichtet, außer dass Sie sich selbst oder Ihre Angehörige belasten. Dann dürfen Sie die Aussage verweigern. Sie verstehen, was das bedeutet, Frau Schiffer?"

Vor der Kamera sitzt Nick Schiffers Mutter. Julia hätte nicht gedacht, dass es eine so sympathische Frau ist. Offenbar ist auch Germer von ihr beeindruckt.

Sie sagt: „Natürlich weiß ich, was das bedeutet. Ich habe schon so viele Befragungen zu Nick über mich ergehen lassen müssen. Wenn ich nur irgendwie helfen könnte, dann würde ich das so gern tun. Er ist mein Sohn. Ich liebe ihn. Wenn ich nur ein Mittel in der Hand hätte, ihn auf den richtigen Weg zu leiten, dann würde ich nichts unversucht lassen. Sagen Sie mir, was ich tun kann?"

Germer rückt mit dem Stuhl ein Stück an die Tischkante heran und verringert damit den Abstand zwischen sich und ihr. „Frau Schiffer, das spricht natürlich für Sie. Doch um Sie geht es im Augenblick nicht. Wir suchen Ihren Sohn. Wo könnte er sich aufhalten?"

„Das weiß ich leider nicht."

„Wann hatten Sie den letzten Kontakt?"

„Er hat angerufen. Wann, kann ich gar nicht so genau sagen. Es waren die ersten warmen Tage im April, da wollte er seine Sommersachen haben. Auch die Schuhe, Sportsachen, Handtücher, Schlafsack und die Badesachen."

„Und? Haben Sie die Sachen an ihn übergeben?"

„Ja."

Germer lehnt sich über den Tisch. „Wie?"

„Nick hat angerufen, spät am Abend. Er hat sich nach unserem Befinden erkundigt. Er wollte wissen, ob sein ehemaliger Mitgefangener sich um uns kümmert. Ich habe ihm gesagt, dass es uns sehr gut geht und Rolf, eben jener Ehemalige, gelegentlich vorbeikommt und nach dem Rechten sieht. Er hat mir bei einer Fahrradreparatur geholfen und als unser alter Fernseher kaputt war, hat er einen neuen herangeschafft und den alten entsorgt."

„Welcher Rolf?"

„Rolf Unruh."

Die beiden Polizisten wissen, wer gemeint ist.

„Weiter", drängt Germer.

„Kennen Sie Rolf?", fragt die Frau.

„Bitte, das ist im Augenblick nicht von Interesse. Was wollte Ihr Sohn?"

„Er wollte seine Sommerkleidung, wie gesagt."

„Hat er sie abgeholt?"

„Nein. Er hat Pams Auto in der Nähe abgestellt und den Kofferraum nicht verschlossen. Dort sollten wir in der Dunkelheit die Sachen hineintun. Am anderen Morgen war das Auto dann weg."

„Wie? Pams Auto? Was hat es damit auf sich?" Germer setzt sich wieder gerade hin.

„Als Nicks Schwester, meine Tochter Pam, achtzehn geworden ist, kam Rolf und brachte ein kleines Päckchen von Nick. Darin war ein Autoschlüssel. Rolf sagte, sie solle einen Spaziergang in der Nachbarschaft machen und gelegentlich auf den elektrischen Türöffner drücken. Das Auto, das sich dann öffnen ließe, würde ihr gehören. Sie hatte es schnell gefunden und sich riesig gefreut. Nick hatte ihr aus dem Knast heraus den Führerschein finanziert. Dass er ihr danach noch ein Auto schenkt, war unfassbar für uns. Zwar war es ein kleines Auto und schon zehn Jahre alt, aber bis dahin hatten wir überhaupt keins. Sie können sich unsere Freude vorstellen?"

„Auf wen ist das Auto zugelassen?"

„Auf Nick. Die Papiere lagen im Handschuhfach. Wir haben dann gemeinsam mit Rolf einen Ausflug gemacht, damit Pam Fahrsicherheit bekommt. Rolf hat uns dann regelmäßig besucht. Wir haben viel miteinander unternommen. Es war eine wunderschöne Zeit."

„Was hat Nick dazu gesagt?"

„Wie sollte er davon erfahren? Außerdem, er kann mir nicht verbieten eine Freundschaft zu haben. So ein Verbot würde er sich von mir auch nicht gefallen lassen."

Germer zieht die Augenbrauen fragend hoch.

Frau Schiffer sagt: „Naja, ich glaube, er wäre ziemlich außer sich, wenn er es erfahren würde."

Germer nickt. „Wann ist Ihre Tochter achtzehn geworden?"

„Vor anderthalb Jahren."

„Jetzt hat Nick das Auto wieder eingefordert?"

„Nein, natürlich nicht. Er hat es sich geliehen."

„Wie hat er es sich geliehen?"

„Er hat am 4. März vormittags bei mir auf Arbeit angerufen und gesagt, dass er auf Arbeitssuche sei. Er brauche das Auto mal kurz, um nach außerhalb zu fahren. Er würde es am Nachmittag zurückbringen. Wir sollten den Autoschlüssel im Radkasten deponieren, so schnell wie möglich. Ich bin dann nach Hause gefahren in der Mittagspause, habe den Autoschlüssel deponiert und am Nachmittag auf Nicks Besuch gewartet. Er ist nicht gekommen und das Auto ist seitdem auch weg."

„Haben Sie danach noch einmal von ihm gehört?"

„Rolf machte eine Andeutung, dass Nick zum Sonnenwendfeuer kommen wollte, wenn die Luft rein sei. Er ist dann aber doch nicht gekommen. Ich hätte mich so gefreut, ihn mal wieder zu sehen. Wissen Sie, wie es ihm geht?"

„Nein, leider nicht. Wir wissen nicht, wo er ist und wie es ihm geht. Wir hoffen, dass Sie uns helfen, ihn zu finden. Wer waren früher seine Freunde? Wen hat er um Hilfe gebeten, wenn er sie brauchte? Wer könnte ihn verstecken?"

Anja Schiffer zieht die Schultern nach oben. „Wenn ich das wüsste! Er war seit der Schulzeit sehr verschlossen. Er hat mir nie Sorgen gemacht. Er brachte akzeptable Noten nach Hause, war nie versetzungsgefährdet und auch sonst war er ein lieber Junge. Er war viel mit seinem Fahrrad unterwegs und kam zum Abendessen pünktlich. Warum sollte ich ihn kontrollieren oder mir Sorgen machen? Die Nachbarn mochten ihn."

„Hat er nie jemanden mit nach Hause gebracht? Im Winter, wenn es draußen ungemütlich war?"

„Nein. Nie."

Jetzt beugt sich Alex vor: „Sie wohnen in Hellerau. Das ist beinahe eine dörfliche Struktur. Die Menschen kennen sich, jedenfalls die Nachbarn. Sind Sie nie von einer anderen Mutter angesprochen worden, dass ihr Kind mit Nick befreundet ist?"

Anja Schiffer schüttelt den Kopf. „Nein. Sie wohnen auch in unserer Nähe, oder? Ich habe Sie schon gesehen bei verschiedenen Gelegenheiten. Haben Sie Kontakt zu den Eltern der Freunde Ihrer Kinder?"

Diese Frage fühlt Alex, wie einen Stich ins Herz. „Eher weniger", bringt er heraus und dieser Punkt ging eindeutig an Frau Schiffer.

„Früher, als er sich für das Studium eingeschrieben hatte, da hatte er eine Freundin. Janina. Er hat sein Zimmer bei uns behalten und ein- oder zweimal die Woche bei uns geschlafen. Er sagte, die Freundin sei ebenfalls Studentin und bei ihr sei er manchmal über Nacht. Ich bat ihn, sie doch mal mitzubringen. Er sagte, dass er das zu gegebener Zeit machen würde, aber es ist nie dazu gekommen. Manchmal ist er zwei Wochen nicht bei uns gewesen. Ich habe nie gewusst, wo er gerade war. Ich hatte eine Handynummer von ihm und wenn ich ihn angerufen habe, ist er immer rangegangen. Doch wenn ich ihn gebeten habe, dass er sich doch endlich mal wieder blicken lassen soll, hat er nur gelacht. Ich wünschte, ich könnte Ihnen helfen."

„Haben Sie jetzt auch eine Telefonnummer von ihm?"

„Ja." Anja Schiffer holt ihr Handy heraus und ruft die Nummer auf. Alex notiert. „Aber die Stimme sagt immer: Der Teilnehmer ist im Augenblick nicht erreichbar, wird aber von Ihrem Anruf benachrichtigt."

„Wann haben Sie ihn auf dieser Nummer das letzte Mal erreicht?"

„Vor seiner Verhaftung."

„Hat Ihr Sohn irgendwelche Unterlagen, Post oder einen Computer bei Ihnen?", fragt Alex.

„Ja, hatte er! Das Notebook und die Box mit den Unterlagen habe ich ihm mit den Sommersachen ins Auto gelegt. Diese Sachen wollte er haben."

„Was waren das für Unterlagen?"

„So genau weiß ich das auch nicht. Seine Geburtsurkunde, die Zeugnisse, sein Führerschein, solche Sachen eben."

„Versuchen Sie sich zu erinnern. Was war da alles dabei? Vielleicht auch eine Kreditkarte oder ein anderer Zugang zu einem Konto. Hat er ein Konto?"

„Natürlich hat er ein Konto. Bei der Sparkasse. Er hat auch jeden Monat von dort Post bekommen. Ich vermute mal, es waren die Kontoauszüge."

„In welcher Höhe ist dieses Konto gedeckt?"

„Na hören Sie mal! Das geht außer Nick niemanden etwas an."

Germer und Alex wechseln einen Blick. Dann macht Germer weiter: „Frau Schiffer, wir verstehen, dass Sie Ihren Sohn schützen wollen. Das ist natürlich. Doch wir haben den Verdacht, dass Ihr Sohn nicht nur flüchtig ist, sondern seinen Unterhalt mit Straftaten bestreitet. Er muss ja schließlich von etwas leben. Dass er sich aus dem Strafvollzug entfernt hat, ist nichts, was man ihm vorwerfen kann. Dafür wird er keine Strafe bekommen. Er muss nur den Rest seiner Haftzeit noch verbüßen. Doch das, was er an weiteren Straftaten begeht, wird ihm sehr wohl zur Last gelegt. Sie haben durch Ihre Aussage bewiesen, dass Sie an der günstigen Sozialprognose Ihres Sohnes mitarbeiten. Das erhöht seine Chance auf vorzeitige Entlassung. Doch jetzt müssen wir ihn erst einmal finden und dann muss er den Rest seiner Strafe abbüßen. Es kann nicht in Ihrem Interesse sein, dass er sich aufs Neue strafbar macht. Also, Frau Schiffer, über welche Summen verfügt er?"

„Ich weiß es nicht. Ich habe nie nachgesehen. Das hätte er als einen Vertrauensbruch angesehen. Ich weiß es wirklich nicht."

„Das ist schade." Germer lächelt der Frau zu.

„Ich kann Ihnen diesbezüglich wirklich nicht helfen. Tut mir leid."

Frau Schiffer zieht entschuldigend die Schultern hoch. „Bitte, Nick darf nie erfahren, dass ich mit Ihnen gesprochen habe. Können Sie mir das versprechen?"

„Natürlich. Ihr Gespräch mit uns wird in aller Vertraulichkeit behandelt."

Wenig später sitzt Schiffers Schwester Pam auf dem gleichen Stuhl, wie eben ihre Mutter. Doch nun ist Germer nicht mehr dabei. Er hat die Befragung Alex und Julia überlassen.

Alex belehrt auch Pam, dass sie nicht verpflichtet ist, gegen ihren Bruder oder sich selbst auszusagen. Sie nickt.

„Wir müssen Ihren Bruder wieder der Gerechtigkeit zuführen", sagt Alex.

Die junge Frau grinst über das ganze Gesicht: „Ihrer Gerechtigkeit! Es ist nicht DIE Gerechtigkeit, denn diesen Punkt sieht wohl jeder individuell. Das Recht ist von den Herrschenden gemacht, um die Nichtherrschenden zum Nutzen der Herrschenden zu knechten."

Julia verschlägt es für einen Moment die Sprache. Doch Alex greift den Faden auf: „Ist das Philosophie oder Anarchie?"

„Mein Verständnis von Gerechtigkeit."

„Sieht Ihr Bruder das auch so?",

„Fragen Sie ihn!"

„Das würden wir wirklich gerne tun, aber im Augenblick können wir ihn nicht finden. Sagen Sie uns, wo er sich aufhält."

Ein böses Lachen erschallt: „Das ist Ihr Problem und von mir können Sie dazu gar nichts erwarten."

„Auch dann nicht, wenn wir die gleichen Interessen haben?"

„Was wissen Sie von meinen Interessen?"

„Sie möchten, dass Ihr Bruder bald regulär aus der Haft entlassen wird, Ihre Mutter möchte das und garantiert will das auch Ihr Bruder."

„Er ist nicht in Haft. Wovon reden Sie?"

„Er ist auch nicht frei. Er muss noch anderthalb Jahre Strafvollzug hinter sich bringen. Wenn er eine gute Sozialprognose hat, sich freiwillig wieder in der JVA einfindet und sich auch sonst nichts zu Schulden kommen lässt, dann ist er vielleicht bei der Amnestie zu Weihnachten mit dabei." Alex weiß genau, dass daraus nichts wird, denn wenn Schiffer den Laubenbesitzer ins Jenseits befördert hat, dann wird er noch sehr lange einsitzen müssen. Doch diese Angelegenheit ist noch längst nicht bestätigt und deshalb muss Alex jetzt nicht darauf eingehen.

„Oh, ja." Noch ein böses Lachen ertönt. „Die Sozialprognose wird doch immer wieder gern genommen und dem Esel, wie eine Karotte an einer Angel, vors Maul gehalten. Damit kriegen Sie jeden dahin, wo Sie ihn hinhaben wollen. Mir ist es recht, aber was meinen Bruder betrifft, den müssen Sie allein fangen. Rechnen Sie nicht mit mir."

„Das müssen wir wohl akzeptieren", sagt Alex und verabschiedet sich.

In seiner Hosentasche hat das Handy vibriert. Germer will ihn sofort nach der Vernehmung sprechen.

Germer fragt: „Was ist der neue Ansatz? Wo geht es weiter? Die Mutter war doch sehr kooperativ. Was hat die Schwester gesagt?"

Alex antwortet: „Die Schwester hat überhaupt nichts gesagt. Nach deren Befragung denke ich, dass auch die Mutter mehr weiß, als sie gesagt hat. Die Hinweise auf das Konto und die Dokumente, die dieser Schiffer jetzt hat, sind ihr irgendwie rausgerutscht. Sie ärgert sich jetzt sicher, dass sie das gesagt hat. Die beiden tun so, als ob sie kooperieren, doch letztlich ist es nur Theater."

Julia nickt.

Germer setzt nach: „Alex, da hatte ich einen anderen Eindruck. Aber letztlich hat sie uns doch geholfen. Schaut mal nach, was die Kollegen zum Konto von Schiffer recherchiert haben. Das ist wichtig. Das Ergebnis dazu möchte ich sofort. Außerdem müssen wir die Fahndung mit der Information versehen, dass dieser Schiffer ein Auto hat und einen Führerschein. Autonummer und die Kopie des Führerscheines an die Fahndung anhängen. Ich bin hier gerade an der V-Mann-Sache dran. Also dann, bis gleich." Wieder klopft Germer mit den Knöcheln seiner Faust auf die Tischplatte.

Julia und Alex blättern die Akten durch. Weder bei seiner einstigen Verurteilung noch jetzt, bei der Fahndung der Kollegen hat jemand etwas zum Thema Konto unternommen. Alex glaubt es nicht. Wieso hat man seine Vermögensverhältnisse nicht überprüft, als er wegen Verstoßes gegen das Betäubungsmittelgesetz verurteilt wurde? Das wäre doch wichtig gewesen. Alex fühlt, dass sein Blutdruck steigt. Es ist die Wut auf die Oberflächlichkeit der vorherigen Ermittlung. Er denkt: So sind sie, die Herren Staatsanwälte! Er sucht nach dem Namen des verantwortlichen Staatsanwaltes und ist enttäuscht, dass es nicht Volkmann ist.

Ziemlich zeitgleich klappen Julia und Alex die Akten zu. Beide haben nichts gefunden zum Thema Konto. Alex öffnet seinen Ordner wieder. „Ich mache mal eine Liste mit ehemaligen Zeugen, Mittätern und Opfern. Vielleicht finden wir dort einen neuen Hinweis auf den derzeitigen Unterschlupf von Schiffer. Außerdem müssen wir herausfinden, in welchem Verhältnis er zu dem toten Laubenbesitzer stand. Julia, geh du mal die Liste durch, ob die beiden gemeinsam eingesessen haben. Ich schaue hier, was ich finde."

Julia geht in ihr Büro und braucht keine zehn Minuten, um den gesuchten Hinweis zu finden. Michael Bayer, einstmals wegen Vergewaltigung in mehreren Fällen verurteilt, ist nach jeder Entlassung sofort wieder rückfällig geworden. Schließlich hat man ihn zu lebenslanger

Freiheitsstrafe mit anschließender Sicherungsverwahrung verurteilt. Als dann mal wieder eine Haftprüfung angesetzt war und er den Wunsch nach chemischer Kastration äußerte, sah man seitens der Justiz keinen Grund mehr, die Sicherheitsverwahrung aufrecht zu erhalten. Er wurde vor 8 Monaten entlassen. Monatelang haben Nick Schiffer und Michael Bayer Zelle an Zelle gesessen. Es gibt eine Verbindung. Julia jubelt leise.

Alex sitzt noch immer über der Akte, als Julia mit ihrer Neuigkeit zu ihm kommt.

„Julia, bei mir dauert es noch ein bisschen. Kannst du schon mal die Fahndung ergänzen? Führerschein und Autokennzeichen. Nicht, dass wir das letztlich noch vergessen."

Julia nickt und macht sich an die Arbeit. Es dauert nicht lange, da steht sie wieder vor Alexanders Schreibtisch. Man sieht ihr an, dass sie etwas herausgefunden hat: „Alex, das glaubst du nicht!"

„Was ist los?", fragt Alex, ohne von seinen Akten aufzusehen.

Julia macht es spannend. Sie wartet, bis er sie ansieht. „Nick Schiffer hat wenige Wochen vor seiner Verhaftung seinen Personalausweis und auch seinen Reisepass als verloren gemeldet. Er hat neue beantragt und bekommen. Was hältst du davon?"

Alex schaut sie verwirrt an. „Weißt du, was das bedeutet? Angenommen, er hat sie nicht verloren, sondern er benutzt sie jetzt?"

„Natürlich."

„Er hat Dokumente in der Hand, mit denen er voll handlungsfähig ist. Außer, wenn er in eine Polizeikontrolle kommt und ein Kollege einen Verdacht hegt und die Papiere überprüft, dann wird er gefasst. Er kann in jede Bank spazieren und ein neues Konto eröffnen. Er kann eine Kreditkarte beantragen und wird sie auch bekommen. Er kann eine Wohnung mieten."

„So ist es!"

„Denkst du, dass der so raffiniert ist? Vielleicht hat er die Papiere ja wirklich verloren."

„Alex, ich glaube, da draußen läuft gerade ein Häftling der JVA herum, mit Papieren, mit Kontakten und unglaublichem kriminellen Potential und er macht es uns unmöglich, ihn zu fassen."

Alex nickt.

Julia fragt ihren Kollegen leise: „Alex, was sagt deine Intuition dazu? Wird da gerade jemand von diesem Kerl erpresst? Hat der sich irgendwo eingenistet und bedroht jemanden? Braucht da jemand Hilfe? Ist da gerade jemand in großer Not?"

Alex zieht die Schultern hoch und antwortet: „Sicher, aber so weit sind wir noch nicht. Ein Schritt nach dem anderen."

Julia hätte sich so gefreut, wenn Alex über die Brücke gegangen wäre, die sie ihm eben gebaut hat. Doch er hat die Gelegenheit verstreichen lassen. Sie fragt: „Hast du etwas? Mittäter, Zeugen, die zu seinen Gunsten ausgesagt haben?"

„Nichts! Der Kerl ist aalglatt." Alex zieht die unterste Schublade seines Schreibtisches auf und holt einen Teller, ein Messer und das Pausenbrot von Caro heraus. Er schneidet das Schnitzelbrötchen durch und legt eine Hälfte auf den Teller. Er schiebt Julia diesen Teller hin und sagt: „Lass uns erst mal Mittag machen. Der Alte wird uns gleich wieder einspannen und dann haben wir wenigstens etwas im Magen."

Kaum, dass die beiden einen Bissen im Mund haben, öffnet Germer die Tür. „Das ist ja prima", sagt er sarkastisch. „Ich sitze und warte, dass ihr mir ein paar Informationen bringt und was macht ihr? Ganz prima! So habe ich mir das vorgestellt."

„Hans-Jürgen, es ist gleich eins. Heute ist Sonntag und eine Mittagspause kannst du uns nicht verwehren."

„Doch, kann ich. Zum einen habe ich gesagt, ihr sollt die Informationen sofort weiterleiten und zum anderen ist in dieser Angelegenheit

Gefahr in Verzug." Germers Blick hängt an dem panierten Schnitzel zwischen den Brötchenhälften. Alex bleibt hart. Wenn Germer etwas freundlicher gewesen wäre, dann vielleicht. Aber so isst Alex in aller Gelassenheit weiter.

Julia schluckt schnell hinter: „Wieso Gefahr in Verzug?"

Germer sagt: „Es wird mehr Schaden eintreten, wenn wir nicht umgehend tätig werden." Germer interpretiert die Definition frei, auf diesen Fall zugeschnitten. „Wenn wir davon ausgehen, dass die Gartenlaube mittels Propangasflasche gesprengt wurde, weil Nick Schiffer seinen Aufenthalt dort und die Tötung von Michael Bayer verschleiern wollte, dann braucht er jetzt ein neues Quartier. Egal, wo er ist und was er tut, es ist Gefahr in Verzug." Germer schaut Alex an. „Essen kannst du hinterher!"

„Was ist deine Anweisung?"

„Was habt ihr gefunden?"

Alex berichtet, was sich Neues ergeben hat. Als er von Julias Recherche zu dem Personalausweis und dem Reisepass spricht, nickt Germer anerkennend. „Gute Arbeit, Kollegin. Essen Sie in Ruhe weiter."

Julia hätte sich beinahe verschluckt.

Germer nimmt einen Zettel und den Kugelschreiber, der vor Alex liegt und schiebt beides zu Alex. „Notiere: Kontoinformationen; Nachbarn von Bayer befragen; außerdem die Mutter von Schiffer bezüglich der Personaldokumente befragen! Das will ich umgehend erledigt haben, ohne Essenspausen oder sonst welchen Mätzchen. Verstanden, Alex!"

Julia hat sich mehr erschreckt als Alex. „Bitte, Herr Germer, darf ich hinweisen, dass wir heute zum Sonntag die Kontoinformationen nicht bekommen werden. Ich würde jetzt den Antrag auf Einsicht in die Kontounterlagen bei Gericht stellen und mich am Montag darum kümmern." Sie schaut ihn fragend an.

„Gut. Machen Sie das."

„Die Befragungen", sagt Alex zaghaft, „müssen wir nicht gemeinsam machen. Wir können uns trennen und sind so schneller."

Julia nickt.

Germer hat sich in Rage geredet: „Natürlich willst du nach Hellerau fahren, um die Mutter zu befragen? Ganz nebenbei schnell noch mal zu Hause vorbeifahren und nach dem Rechten sehen? Das kannst du vergessen. Das macht Frau Kranz. Du fährst in die Gartenkolonie!"

Julia räuspert sich. „Ich war bei der Befragung von Frau Schiffer vorhin nicht dabei. Mich kennt sie nicht. Ich denke, zu Alex hat sie schon Vertrauen gefasst. Vielleicht sollte besser ich in die Gartenanlage fahren?"

Germer atmet tief. „Gut. Fahren Sie zur Gartenanlage. Alex und ich werden Frau Schiffer besuchen."

Julia wundert sich, dass Germer zu so einer kleinen Sache mitfährt, aber sie sagt nichts.

Es ist ein wunderschöner Nachmittag, als Julia durch die Gartenanlage geht. Noch immer ist die Aufregung zu spüren, die durch die Explosion allen in den Gliedern sitzt. Der Garten von Michael Bayer sieht verheerend aus. Verkohlte Teile der Laube sind auf die Gärten der Nachbarn verteilt. Zwei Bäume sind entwurzelt und eine Schubkarre liegt zerbeult mitten auf dem Weg. Gartengeräte und Scherben des Geschirrs, ein zerbrochener und verkohlter Stuhl, vieles, was man nicht mehr mit Bestimmtheit zuordnen kann, liegt weit – auch über die Grenzen seines Gartens hinaus – verstreut. Die Kollegen von der Brandermittlung hatten weitflächig auch die Nachbarschaft abgesperrt. Die unmittelbaren Nachbarn sind nicht da. Ihre Gärten liegen im Absperrbereich. So muss sich Julia mit denen begnügen, die in der weiteren Nachbarschaft anwesend sind.

Zehn Leute befragt sie und jedem zeigt sie das Passbild von Nick Schiffer, welches sie auf ihrem Handy hat. Alle schütteln den Kopf und niemand hat diesen Mann gesehen. Doch als sie nach Michael Bayer fragt, bekommt sie Antworten.

„Der hat erst seit diesem Jahr den Garten und der hat überhaupt keine Ahnung. Der sitzt den ganzen Tag vor seiner Laube und trinkt Bier. Denken Sie nicht, dass der Garten vor der Explosion besser ausgesehen hat. Der hat keinen Handschlag gemacht."

Ein anderer sagt: „Das war ein unheimlicher Kerl. Der hat manchmal drüben am Spielplatz gesessen und die Kinder beobachtet. Ehrlich, ich bin froh, dass er jetzt weg ist."

Julia findet niemanden, der ein freundliches Wort über Michael Bayer sagt. Sie findet auch niemanden, der Nick Schiffer gesehen hat. Ein Gedanke beschleicht sie: Man hat schon einmal ein Phantom gejagt. Eine Frau. Sie hatte DNS an den unterschiedlichsten Tatorten hinterlassen. An einem Tag im Ruhrgebiet, am nächsten Tag in Österreich. Schließlich stellte sich heraus, dass die Wattestäbchen der Spurensicherung verunreinigt waren durch das Genmaterial einer Mitarbeiterin des Herstellers. Hoffentlich haben wir nicht einen ähnlichen Fall. Doch dann schüttelt sie den Kopf. Nick Schiffer hat ganz sicher nicht an der Herstellung des Untersuchungsmaterials mitgearbeitet.

Als Julia in die Dienststelle kommt, sieht sie Alex mit seinem Privatauto wegfahren. Er ist von der Befragung in Hellerau zurück und macht Feierabend. Sie geht zu Germer. Seine Vorzimmertür und die Tür seines Dienstzimmers stehen offen.

„Kommen Sie herein!", ruft Germer von drinnen. „Was haben Sie für mich?"

„Eigentlich nichts. Nick Schiffer hat niemand gesehen. Michael Bayer war unbeliebt und gefürchtet." Julia berichtet in allen Einzelheiten.

„Ich hätte mir mehr erhofft."

„Darf ich fragen, was Frau Schiffer gesagt hat?"

„Sie hatte keine Ahnung davon, dass ihr Sohn seine Dokumente verloren hat. Sie hat auch keinen Personalausweis bei seinen Sachen gesehen. Allerdings hat sie den Karton mit seinen Unterlagen auch nicht geöffnet. Sie sagte außerdem, dass die Autopapiere, Zulassung und so weiter alle im Handschuhfach lagen, als das Auto für Nick Schiffer deponiert wurde. Er hat also alles, was ihn bei einer Personenkontrolle unauffällig sein lässt. Wenn die Kollegen nicht die Intuition haben, ihn im Computer auf Fahndung abzufragen, dann geht der überall durch."

„Schöne Bescherung!" Julia hat einen Geistesblitz. „Was ist mit seiner Krankenkasse? Wenn er für alle seine Dokumente Kopien hat, dann doch bestimmt auch für die Krankenkasse. Wir müssen mit denen Kontakt aufnehmen und sofort informiert werden, wenn er eine Leistung abrechnet. Dann können wir vielleicht über den Arzt seinen Aufenthalt feststellen."

„Gut, Kollegin!", sagt Germer anerkennend. „Kümmern Sie sich bitte gleich darum!"

„Wenn ich mir erlauben darf: Heute ist Sonntag und da arbeitet niemand bei den Krankenkassen."

„Stimmt. Dann bitte gleich am Montag. Krankenkasse und Bank. Sobald Sie etwas haben, sofort auf meinen Tisch. Nicht mit der Post, sondern unbedingt persönlich."

„Ja. Wird gemacht", sagt Julia und es ist offenbar, dass ihr noch etwas auf dem Herzen liegt.

„Ist noch etwas?"

Julia nickt. „Darf ich fragen, ob es in der anderen Angelegenheit etwas Neues gibt?"

Germer schüttelt den Kopf. „Ich hatte heute das Gefühl, dass Frau Schiffer und Alex sich kennen könnten. Aber es gab keine Vertraulichkeit zwischen ihnen. Man merkt so etwas. Ich glaube, dass Alex wirklich an dieser Fahndung arbeitet. Gibt es bei Ihnen einen Verdacht, dass er was verschleiert?"

„Nein. Nicht im Geringsten." Julia überlegt einen Augenblick, ob es klug ist, doch dann sagt sie: „Was, wenn die DNS von Nick Schiffer durch eine Verunreinigung oder sonst irgendwie in Alexanders Haus gekommen ist? Es kann auch ein Versehen im Labor gewesen sein."

„Lassen Sie das nie Pit Wilhelms hören. Der erschießt Sie." Germer lacht.

„In der Gartenanlage hat niemand diesen Nick Schiffer gesehen, wen ich auch gefragt habe. Sie haben auf das Bild geschaut und sofort fest und sicher gesagt, dass sie diesen Mann noch nie gesehen haben."

„Ja und?"

„Wir hatten vor ein paar Jahren den Fall, dass die gleiche weibliche DNS an den verschiedensten Tatorten gefunden wurde..."

Germer fällt ihr ins Wort: „Kommen Sie mir nicht mit dem Phantom. In unserem Fall ist die Lage komplett anders. Wir suchen Nick Schiffer und wir haben Hinweise."

„Ich frage mich, warum Alex keine Anzeige macht."

„Nicht nur Sie. Wahrscheinlich ist er sich seiner Lage nicht bewusst. Aber sagen Sie mir, was ich tun soll! Melde ich diesen Verdacht, dass Alex in eine Straftat verwickelt ist, wird das für ihn unabsehbare Konsequenzen haben, selbst wenn er sich als Opfer herausstellt. Ist er aber tatsächlich in diesen Fall verwickelt, wird vielleicht sogar erpresst, dann bezahlt das möglicherweise jemand mit dem Leben. Vielleicht seine Tochter. Sagen Sie mir, wie Sie entscheiden würden?"

Julia muss einen Augenblick nachdenken. „Schwierig!"

„Und ob!"

„Ich glaube, ich würde ihn ganz engmaschig kontrollieren, bis ich mir sicher bin, was dahintersteckt."

„Genau das mache ich, Frau Kranz."

„Darf ich Sie noch etwas fragen?"

„Immer!"

„Was ist Ihr Gefühl dazu?"

Germer schüttelt den Kopf: „Das wüsste ich selbst gern. Ich will Alex vertrauen. Ich will, dass sich alles in einem großen Missverständnis auflöst. Doch wir sind Polizisten und niemand ist näher am Bösen, als wir. Alex war immer ein loyaler Kollege, er hat immer getan, was er konnte. Selbst damals, als Ihr Vater in Not war, hat er seinem Dienst und seinem Kollegen die Treue gehalten, weit über das verpflichtende Maß hinaus. Ich habe zweimal ähnliche Situationen erlebt, wo ein Kollege im Dienst gestorben ist. Der eine Kollege hat sich übergeben und war monatelang zu gar nichts mehr fähig, der andere hat sich mit Blackout herausgeredet. Alex hat einfach nur getan, was möglich war. So reagiert nur einer, der zu einhundert Prozent bei der Sache ist. Ich will nichts anderes glauben. Verstehen Sie?"

Julia nickt.

Für eine Weile herrscht Schweigen. Dann fragt Julia: „Wie geht es jetzt weiter?"

„Morgen werden wir systematisch die Liste abarbeiten, die Volkmann geschickt hat. Er hat die Mithäftlinge erfasst, mit denen Schiffer gemeinsam in der JVA gesessen hat. Da gibt es viele Kontaktmöglichkeiten. Wir werden morgen jeden einzelnen unter die Lupe nehmen und schauen, ob jemand dem Schiffer Unterschlupf gewährt oder gewährt hat."

„Ich könnte jetzt gleich..."

„Nein. Für heute ist Schluss. Morgen früh geht es weiter. Ausgeruht und pünktlich."

Julia ist froh, dass sie gehen kann.

Germer klopft wieder mit den Knöcheln seiner Faust auf die Tischplatte: „Feierabend, Kollegin!"

Als Alex den Schlüssel aus dem Zündschloss seines Autos zieht, hätte er nicht sagen können, ob er die kürzere Strecke über die Königsbrücker Straße nach Hause gefahren ist, oder ob er die schnellere Strecke über die Hansastraße gewählt hat. Es ist ihm auch völlig egal. Den ganzen Heimweg hinweg hatte er nur einen Gedanken: Da läuft einer rum, der braucht eine Unterkunft und die erzwingt er sich. Er hat einen alten Bekannten wahrscheinlich umgebracht, nur um nicht entdeckt zu werden. Wenn Alex noch irgendeinen Ansatz gehabt hätte, dann wäre er jetzt nicht nach Hause gefahren. Doch Germer hat darauf bestanden.

‚Morgen', war seine ausdrückliche Anweisung.

Er beruhigt sich mit dem Gedanken, dass die Vorgänge, die ihn in den letzten Tagen so sehr beunruhigt hatten, das Ergebnis seiner Phantasie waren. Schließlich beschäftigt er sich nur selten mit etwas anderem, wie Mord, Totschlag und Verschlagenheit. Beruhige dich, ist sein Gedanke, als er die Haustür öffnet. Es riecht wieder nach Kaffee. Sein Herz rast, als ob er ein Gespenst gesehen hätte. Caro! Natürlich, sie hat sich einen Kaffee gekocht. Er ruft: „Caro, wo steckst du? Dein Ehemann ist wieder da."

Keine Antwort.

Auf dem Küchentisch steht eine Schüssel mit gezuckerten Erdbeeren. Alex ruft noch einmal. Nichts. Dann geht er ins Bad und wäscht sich die Hände – das tut er rituell, immer wenn er vom Dienst nach Hause kommt – und durch das Badfenster sieht er im Garten Caro sitzen. Die kleine steinerne Bank hinter dem Gartenteich wird von der Sonne beschienen. Sie trägt ihre Sonnenbrille und ist barfuß. Die Büsche hinter ihr verdecken den alten, verfallenen Schuppen des Nachbargrundstückes. Früher wurde dort Holz gelagert für die Hellerauer Möbelproduktion. Nach der Wende gab es Streitigkeiten, wem dieses Grundstück nun gehört. Seit die Lists hier wohnen, hat sich niemand um diese heruntergekommenen Bretterbuden gekümmert. Alex hat seinen Komposthaufen hinter den Büschen. Im Laufe der Zeit ist ein Trampelpfad durchs Gebüsch entstanden, vorbei am Seerosenteich und der kleinen Bank. Caro hat auf dem Tischchen vor sich einen Kaffeebecher und auch die gläserne Kaffeekanne, eine kleine Schüssel Erdbeeren und einen Stapel Post. Im Spiegel sieht Alex sein Lächeln der Erleichterung. Er nimmt sich ebenfalls Erdbeeren und einen Kaffeebecher und geht zu ihr. Er setzt sich neben sie auf die Bank und sagt: „Gerade erst ist mein Eheweib nach Hause gekommen und schon ist sie wieder fleißig?"

Sie lächelt und nickt. „Du hast dich ja nicht um die Post gekümmert."

„Sollte ich? Das ist doch arbeitsteilig deine Aufgabe, dachte ich immer."

„Alex, sag mal, was war denn los? Hattest du jemanden hier?"

„Nein. Bestimmt nicht. Warum fragst du?"

Sie schüttelt den Kopf. „Nicht so wichtig."

„Ob etwas wichtig ist, entscheidet der Ermittler", sagt Alex mit gespieltem Nachdruck und sein Herz schlägt, dass er den Pulsschlag im Hals spürt.

Caro geht darauf ein. „Im Bad lag ein Zettel mit der Anweisung, dass bei uns die halbe Menge Waschmittel reicht, weil wir sehr weiches Wasser haben. Im Keller sind alle Vorräte durcheinandergebracht und alles Süße fehlt. Außerdem sind mindestens zehn Flaschen Wein verschwunden, der Sekt fehlt vollständig und auch die teure Flasche Cognac, die du von deinen Kollegen vor Jahren geschenkt bekommen hast. Ich muss davon ausgehen, dass du jeden Abend ein Glas Nussnugatcreme gegessen und zwei Flaschen Alkohol getrunken hast. Normalerweise magst du beides nicht. Außerdem hatte ich drei Packungen Eiscreme im Tiefkühlschrank. Auch weg. Es fehlt Geschirr. Du hast gesagt, dass die Kaffeekanne kaputtgegangen ist. Sie stand auf der äußeren Kellertreppe, unversehrt. Aber das Unglaublichste ist wohl, dass der kleine elektrische

Grill fehlt. Um den aus dem Schrank zu nehmen, muss man alle Töpfe ausräumen und erst dann kommt man an den ran. Im Sommer brauchen wir den eigentlich überhaupt nicht. Den benutze ich nur im Winter. Nun ist er weg. Also Alex: Was war hier los?"

Alex grinst sie an. Doch das Dreieck um Mund und Nase ist aschfahl. „Sorry, das Handy!" Alex zieht das Telefon aus der Tasche und tut, als ob er telefoniert. Ein paar Minuten später sagt er zu Caro: „Entschuldige, ich hätte dir das sagen sollen. Ein Kollege hatte zu Hause die Handwerker und er hat gefragt, ob er ein paar Tage hier übernachten kann. Er hat auf dem Sofa geschlafen."

„Wer war es denn?"

„Du kennst ihn nicht."

„Und den Grill hat er mitgenommen, weil er ihn braucht und du nicht?"

„Ja. Mach kein Drama draus. Ich habe ihm das Ding geschenkt. Wir kaufen einen neuen."

Montag

Alex hat die ganze Nacht gehustet. Immer, wenn er gerade am Einschlafen war, kam wieder ein Anfall. Dreimal hat er Caro aufgeweckt. Das war für ihn schlimmer, als seine eigene Pein. Schließlich ist er noch vor Sonnenaufgang aufgestanden und hat ein Medikament genommen.

Caro kommt und setzt für Alex Kaffeewasser auf. „Musst du heute auch los? Wie viele Wochen arbeitest du ohne freien Tag?", fragt sie voller Mitgefühl.

„Frage nicht!", sagt Alex und wieder schüttelt ihn der Husten.

„Du bist krank."

Alex zieht die Schultern hoch. „Und wenn?"

„Was ist los? Was habt ihr gerade auf dem Tisch? So, in diesem Zustand, habe ich dich selten gesehen."

„Eigentlich ist es eine Kleinigkeit. Eine Fahndung. Ein Freigänger ist nicht in die JVA zurückgekehrt. Doch der macht uns wirklich zu schaffen."

„Hast du ihn festgenommen, damals?"

„Nein. Ich hatte mit ihm noch nie etwas zu tun."

Caro hat das Buttermesser in der Hand. Sie hat frischen Toast bereitet und wartet nun, bis er abgekühlt ist. „Warum dann dieser Stress?"

„Es besteht der Verdacht, dass er auf der Suche nach einer Unterkunft auch vor Mord nicht zurückschre…" Alex kann den Satz nicht zu Ende bringen. Er hustet.

„Alex, heute kommt Laura zurück. Ihr Flieger landet kurz vor sechs. Kommst du mit, wenn ich sie abhole?"

Alex nickt und hustet gleichzeitig. „Ja. Ich komme mit."

In seiner Brotbox hat er Tost mit ungarischer Salami, garniert mit Eischeiben. Das quadratische Brot hat Caro diagonal durchgeschnitten, so dass die beiden Scheiben dreieckig sind. Salat und Garnitur, auch heute festgeheftet mit ein wenig Mayonnaise, schauen über den Rand des Brotes. Alex muss sich beherrschen, dass er nicht sofort hineinbeißt. Doch schon beutelt ihn wieder ein neuer Hustenanfall. Caro hat ihm eine Dose mit den restlichen gezuckerten Erdbeeren von gestern eingepackt.

„Warum tust du dir das an?", fragt Caro, als sie ihm den Abschiedskuss gibt.

„Es ist mein Job."

„Es ist dein Leben und niemand kann dich zwingen, dich zu ruinieren. Du kannst jederzeit damit aufhören."

„Wovon sollen wir leben?"

„In Deutschland verhungert niemand. Das Haus ist bezahlt. Ich verdiene auch ein wenig und wir brauchen nicht viel. Schmeiß den Mist hin und bewirb dich in einer Gärtnerei oder werde Leiter einer Wandergruppe. Ich will nicht, dass ich irgendwann die Nachricht bekomme, dass du im Dienst dein Leben gelassen hast. Ich möchte mit dir alt werden."

„Ja, das will ich auch. Doch das geht nur, wenn jemand gegen Anarchie und Verbrechen kämpft." Alex küsst seine Frau und nimmt die Dosen mit den Pausenbroten.

Julia hat – entgegen aller Vorschriften – die Tür zu ihrem einsamen Dienstzimmer offengelassen, um zu hören, wann Alex kommt. Germer hat ihr eine E-Mail geschickt mit Namen und Adressen von Leuten, die mit Nick Schiffer im Gefängnis näher bekannt waren. Woher Germer diese Liste hat, geht aus dem Schreiben nicht hervor. Julia vermutet, dass es sehr wohl einen V-Mann in dieser JVA gibt. Es gibt aber auch Interessen, die diese Person absolut im Geheimen halten wollen.

Egal, denkt Julia. Wir werden sie alle befragen. Heute. Aber zuerst sollten wir noch einmal mit Rolf Unruh sprechen. Außerdem müssen die

Bankdaten und Kontobewegungen von Nick Schiffer und seine Krankenkasse ermittelt werden.

„Alex!", ruft Julia laut, als sie Schritte auf dem Gang hört. Die Schritte werden lauter und dann steht auch schon Alex in der Tür.

„Guten Morgen, Julia! Warst du überhaupt zu Hause? Seit wann bist du da?"

„Germer hat mich gestern Abend noch einmal angerufen und mir mitgeteilt, dass es eine Liste gibt mit Leuten, die Schiffer näher kannte." Julia hat die E-Mail für Alex bereits ausgedruckt. „Hier!"

Alex schaut auf das Papier. „Ist Germer da?"

„Nein. Er wird später kommen, das hat er gestern gesagt. Wir sollen ihn anrufen, wenn wir fertig sind. Er will genau wissen, was wir haben."

„Na, prima!", ruft Alex sarkastisch und löst damit wieder einen Hustenanfall aus.

„Bist du krank?"

Alex winkt ab. „Was haben wir hier?". Alex liest vor: „Michael Bayer, 69; Enrico Westermann, 22 Jahre alt; René Rößler, 44; Sebastian Bogner, 39 und Vicco Anders." Alex schaut auf. „Prima. Als ob die Herrschaften in der Justiz nicht fähig wären, die Adressen und Daten herauszusuchen. Wenn sie wenigstens die Geburtsorte…" Alex hustet.

„Ich habe schon angefangen. Die Adressen der ersten beiden habe ich."

Alex schaut ihr über die Schulter.

Auch Sebastian Bogner lässt sich leicht im Melderegister finden. Vicco Anders scheint nie irgendwo gemeldet gewesen zu sein. „Vielleicht weiß jemand von den anderen, wo wir ihn finden." Julia schaltet ihren Computer aus. „Alex, ich würde gern zuerst mit Rolf Unruh reden. Von dem wissen wir sicher, dass er nach Schiffers Flucht noch Kontakt mit ihm hatte."

Alex grinst. „Zumindest mit dessen Schlagring."

Julia nickt. „Bei den anderen kann es sein, dass wir sehr viel Zeit brauchen, ehe wir sie finden und ehe die Informationen herausrücken. Unruh hat bereits mit mir gesprochen. Ich denke, dort sollten wir anfangen."

Alex ist es egal. Er fragt im Krankenhaus an, ob Rolf Unruh noch Patient ist und erfährt, dass er gestern entlassen wurde. Wenig später klingeln die beiden an seiner Wohnungstür. Es ist kurz vor neun und Unruh öffnet, nur mit der Schlafanzughose bekleidet. Sein Gesicht trägt noch Pflaster und die Schwellungen sind noch nicht abgeklungen. Er verdreht die Augen, als er die Polizistin erkennt.

„Guten Morgen, Herr Unruh. Hoffentlich haben wir Sie nicht geweckt."

„Ehrlich? Ich glaube, das ist Ihnen völlig egal. Sie wollen etwas wissen und das ist für Sie interessant. Was wollen Sie?" Er gibt die Tür frei und lässt die beiden ein.

Julia lächelt und nickt. „Sie haben es erraten. Wir haben Fragen." Sie deutet auf Alex und sagt: „Das ist mein Kollege, Kriminalhauptkommissar List."

Unruh nickt.

Julia ist in die Mitte seines Apartments gegangen. Das Sofa ist ausgeklappt und von seinem Bettzeug bedeckt. Sie setzt sich auf einen der beiden freien Sessel und Alex nimmt den anderen. Unruh sitzt auf der Bettkante. „Worum gehts?"

„Wir haben inzwischen erfahren, dass Sie Pam Schiffer von ihrem Bruder ein Geburtstagsgeschenk überbracht haben. Stimmt das?"

„Ist das verboten?"

„Unter Umständen schon."

„Was wollen Sie von mir? Ich habe meine Strafe abgebüßt. Ich bin frei. Dass ich Nick Schiffer kennengelernt habe, war nicht meine Entscheidung. Ich hätte mir den gern erspart. Das können Sie mir glauben.

Da drinnen gelten andere Regeln als hier draußen. Wer das überleben will, muss sich anpassen. Ich beklage mich über gar nichts, aber ich musste überleben, drinnen. Jetzt muss ich hier draußen zusehen, wie ich klarkomme. Die Bekanntschaften von dort sind nicht einfach so abzustreifen, wie eine Jacke. So etwas hängt einem mitunter lebenslang an. Jetzt kommen Sie daher – zu nachtschlafender Zeit und wollen mir etwas anhängen? Bitte, sagen Sie mir was?"

Alex antwortet: „Wir müssen Nick Schiffer finden und das unverzüglich. Sie haben den Herrn kennengelernt und Sie wissen, dass mit ihm nicht zu spaßen ist. Bitte helfen Sie uns, ihn zu finden."

Unruh schüttelt den Kopf. „Keine Chance! Wissen Sie, was mit mir passiert, wenn Nick das spitz kriegt? Schauen Sie mich an." Er deutet auf sein Gesicht. „Seine Mutter fand Gefallen an mir. Sie war diejenige, die mich fünfmal die Woche angerufen hat. Sie hat mich zum Essen eingeladen und zum Wein. Irgendwann ist es dann passiert. Ich bin auch nur ein Mann und ich war jahrelang allein. Die Begeisterung ihres Sohnes muss ich immer noch mit Schmerztabletten unterdrücken."

„Er wird nichts spitzkriegen."

Unruh lacht bitter. „Wie wollen Sie das verhindern?"

„Wir werden Ihren Namen gar nicht nennen. Sie tauchen in unseren Ermittlungen überhaupt nicht auf."

Er lacht noch einmal. „Das ist doch schon geschehen. Ich bin doch bereits Teil Ihrer Ermittlungen. Sonst wären Sie gar nicht hier. Und Sie wären nicht hier, wenn es nur eine einfache Fahndung nach einem abgängigen Häftling wäre. Nick hat wieder etwas angestellt. Es wird eine neue Verhandlung geben. Was auch immer Sie ihm vorwerfen, sein Anwalt wird Akteneinsicht verlangen und bekommen und dort findet der dann das Protokoll meiner Aussage und schon schließt sich der Kreis."

Alex hustet.

Julia nickt. „Leider läuft es manchmal so. Doch Sie haben bei einer Befragung als Zeuge nicht das Recht, die Aussage zu verweigern."

„Ich muss mich nicht selbst belasten."

„Die Überführung eines Autos ist nicht strafbar."

Unruh winkt ab. „Nick bringt mich um. Ich kann mich an nichts erinnern. Ich weiß nicht mehr, wo ich das Auto abgeholt habe. Ich erinnere mich nicht mehr an die Marke. Ich weiß nicht, wo ich das Auto hingebracht habe. Ich habe erst durch Ihre Befragung erfahren, dass ich so etwas getan haben soll. Wahrscheinlich habe ich durch den Faustschlag mit dem Schlagring mein Gedächtnis verloren. Ich weiß nicht einmal, wer mir den Schlag versetzt hat. Es tut mir leid. Ich kann Ihnen nicht helfen." Unruh steht auf und will die Polizisten verabschieden.

„Wir sprechen uns noch", sagt Alex und es hat etwas Drohendes.

Unruh geht voran und öffnet die Wohnungstür. Die beiden Kriminalisten folgen ihm. Als Alex durch die Tür tritt, fragt Unruh:

„Wie war Ihr Name? List?"

„Ja."

Als die beiden die erste Stufe der Treppe hinabsteigen, hört Julia, wie Unruh leise und hämisch sagt: „Der Vater von Jolande."

Alex wird von einem erneuten Hustenanfall geschüttelt.

Alex hustet noch immer, als die beiden im Auto sitzen. Er bringt unter Mühe hervor: „Julia, kannst du mal schauen, welche Apotheke hier in der Nähe ist? Ich brauche etwas gegen den Husten."

Er nimmt das Medikament gleich in der Apotheke ein.

„Ich hoffe, dass nun bald Ruhe ist." Er versucht ein Lächeln, doch das misslingt und so grinst er Julia an.

„Alex, hör auf mit dem Theater. Du bist krank. Außerdem hast du ein Problem. Du ignorierst beides."

„Ja, aber wie du eben sagtest: ICH habe. Also ist es auch meine Sache etwas ernst zu nehmen oder zu ignorieren. Wo fahren wir jetzt hin?"

Alex zieht den Zettel mit der E-Mail heraus und legt fest: „Rößler. Der wohnt hier gleich in der Nähe."

Ein Mann über vierzig, groß wie ein Baum, öffnet die Tür. Er trägt Jeans, ein Vollachselhemd und im Gesicht ist er stark tätowiert. Alex hält seinen Ausweis hoch und sagt: „Guten Tag! Herr Rößler?"

„Was ist?" Hinter ihm erscheint ein Kampfhund im Flur.

„Wir haben ein paar Fragen. Können wir reinkommen?"

Rößler schaut auf den Hund. „Wenn Sie sich hereingetrauen?" Er gibt die Tür frei.

Das Wohnzimmer sieht aus, wie ein Fitnessstudio. Laufband, Hantelbank und Stepper sind zum Balkonfenster ausgerichtet. Vor der großen Scheibe steht ein Hundekorb. In der Ecke ist ein Kühlschrank mit Glasscheibe. Dahinter sind Eiweißriegel, Mineraldrinks und Powernahrung. In der Ecke steht ein Sessel, ausgerichtet auf einen riesigen Flachbildschirm. Der Hund klettert mit Selbstverständnis auf den Sessel.

Rößler sagt: „Ich kann Ihnen leider keinen Platz anbieten. Aber was verschafft mir die Ehre?"

„Nick Schiffer." Alex wartet einen Moment, ehe er weiter fragt.

Der Mann steht regungslos.

„Sie kennen Nick Schiffer?"

„Vielleicht."

„Wann hatten Sie den letzten Kontakt zu ihm?"

„Am Tag meiner Entlassung."

„Und danach?"

„Nein."

„Wir haben Information, dass Sie mit Schiffer befreundet waren. Drinnen."

Rößler zieht Augenbrauen und Schultern hoch. „Ja, und?"

Alex kostet es Überwindung, diese Frage zu stellen: „Nick Schiffer ist von einem Freigang nicht zurückgekommen. Wissen Sie, wo er sich aufhält?"

„Nein." Rößler verzieht keine Miene.

„Hatten Sie nach Ihrer Entlassung noch einmal Kontakt zu ihm?"

„Nein."

„Hat er Sie mal angerufen?"

„Das wäre doch auch Kontakt. Nein."

Alex zieht eine Visitenkarte heraus. „Rufen Sie uns an, wenn Schiffer in irgendeiner Form mit Ihnen Kontakt aufnimmt!"

Rößler bleibt unverändert stehen. Alex legt die Visitenkarte auf das Fensterbrett. Dann setzt Alex noch einmal an: „Wissen Sie, wo wir Vicco Anders finden können?"

Ein winziges, böses Lachen zieht über sein Gesicht. „Nein."

Alex verabschiedet sich und geht zur Tür. Julia folgt ihm wortlos.

Rößler geht ihnen nach und sagt: „Auf Wiedersehen. Grüßen Sie den Maulwurf."

„Woher hat er das gewusst?", fragt Julia, als sie wieder im Auto sitzen.

„Ruf Germer an und frage ihn." Alex startet das Auto. Dann fährt er zur Adresse von Sebastian Bogner. Der wohnt in Heidenau. Es wird eine längere Fahrt.

Als Julia das Gespräch mit Germer beendet, sieht sie ratlos aus. „Der hat keine Ahnung."

„Hast du ihn gefragt, woher er die Information hat?"

„Ja."

„Und?"

„Interne Information."

„Na prima! Dann können wir davon ausgehen, dass wir beim Nächsten ebenfalls umsonst klingeln. Wir haben mehr Informationen verbreitet, als bekommen."

„Ja, natürlich haben wir das. Der Rößler wusste gar nicht, dass Schiffer abgängig ist."

„Wir werden beim nächsten nicht nach Vicco Anders fragen. Ich glaube, das war es. Wer weiß, was oder wer das ist. Das müssen wir anders abklären."

Alex klingelt dreimal an der Haustür des großen Mietshauses. Keine Antwort. Ein verschwitzter Mann in Joggingkleidung öffnet die Haustür und fragt: „Zu wem wollen Sie denn?"

„Sebastian Bogner."

„Das bin ich."

Alex hält seinen Ausweis hoch. „Wir haben ein paar Fragen."

„Hier? Oder wollen Sie lieber mit hinaufkommen? 5. Stock ohne Fahrstuhl."

„Hier!" Alex steckt seinen Ausweis wieder ein. „Wann haben Sie das letzte Mal mit Nick Schiffer Kontakt gehabt?"

„Na, im Knast."

„Danach nicht mehr?"

„Nein. Soll das heißen, dass Nick draußen ist? Er ist ein Idiot."

„Was meinen Sie damit?"

„Der hatte noch ein paar Monate, gute Sozialprognose und keine Vorkommnisse. Mit einem Job und guter Führung wären ihm die letzten zehn Monate garantiert erlassen worden. Jetzt hat er keine Chance mehr auf vorzeitige Entlassung. Jetzt wird er die volle Zeit absitzen müssen. Das ist idiotisch."

„Da haben Sie Recht. Wo könnte Schiffer sein?"

„Ich habe keine Ahnung. So gut waren wir nicht zusammen, als dass er mir von seinen Freunden draußen erzählt hätte. Ich glaube, der hat eine Schwester. Vielleicht ist er dort. Oder bei seiner Mutter. Ich habe ihn nicht gesehen und ich weiß auch nicht, wo er sein könnte."

Julia räuspert sich. „Sagt Ihnen der Name Michael Bayer etwas?"

Bogners linker Mundwinkel zuckt. „Bayer ist eine Ratte. Der hat sich an Frauen und jungen Mädchen vergriffen. Für so einen gibts nur eine Strafe: Schwanz ab! Glauben Sie mir, diese Typen haben im Knast nichts zu lachen. Bayer hat sich ein wenig Abstand verschafft, indem er Zigaretten abgedrückt hat."

„Was heißt das?"

„Eine Art Schutzgeld."

„An wen hat der gezahlt?"

„Das weiß ich nicht. Da müssen Sie einen anderen fragen."

„Wen?"

„Die Bosse."

„Wer waren die Bosse? Schiffer?"

„Keine Ahnung. Ich habe mit Bayer nie auch nur ein Wort gewechselt. Ich weiß nicht, wem er Schutzgeld gezahlt hat. Außerdem bin ich raus. Ich habe jetzt ein anderes Leben. Was wollen Sie von mir?" Gereiztheit schwingt in seiner Stimme.

Alex übergibt ihm seine Visitenkarte. „Wenn Sie etwas von ihm hören, dann rufen Sie mich an."

Als die Haustür hinter Bogner ins Schloss fällt, sagt Julia: „Vielleicht sitzt Schiffer dort oben? Schau, Alex, auf dem Klingelschild steht ‚Bogner' in der 2. Etage. Warum sagt er dann 5.?"

„Glaube ich nicht...", sagt Alex.

Er lässt Julia fahren. Er hustet. Er will ins Präsidium. Eine Befragung steht noch auf dem Plan. Enrico Westermann, junger Bursche, wohnt in

Radebeul. Doch bevor Alex zu ihm fährt, will er mit Germer sprechen, die Gesprächsnotizen niederschreiben, aber vor allem und das dringend: Er will Caros Brote essen.

Zwei Kaffeebecher stehen auf seinem Schreibtisch, die offene Brotbox dazwischen. Er bietet Julia etwas an. Sie nimmt ein Salamibrot.

„Julia, ich muss heute spätestens halb fünf nach Hause. Laura kommt aus Paris zurück und ich habe Caro versprochen, dass wir sie gemeinsam abholen. Das ist mir wirklich wichtig."

„Dann lass uns zuerst die Befragung machen. Ich kann die Protokolle auch allein schreiben. Dann schaffst du deinen Termin auf alle Fälle." Sie schaut auf das Brot in ihrer Hand. „Das kann nur Caro. Was macht sie, dass ihre Brote immer so lecker sind? Meine schmecken nach altem Brot und sind langweilig. Ich muss sie das mal fragen, wenn ich sie treffe."

„Caro ist einfach die Beste." Mit dem letzten Bissen im Mund steht Alex auf. „Los gehts! Wie heißt der Kerl, den wir jetzt besuchen?"

„Enrico Westermann, 22 Jahre alt." Julia liest die Adresse vor.

Alex fragt sich, was dieser Bursche getan hat, dass er in diesem jungen Alter bereits eine Straftat nach Erwachsenenrecht abgebüßt hat?

Westermann ist extrem schlank, hat noch kindliche Gesichtszüge und er sitzt vor seiner Spielekonsole, als die beiden Polizisten eintreffen.

Alex sagt: „Herr Westermann, es tut uns leid, dass wir Sie stören müssen. Wir haben Fragen und hoffen, dass Sie uns weiterhelfen können."

„Man tut, was man kann."

„Sie haben bis vor wenigen Wochen in der JVA eingesessen. Das stimmt doch?"

„Ja, klar. Sonst hätte ich ja die Beschwerde nicht geschrieben."

Alex und Julia wechseln einen Blick. Alex nickt. „Bitte. Wir sind ganz Ohr."

„Steht doch alles in meinem Schreiben. Haben Sie das nicht gelesen?"

„Nein. Das ist uns überhaupt nicht zugestellt worden. Wir haben nur die Information, dass wir Sie dazu befragen sollen."

„Schlamperei!" Enrico Westermann stoppt das Computerspiel. „Also: Dort drinnen, im Knast, ist die Hölle. Dort herrschen ein paar Kerle und machen alles platt, was noch zuckt. Verstehen Sie?"

„Nicht so richtig."

„Sie kommen dort rein und es herrscht Ruhe, Stille. So wie auf dem Friedhof, bloß ohne Bäume und Vögel. Jeder von den Insassen ist ein wandelndes Grab. Tagsüber sind die meisten in den Werkstätten und arbeiten. Wenn Freizeit ist, sind die Zellentüren offen und jeder kann selbst entscheiden, ob er in die Küche geht und sich einen Tee macht. Dort ist auch ein langer Tisch, an dem man sitzen kann. Ich habe mich zu einem, der dort saß, dazugesetzt. Der ist wie wild aufgesprungen und davongerannt, in seine Zelle und hat die Tür zugemacht. Es hat ein paar Tage gedauert, bis ich kapiert habe, was dort abgeht." Westermann zündet sich eine Zigarette an. „Ich hatte mich aus Versehen auf einen Stuhl gesetzt, der von den Bossen beansprucht wird. Die Bosse haben das nicht gesehen, deshalb ist nichts passiert. Doch am nächsten Tag kamen die in meine Zelle, alle drei. Sie waren freundlich, höflich. Sie fragten mich, ob es mir gut ginge, ob ich mich vor ihnen fürchten würde. Natürlich ging es mir gut und ich fürchtete mich nicht. Ich hielt deren Erscheinen für ein nettes Hallo. Plötzlich stehen zwei hinter mir. Jeder packt einen Arm, dreht ihn auf den Rücken. Einer steht vor mir und sagt: ‚Dann sieh zu, dass es so bleibt. Jeder von uns ist Raucher und wir rauchen viel. Wenn du Ruhe willst, dann bekommen wir jeder von dir pro Woche zwei Schachteln Zigaretten. Dann kannst du sicher sein, dass du hier unbehelligt deine Strafe absitzen kannst. Natürlich musst du unsere Regeln beachten. Du musst nur noch herausfinden, was unsere Regeln sind. Und wenn nicht...', die beiden, die meine Arme festgehalten haben, haben mir die Hose runtergezogen. Der andere ist dann von hinten an mich herangetreten. Er stand endlos lange da. Dann haben die beiden mich losgelassen und die drei sind gegangen." Mit wenigen Zügen hat Westermann seine Zigarette aufgeraucht und wirft den Rest in das Loch einer Coladose.

„Und weiter?"

„Sie haben gesagt: Für dich ist immer sonntags Zahltag. Vergiss es, und du weißt, was dir geschieht."

Alex fragt: „Ist Ihnen das einmal geschehen?"

„Nein. Aber einmal konnte ich die Zigaretten nicht liefern. Ich hatte vergessen die Bestellung abzugeben oder vielleicht ist der Zettel verloren gegangen. Jedenfalls habe ich bei der Lieferung nichts bekommen. Angeblich lag keine Bestellung vor."

Westermann greift mit zitternden Händen zu einer weiteren Zigarette.

„Was ist dann passiert?"

„Ich habe denen erklärt, dass ich die Zigaretten nachliefere. Sie haben nur gelacht. Am nächsten Tag haben sie Umschluss gemacht."

Julia fragt: „Was ist das?"

„Es gibt Freizeit, da bleibt die Zellentür geschlossen. Dann kann man Umschluss beantragen, um bei einem Mithäftling zum Beispiel fern zu sehen, wenn man selbst keinen Fernseher hat. Dann bekommt man in der Zelle Besuch."

„Bleibt die Tür dann offen?"

„Nein. Natürlich nicht."

„Hatten Sie einen Fernseher?"

„Nein."

„Warum haben die drei sich dann zu Ihnen bringen lassen?"

„Zwei haben meine Arme festgehalten und die Hose runtergezogen. Der dritte hat sich hinter mich gestellt."

„Hat er Sie…"

„Nein, hat er nicht. Aber ich bin in der ganzen Zeit dort drin fast gestorben aus Angst davor."

„Wer waren die drei?"

„Wenn ich deren Namen sage, bringen die mich um."

„Warum haben Sie dann überhaupt eine Anzeige gemacht. Ohne Namen ist es verschwendetes Papier."

„Schwören Sie mir, dass Sie nirgendwo sagen, woher Sie die Namen haben?"

„Ehrensache!"

„Der Boss der Bande war René Rößler. Vor dem haben auch die anderen beiden Ängste gehabt."

„Wer waren die anderen beiden?"

„Sebastian Bogner und Nick Schiffer."

„Na endlich hat mal jemand Mut."

„Sie dürfen mich nicht verraten. Die finden mich. Überall."

„Verlassen Sie sich drauf." Alex lächelt ihm altväterlich zu. „Wir haben noch ein paar Fragen. Welche Rolle hat Michael Bayer gespielt?"

„Der?" Ein Grinsen zieht über Westermanns Gesicht. „Der hatte nichts zu lachen. Der hat brav sein Schutzgeld gezahlt und trotzdem aufs Maul gekriegt. Der hatte nicht einen Zahn mehr im Mund. Alle ausgeschlagen von René Rößler."

„Erzählen Sie uns von Vicco Anders!"

„Ich weiß gar nicht, wie der richtig heißt, diese alte Tunte."

„Das ist nicht sein Name?"

„Künstlername. Der hatte irgendwie Narrenfreiheit. Das war wahrscheinlich auch der Grund, weshalb der nie Schutzgeld gezahlt hat. Der tänzelte über den Flur, wie über eine Bühne. Ekelhafter Typ."

„Wir haben einen Hinweis, dass sein Name in engem Verhältnis zu Nick Schiffer stand. Was war da?"

„Zu Nick? Nee! Der hatte es eher mit Sebastian Bogner. Hinter vorgehaltener Hand haben wir die beiden ‚den Seppel und seine Gretel' genannt."

„Wir suchen Nick Schiffer. Wo könnte der sein?"

„Was? Nick ist raus?"

„Er ist von einem Freigang nicht zurückgekommen. Haben Sie einen Hinweis, eine Vermutung oder was auch immer, wo er sich aufhalten könnte?"

„Nein. Hier ist er nicht. Ich würde Rößler und Bogner fragen. Die waren doch ganz eng."

„Hat Schiffer mal irgendeinen Freund, eine Freundin oder sonst irgendjemanden erwähnt?"

„Nicht mir gegenüber. Aber der hat mit mir auch nie gesprochen. Außer Rößler und Bogner hatte jeder Angst vor ihm. Der hatte so etwas Hinterhältiges. Die beiden anderen waren ganz klar: Zahle, oder aufs Maul. Schiffer war da anders. Wenn der anwesend war, dann rechnete man immer damit, dass er gleich ein Messer in der Hand hat und kurzen Prozess macht."

„Erzählen Sie uns alles, was Sie über Schiffer wissen. Egal, wie unbedeutend es Ihnen erscheint. Vielleicht ist für uns eine Information dabei. Sie wollen doch, dass er Gerechtigkeit erfährt?"

Westermann nickt und zündet sich eine neue Zigarette an.

„Ich wollte mir mal einen Kaffee machen. Ich bin also in den Gemeinschaftsbereich, wo der Wasserkocher steht. Als ich um die Ecke komme, sehe ich die drei zusammen am langen Tisch sitzen. Außer ihnen war niemand weiter dort. Sie hatten mich nicht gesehen, waren eifrig am Quatschen. Ich, also langsamer Rückzug. Bin dann hinter der Ecke stehen geblieben und habe die Ohren gespitzt."

„Was war? Machen Sie es jetzt spannend?" Alex fühlt sich von diesem Kerl genarrt.

„Da erzählt doch der Schiffer, wie der das letzte Mal festgesetzt wurde. Er war zu Hause und hat geschlafen. Seine Mutter und seine Schwester wären nebenan gewesen. Morgens halb fünf hätten plötzlich Typen in Kampfmontur vor seinem Bett gestanden und die Waffen auf ihn gerichtet. Das muss ein ziemliches Theater gewesen sein."

„Manchmal ist es eben so."

„Er sagte: Mit seiner Mutter nebenan wäre er nicht handlungsfähig gewesen. Deshalb wäre seine Verhaftung geglückt. Noch einmal würde ihm das nicht passieren. Wenn er damit rechnen müsste, dass er verhaftet wird, wäre er garantiert nicht allein. Er würde dafür sorgen, dass er seine Freiheit im Tausch gegen eine Geisel erhält. Laut Gesetzeslage würde er das als eine Art Notwehr angerechnet bekommen. Schließlich ging es ja um seine Freiheit. Er wüsste auch schon ganz genau, wo er die Geisel herbekommt. Dumme Weiber gäbe es zu Hauf."

„Hat er angedeutet oder gesagt, wen er genau damit meint?"

„Ich musste dann abhauen. Es kam jemand."

Julia wartet, ob Alex noch etwas fragen will, dann sagt sie: „Ist Schiffer aufbrausend, fehlt es ihm an Beherrschung?"

Alex wird von einem Hustenanfall heimgesucht.

„Im Gegenteil. Der hatte so etwas Lauerndes. Ich glaube, sogar das Personal im Knast hatte Angst vor ihm. Der hat dort residiert, wie ein Fürst. Einmal stand seine Zelle offen. Er hatte alles, was nur möglich ist im Knast. Fernseher, eigene Kaffeemaschine. Der hatte sogar ein Handy. Ich glaube, er hat auch Rößler und Bogner Handys beschafft."

„Wie hat er das gemacht?"

„Ich glaube, er hat sich Klamotten kommen lassen, oder Schuhe. Angeblich hat er Probleme mit den Füßen. Bei der Lieferung muss dann das Handy dabei gewesen sein."

„Drogen auch?"

„Klar. Kein Problem."

Julia und Alex holen tief Luft, als sie im Auto sitzen. Julia sagt: „Das hat sich doch mal gelohnt. Wo setzen wir an, Alex?"

„Wir beantragen die lückenlose Überwachung von Rößler und Bogner und lassen zwanzig V-Leute in die JVA einschleusen, um den Sumpf dort trockenzulegen."

Julia lacht: „Träume weiter."

„Im Ernst. Ich kümmere mich jetzt um meine Mädels und du machst Germer glücklich. Morgen werden wir dann hoffentlich die gerichtlichen Anordnungen der Konteneinsicht haben. Dann werden wir weitersehen."

„Okay."

„Julia, bitte rufe mich heute Abend noch einmal an. Ich will wissen, was Germer gesagt hat."

„Wird gemacht."

Als die beiden ein Stück gefahren sind, sagt Alex: „Nicht auszudenken, wenn der Kerl tatsächlich eine Geisel nimmt. Der ist inzwischen so sehr im Machtrausch, dass jede Hemmschwelle fällt, wenn es ums Ganze geht."

„Alex, du bist krank. Geh zum Arzt, bleib ein paar Tage zu Hause. Pass auf deine Familie auf. Ich denke, das ist die beste Lösung im Moment."

Im Aussteigen sagt er: „Kommt nicht in Frage! Das ist mein Haus und ich regle das auf meine Weise."

Caro sitzt auf der Terrasse, das Notebook auf den Knien. Auf dem kleinen Tisch steht ein Glas Saft mit einem Eiswürfel. Der Wind weht die Fransen des Sonnenschirmes in alle Richtungen. Sie ist gut gelaunt.

„Hallo, mein Schatz", sagt sie, als sie Alex ums Haus kommen sieht und lächelt ihn an. Er trägt die leere Brotbox in der Hand und sieht abgespannt aus. Sie fragt: „Na, wie wars?"

Alex winkt ab. „Julia hat gefragt, was du machst, dass deine Brote immer so lecker sind."

Caro lacht: „Das ist ein Geheimnis und das verrate ich ihr nur, wenn wir mal allein sind."

„Was hast du heute gemacht? War irgendwas?", fragt Alex.

„Nichts! Was sollte sein? Du warst gestern schon so komisch. Du solltest sagen, was ist. Das hat etwas mit Ehrlichkeit zu tun. Darauf hältst du doch so große Stücke. Denke nicht, dass ich nicht merke, dass etwas nicht stimmt."

„Es ist alles gut. Wie geht es dir? Wie war dein Tag?"

„Ich habe mich für den ausgefallenen Vortrag angemeldet. Den muss ich unbedingt noch hören."

„Bist du dann wieder tagelang nicht hier?"

„Der findet ganz in der Nähe statt. Ich werde morgens hinfahren und am Abend wieder hier sein."

Alex ist erleichtert. „Ich hasse es, wenn ich allein sein muss. Wie war das Thema doch gleich?"

„Wenn die Wahrheit das Leben zerstört."+

„Und das interessiert dich?"

„Wie verrückt!", sagt Caro und schaltet ihren Computer aus.

Laura trottet müde zwischen ihren Klassenkameraden durch den Ausgang des Flughafens. Sie zieht einen Koffer mit Rädern hinter sich her und sie hat eine neue Jacke an. Als sie ihre Mutter sieht, strahlt sie übers ganze Gesicht. „Mama!", ruft sie von weitem und lässt den Koffer los, um zu winken. Doch als sie ihren Vater erblickt, ist alle Freude verflogen.

Stürmisch umarmt sie ihre Mutter und dann kostet es sie Überwindung ihren Vater zu drücken.

„Na, meine Süße, hattest du eine gute Zeit?", fragt Caro.

„Super, super, super! Ich würde sofort wieder hinfahren. Paris ist geil."

Alex schaut sich um, ob jemand gehört hat, dass seine Tochter solch ein Wort verwendet.

„Hast du Hunger?"

„Ich falle gleich um vor Hunger. Seit dem Frühstück gab es nur Gummibärchen und Salzstangen."

Wenig später parkt Alex das Auto auf dem Parkplatz eines Fastfood-Restaurants. Er sucht sich einen Platz und bittet Caro ihm irgendwas mitzubringen. Seine beiden Mädels stehen in der Schlange und plaudern ausgelassen. Wenn er könnte, würde er diesen Moment genießen, doch er hat das Gesicht von Nick Schiffer vor Augen. Alex weiß, dass er jetzt, wo die beiden wieder da sind, so verwundbar ist, dass es ihn körperlich schmerzt. Er hustet, dass sich die Leute am Nebentisch zu ihm umdrehen. In Gedanken beruhigt er sich. Er denkt: Dieser Schiffer und ich hatten nie etwas miteinander zu tun. Klar, es gibt Krimis, da jagt ein Verbrecher seinen Ermittler. Doch in seinem Fall ist das völlig ausgeschlossen. Es gibt keinen Zusammenhang zwischen mir und Schiffer. Es war die Einsamkeit, die mich verrückt gemacht hat.

Als Laura ihm gegenübersitzt und sich auf ihr Essen stürzt, fragt Alex: „War da nur eure Klasse unterwegs?"

Laura hat den Mund voll und schüttelt mit dem Kopf.

„Waren es mehrere Klassen eurer Schule?", fragt er.

„Aus unserer Schule war es nur eine Klasse. Aber das Reisebüro hat natürlich viele Kunden. Das Hotel war voll bis auf den letzten Platz."

„Ach was? Da hattet ihr sicher eine Menge Spaß. Das freut mich für euch."

„Spaß auf Französisch. Darauf haben unsere Lehrer bestanden. Sie sind unfreundlich geworden, wenn jemand deutsch gesprochen hat."

„Dann hat die Reise auch etwas bewirkt, für deine Bildung, meine ich." Alex hat sein Essen von sich geschoben. Es ist nicht sein Geschmack.

Laura greift nach dem halben Burger, den Alex nicht mehr will. „Darf ich?"

Alex nickt.

„An einem Abend haben wir ein Spiel gespielt. Wer kennt die krassesten französischen Schimpfwörter. Wir saßen alle im Restaurant und die Runde ging reihum. Die ersten hatten es leicht. Die sagten ‚Merde' oder ‚Salaud'. Doch dann durften nur noch Wörter gesagt werden, die noch nicht genannt wurden. Einer hat mitgeschrieben. Ich glaube, es waren am Ende vier Seiten. Dann kam ein Koch aus Küche. Der hatte unser Spiel mit angehört. Der hat dann auch noch ein paar Beiträge gebracht. Das war ein lustiger Abend."

Alex lacht, aber die Fröhlichkeit fehlt. „Hast du jemanden kennengelernt?"

Laura lacht noch immer. „Natürlich. Es waren ungefähr zweihundert Leute da."

„War auch ein Nick dabei? Kennst du einen Nick, hier in Dresden?"

Laura springt auf, schiebt das Tablett an die Tischkante, dass Caro zugreift, um einen Absturz zu verhindern. „Warum, verdammt noch mal, sagst du nicht, was du willst? Warum diese Fragerei, hinten rum?" Laura verlässt das Lokal und geht zum Auto. Als Alex und Caro ihr nachfolgen, hat sie die Ohrhörer ihres Handys in den Ohren und reagiert nicht mehr auf Alexanders Fragen. Als sie im Auto sitzt, sagt sie zischend zu ihrem Vater: „Leck mich! Meine Freunde gehen dich gar nichts an."

„Es ist wirklich wichtig, Laura! Kennst du einen Nick?"

„Lass mich in Ruhe!"

Dienstag

Alex hat in der letzten Nacht kaum geschlafen. Immer, wenn er eingeschlafen war, hat ihn ein neuer Hustenanfall aus dem Schlaf gerissen. Als er ins Polizeipräsidium kommt, fühlt er sich elend. Er zapft zwei Kaffee am Automaten und will einen davon Julia bringen. Ihre Tür ist nicht verschlossen, ihre Jacke hängt über dem Stuhl und ihr Computer ist eingeschaltet, doch Julia ist nicht da. Er stellt den Kaffee ab und geht an seinen Arbeitsplatz. Er fährt seinen Computer hoch. Alex überlegt, ob er zu Schiffers Krankenkasse fährt, um zu erfahren ob er nach seiner Flucht Leistungen in Anspruch genommen hat. Diese Information sollte schon am Montag eingeholt werden, doch bis jetzt ist das noch nicht erledigt. Es ist das Einzige, was er tun kann. Er schickt Julia eine Nachricht auf ihr Handy und macht sich auf den Weg.

Julia sitzt in Germers Büro, gemeinsam mit Pit Wilhelms. Germer ist es nur recht, dass Alex nicht im Hause ist. Er steckt den Kopf zur Tür hinaus in sein Vorzimmer und sagt zu Marion Vogel: „Bitte jetzt absolut keine Störung, auch nicht von Herrn List." Dann schließt er die Tür und beginnt die Beratung: „Wir haben ein Problem", beginnt er. „Nach dem jetzigen Stand der Ermittlungen müssen wir davon ausgehen, dass der Schrebergärtner Michael Bayer durch Nick Schiffer umgebracht wurde." Germer liest die neuen Laborergebnisse vor: „Wir haben DNS-Spuren von Nick Schiffer an fünf verschiedenen Gegenständen gefunden im Schrebergarten. Einmal war es ein Löffel, dann ein Kissen und ein Handtuch und außerdem – Kollegen lacht nicht – seine Hinterlassenschaft. Schließlich haben die Kollegen noch ein paar Gummischuhe gefunden, die Nick Schiffer auch getragen haben muss."

Germer fragt Wilhelms: „Pit, darf ich fragen, ob die gleiche DNS auch in Alex' Haus extrahiert wurde? Zweifelsfrei?"

„Zu einhundert Prozent die gleiche DNS. Kein Zweifel. Nick Schiffer muss auch im Hause unseres Kollegen gewesen sein."

Julia fragt: „Bedeutet es, dass in Alexanders Haus Untersuchungen der KT stattgefunden haben?"

Germer antwortet: „Ja. Wir brauchten Gewissheit."

Julia muss sehr mit sich ringen. Sie möchte Alex keineswegs in Schwierigkeiten bringen, doch seit dem Gespräch gestern im Auto kann sie nicht anders: „Bitte, darf ich dazu etwas sagen?"

„Natürlich!"

Julia berichtet von der Befragung von Enrico Westermann und auch von den anderen Mithäftlingen. „Schiffer hat ganz eindeutig gedroht, dass er bei seiner nächsten Verhaftung nicht allein sein wird. Er werde seine Freiheit gegen das Leben einer Geisel eintauschen."

Germer überlegt lange, ehe er sich äußert. „Wir können die Dinge nicht mehr einfach so laufen lassen. Das Risiko wird unkalkulierbar. Wenn ich jetzt gegen Alex und die Vorgänge in seinem Haus eine Untersuchung eröffne, dann steht Alex unter Verdacht. Er ist Polizist und hätte das unbedingt anzeigen müssen. Das heißt, ich muss jetzt entscheiden, ob ich Alex schütze und nichts unternehme, oder ob er jetzt gleich suspendiert werden muss. Alex ist kein Verräter. Jedenfalls will ich das nicht glauben. Kollegen, wir müssen ihn aus den Ermittlungen heraushalten, bis wir gegenteilige Beweise haben. Sein Name darf nirgendwo in den Ermittlungen auftauchen. Wir müssen über einen anderen Weg auf Schiffer treffen, ohne dass Alex dabei benannt wird. Stimmen Sie beide mir dabei zu?"

Julia und Pit nicken.

Pit Wilhelms tippt auf seine Uhr. „Herr Germer, bitte, ich will nicht unhöflich sein, aber es ist dringend. Ich möchte noch die Untersuchungsergebnisse von gestern mit Ihnen besprechen."

„Natürlich. Sofort."

Julia will sich erheben, in der Annahme, dass sie entlassen ist, doch Germer hält sie zurück.

Germer beginnt: „Wir haben an die Handys und Festnetztelefone eine Überwachung gehängt. Gestern hat sowohl bei den Schiffers als auch bei Rolf Unruh eine bisher nicht bekannte Handynummer angerufen. Es waren jeweils Gespräche von fünf beziehungsweise sieben Sekunden. Wir haben nachgefragt, auf wen diese Nummer zugelassen ist. Es ist das Handy einer Schülerin. Sie ist zwölf und man hat ihr das Handy beim Sportunterricht aus der Tasche in der Umkleidekabine gestohlen. Sie hat es nicht gemeldet, weil sie hoffte, dass sich eine Klassenkameradin einen Scherz erlaubt hat und sie es zurückbekommt."

Pit nickt. „Wir gehen mal davon aus, dass Schiffer sich dieses Handy organisiert hat. Zumal der Diebstahl in der Schule geschah, die Schiffer früher selbst besucht hat. Er kannte also die Örtlichkeit. Ich habe gestern noch die Telefongesellschaft angefragt, in welchen Funkzellen diese Nummer eingeloggt war oder ist. Es dauert für gewöhnlich mehrere Wochen, ehe die Antwort da ist. Ich schicke Helena Große, meine Mitarbeiterin, gleich hin, um der Dringlichkeit Nachdruck zu verleihen. Ich melde mich, sobald ich irgendetwas habe." Wilhelms sagt die letzten Wörter bereits im Gehen.

Julia reißt die Augen auf: „Wieso ermittelt hier außer uns noch jemand anderes?"

Julia ist jetzt allein bei Germer und der lächelt ihr zu. „Das ist eine sehr berechtigte Frage, Frau Kranz. Doch lassen Sie mich zuerst eine Frage an Sie stellen: Was ist bei Ihnen los? Was ist mit Alex?"

„Fragen Sie ihn das bitte selbst."

„Ich habe Sie gefragt!" Germer schaut auf die Tischplatte und beginnt in warmen Ton: „Frau Kranz, ich stehe vor der schlimmsten Entscheidung meines Lebens. Ich muss wissen, ob Alex noch ein Polizist ist. Bisher habe ich nie an ihm gezweifelt. Damals, als Ihr Vater auf so tragische Weise ums Leben gekommen ist, hatte ich Sorge, dass Alex das auch nicht überlebt. Er hat funktioniert, wie ein Uhrwerk. Als er dann nach

Wochen des Durchhaltens endlich zum Arzt gegangen ist und sich krankgemeldet hat, war ich regelrecht erleichtert. Ich schätze Alex und war bis vor ein paar Tagen überzeugt, er ist einer von uns bis ins Mark. Doch jetzt läuft da etwas, das ich nicht mehr ignorieren kann." Germer schaut Julia an und wartet auf eine Reaktion.

Sie nickt.

„Frau Kranz, ich stehe vor der Entscheidung, entweder eine interne Ermittlung einzuleiten oder darauf zu hoffen, dass Alex sich mir anvertraut. Wenn er sich nicht anvertraut und ich die Ermittlung nicht einleite, dann kann es sein, dass ich mich verantworten muss." Germer holt tief Luft. „Leite ich aber die Ermittlung gegen Alex ein, dann wird für den Rest seines Berufslebens in seiner Personalakte eine Notiz aufleuchten: Interne Ermittlung. Selbst wenn die ganze Angelegenheit irgendwann im Sand verläuft oder wenn er vollkommen rehabilitiert ist, dieser Eintrag bleibt. Er ist gebrandmarkt. So lange ich hier bin, wird das keine wesentliche Rolle spielen. Doch ich bin älter als er. Irgendwann wird hier auf diesem Stuhl ein junger Mann sitzen und eigene Personalentscheidungen treffen. Der hat dann keine Ahnung, was für ein Goldstück dort drüben sitzt. Wenn so ein Vermerk in der Akte ist, wird Alex die letzten zehn Arbeitsjahre vielleicht in einem Archiv Akten sortieren. Das ist jetzt mein Problem. Bis jetzt lag das alles noch im Bereich von Hörensagen und Vermutung. Pit Wilhelms hat die DNS von Schiffer extrahiert. Auch Pit schätzt Alex sehr. Er hat das bisher inoffiziell gehandhabt. Es gibt keinen Vorgang dazu. Lange kann ich den Ermessensspielraum in diesem Fall nicht mehr ausdehnen. Es gibt Vorschriften, die auch ich einhalten muss."

Julia nickt. „Bitte, darf ich fragen, warum Pit Wilhelms das mit der DNS aus seinem Haus an Sie und nicht an Alex weitergeleitet hat?"

„Was glauben Sie, was Alex veranstaltet, wenn er mitbekommt, dass wir in seinem Haus waren?"

Julia richtet sich auf: „Alex hat gestern geäußert, dass er Angst um seine Frau und seine Tochter hat. Er hat in jener Nacht zum Montag nach der Sommersonnenwende, als er möglicherweise mit einer Droge oder was auch immer, betäubt worden war, geglaubt, dass es ein Verehrer seiner Tochter war. Ich glaube, er ist fast wahnsinnig vor Angst, dass sich jemand an seine Tochter herangemacht hat."

Germer nickt. „Klar, das würde mich auch wahnsinnig machen."

„Laura ist gestern Abend von einer Klassenfahrt zurückgekommen und seine Frau ist auch wieder da."

„Wir können die beiden nicht in dem Haus lassen. Wir müssen die aus der Schusslinie bringen."

„Aber wie?"

„Weiß ich noch nicht." Germer kratzt sich am Kopf. „Frau Kranz, es gibt noch eine andere Notwendigkeit. Was, wenn er zum Verrat von dienstlichen Vorgängen gezwungen wird? Wir müssen Alex aus den Ermittlungen herausnehmen."

Julia nickt. „Das wird er nicht wollen."

„Nein, das wird ihm nicht gefallen. Ich will keinesfalls, dass er draußen herumfährt und eine Zielscheibe abgibt. Ich werde ihn hier festnageln." Ein Grinsen zieht von einem Ohr zum anderen. „Frau Kranz, Sie werden ihn ab sofort nicht mehr in die Ermittlungen einbeziehen. Auch von dieser Beratung soll er nichts erfahren. Nicht von den Ermittlungen, die Wilhelms anstellt und nichts von dem, was Ihre Ergebnisse sind. Wenn er fragt, dann haben sie nichts."

„Okay."

Germer fragt: „Was ist gestern bei den Befragungen der Mithäftlinge herausgekommen?"

Julia berichtet.

Germer entscheidet: „Wir werden heute die Wohnungen von Rößler, Bogner und Unruh überprüfen lassen. Vielleicht hat sich die Fahndung danach erledigt. Darum kümmere ich mich. Dort schicke ich die Jungs von der schnellen Truppe hin. Darum müssen Sie sich nicht kümmern."

Als Julia die Tür öffnet, um wieder an ihre Arbeit zu gehen, ruft Germer: „Frau Vogel, holen Sie mir bitte Alexander List her. Sofort."

Alex sitzt im Büro des Bezirksleiters der Krankenkasse, bei der Nick Schiffer versichert ist. Er legt dem Leiter seinen Dienstausweis vor und erklärt die Situation.

Der Mann auf der anderen Seite des Schreibtisches tippt auf der Tastatur seines Computers und sagt nach einer Weile: „Nick Schiffer hat die letzten Leistungen vor fünf Jahren erhalten. Diese Datei ist tagesaktuell seit gestern. Er hat in den letzten drei Monaten bei keinem Arzt vorgesprochen und auch keine Medikamente abgerechnet."

„Sind Sie ganz sicher?", fragt Alex. „Gibt es sonst irgendetwas Besonderes bei diesem Versicherten?"

„Ja, ich bin ganz sicher! Aber warten Sie, er hat vor einigen Jahren seinen Versicherungsausweis als Verlust gemeldet und einen neuen erhalten."

Alex verabschiedet sich. Als er im Auto sitzt, ruft er Julia an. „Kannst du mal nachschauen, ob die richterlich angeordnete Konteneinsicht schon da ist?"

Julia tut, als ob sie nachsieht. „Nix, Alex, aber Marion Vogel sucht dich. Du sollst sofort zum Alt..., zu Germer kommen."

„Bin unterwegs, halbe Stunde."

„Was will er von mir?", fragt Alex, als er vor Marion Vogels Schreibtisch steht. Die Tür zu Germer ist offen und die Antwort kommt von dort: „Mit dir reden. Komm rein!"

Alex setzt sich auf den Besucherstuhl, der vor Germers Schreibtisch steht.

„Alex, wir haben ein Problem. Dieser Schiffer ist untergetaucht und das schon zu lange, als dass wir es mit ansehen können. Wir müssen diesen Kerl finden. Sofort."

Erzähle mir etwas Neues, denkt Alex, doch er sagt: „Ich war gerade bei seiner Krankenkasse und habe nachgefragt, ob er seit seinem Abgang Leistungen in Anspruch genommen hat. Hat er nicht. Als nächstes werde ich seine Kontenbewegung überprüfen."

„Nein, das erledigt deine Kollegin. Du musst etwas anderes tun."

Alex schaut ihn fragend an.

„Wir werden eine öffentliche Fahndung einleiten."

Alex reißt die Augen auf: „Du machst Scherze?"

„Keineswegs. Wir haben heute Nachmittag einen Termin beim MDR. Man wird in den Regionalnachrichten eine Sondermeldung dazu bringen. Außerdem wird am Sonntag in der Sendung Kripo aktuell ein ausführlicher Bericht gesendet werden, wenn wir ihn bis dahin nicht haben."

„Du weißt, was das bedeutet? Hunderte, wenn nicht sogar tausende Hinweise, die überhaupt nichts mit unserem Fall zu tun haben. Endloses Gequatsche am Telefon. Ich sehe sie schon vor mir, die Berge von Zetteln, auf denen die Zentrale die Anrufe entgegengenommen hat und die dann bei mir landen."

„Alex, du machst jetzt einen Text fertig, der die Umstände nach Nick Schiffers Fahndung gut beschreibt, ohne eine Massenpanik auszulösen. Und wir brauchen ein paar neuere Fotos von ihm."

„Wir haben nur sein Passbild von vor fünf Jahren. Ich fahre zu seiner Mutter und besorge was."

Germer schüttelt den Kopf: „Nein. Deren Bilder sind auch fünf Jahre alt. Das Passbild ist okay. Ich will den Text und das Bild in einer halben Stunde."

„Ja."

Wenig später steht Alex mit beidem vor Marion Vogel und sagt: „Er wollte diesen Text von mir haben, eilig. Bitte leiten Sie es weiter. Gleich."

Germer ruft von drinnen: „Alex, komm rein."

„Bitte, hier!" Alex hält ihm die Papiere hin.

Germer schaut kurz drauf und sagt. „Alex, wir haben um zwei einen Termin im Fernsehstudio. Wir fahren halb. Sei pünktlich und zieh die Uniformjacke an."

„Wieso ich? Das ist Aufgabe der Pressestelle."

„Ich habe entschieden, dass du die Fahndung öffentlich machst. Keine Debatte. Halb zwei bei mir." Germer klopft mit den Knöcheln der Faust auf die Tischplatte. Dann ruft er: „Marion!" Er gibt ihr Anweisungen für die Änderung des Textes. Sekunden später verlässt Germer in Zivil das Polizeipräsidium und fährt mit seinem privaten Wagen davon.

Julias Zimmer ist verschlossen. Alex fragt sich, was sie macht. Wo ist sie? Die richterliche Anweisung zur Überprüfung von Schiffers Konto ist immer noch nicht da. Was kann er jetzt tun? Er überlegt einen Augenblick und entscheidet sich für die Mittagspause. Er kann sich nicht erinnern, was heute unten an der Tafel angeschrieben stand. Deshalb überrascht es ihn, als er einen Teller mit Eintopf aus Rindfleisch, grünen Bohnen und Kartoffeln vor sich sieht. Der Nachtisch ist alternativ ein Quarkdessert oder ein Stück Streuselkuchen. Alex wählt den Streuselkuchen. Er fischt die Fleischstücke lustlos aus der Brühe, isst noch zwei oder drei Löffel Bohnen und Kartoffeln und schiebt das Essen beiseite. Der Husten quält ihn wieder, wenn auch nicht mehr so schlimm, wie heute Morgen. Er nimmt den Kuchen mit und holt sich einen Kaffee am Automaten. Als er zur Überbrückung der Wartezeit im Computer die polizeilichen Ereignisse von gestern lesen will, teilt ihm der Computer mit, dass er nur noch beschränkte Zugangsrechte hat. Alex fühlt den

Blutdruck steigen. Was ist jetzt wieder los? Spinnt der Administrator? Haben wir einen Virus im System?

„Scheißtag!", sagt er laut und trinkt seinen Kaffee in einem Zug. Er geht zu Julias Arbeitsplatz über den Flur. Die Tür ist verschlossen. Als er sich umdreht, sieht er Julia gemeinsam mit Germer den Flur entlanggehen. „Wo warst du?", fragt Alex freundlich.

Germer fällt ihm ins Wort: „Alex, wir fahren in zehn Minuten, aber wenn du jetzt schon fertig bist, dann komm."

Alex steht mit seiner Uniformjacke im Fernsehstudio. Hinter ihm ist eine grüne Wand und vor ihm eine Kamera. Eine Laufschrift an der Kamera zeigt ihm den Text an, den er möglichst ungezwungen vortragen soll. Der Kameramann stellt ein und überprüft. Dann sagt er: „Es geht los in 3, 2, 1, jetzt!"

Alex beginnt zu lesen. Er merkt, dass Marion Vogel seinen Text geändert hat. Doch er liest unbeeindruckt. Wort für Wort. Er sagt: „Wenn Sie, verehrte Zuschauer, diesen Mann irgendwo sehen, dann tun Sie bitte nichts. Rufen Sie uns an. So schnell wie möglich. Die direkte Telefonnummer, nachzulesen auf der Internetseite der Polizei, lautet..." Alex stockt. Das ist die falsche Nummer!

„Kamera aus!" ruft jemand.

„Was soll das?" schreit Alex und weist auf den Text. „Das ist meine Durchwahl. Die sollen doch nicht bei mir anrufen!"

„Doch!", erwidert Germer. „Das habe ich so entschieden. Du wirst die Anrufe entgegennehmen. Also, alles noch einmal von vorn."

Im Auto fragt Alex, noch immer mit rotem Kopf: „Ich verstehe es nicht. Warum muss ich das machen? Dafür haben wir unzählige Polizeimeister, die man damit beauftragen kann. Ich muss diesen Schiffer finden. Das kann ich nicht, wenn ich am Telefon mit Hinz und Kunz reden muss."

„Alex, das wird in einer halben Stunde ausgestrahlt. Dann, denke ich, ist es sinnvoll, dass du mindestens drei Stunden am Telefon bleibst. Bis sechs kannst du die Anrufweiterleitung auf dein Handy einschalten. Danach ist es in Ordnung, wenn die Anrufe an die Einsatzzentrale gehen."

„Warum?"

„Weil ich es so entschieden habe. Du hast ab sofort Innendienst."

„Warum? Was habe ich getan? Erkläre es mir, bitte." Alex beherrscht sich, um nicht zu schreien.

„Alex, das ist eine Dienstanweisung, die du auszuführen hast. Ende der Debatte."

Alex sitzt in seinem Zimmer und starrt das Telefon an. Sein Computer gibt nur noch die Dateien frei, die er selbst angelegt hat. Die gemeinsamen Dateien, auf die auch Julia Zugriff hat, sind für ihn gesperrt. Er schüttelt mit dem Kopf und versteht die Welt nicht mehr. „Was ist denn geschehen? Warum?" Er würde gern mit Julia sprechen, doch die ist nicht da. Er sollte wissen, wo sie ist. Er hat keine Ahnung. Selten hat er sich so mies gefühlt.

Als Alexanders Telefon klingelt, sitzt er mit Notizblock und Stift bereit. Er meldet sich vorschriftsmäßig und am anderen Ende erschallt ein hämisches Lachen.

„Ihr Drecksäcke werdet den nie kriegen. Der ist zu schlau für euch." Aufgelegt. Die Stimme war jung und männlich. Alex fühlt sich, als hätte er eben eine Ohrfeige bekommen. Doch er hat keine Zeit sich darüber Gedanken zu machen. Es klingelt. Der Anrufer ist ebenfalls männlich, aber schon älter. Er stellt sich vor mit Namen und Anschrift und sagt: „Ich weiß, wo der Schiffer ist. In der Wohnung über mir. Diese Nachbarn sind seit drei Wochen verreist. Aber ich höre jeden Abend Schritte. Da ist jemand."

Der nächste fragt: „Wenn der gefährlich ist, warum lässt man ihm die Gelegenheit zur Flucht? Warum kettet man so jemanden nicht an einen Ring in der Zelle an? Was das jetzt wieder kostet, bis der endlich gefangen ist." Alex macht sich nicht die Mühe, diesen Anruf zu notieren.

Ungefähr zwanzig Anrufe gehen bei ihm ein. Zwei von denen könnten ein Hinweis sein. Der Mann mit den Schritten in der Wohnung über ihm und eine alte Frau. Sie sagt: „Ich sehe nicht mehr sehr gut. Aber gestern saß ich in der Straßenbahn und die Ampel war rot. Da hat ein Auto neben der Bahn auch halten müssen. Genau dieser Mann saß am Steuer."

„Was war das für ein Auto?"

„Ein rotes, kleines."

„Marke?"

„Das Typenschild konnte ich nicht erkennen. Außerdem interessiere ich mich nicht für Autos. Ich weiß es nicht."

„Wo haben Sie ihn gesehen?"

„Auf der Königsbrücker Straße."

„An welcher Stelle?"

„Am Stauffenbergplatz."

„Wohin ist er abgebogen?"

„Das weiß ich nicht. Die Bahn ist gefahren, aber die Autos mussten noch warten."

„Vielen Dank für Ihren Anruf."

„Der hatte eine Werbung auf seinem Auto, fällt mir gerade noch ein."

„Was für eine Werbung?"

„Kann ich nicht sagen. Ich habe nur so eine Schrift gesehen. Lesen konnte ich sie nicht."

Alex notiert noch die Personalien und die Telefonnummer und bedankt sich noch einmal.

Nach einer Stunde bleibt das Telefon stumm. Alex wartet noch bis halb sechs, dann schaltet er die Anrufumleitung auf sein Handy. „Schluss für heute", sagt er laut. Der Flur ist menschenleer. Er ist der letzte an diesem Abend.

Mit jedem Meter, den er seinem Haus näherkommt, steigt seine Laune. Die Sonne scheint und der Sommer ist nicht mehr aufzuhalten. Vielleicht sollte er mit seinen Mädels heute Abend noch zum Baden fahren. Die Kiesgrube in Ottendorf, denkt er, oder lieber die in Pratzschwitz? Ottendorf! Ist näher. Das Wasser wird noch kalt sein. Ich könnte Caro überreden, das Abendessen in einen Picknickkorb zu packen. Als er in die Garage fährt, hat er das Gefühl, dass am Haus etwas merkwürdig ist. Noch ehe er sich dieses Gefühls gewahr wird, klopft sein Herz wie wild. Irgendetwas stimmt nicht. Er lässt das Garagentor offen. Vielleicht muss er gleich wieder fahren. Leise geht er zur Haustür. Caros Auto steht vor dem Gartentor an der gewohnten Stelle. Alle Fenster sind geschlossen und in der Küche brennt normalerweise immer Licht. Heute nicht. Fenster zu und Licht aus und das obwohl Caro jetzt das Abendessen zubereitet. Alex ist auf alles gefasst. Er öffnet die Haustür und erblickt Caro. Sie sitzt auf der Treppe zum Obergeschoss und scheint auf ihn gewartet zu haben.

„Guten Abend, Alex." Sie sagt es mit förmlicher Eiseskälte in der Stimme.

„Hallo, mein Schatz. Was machst du hier auf der Treppe?" Er wundert sich. Normalerweise hat Caro zu Hause immer etwas Bequemes an und sie trägt Hausschuhe. Jetzt ist sie angezogen, als ob sie ausgehen will. Sie hat sogar ihre Halbschuhe an.

„Tu nicht, als ob du nichts wüsstest! Was war hier los, als Laura und ich unterwegs waren?"

„Gar nichts. Wo ist Laura?"

„Bei einer Freundin."

„Bei welcher? Ist sie wirklich dort?"

„Lenk nicht ab. Was war hier los?"

„Nichts, gar nichts."

„Du lügst."

„Es war wirklich nichts. Ein Kollege. Ehekrach. Ich weiß es nicht mehr."

„War es gestern nicht ein Wasserschaden?"

„Was wirfst du mir vor?"

„Es fehlt an Ehrlichkeit, Alex. Das werfe ich dir vor."

„Caro, es war nichts. Ich habe nie eine andere angesehen, immer nur dich. Du bist die Einzige und es war auch keine Frau hier. Ich schwöre."

Caro ist aufgestanden und geht auf ihn zu. „Deine Schwüre sind nichts wert."

Noch ehe Alex begreift, was geschehen ist, hat Caro das Haus verlassen.

Als Alex aus dem Bad kommt, nach seiner allabendlichen rituellen Händewaschung, sieht er, dass keine Jacken von Caro und Laura an der Garderobe hängen. Es stehen keine Hausschuhe da und die Schlüssel der beiden sind auch weg. Er schaut zum Küchenfenster hinaus auf die Straße. Eben stand dort noch Caros Auto. Jetzt ist es weg. Zwei Stufen auf einmal nehmend, rennt Alex nach oben. Caros Reisetasche ist nicht da, ihr Zahnputzbecher und die Kosmetik sind weg und in ihrem Kleiderschrank schaukeln fünf leere Kleiderbügel. Er geht in Lauras Zimmer. Auch ihr Rollkoffer ist weg. Es fehlen die Schultasche und ihr Kuscheltier.

Alex ist wieder allein im Haus.

Mittwoch

Alex hat die halbe Nacht gehustet. Die andere Hälfte hat er gegrübelt, wo Frau und Tochter sein könnten. Er hat bis elf Uhr abends versucht, sie telefonisch zu erreichen. Beide Handys waren ausgeschaltet. Sein erster Gedanke war, sich heute krank zu melden und Laura vor der Schule abzupassen. Wo wohnt sie jetzt? Er ist verantwortlich für sie. Laura kann sich dem nicht einfach entziehen. Sie hat ihn um Erlaubnis zu bitten. Die ganze Nacht beherrschte ihn Wut. Gegen Morgen war er dann doch eingeschlafen. Als er mit seinem ersten Kaffee in der Küche sitzt, verwirft er alle Pläne die Laura betreffen. Es ist noch nicht lange her, da hat er ähnliche Sorgen mit seinem Sohn gehabt. Stiefsohn, berichtigt er sich in Gedanken. Jonas hatte damals für Kurierdienste mit Drogen ein Auto gemietet und das Mietauto mit seiner, Alexanders, Kreditkarte bezahlt. Gegen Alex wurde damals selbst ermittelt. Er erinnert sich mit Schaudern an diese Zeit. Kollegen, die bisher immer mit ihm Schulter an Schulter im Polizeidienst standen, nahmen plötzlich Abstand, als ob er eine ansteckende Krankheit hätte. Das darf ich nicht noch einmal erleben, denkt er. Bis jetzt habe ich alles unter Kontrolle, beruhigt er sich. Er wird Laura nicht ausspionieren. Das hat ihn seinen Stiefsohn gekostet, damals. Jonas hat ihm vorgeworfen, dass er, Alex, ein Despot sei, der verlange, dass alle nach seiner Pfeife tanzten. Jonas hat den Kontakt zu ihm abgebrochen. Er wollte nicht einmal, dass Alex ihm einen Anwalt besorgt. Er ist lieber ins Gefängnis gegangen, als sich von ihm helfen zu lassen. Das wird er nicht noch einmal riskieren. Wenn Caro es für richtig befindet, dass Laura sich so verhält, dann soll es so sein.

Aber wo ist Caro? Wohnt sie in einem Hotel? Hat sie sich eine Wohnung genommen? Das hatte sie schon einmal. Damals, als sie in der schweren Krise steckte und sie niemand mehr erreichen konnte. Sie ist einfach gegangen und hat ein neues Leben begonnen. Eine Träne fällt in seinen Kaffee. Doch damals ist sie zurückgekommen und hat ihr neues

Leben mit ihm und den Kindern begonnen. Sie hat ihr Glück gefunden. Er weiß, sie kommt zurück, sie ist bald wieder da. Alles wird gut und dann wird es besser sein, als je zuvor. Mit diesen Gedanken tröstet sich Alex. Er macht sich für die Arbeit fertig und tut, was man von ihm erwartet.

Zeitgleich mit Germer trifft Alex auf der Dienststelle ein. Alex nickt ihm zum Gruß zu und Germer sagt: „Heute ist die Fahndung in allen Medien. Selbst der Facebook-Dienst der Pressestelle veröffentlicht diese Fahndung. Das Telefon muss heute unbedingt besetzt sein. Uns darf kein Anrufer entgehen!"

Auf Alexanders Schreibtisch liegt ein Stapel von Hinweisen, die über Nacht eingegangen sind. Die Einsatzzentrale hat sie entgegengenommen und weitergeleitet. Alex sollte sie zuerst sichten und die Spreu vom Weizen trennen. Doch das Telefon klingelt und er hat keine Sekunde Zeit. Selbst seinen obligatorischen Kaffee hat er sich noch nicht geholt. Das Telefon klingelt.

Wenn Alex in einer Sache grundsätzlich von der Sinnlosigkeit überzeugt ist, dann bei öffentlichen Fahndungen. Vergeudung auf der ganzen Strecke. Der Gesuchte ist gewarnt und wird sich ein Loch suchen, in das er sich verkriecht. Die Ermittler sind gefesselt an Körper und Geist mit so vielen hilfreichen Anrufern, dass für eine wirkliche Ermittlung überhaupt kein Raum mehr ist. Der Hinweis, der zielführend wäre, ist meist so unscheinbar und von anderen Informationen überlagert, dass man erst im Nachhinein seinen Wert erkennt.

Mechanisch schreibt er auf, was er zugetragen bekommt. Doch sobald sein Geist und seine Finger eine Sekunde Pause haben, wandern seine Gedanken zu Caro. Im Minutentakt beuteln ihn Hustenanfälle und er ist allein. Wenn er wenigstens wüsste, womit Julia gerade beschäftigt ist. Doch die ist nicht da, schaut nicht herein, fragt nicht, was er gerade auf seinem Tisch hat.

Die Welt ist ein Jammertal.

In Germers Büro sitzen Pit Wilhelms und Julia. Germer hat etwas Verschlagenes in seinem Blick. „Kollegen, wir haben in ein Wespennest gestochen. Wenn alles gut geht, dann wird der Schiffer in die Falle tappen."

Julia schaut ihn fragend an.

„Wir haben eine große Öffentlichkeitsfahndung eingeleitet. Jede Zeitung, jeder Rundfunksender und sogar über die sozialen Netzwerke läuft die Fahndung nach Nick Schiffer."

Germer beugt sich zu Julia und sagt eindringlich: „Überall wird auf eine Website hingewiesen, die Kollege Wilhelms heute Nacht eingerichtet hat und auf der die Öffentlichkeit über den genauen Fortgang der Fahndung informiert wird."

Julia entfährt ein „Was?"

„Ja, Kollegin. Herr Wilhelms wird jeden Tag einen Beitrag einstellen, der die Bevölkerung an unserer Arbeit teilhaben lassen soll."

Julias Gesicht spiegelt Zweifel. „Darf ich fragen, inwieweit das für unsere Ermittlungen nützlich ist? Ich verstehe nicht."

„Fragen dürfen Sie, aber die Antwort bleibe ich vorerst noch schuldig."

Julia fühlt sich behandelt, wie ein dummes Kind. Ihr Vater hat früher gesagt, wenn sie neugierig war: Du darfst zwar alles essen, aber du musst noch lange nicht alles wissen.

Germer sagt: „Frau Kranz, bitte gehen Sie jetzt für ein paar Minuten an Alexanders Telefon. Schicken Sie ihn zu mir. Er soll sein Handy mitbringen."

Als Julia über den Flur trottet, hat sich dieses herabwürdigende Gefühl zur Wut gesteigert. „Arschloch!", brummt sie. Sie zapft zwei Kaffee aus dem Automaten und geht zu Alex.

„Moin, Alex." Sie stellt ihm den Becher hin und sagt: „Der Alte will dich und dein Handy sehen."

Alex nimmt einen Schluck Kaffee. „Er hat mich verdonnert, keinen Meter vom Telefon wegzugehen. Ich kann nicht."

„Das mache ich inzwischen."

Alex trinkt seinen Kaffee in einem Zuge aus. „Was geht da vor? Was treibt ihr? Kannst du mir das mal erklären?"

„Später. Geh erst mal."

Während der Minute, die sie im Raum ist, hat das Telefon nicht einen Augenblick stillgestanden. Sie hebt den Hörer ab.

„Hallo? Ist dort die Polizei? Ich habe diesen Schiffer eben am Flughafen in Berlin gesehen. Er wird gerade abgefertigt. Er hat den Flug Nr. 034829 nach London genommen. Er wird dort um 12.05 Uhr landen."

„Danke für Ihren Hinweis. Wir werden Interpol einschalten", sagt Julia und legt auf. Brav notiert sie, was sie eben gehört hat.

Da klingelt es schon wieder. „Kommen Sie schnell. Ich habe diesen Schiffer eben gesehen. Er war auf dem Straßenstrich und ist mit der Lolo mitgegangen. Die Lolo erkennen Sie ganz leicht. Die hat einen schwarzen Lederrock und lange Stiefel."

Julia bedankt sich und notiert.

Fünf Minuten später ist Alex zurück. Er schüttelt den Kopf. „Ich verstehe es nicht. Was will der Alte?"

Julia zieht die Schultern hoch. „Ich weiß es nicht. Was war denn?"

„Er hat mir das Handy abgenommen und Pit gegeben. Angeblich hätte die Polizei einen Virus und Pit muss mein Handy überprüfen. Musstest du dein Handy auch überprüfen lassen?"

„Nein, bis jetzt nicht." Julia erhebt sich und überlässt Alex seinen Stuhl. Sie will gehen.

„Germer hat gesagt, dass ich die Anrufe entgegennehmen soll und du sollst denen nachgehen, die wahrscheinlich sein könnten." Er schiebt ihr den Stapel Papier hin und sagt zynisch: „Such dir etwas aus. Mach dir einen schönen Tag."

Alex telefoniert, immer bemüht die Höflichkeit zu wahren. Es fällt ihm schwer. Ein Anrufer sagt: „Wenn Sie Nick haben, sagen Sie ihm, wir werden ihm eine Party ausrichten, wenn er wieder reinkommt." Das war offenbar ein Mithäftling. Entweder ruft er von einem illegalen Handy aus dem Gefängnis an, oder er ist Freigänger und hat Zugang zu einem Telefon. Alex notiert nicht einmal die Nummer.

Julia sitzt an ihrem alten Schreibtisch, Alex gegenüber. Sie sortiert Papier. Der größte Stapel sind die sinnlosen und die hysterischen Anrufe. Fünf Hinweise erscheinen ihr interessant. Als sie das letzte Blatt in der Hand hält, knurrt ihr Magen.

„Alex, heute gibt es Schweinebraten mit Erbsen und Salzkartoffeln, dazu frische Erdbeeren. Ich habe jetzt Hunger."

Alex stellt die Anrufumleitung in die Einsatzzentrale um und dann geht er mit Julia in die Kantine.

Als die beiden vom Essen zurück sind, kommt Germer in Alexanders Dienstzimmer. Er sagt: „Frau Kranz, können Sie uns bitte allein lassen!" Das gab es noch nie, denkt Julia und nimmt den kleinen Stapel der wahrscheinlichen Hinweise. „Natürlich", sagt sie und geht.

Als sie die Tür hinter sich geschlossen hat, fragt Germer: „Vertraust du ihr?"

Alex nickt: „Unbedingt."

„Schön. Erinnerst du dich, dass es früher einmal mit uns beiden auch so war?"

„Da hat sich nichts geändert."

„Das würde ich gern glauben." Er schaut Alex lange an.

„Was meinst du?"

Germer atmet tief ein. „Gut, wollen wir die Karten auf den Tisch legen. Seit Tagen fühlst du dich bedroht. In deinem Haus gibt es Vorfälle, die du unbedingt hättest anzeigen müssen. Du hast nichts dergleichen unternommen. Wie kann ich dir dann noch vertrauen?"

„Hans-Jürgen, ich kann nicht. Absolut nicht."

„Bis jetzt habe ich darauf gewartet, dass du dich mir anvertraust. Du hast mehr als alle Gründe der Welt, das zu tun. Doch selbst jetzt windest du dich. Was glaubst du, wie ich dastehe in dieser Sache? Ich riskiere Kopf und Kragen."

„Wieso?"

„Pit hat Schiffers DNS in deinem Haus gefunden."

Alex spürt, dass sein Herz für einen Moment aufhört zu schlagen. Dann holpert es in seinem Brustkorb und das Blut wird wieder gepumpt. Sein Gesicht ist vom Schock weiß. Er schließt die Augen.

„Wie kommt ihr dazu in meinem Haus herumzuschnüffeln? Warum hat Pit mir das nicht gesagt?"

„Warum bist du nicht zu mir gekommen? Ich habe Pit den Auftrag erteilt, dein Haus zu untersuchen. Es gibt keinen Vorgang dazu. Du kannst jetzt gegen mich vorgehen, oder du wertest es als einen Freundschaftsdienst meinerseits. Entweder wir vertrauen uns wieder, oder du und ich werden kein Dienstverhältnis mehr haben. Schluss mit deinem Theater!"

„Warum hinter meinem Rücken?"

„Wenn du mir in den nächsten fünf Minuten keinen plausiblen Grund für dein Verhalten lieferst, dann leite ich noch heute eine interne Untersuchung gegen dich ein. Also, ich warte."

Alex wäre am liebsten aufgestanden und hätte Germer gesagt, dass er eine dringende Ermittlung im Außendienst hat und gehen muss. Doch diese Freiheit war ihm seit gestern genommen. Flucht oder Kampf. Ihm bleibt nur der Kampf.

„Hans-Jürgen, das ist absolut privat. Das hat mit dem Dienst nichts zu tun. Zumindest dachte ich das."

„Warum?" Germer schaut auf seine Uhr und macht Anstalten sich zu erheben.

„Warte!" Alex kann Germer nicht ansehen. Sein Blick ist zum Fenster hinaus gerichtet. „Wie viele Ermittlungen haben wir gehabt, wo Menschen in ihrem Haus überfallen worden sind, ausgeraubt, manche nur in Abwesenheit bestohlen? Zu 99 Prozent konnten diese Menschen dann nicht mehr in ihre Häuser oder Wohnungen zurückkehren. Sie mussten sich eine neue Bleibe suchen."

Germer nickt.

„Du erinnerst dich, dass ich im letzten Jahr eine furchtbare Angelegenheit mit meinem Sohn, Stiefsohn, auszustehen hatte?"

„Was hat das damit zu tun? Komm zur Sache."

„Nicht nur, dass er eine Straftat mit meiner Kreditkarte begangen hat, dass er mich in seine kriminellen Geschäfte hineingezogen hat, er hat auch Laura, meine Tochter, auf seine Seite gezogen. Sein Vorwurf lautete damals, dass ich ein Despot sei, der keine andere Meinung gelten lässt. Ich, als Polizist, hätte immer Recht und er hätte sich meiner Allmacht zu beugen. Nun ist Laura ganz genau dieser Meinung. Sie ist fünfzehn und sie sucht seit seiner Verhaftung nach einem Grund, um auszuziehen. Sie hat merkwürdige Bekanntschaften und sie erlaubt mir nicht, wenigstens die Namen derer zu kennen, mit denen sie sich umgibt. Ich mache mir schlimme Gedanken und ich habe befürchtet, dass dieser Schiffer Lauras Nähe sucht. Ich werde fast wahnsinnig bei diesem Gedanken. Sie antwortet nicht auf meine Frage, ob sie ihn kennt."

„Hast du mal in ihrem Handy nachgesehen?"

„Sie hat es gesperrt."

Germer zieht einen Mundwinkel hoch. „Blöd."

„Was, wenn dieser Schiffer eine Situation konstruiert, bei der letztlich Laura die Chance hat zu sagen, ich kann hier nicht mehr leben?"

Langsam versteht Germer, worauf Alex hinauswill.

Leise sagt Alex: „Wie wird Caro auf diese Situation reagieren? Ich kann nicht auf die Schnelle mal ein neues Haus bauen. Das würde das Ende meiner Familie bedeuten."

Germer hat ein böses Gefühl in der Magengrube. Er möchte nicht in Alexanders Haut stecken.

„Du wirst Laura nicht an dir festbinden können. Irgendwann geht sie ihre eigenen Wege."

„Natürlich. Aber vielleicht ist sie dann achtzehn und hat einen Schulabschluss in der Tasche. Dann wird sie sich von uns verabschieden und das hat alles seine Ordnung. Dann geht sie mit unserem Segen. Jetzt würde es den Rest meiner Familie zerstören. Diesen Triumph wollte ich Schiffer, oder wer immer sich da heranschleicht, einfach nicht gönnen. Wer weiß, wie Caro dann mit dieser Situation fertig wird? Ich will die beiden einfach nicht verlieren. Nicht an einen kriminellen Menschen, der Recht und Gesetz mit Füßen tritt." Alex kann Germer jetzt erst recht nicht anschauen. Sein Blick hängt irgendwo in der Ferne, im Nichts des blauen Himmels vor seinem Fenster.

Lange sitzt auch Germer wortlos und überlegt, was jetzt die beste Reaktion ist. „Alex, ich kann nicht tun, als wäre alles in Ordnung. Wenn du für dich das Risiko tragen willst, musst du es tun. Ich kann die Untersuchung in deinem Haus nicht ignorieren. Aber letztlich muss ich meinen Job machen. Ich trage hier eine Menge Verantwortung. Das Äußerste, was ich auf mich nehmen kann ist, dich in den Innendienst zu versetzen. Eigentlich müsste ich dich suspendieren."

Alex schaut ihn fragend an. „Was soll ich dann tun?"

„Hier sitzen und die eingehenden Hinweise aufschreiben. Alle. Wertungsfrei."

„Okay", sagt Alex und er weiß nicht, ob er darüber froh sein soll. „Hol dir dein Handy ab. Es liegt bei Marion."

An diesem Abend will Alex nicht nach Hause fahren. Die Handys seiner Mädels sind ausgeschaltet. Er hat jede Stunde versucht sie anzurufen. „Der Teilnehmer ist im Augenblick nicht erreichbar…" Den Rest der Ansage hat sich Alex gar nicht erst angehört. Er fährt trotzdem nach Hause. Als er die Straße einsehen kann, wünscht er sich mit allen Fasern, dass Caros Auto vor dem Haus steht. Doch die Straße und seine Einfahrt sind leer. Er hält gar nicht an. Er muss heute mal raus. Als er auf der Autobahn in den fünften Gang schaltet, fragt er sich selbst: Was mache ich hier? Ein Gedanke, ganz tief aus seinem Innersten antwortet: Fahr heute mal zu deinen Eltern. Das tut dir gut und sie freuen sich. Alex nickt.

Er genießt die Fahrt und als er fast zwei Stunden später seinen Motor abstellt, strahlen zwei alte Leute übers ganze Gesicht.

Auf der Bank vor dem dreihundert Jahre alten Umgebindehaus sitzt seine Mutter mit einer Schüssel auf dem Schoß. Sie zieht von Rhabarberstangen die Haut ab und schneidet sie in Stücke. Sein Vater sitzt daneben und wechselt die Batterien seines kleinen Radios. Das Radio hat er immer dabei, wenn er im Garten ist.

Mama stellt die Schüssel beiseite und ruft laut: „Junge, das ist ja eine Freude. Komm herein. Oh, wie schön!" Dann drückt sie ihn fest an sich. Früher war es Alex peinlich, von seiner Mutter geherzt zu werden. Doch heute genießt er es. „Willst du einen Kaffee?", fragt sie.

Sein Vater widerspricht: „Quatsch. Der will ein Bier." Er legt den Arm um Alex und zieht ihn ins Haus.

Alexanders Augen suchen in jeder Ecke nach einem Hinweis auf Caro oder Laura. Nichts. Er fragt sich im Stillen: Hatte ich wirklich gedacht, dass sie hier sind? Laura muss zur Schule. Es ist ausgeschlossen, dass sie hier ist. Dennoch, ein Fünkchen Hoffnung hatte er.

Sein Vater öffnet ihm ein Bier und seine Mutter holt die gusseiserne Pfanne aus dem Schrank. Sie schneidet Speck in kleine Würfel, Zwiebeln auch und dann brutzelt sie, dass es im ganzen Haus duftet.

„Alex", beginnt sein Vater, „ich bin erstaunt, dass du Zeit für uns hast. Wir haben in der Zeitung gelesen, dass ihr einen entflohenen Sträfling jagt."

„Häftling", verbessert er seinen Vater.

„Habt ihr ihn schon?"

„Leider nicht. Woher weißt du davon?"

Sein Vater zieht eine Zeitung aus dem Zeitungsständer. „Hier, das stand heute in der Zeitung." Er schiebt Alex die aufgeschlagene Seite hin.

Alex liest: Gesucht wird der ... Der Artikel endet mit der Warnung: Wenn Sie Nick Schiffer sehen, ihm begegnen oder wissen, wo er ist, dann unternehmen Sie bitte nichts. Rufen Sie unter Wahrung aller Vorsicht die Polizei. Der Mann ist sehr gefährlich.

Seine Mutter dreht sich zu ihm um. „Ach Junge, du glaubst gar nicht, welche Sorgen ich mir mache. Was, wenn so ein Lump dir etwas antut. Der ist doch nicht nur für die Leute gefährlich. Der ist auch für dich eine Gefahr."

„Mama, das ist mein Job. Wir Polizisten haben alle eine gute Ausbildung. Wir wissen, wie man mit solchen Gefahren umgeht."

„Ja, das sagst du. Aber was war damals mit deinem Kollegen? Martin? Hatte der diese Ausbildung nicht?"

„Doch."

Seine Mutter hat jetzt wieder diesen Blick, den er schon als Junge gefürchtet hat. „Alex, wir haben unser Leben damit verbracht für euch zu sorgen. Unser einziges Ziel war es, dass ihr mal anständige Menschen werdet, die es weiterbringen und es besser haben, als wir. Es ist nicht richtig, wenn du dich Gefahren aussetzt. Das muss nicht sein. Ich hoffe noch jeden Tag, dass du dir irgendwann mal einen ruhigen und sicheren Beruf suchst. Wenn ich auf dieser Welt noch einen Wunsch habe, dann dass du die Polizei verlässt."

Alex steht auf und drückt seine Mama. „Das ist alles gut und richtig." Er sagt es und hat doch ein ganz anderes Gefühl. Schnell muss er das Thema wechseln. „Mama, wie geht es dir?"

Sein Vater hat die Zeitung wieder weggeräumt. Er lacht übers ganze Gesicht. „Sie war heute das erste Mal beim Friseur, seit sie die Perücke nicht mehr trägt."

Alex schaut ihre Haare an. „Jetzt bist du nicht mehr grau. Jetzt bist du weiß. Gefällt mir."

„Ist halt so...", sagt sie und zieht die Schultern hoch. Die Küche ist plötzlich gefüllt von Wehmut.

Alex hätte sich gern für diesen blöden Spruch entschuldigt. Die Eitelkeit seiner Mutter hat er bisher nie wahrgenommen. „Mama, egal, wie deine Haare sind, selbst als du gar keine hattest, du bist die Seele der Familie. Wir alle sind froh, dass du wieder gesund bist."

Sein Vater nickt und sagt: „Wir haben Zeiten erlebt, in denen alles andere wichtig war, ehe wir an uns denken konnten. Diese Krankheit hat die Zeit kostbar gemacht, die wir noch haben. Jede Stunde ist ein Geschenk, jetzt. Wenn sie nicht krank geworden wäre, hätten wir gedacht, dass wir unsterblich sind und alles auf später verschieben können. Doch die Zeit haben wir nicht. Die hat niemand. Auch du nicht, Alex. Du musst dir jetzt ein schönes Leben machen. Irgendwann ist es zu spät."

Würde der Speck in der Pfanne nicht brutzeln, wäre es totenstill in der Küche. Alexanders Mama schneidet gekochte Kartoffeln in Scheiben. Sie sagt: „Manchmal muss man nur die Aufgaben abarbeiten und hat keinen Spielraum für ein Leben." Sie wendet die Kartoffeln im heißen Fett und schlägt drei Eier auf. Gerne hätte sie gefragt, wie es Laura und

Caro geht. Sie fragt nicht. Wenn er allein kommt und keine Grüße von den beiden ausrichtet, dann gibt es dazu eine Geschichte, die er nicht erzählen will.

„Ach Junge", sagt sie, „manchmal muss man einfach nur durchhalten. Es kommen auch wieder bessere Zeiten."

Als ob sie mir ins Herz sehen könnte, denkt Alex. Der Trost, den ihm seine Eltern spenden wollen, hat die traurige Stimmung nicht gebessert.

Mit einem breiten Holzlöffel schiebt die alte Dame Bratkartoffeln mit Speck und Zwiebel, zusammengehalten von drei Eiern auf einen Teller. Dann hackt sie frische Petersilie aus dem Garten und streut sie darüber. Sie stellt den Teller vor Alex hin und sagt: „Lass es dir schmecken. Wir sind gerade fertig." Der Duft von Majoran steigt in Alexanders Nase und alle Trauer ist für diesen Augenblick vergessen. Es kommen auch wieder bessere Zeiten, denkt er, während seine Geschmacksnerven aufs Feinste beschäftigt sind.

„Wie geht es meinen Brüdern?", fragt Alex, um die Wehmut seiner Eltern zu vertreiben.

„Wenn wir das wüssten", sagt sein Vater. „Der eine ist ein Tagedieb. Man hört, dass er Geschäfte über die Grenze macht. Wenn er kommt, dann will er etwas. Manchmal will er hier etwas abstellen, mal soll ich ihm etwas reparieren. Wenn ich ihn frage, wo er lebt, sagt er: Bei einer Freundin."

„Und der andere?"

„Der ruft Ostern, Geburtstag und Weihnachten brav an, sagt, dass es ihm gut geht und verspricht, dass er mal zu Besuch kommt. Doch das letzte Mal, dass er hier war, ist Jahre her. Er lebt auch in Dresden. Hast du nichts von ihm gehört?"

„Das letzte Mal ist auch bei mir Jahre her. Er stand mit seinem Taxi neben mir vor einer roten Ampel. Wir sind dann auf einen Parkplatz gefahren und haben uns vielleicht fünf Minuten unterhalten. Es geht ihm gut. Er hat sein Auskommen. Ich habe ihn zu uns nach Hause eingeladen. Er hat sich gefreut. Doch eine Stunde vor der Verabredung hat er angerufen und abgesagt. Ich weiß nicht, warum. Seitdem habe ich nichts mehr von ihm gehört."

Alex merkt, dass es seinen Eltern schwer ums Herz ist. „Wer weiß, mit welchen Sorgen er euch nicht belasten will. Manchmal ist es eben so."

Seine Mutter spült die Pfanne von Hand. Den Teller räumt sie in den Geschirrspüler.

„Wir haben eine Reise gebucht", ruft sie von nebenan. „Das muss ich dir zeigen!" Als sie die Küche verlassen hat, zieht sein Vater eine Flasche Obstler aus dem Papierkorb und holt zwei Gläser. Er gießt voll. „Auf die Gesundheit, mein Junge."

„Ich sehe alles!", ruft es aus dem Nebenraum.

Dann kommt sie aus dem Wohnzimmer mit einem Reisekatalog.

Erst in der Dunkelheit ist Alex zu Hause in Hellerau. Er wünscht sich nichts sehnlicher, als dass in der Küche Licht ist, Caros Auto vor der Tür steht und sie ihn fragt: Wo warst du? Wir haben auf dich gewartet. Doch das Haus ist dunkel, das Auto ist nicht da und die Flurgarderobe ist noch immer komplett leer. Er ist allein. Er ruft auf beiden Handys an und eine Stimme antwortet: „Der Teilnehmer ist im Augenblick nicht erreichbar..."

„Das ist nicht fair!", brüllt er laut. Er bekommt keine Antwort.

Donnerstag

Als Alex am Donnerstag ins Polizeipräsidium kommt, brummt ihm der Schädel. Er hat gestern drei Gläser Rotwein getrunken um einzuschlafen. Er ist wütend und hilflos zugleich. Wenn er könnte, wie er wollte, würde er seinen Schreibtisch umstoßen, seine Waffe nehmen und den Fall auf seine Art lösen. Doch er ist ein deutscher Beamter, ein Familienvater und ein Wissender bezüglich deutscher Gesetze. Er hat ein Kind verloren, weil er es beschützen wollte und nun verliert er das andere, aus eben diesem Grund. Das kann er nicht riskieren. Also hält er den Dienstweg ein. Er geht, ohne seinen eigenen Computer zu starten, gleich zu Marion Vogel und sagt: „Mit höchster Dringlichkeit muss ich Hans-Jürgen sprechen."

„Komm rein, Alex", ruft Germer aus seinem Zimmer. „Was ist los? Du siehst elend aus."

„Meine Frau und meine Tochter sind verschwunden."

„Nein, das sind sie nicht. Sie sind in Sicherheit."

„Was? Du weißt...", Alex schnappt nach Luft.

„Alex, du hast entschieden, dass nichts passiert ist in deinem Haus. Wir - also du, ich und Pit - wissen, dass sehr wohl etwas passiert ist. Wenn du für dich die Sache allein regeln willst, dann bitte. Doch wir, die Institution der Polizei, tragen Verantwortung für die Öffentlichkeit. Deine Frau und deine Tochter stehen ebenfalls unter diesem Schutz. Ich habe sie aus der Gefahrenzone gebracht. Mehr ist nicht geschehen."

Alex ist knallrot im Gesicht. „Wo sind sie?"

Germer schüttelt den Kopf. „Wenn die Sache ausgestanden ist, kommen sie zurück. Versprochen."

„Dazu hast du kein Recht!"

„Doch! Und jetzt geh und besetz das Telefon. Das ist im Moment das Einzige, was du tun kannst, um der Sache dienlich zu sein."

„Julia, die Schlange, hat dir erzählt, was meine Privatangelegenheit ist."

„Alex, ein Wort gegen Julia und ich suspendiere dich."

Alex ist außer sich. Er tobt innerlich dermaßen, dass er fürchtet gleich umzukippen.

„Geh und besetze das Telefon! Mach deinen Job und du und ich kommen aus der Sache mit heiler Haut raus. Wir müssen den Kerl finden, ehe er noch einen umbringt. Ich habe für dich meine eigene Stellung riskiert. Ich hätte längst eine interne Ermittlung einleiten müssen. Jetzt bring uns beide nicht weiter in Schwierigkeiten. Sei froh, dass deine Frauen aus der Schusslinie sind."

„Aber wo?"

Germer schüttelt den Kopf und klopft mit den Knöcheln seiner Faust auf den Tisch. Ende der Debatte.

Im gleichen Moment treten Volkmann und Julia in Germers Dienstzimmer ein. Ihnen folgt ein Mann, den Alex nicht kennt.

Staatsanwalt Volkmann nickt nur zum Gruß und sagt: „Herr Polizeirat, wir haben hier ein Problem, das höchste Dringlichkeit in meinen Augen hat. Wir brauchen die Spurensicherung sofort."

Germer fragt: „Worum geht es?"

Volkmann bittet den Mann, dass er sprechen soll.

„Ich bin Bestatter und ich habe vor einigen Tagen eine Frau abgeholt", er nennt die Adresse. „Die Dame, Frau Müller, war mit Joghurt vergiftet worden. Sie erinnern sich?"

Alle nicken.

Germer fragt: „Woher wissen Sie von dem Joghurt bei Frau Müller?"

„Ich habe sie vom Krankenhaus in die Pathologie überführt und im Krankenhaus habe ich von der Geschichte gehört."

„Aha", sagt Germer.

„Gestern Abend bin ich zu einer Toten gerufen worden. Es war eine Frau von 78 Jahren. Die lag schon länger als eine Woche auf dem Boden vor ihrer Couch. Der Totenschein war auf ‚natürlichen Tod' ausgestellt. Ein Fenster war angekippt und die Fliegen hatten freien Weg zu dem Leichnam. Kein schöner Anblick. Ich habe meine Arbeit gemacht. Aber dann fiel mir ein, dass auf dem Couchtisch ein Joghurt stand. Als wir sie in den Sarg gelegt hatten, lag unter ihr ein Kaffeelöffel. Wahrscheinlich hat sie den kurz vor ihrem Tod benutzt."

Germer fragt: „Wo ist die Tote jetzt?"

„Bei mir in der Kühlung."

„Haben Sie schon irgendetwas mit ihr gemacht? Ausgezogen? Gewaschen?"

„Nein, gar nichts."

„Gut. Bringen Sie die Leiche sofort in die Gerichtsmedizin. Sie kennen die Adresse?"

„Natürlich."

„Bitte geben Sie Frau Kranz die Adresse, wo Sie die Frau abgeholt haben. Ich kümmere mich darum, dass die Kriminaltechnik unverzüglich dort eintrifft." Germer wendet sich an Julia: „Sichern Sie sofort die Wohnung."

Alex fragt zaghaft: „Soll ich das machen?"

„Wieso bist du noch hier? Du kümmerst dich um die Anrufer." Germers Blick lässt nichts anderes zu, als dass Alex jetzt sofort ans Telefon geht.

Alex kommt die Zeit bis zur Mittagspause endlos vor. Unzählige Anrufer wollen genau wissen, wo sich Nick Schiffer aufhält. Andere geben Tipps in der Art: Haben Sie schon mal daran gedacht, dass er mit dem Flugzeug geflohen sein könnte? Überprüfen Sie doch mal die Passagierlisten. Eine Frau meinte, dass sie einmal einen Krimi gelesen habe, in dem es genau darum ging, wie man untertaucht. Sie könne sich zwar nicht mehr an den Autor erinnern und den Titel hätte sie auch vergessen, doch dort würde ganz genau drinstehen, wie man vorgehen muss. Schließlich erkennt Alex eine Stimme. Er weiß im Augenblick noch nicht, wo er diese Stimme schon gehört hat. Sie fragt: „Na, Kommissarchen, ihr kriegt ihn wohl nicht? Hahaha." Aufgelegt. Es dauert ein paar Sekunden, dann weiß er es. Dieser Mann war der erste Anrufer, nachdem die erste Fernsehausstrahlung erfolgt war. Alex fährt sich durch die Haare. Ist das nun gut oder schlecht, fragt er sich. Er hat es schon mehrmals gehört, dass Täter oder Tatbeteiligte den Kontakt zu den Ermittlern suchen. Er selbst hat das noch nicht erlebt. Aber in jedem dieser Fälle ergaben sich daraus neue Ermittlungsansätze. Alex wertet es positiv. Was, wenn das Nick Schiffer selbst war?

Alex schaltet die Rufumleitung auf sein Handy ein. Dann geht er Mittagessen. Es gibt Sülze mit Remoulade und Bratkartoffeln, hinterher rote Grütze.

Das Telefon lässt ihn auch hier nicht in Ruhe.

Gegen Nachmittag muss sich Alex zusammenreißen, dass er nicht unfreundlich wird.

Ein Mann fragt: „Was geschieht mit diesem Schiffer, wenn Sie ihn endlich haben? Schließlich ist bekannt gegeben worden, dass er eine Gefahr für die Öffentlichkeit sei. Das muss doch irgendwelche Konsequenzen haben!"

Alex reißt sich zusammen und sagt: „Ja, das wird es. Doch was und in welchem Maße, wird der Richter entscheiden."

„So einer sollte aber vorher Ihren Gummiknüppel zu spüren kriegen, verstehen Sie?"

„Vielen Dank für Ihren Hinweis", sagt Alex und lässt die nächsten Anrufer in die Einsatzzentrale umleiten. Er kann nicht mehr.

Es ist nach fünf Uhr. Er fährt nach Hause in sein einsames Haus.

Freitag

Julia hat an diesem verregneten Morgen überlegt, ob sie die zwei Haltestellen zum Präsidium mit der Straßenbahn fährt. Sie hat letzte Nacht zu wenig geschlafen und viel zu viele Themen im Kopf gehabt, die ihr viel zu viel Inspiration gebracht hatten. Obwohl sie noch lange nicht fit für den Job ist, freut sie sich auf den heutigen Abend.

Schließlich ist sie – diszipliniert, wie sie ist – doch gelaufen. Sie hat die Schritte gezählt und ist enttäuscht, dass sie keinen neuen Rekord aufgestellt hat. Noch bevor sie ihr Dienstzimmer aufschließt, besucht sie den Kaffeeautomaten und zapft den Extrastarken. „Moin, Papa", grüßt sie das Bild ihres Vaters leise.

Der Jingle ihres Computers verrät ihr, dass es Neuigkeiten gibt. Obduktionsbericht und Bericht der Spurensicherung. Sie beginnt mit der Leichenschau. Sie liest die Daten der Frau Karin Fröbel, 78 Jahre alt. Sie war auf Hinweis des Bestatters in die Gerichtsmedizin überstellt worden. Guter Allgemeinzustand, aber bereits deutliche Verwesung. Die Frau war komplett bekleidet. Allein die Beschreibung der Kleidung umfasst eine ganze Seite. Der zehn Seiten lange Bericht endet damit, dass man das Gift Parathion im Magen der Toten Seniorin gefunden hat. Das Gift ist in reiner Form, also unvergällt, nachgewiesen worden. Auf dieses Gift wird die Todesursache festgelegt. Frau Karin Fröbel wurde vergiftet!

Julia braucht ein paar Sekunden um zu begreifen, was das bedeutet. Frau Martina Müller, die ebenfalls mit Parathion vergiftet wurde, ist kein Einzelfall. Das würde auf diesen Fall ein ganz anderes Licht werfen. Was, wenn es da einen Zusammenhang gibt?

Julia öffnet die Datei aus der Kriminaltechnik. Sie liest diagonal. Der Zustand der Wohnung wird beschrieben. Es hat keinen Kampf gegeben. Die Wohnungstür war ordnungsgemäß verschlossen und der Schlüssel steckte innen in der Tür. Die vorhandenen Medikamente wurden genau beschrieben. Nichts, was untypisch für eine 78jährige wäre. Auf dem Couchtisch stand ein Glas Fruchtjoghurt, ein kleines Einwegglas mit Bügelverschluss. Im Deckel des Glases befand sich ein Tropfen Sekundenkleber. Der Name eines Bio-Produzenten mit eigener Vermarktung über einen Hofladen wird genannt. Julia muss nicht nachschlagen. Sie weiß sofort, dass es die gleiche Situation ist, wie bei Martina Müller in der Wohnung ihrer Schwester. Julia würde jetzt normalerweise zu Alex gehen und ihm Bericht erstatten. Doch Germer hat es ihr ausdrücklich untersagt. Nur ungern geht sie zu Germer. „Gehe nicht zu deinem Fürst, wenn du nicht gerufen würst!" Das hatte einst ihre Oma zu ihr gesagt und die wusste genau, worauf es ankam.

Germer scheint sie schon zu erwarten. „Ich habe Volkmann schon benachrichtigt. Er muss die Ermittlungen zum Fall Müller noch einmal aufnehmen. Soviel ich weiß, wurde bisher keine Anklage erhoben. Es ist ja gerade ein paar Tage her, dass die Ermittlungen abgeschlossen wurden."

„Herr Kriminalrat, soviel ich weiß, liegt die verdächtige Schwester Wanda Wiesner noch immer im Haftkrankenhaus. Wir sollten den Staatsanwalt darauf aufmerksam machen. Er sollte ihre Haftentlassung anordnen."

„Unbedingt. Tun Sie das sofort."

„Kann in diesem Fall Alex nicht wieder ermitteln? Dabei ist er doch nicht persönlich betroffen."

Germer schüttelt den Kopf. „Alex nicht zu suspendieren, nachdem was vorliegt, ist schon ein Risiko für mich. Er hat sich mir anvertraut und ich verstehe ihn. Dennoch ist sein Verhalten nicht in Ordnung. Ich kann nichts riskieren. Deshalb werden Sie in dem Fall allein ermitteln."

Julia gefällt das nicht. Sie fürchtet sich nicht vor dieser Arbeit. Was ihr fehlt, ist der Gedankenaustausch. Oft nimmt einer etwas wahr, was der andere völlig anders einschätzt. Julia hat keine Wahl.

„Womit soll ich beginnen?"

„Das Umfeld. Nachbarn, Verwandte, Freunde sind am wichtigsten. Die Kriminaltechnik bearbeitet die Telefonkontakte und Anruflisten. Das wird bis Mittag vorliegen. Alte Leute haben meist ein handschriftliches Telefonbuch. Das sollten Sie finden in der Wohnung."

„Ja."

Diesmal klopft Germer nicht mit den Knöcheln seiner Faust auf den Tisch. Er sagt: „Wenn Sie etwas haben, dann will ich das sofort wissen. Sie haben meine Durchwahl?" Er deutet auf das Telefon auf seinem Schreibtisch.

„Ja. Darf ich die benutzen?"

„In diesem Fall unverzüglich."

Germer lässt Alex kommen. „Alex, was haben die Hinweise bisher gebracht?"

„Nichts, was einen Ansatz bieten könnte. Vielleicht eine Anruferin. Sie will ihn im Auto gesehen haben, an einer Straßenbahnhaltestelle. Wir wissen, dass er ein Auto hat und die Aussage ist durchaus glaubwürdig. Doch sie kann nicht sagen, wohin er gefahren ist, weil die Straßenbahn an dieser Ampel Vorrang hatte. Eigentlich haben wir nichts. Einer ruft jeden Tag an und provoziert, dass Schiffer zu schlau für uns sei."

„Alex, das habe ich erwartet. Der Kerl hat Erfahrungen mit unseren Möglichkeiten. Es ist Sommer, das ist für Schiffer ein Vorteil. Wenn es Winter wäre, müsste er eine warme Unterkunft finden. Der kann jede Nacht woanders schlafen, bei der Bahnhofsmission duschen und essen."

„War da nicht ein Ansatz, dass er bei seinen ehemaligen Mitgefangenen sein könnte?"

„Das haben wir überprüft. Er war nicht dort."

„Habt ihr die Wohnungen auf Spuren von Schiffer untersucht?"

Germer schüttelt den Kopf. „Nichts. Ach Alex, wir müssen den Kerl fangen, nicht jagen. Deshalb brauchen wir endlich Erfolg versprechende Hinweise. Die Fernsehsendung letztens hat nur Leute angesprochen, die tagsüber Zeit haben. Wir müssen den Kreis erweitern."

„Hans-Jürgen, tu mir das nicht an!"

„Doch! Um vierzehn Uhr wird für die Sendung ‚Kripo aktuell' ein Beitrag aufgezeichnet. Du musst um dreizehn Uhr dort sein. Schminken, Lichtprobe und so weiter, du kennst das ja. Hier ist dein Text."

„Was soll das bringen?"

„Wir müssen eine andere Bevölkerungsschicht erreichen. Die Sendung wird am Sonntag vor den Abendnachrichten ausgestrahlt. Da schauen andere Leute zu, als wochentags am Nachmittag."

„Noch mehr Leute, die nach einer Belohnung fragen." Er verdreht die Augen.

„Alex, das ist deine Aufgabe. Du kannst dich weigern. Dann schicke ich jemand anderes. Doch dann gibst du sofort die Waffe und den Dienstausweis ab und gehst nach Hause. Die Entscheidung liegt bei dir."

Alex nimmt das Papier und geht.

Er ruft Caro und Laura an. Zweimal hört er: „Der Teilnehmer ist im Augenblick nicht erreichbar…"

Alex ist heute der erste, der in der Kantine zu Mittag isst. Linseneintopf! Das ist eines seiner Lieblingsessen. Er rührt in der Suppenschüssel. Sein Löffel fördert außer den Linsen gebratene Wurst, Kartoffelstücke, Möhrenscheiben, saure Gurke und als Gewürz Bohnenkraut an die Oberfläche. Süß und sauer. So liebt er es. Den Nachtisch, ein Stück Streuselkuchen, wird er mit an seinen Schreibtisch nehmen. Dazu wird er sich einen Kaffee vom Automaten holen. Der Kaffee in der Kantine ist um Welten besser, doch es ist bei Strafe verboten, dass die Kollegen Geschirr davontragen.

Julia hat das Telefonbuch von Karin Fröbel gefunden. Es lag im Flur, gleich neben dem Telefon. Sie blättert es durch. Vornamen, Telefonnummern und bei manchen die Geburtstage. Wer von diesen Leuten ein Freund oder ein Verwandter ist, geht aus den Aufzeichnungen nicht hervor. Julia steckt das kleine Büchlein ein und schaut sich in der Wohnung um. Der Flur ist schmal. Auf beiden Seiten stehen Bücherregale, bis zur Decke und jedes Regalbrett ist lückenlos mit Büchern gefüllt. Die eine Seite ist voller Krimis, die andere gefüllt mit Büchern über gesunde Ernährung und natürliche Heilmethoden. Der Leichengeruch in der Wohnung ist noch immer so intensiv, dass Julia ihre Nase in den Stoff ihres Jackenärmels vergräbt, wenn sie Luft holen muss.

Vor dem Wohnzimmerfenster steht der Schreibtisch der alten Dame. Unter einer gläsernen Kugel zum Beschweren von Briefen liegt eine Eintrittskarte zu einer Messe für gesundes Leben. Die Messe ist in zwei Wochen. Überall liegen geordnet Bücher. Manche sind auf Regalbretter gestellt, andere in Stapeln auf dem Boden. Julia sucht nach einem Fernsehgerät. Frau Fröbel hat keins. Sie findet auf einem kleinen Tischchen einen Laptop. Er ist nicht passwortgeschützt. Julia schaut sich an, was sie darauf gespeichert hat. Unzählige E-Books. Die meisten zum Thema alternative Medizin. Julia überlegt: Ob sich die beiden toten Frauen gekannt haben? Gab es eine Schnittstelle, einen gemeinsamen Bekannten, ein Projekt an dem beide beteiligt waren? Sie kann nichts erkennen. Der einzige gemeinsame Punkt ist der Biohof. Auf dem haben sowohl Frau Wiesner und auch Frau Fröbel eingekauft. Julia schüttelt den Kopf. Ob Frau Fröbel den Joghurt selbst gekauft hat, ist noch nicht bewiesen. Vielleicht hat ihr jemand das Glas geschenkt? Zwischen den Wohnungen der betroffenen Frauen liegen ungefähr sechs Kilometer.

Julia geht in den zweiten Raum dieser Wohnung. Das Schlafzimmer. Das Bett ist ordentlich gemacht. An den Wänden stehen Bücherregale.

Der Kleiderschrank ist nur mit Kleidung aus ökologischer Herstellung gefüllt. Auf der Rückseite der Schlafzimmertür klebt ein Plakat mit Übungen zur Kräftigung der Wirbelsäule. Diese Übungen hat die Frau wahrscheinlich auf ihrem Bettvorleger gemacht. Julia geht mit ihrem Handy durch die Wohnung und fotografiert, was ihr interessant erscheint. Dann nimmt sie den Laptop und das kleine Telefonbuch, versiegelt die Wohnung und klingelt an der Tür nebenan.

Eine Dame, etwa genauso alt wie Frau Fröbel, öffnet die Tür.

Julia hält ihren Ausweis hoch. „Guten Tag", sie stellt sich vor und fragt: „Ich brauche ein paar Informationen zu Frau Fröbel. Können Sie mir da helfen?"

Die Dame nickt und gibt die Tür frei. „Was wollen Sie denn wissen? Ist irgendetwas nicht in Ordnung?"

„Es besteht der Verdacht, dass Frau Fröbel eines nicht natürlichen Todes gestorben ist. Kannten Sie Ihre Nachbarin etwas näher?"

„Ja und nein. Wir haben manchmal miteinander geredet und ein paar Mal haben wir gemeinsam Kaffee getrunken. Ich wohne noch nicht so lange hier, als dass ich sagen könnte, wir waren befreundet."

„Wissen Sie, ob Frau Fröbel Feinde hatte?"

„Nein. Sie war ein wenig eigenbrötlerisch. Es dauerte lange, ehe sie zu jemand Vertrauen gefasst hat. Doch Feinde, nein. Nicht, dass ich wüsste."

„Hat sie mit jemandem im Streit gelebt?"

Kopfschütteln, dann sagt die Dame: „Sie war eine Gesundheitsnärrin. Sie hat jeden missioniert, der Schulmedizin nicht zu sehr zu vertrauen. Man solle doch seinen eigenen Weg der Heilung suchen."

Julia schmunzelt. Hat sie das nicht schon einmal gehört? Gestern Abend?

„Hatte sie Verwandtschaft?"

„Einen Sohn, glaube ich. Der ist aber in die Schweiz gegangen, der Arbeit wegen. Sie hat mit ihm ab und zu telefoniert, wie sie sagte."
„Wie heißt der?"
„Mario, glaube ich."
„Wissen Sie, ob Frau Fröbel eine gute Freundin hatte, eine Vertraute?"
„Ich glaube, dass ich ihre Freundin war."
„Wissen Sie, wo Ihre Nachbarin für gewöhnlich ihre Einkäufe erledigte? Hatte sie Geschäfte, in denen sie regelmäßig eingekauft hat?"
„Ach, wissen Sie, sicher hatte sie das. Sie war sehr rituell in ihrem Alltag. Doch ich habe mich dafür nicht interessiert. Ich war nie mit ihr einkaufen und ich habe sie nie danach gefragt."
„Haben Sie gehört, ob sie in den letzten Tagen Besuch hatte? Hat ihr jemand Lebensmittel gebracht?"
Die Frau zieht die Schultern hoch. „Kann sein, oder nicht. Ich habe mein eigenes Leben. Ich gehe an die Tür, wenn jemand klingelt. Aber ich lausche nicht, was hinter anderen Türen vor sich geht."
„Bitte, egal was Ihnen einfällt, rufen Sie mich an. Es ist wirklich wichtig für die Ermittlungen."
„Was ist denn eigentlich geschehen? Wurde sie erschlagen?"
„Vergiftet, wahrscheinlich."
„Oh, Gott. Die Arme."

Julia fährt zurück ins Präsidium.
Germer hört ihr geduldig zu, als sie von der Wohnung berichtet. Er nickt. „Gut, Frau Kranz. Den Bericht möchte ich heute noch von Ihnen. Besonders den Bio-Joghurt, der bei beiden Frauen gefunden wurde, heben Sie in dem Bericht hervor. In einer halben Stunde erwarte ich Sie wieder hier. Beeilen Sie sich. Es gibt noch einen weiteren Ermittlungsansatz." Julia versteht. Sie braucht nur fünfzehn Minuten für den Bericht.

Sie ruft Germer an, dass sie fertig ist. Der kommt sofort zur Sache. „Dr. Volkmann vermutet die gemeinsame Schnittstelle der vergifteten Frauen beim Hersteller dieses Bio-Produktes."

Logisch, denkt Julia und ärgert sich ein wenig, dass sie diese Idee nicht selbst ausgesprochen hat.

„Frau Kranz, wir müssen jetzt dieser Spur den Vorrang geben. Aber gleichzeitig müssen wir alle Bestatter im Umfeld informieren und befragen. Machen Sie ein Merkblatt mit den Auffinde-Situationen fertig, mit denen wir die Bestatter in Dresden und Umgebung über die beiden Fälle informieren. Sie sollen uns sofort mitteilen, wenn es ähnliche Situationen gegeben hat. Wenn dieser Bio-Hof vergifteten Joghurt verkauft, dann wird es mehr als zwei Fälle geben."

„Verzeihung, aber sollten wir nicht als erstes diesen Verkäufer, den Bio-Hof, dicht machen? Wer weiß, wie viele Leute sich dort noch den Tod einkaufen."

„Die Kollegen sind schon unterwegs. Wenn Sie das Merkblatt fertig haben, dann schicke ich ein paar Kollegen zu den Bestattern. Sie fahren dann umgehend zu dem Bio-Bauern."

Julia geht in ihr Dienstzimmer, startet ihren Computer und gestaltet eine Seite mit Bildern und Angaben. Das Foto des Joghurtglases fügt sie ein, dann beschreibt sie die beiden Toten und ihre Auffinde-Situation. Mit dreißig Kopien unterm Arm und einer Liste von Bestattungsunternehmen geht sie in Germers Vorzimmer und überreicht es Marion Vogel. Sie meldet ihr, dass sie auftragsgemäß zum Bio-Hof Stephan Schnabel ins östliche Dresdner Vorland fährt, um den Chef des Hofes zu befragen.

Julia sieht Hügel, Felder in frischem Grün und diesen uralten Drei-Seiten-Hof auf der Anhöhe. Schon von weitem sieht man, ob der Hofladen geöffnet ist, oder nicht. Auf dem Parkplatz vor dem Anwesen ist der

Parkplatz dann voll mit Autos und Fahrrädern. Hinter dem Hof sind eine große Gänsewiese und ein Hühnergehege. Vor dem Hof stehen drei zivile Einsatzfahrzeuge ihrer Kollegen. Kein Blaulicht. Nur Julia erkennt, dass es sich um einen Polizeieinsatz handelt. Eine Katze sitzt neugierig auf einem Fensterbrett und beobachtet, was geschieht. Julia stellt ihr Auto ab.

Im Büro des Ladengeschäftes liest der Eigentümer Stephan Schnabel den richterlichen Beschluss, dass dieses Geschäft zu schließen ist und der gesamte Warenbestand beschlagnahmt ist. Eine ältere Frau steht hinter ihm und liest über seine Schulter mit.

„Das muss ein Irrtum sein."

Julia schüttelt mit dem Kopf. Sie nickt dem Kollegen zu, der das Einsatzteam leitet. Dann setzt sie sich zu Stephan Schnabel. Sie stellt sich vor und fragt: „Sie haben gelesen, warum wir hier sind?"

„Ja, aber ich verstehe es nicht." Er hält ihr das Schreiben hin. „Was wollen Sie von mir?"

„Zwei Frauen sind gestorben, nachdem sie Fruchtjoghurt gegessen haben, der aus Ihrem Geschäft stammt. In beiden Fällen enthielt das Milchprodukt das Pflanzenschutzmittel Parathion. Die Gläser waren beide mit einem Klebstoff zwischen Glas und Deckel verschlossen. Das ist eine bewusste Manipulation. Wir gehen von Vorsatz aus."

„Damit habe ich nichts zu tun! Das kann jeder gewesen sein, aber nicht bei mir auf dem Hof!"

Julia fällt ihm ins Wort: „Ich teile Ihnen jetzt mit, dass Ihr gesamter Warenbestand zwecks Untersuchung beschlagnahmt ist. Wir werden alle Produktionsräume und Zutaten untersuchen."

Stephan Schnabel ist fassungslos: „Wissen Sie, was das für mich bedeutet? Das können Sie mir nicht antun. Ich bin ruiniert. Jahrzehnte habe ich mit meiner Familie diesen Hof aufgebaut. Alles vorbei! Von einer

Minute auf die andere: Beendet, mit diesem Zettel." Stephan Schnabel ist die Verzweiflung anzusehen.

„Ich verstehe Sie, Herr Schnabel. Aber zwei Menschen sind ums Leben gekommen, weil sie Ihren Joghurt gegessen haben. Wir können kein Risiko eingehen."

„Glauben Sie, dass ich meine eigene Kundschaft vergifte? Das ist doch absurd!"

Julia nickt. „Was meinen Sie?"

„Das Gift muss jemand in die Gläser getan haben, nachdem wir sie verkauft hatten. Hier ist das nicht passiert. Das schwöre ich."

„Herr Schnabel, wie viele Leute arbeiten bei Ihnen und wo halten sie sich jetzt gerade auf?"

„Wir sind insgesamt 6 Leute. Meine Mutter, ich und vier Angestellte. Drei von denen sind hier irgendwo beschäftigt. Einer ist krank. Unfall."

„Machen Sie mir bitte umgehend eine Liste mit den Namen und den Tätigkeiten. Dann brauche ich eine Liste mit den Lieferanten. Gibt es Großabnehmer, zum Beispiel Hotels, die regelmäßig bei Ihnen einkaufen? Stammkunden? Wir müssen davon ausgehen, dass es vielleicht noch mehr Opfer gibt."

Die Frau hinter Stephan Schnabel, offenbar seine Mutter, nickt und sagt: „Ich mache die Liste. Es dauert nicht lange."

„Gut", sagt Julia zu ihr und dann zu dem Inhaber: „Bitte, zeigen Sie mir, wo im Geschäft dieser Fruchtjoghurt im Regal steht."

Der Mann geht voran und Julia folgt ihm. Einen Bio-Laden hatte sich Julia völlig anders vorgestellt. Holzregale und Handgestricktes, Zwiebelzopf und Blumentöpfe. Das hier ist etwas anderes. Sie schätzt den Verkaufsraum auf 150 Quadratmeter. Lange Reihen mit Kühlregalen. Darin liegen frisch geschlachtetes Geflügel, Rind- und Schweinefleisch, Kräuterbutter in vielen Varianten und meterlange Kühltheken mit Milchprodukten. Sie schaut auf die kleinen Einkochgläser mit den

Bügelverschlüssen. Joghurt mit Nüssen, mit Oliven, mit Erdbeeren und schließlich der Fruchtjoghurt. Er steht ganz am Ende der Reihe, etwa in Höhe ihres Bauches. Sie betrachtet die Umgebung. Auf der anderen Seite der Gangreihe stehen Weinregale mit fester Rückwand. Diese Ecke ist nicht einsehbar, wenn man nicht unmittelbar danebensteht. Hier kann man unbeobachtet etwas unter der Jacke verschwinden lassen und genauso unbeobachtet später, mit Gift versetzt, wieder ins Regal stellen. Julia schaut, ob irgendwo eine Kamera angebracht ist, um solche unübersichtlichen Ecken einzusehen. Sie findet keine. „Wie überwachen Sie diese Ecke? Welche Sicherungen haben Sie gegen Ladendiebstahl?"

„Keine. Wenn hier jemand herkommt, dann weiß er unsere Angebote zu schätzen und klaut nicht."

„Gute Einstellung", lobt Julia. „Sind Sie in allem so vertrauensvoll?"

„Grundsätzlich schon. Die Welt wird nicht besser, wenn wir uns gegenseitig misstrauen. Wenn es einer nötig hat, dass er klauen muss, dann ist das ein armes Schwein. Hier kommen nur wenige arme Schweine her. Wer hier einkauft, der weiß warum. Klaut er aber, um sich an mir zu bereichern, dann soll es ihm im Halse stecken bleiben."

Julia zuckt.

„Nein, nicht, was Sie denken. Ich meine nur, dann ist das nicht in Ordnung."

Julia geht die Reihen der Warenregale ab. Riesige Werte stehen hier. All das wird nun auf Parathion untersucht. Sie weiß nicht, was sie mehr erschreckt: Ist es die bevorstehende Arbeit der Kollegen von der Kriminaltechnik oder ist es der Verlust, den der Bio-Bauer erleiden wird?

Als ob er ihre Gedanken gelesen hätte: „Wollen Sie wirklich jede Dose und jede Flasche öffnen?"

„Das kann ich noch nicht sagen. Die Milchprodukte auf jeden Fall."

„Wie soll ich bis morgen das Sortiment ersetzen?"

„Sie werden bis morgen gar nichts ersetzen."

„Sie müssen mir glauben, dass ich mit dieser Giftsache nichts zu tun habe. Das Gift ist nicht hier in die Gläser gekommen. Das schwöre ich Ihnen."

„Herr Schnabel, das will ich Ihnen sogar gern glauben, doch davon haben Sie nichts. Es gibt eine Untersuchung und das Ergebnis wird sich aus Fakten zusammensetzen. Wenn der Richter überzeugt ist, dass Sie mit der Sache nichts zu tun haben und auch das Gift nicht hier in die Ware gekommen ist, dann dürfen Sie weitermachen. Wenn der Richter davon überzeugt ist, dass dieser Bio-Laden eine Gefahr für die Allgemeinheit darstellt, dann wird hier nie wieder etwas verkauft werden."

„Darf ich fragen, wer die Opfer waren?"

„Zwei Seniorinnen, die beide die gleiche Sorte aus Ihrem Sortiment gegessen haben."

„Vielleicht haben sie sich gegenseitig…"

„Wir werden das untersuchen."

„Wie lange wird das dauern?"

„Schwer zu sagen…"

„Bitte, das darf nicht an die Öffentlichkeit gelangen. Wenn das jemand erfährt, dass hier die Polizei ermittelt, dann kann ich mich gleich selbst umbringen. Versprechen Sie mir, dass Ihre Untersuchungen absolut diskret durchgeführt werden."

„Ich verspreche Ihnen gar nichts. Wir untersuchen zwei Tötungsdelikte. Nichts hat höhere Priorität."

Stephan Schnabel ist kreidebleich. „Es darf niemand erfahren. Das wäre das Ende für uns alle."

„Wieso? Was kann schlimmer sein, als zu wissen, dass jemand durch Ihre Ware zu Tode gekommen ist?"

„Sie würden es nicht verstehen."

„Herr Schnabel, wir müssen Sie befragen und Ihre Aussage zu Protokoll nehmen. Dazu müssen Sie mich zur Dienststelle begleiten. Ich kann Ihnen nicht sagen, wann Sie wieder hier sein werden. Das ist die Entscheidung des Richters. Ich gebe Ihnen jetzt eine halbe Stunde Zeit, damit Sie Ihre Angelegenheiten regeln können." Julia winkt einen Kollegen vom Einsatzteam heran. „Mein Kollege wird Sie begleiten. Sollten Sie versuchen zu flüchten, wird das Ihre Lage nicht verbessern."

Dann wendet sich Julia wieder dem Regal mit den Milchprodukten zu und fotografiert mit ihrem Handy. Sie geht durch den Ladenraum und macht aus jeder Position Bilder. Als sie fertig ist, ruft sie den Leiter des Einsatzteams. „Wann wird die KT hier eintreffen?"

„Sie müssten längst hier sein."

„Wenn Herr Wilhelms eintrifft, dann zeigen Sie ihm bitte dieses Regal und sagen Sie ihm, dass in dieser Sorte das Gift war." Julia zeigt auf die Stelle. Sie schaut auf ihre Uhr und sagt: „Stephan Schnabel sollte in 15 Minuten fertig sein. Bringen Sie ihn dann ins Polizeipräsidium zur Vernehmung. Ich fahre schon voraus. Vielen Dank, Kollege."

Wie beim Militär, denkt Alex, als er geschminkt und gut vorbereitet im Fernsehstudio sitzt. Man wartet, und wartet und dann geschieht alles im Bruchteil einer Sekunde. Der Unterschied ist nur, dass man nicht um sein Leben fürchten muss. Notfalls muss die Aufzeichnung noch einmal gemacht werden. Es ist kurz vor vier Uhr, als Alex endlich seinen Text aufsagen darf. Zweimal ruft jemand „Stopp, stopp, stopp!" Einmal gab es einen Schatten und einmal war das Mikrofon im Bild. Dann hat sich Alex noch versprochen. Er korrigiert sich und macht einfach weiter. Der Moderator fragt ihn noch einiges und Alex antwortet. Zehn Minuten später ist alles fertig. Er wischt sich die Schminke aus dem Gesicht und fährt nach Hause. Unterwegs führt er ein Selbstgespräch: „In drei Tagen ist am Telefon die Hölle los und ich habe kein Mittel, um das zu verhindern. Im Gegenteil! Ich habe noch die komplette Menschheit aufgefordert, mich anzurufen. Irgendwo sitzt der Schiffer und lacht sich kaputt.

Meine Frau und meine Tochter mussten vor mir in Sicherheit gebracht werden. Mein Sohn geht lieber in den Knast, als sich von mir helfen zu lassen. In meinem Haus spukt es und ich befürchte, dass Laura als Geisel genommen wird, wenn wir diesen Schiffer verhaften wollen. Mein bester Freund ist gestorben für diese Scheiß-Gangsterjagd und ich kann machen, was ich will, es geht alles schief." Alex fährt auf den Parkplatz eines Baumarktes. Er schließt alle Fenster seines Autos, stellt den Motor aus und flucht, dass er selbst fürchtet, die Erde tut sich auf und verschlingt ihn. Dann geht er hinein und kauft neue Schlösser für die Haustür und die Kellertür seines Hauses. Als er wieder in seinem Auto sitzt, verwirft er den Plan mit den Schlössern. Was, wenn Caro und Laura zurückkommen? Sie stehen dann vor verschlossenem Haus und ihre Schlüssel passen nicht mehr. Nein. Ich kann die Schlösser nicht austauschen. Nicht jetzt, denkt er.

Julia wird im Polizeipräsidium schon erwartet. Germer fragt, was der Stand der Ermittlungen ist. Julia berichtet. Sie will sich noch ein paar Notizen niederschreiben und die Befragung des Bio-Bauern vorbereiten. Germer schüttelt den Kopf. „Nicht heute. Ich will erst abwarten, was die Spurensicherung findet. Wenn es noch weitere vergiftete Lebensmittel gibt, dann ist der Ansatz ein anderer. Machen Sie die Aufzeichnung von heute noch fertig und dann ist Feierabend. Wir werden heute nichts erreichen, was uns weiterbringt."

Julia ist froh, dass sie noch etwas Freizeit haben wird. Sie braucht nur ein paar Minuten, um die Fotos herunterzuladen und den Bericht zu schreiben.

Sonnabend

Julia kommt gerade noch pünktlich. Auch gestern hat sie wieder bis spät in die Nacht philosophiert. Gespräche, wie sie selten sind. Als sie endlich auf die Uhr geschaut hat, war ihr bewusst, dass sie müde sein wird, wenn das nächste Mal der Wecker klingelt. Doch sie konnte nicht ins Bett gehen. Es war wirklich interessant. Jetzt fürchtet sie, dass sie Alex am Kaffeeautomaten begegnet. Auf Alex hat sie heute überhaupt keinen Bock. Er tut ihr leid. Doch sie kann ihm nicht helfen. Es trifft sie bis in Herz, ihn so leiden zu sehen. Als sie an seiner Tür vorbei geht, hört sie ihn drinnen telefonieren. Sie beeilt sich, so schnell wie möglich wieder in ihrem jetzigen Dienstzimmer zu verschwinden. Sie fährt ihren Computer hoch und sieht sofort, dass die Kollegen gestern Abend und in der Nacht noch fleißig waren. Die Spurensicherung hat eine vorläufige Zusammenfassung der Untersuchungen auf dem Bio-Hof geschickt. Der Test der Milchprodukte hat ergeben, dass es ein weiteres Joghurtglas mit Parathion gab. Es war das erste Glas von vieren im Regal. Wieder war es mit einem Tropfen Sekundenkleber im Deckel verschlossen. Das gleiche Bild bot sich nun zum dritten Mal. Der Rest der Milchprodukte war noch nicht abschließend untersucht, so dass man seitens der Kriminaltechniker noch nicht sagen kann, ob es weitere betroffene Produkte gibt. Doch auf jeden Fall ist ein Zusammenhang eindeutig zu sehen: Zu den beiden vergifteten Frauen ist das Geschäft, aus dem die beiden Joghurtgläser stammen, der gemeinsame Ausgangspunkt.

Julia öffnet den zweiten Bericht der Kollegen, die gestern bei den Bestattern die Infoblätter verteilt hatten. Drei Kollegen in Uniform waren unterwegs und haben die Bestatter zwischen Radebeul und Pirna befragt, ob sie sich an Verstorbene erinnern, die zum einen die typischen Merkmale hatten, wie Schaum vorm Mund, Körperstellungen, die auf einen heftigen Todeskampf schließen ließen und eben jenes Joghurtglas, das nun schon drei Mal mit dem Gift versehen war, das letztlich unweigerlich zum Tode führt. Drei Bestatter haben diese Frage mit Ja beantwortet. Einer gleich zweimal. Doch in allen Fällen waren die toten Körper bereits eingeäschert worden. Julia schaut auf die Namen und die Daten der Beisetzung. Die Todesfälle lagen in den letzten drei Wochen. Julia greift zum Telefon und ruft die Bestatter an. Sie braucht die Adressen der Toten. Es dauert keine halbe Stunde.

Mit dem letzten „Dankeschön" am Telefon steckt Marion Vogel den Kopf zur Tür herein. „Der Chef will Sie sprechen, gleich."

In Germers Zimmer sitzt der Staatsanwalt Dr. Volkmann und er ist bereits in reger Diskussion mit Germer. Der fragt Julia: „Sie haben den Bericht der KT gelesen?"

Julia nickt.

„Dann werden Sie sicher unserer Meinung sein, dass das Parathion nicht durch den Hersteller in die Gläser gekommen ist. Der hätte die Gläser nicht geöffnet und dann mit Klebstoff wieder verschlossen. Der hätte wahrscheinlich das Gift vorm Vakuumverschließen zugesetzt."

Julia überlegt einen Augenblick. „Ja. Wahrscheinlich. Wo wird dieser Joghurt denn hergestellt? Macht der Schnabel den selbst?"

„Das müssen wir noch ermitteln."

Julia notiert sich diese Frage. „Ich habe vor dem Regal gestanden, wo dieser Joghurt angeboten wird. Das ist eine unübersichtliche Ecke. Wenn dort jemand etwas entnimmt oder wieder hinstellt, sieht das niemand. Keine Spiegel, keine Überwachung. Ich denke, dass wir dort ein alt bekanntes Muster wiederfinden."

Germer fällt ihr ins Wort: „Frau Kranz, es ist davon auszugehen, dass der Bio-Hof Schnabel erpresst wird. Das hat es schon einige Male gegeben, dass man Supermarkt-Ketten mit solchen Giftanschlägen erpresst hat. Seit die Banken kein Geld mehr in den Tresoren haben, suchen sich die Räuber eben andere Opfer."

Julia nickt. „Das ist die logische Erklärung für diesen Klebstoff."

Volkmann fragt: „Was sagt dieser Stephan Schnabel dazu?"

Germer antwortet: „Wir haben ihn noch nicht befragt. Wir wollten erst einmal die Untersuchungsergebnisse abwarten."

„Gut", sagt Volkmann, „Das ist ja nun geschehen und wir wissen, dass es einen Zusammenhang zwischen den vergifteten Frauen und dem Hofladen Schnabel gibt. Wir sollten ihn jetzt damit konfrontieren und sehen, was er sagt."

Germer nimmt das Telefon und lässt Stephan Schnabel in den Vernehmungsraum bringen.

Julia sagt: „Wie steht es mit der Tatverdächtigen, Frau Wiesner. Sollte sie entlassen werden?"

Volkmann nickt. „Die Freilassung habe ich bereits angeordnet. Ihr Zustand ist noch immer bedenklich, aber auf dem Weg der Besserung. Sie wird noch heute in die Dresdner Uni-Klinik überbracht."

Julia hat noch etwas: „Darf ich noch darauf hinweisen, dass die Kollegen gestern bei den Bestattungsunternehmen möglicherweise weitere Opfer gefunden haben? Leider sind die Verstorbenen bereits eingeäschert." Sie schiebt Germer die Aufzeichnungen über den Tisch.

Germer nickt. „Das schaue ich mir später genauer an. Jetzt kümmern wir uns um diesen Gifthändler, Schnabel." Er klopft mit den Knöcheln seiner Faust auf die Tischplatte und erhebt sich. Volkmann verlässt die beiden.

Julia und Germer gehen hinüber zum Vernehmungszimmer. Sie startet die Technik und Germer fragt: „Wie geht es Ihnen, Herr Schnabel?"

„Warum fragen Sie? Mir geht es schlecht. Ich muss mich zu Hause ums Geschäft kümmern. Da sind Tiere zu versorgen, Waren zu bestellen und der Laden ist zu öffnen. Ich sitze hier und weiß überhaupt nicht, was man mir vorwirft. Mir geht es hundeelend."

„Mord in zwei Fällen. Wir untersuchen noch, ob es noch mehr wird."

Stephan Schnabel schüttelt heftig den Kopf. „Nein! Damit habe ich nichts zu tun!"

Germer belehrt den fassungslosen Mann, dass er jetzt als Beschuldigter vernommen wird. Schnabel sitzt da, als ob er überhaupt nichts versteht.

„Ich habe damit nichts zu tun! Wie oft muss ich das noch sagen?"

„Die Untersuchungen haben ergeben, dass in Ihrem Kühlregal ein weiteres Glas mit dem Pflanzenschutzmittel E605 stand. Das ist der Beweis, dass die beiden Toten an vergiftetem Joghurt aus ihrem Laden gestorben sind. Wollen Sie jetzt immer noch sagen, dass Sie damit nichts zu tun haben?"

„Ich habe damit nichts zu tun!"

„Woher haben Sie diesen Joghurt?"

„Die Grundmasse beziehe ich von einer Molkerei. Die Geschmacksrichtungen werden dann bei mir gemischt und abgefüllt. Welche Sorte war denn betroffen?"

„Der Fruchtjoghurt."

„Die Fruchtmischung kaufe ich ebenfalls zu. Das ist eine zertifizierte Firma für Bio-Produkte, ebenfalls die Molkerei."

„Warum füllen Sie die Sachen selbst ab. Können Sie die nicht als Fertigprodukt kaufen?"

„Natürlich könnte ich das. Aber die Abfüllanlage habe ich aus einer Konkursmasse gekauft und so kann ich das Produkt ganz individuell gestalten. Es macht zwar eine Menge Arbeit, aber die Gewinnspanne erhöht sich dadurch. Außerdem haben wir ein besonders gestaltetes Etikett, das wir auf alle Produkte gleichermaßen kleben. Das erleichtert den Kassiervorgang. Wir müssen mit effizienten Mitteln arbeiten. Der teuerste Posten in den Kosten ist das Personal."

„Wer mischt und füllt denn diesen Joghurt ab?"

„Meistens ich, manchmal meine Mutter."

„Wie geht es dann weiter mit dem Joghurt?"

„Wir machen immer nur so viel, wie wir verkauft haben. Es macht keinen Sinn, große Mengen herzustellen. Bei einem Mindesthaltbarkeitsdatum von ungefähr 5 Tagen würden wir das als Schweinefutter produzieren. Das können wir uns nicht leisten."

„Einen Moment bitte", sagt Germer und verlässt den Raum. „Frau Kranz, bitte fragen Sie in der KT nach, welches Mindesthaltbarkeitsdatum auf dem Glas mit dem Fruchtjoghurt steht, der vergiftet ist. Es ist dringend."

Germer geht zurück. „Hatten Sie in den letzten vier Wochen eine Aushilfe bei der Joghurtabfüllung oder jemanden, der das nur gelegentlich macht?"

Schnabel überlegt einen Augenblick. „Nur ich und meine Mutter."

„Wie kann das Gift in diese Gläser gekommen sein?"

„Das weiß ich nicht. Zumal wir dieses Pflanzenschutzmittel überhaupt nicht verwenden. Das würde uns als Bio-Bauern disqualifizieren auf Lebenszeit."

„Wohl wahr", sagt Germer und in dem Moment kommt ihm ein Gedanke: Vielleicht ist dieses das eigentliche Tatmotiv?

„Hatten Sie schon einmal Auseinandersetzungen mit einem Ihrer Mitarbeiter?"

Schnabel schüttelt den Kopf. „Nicht wirklich. Klar gab es hin und wieder mal eine Differenz über Urlaubszeiten oder Aufgabenverteilung. Nicht aber in diesem Jahr. Das liegt alles schon länger zurück. Ich lege meine Hand ins Feuer, dass es niemand von meinen Leuten war."

„Verbranntes Fleisch riecht nicht schön." Germers Handy vibriert. Es ist Julia. Er hört: „Die KT sagt, dass drei der Gläser eine Mindesthaltbarkeit von noch 4 Tagen haben, das mit dem Gift war gestern abgelaufen. Es ist also nicht aus der gleichen Charge, wie die anderen."

„Danke, Frau Kranz!" Er wendet sich an Schnabel. „Wenn Sie ausschließen, dass einer Ihrer Mitarbeiter sie ruinieren will, dann bleibt nur eine andere Möglichkeit. Die Konkurrenz. Wer käme in Frage?"

„Keiner. Leute, die Bio produzieren, achten das Leben. Das würde ich eher den konventionellen Anbietern zutrauen. Ich weiß es nicht!"

„Werden Sie erpresst?"

„Nein!"

„Denken Sie genau nach. Die eine Möglichkeit macht Sie zum Opfer, sonst müssen wir davon ausgehen, dass Sie der Täter sind."

Schweigen.

„Wenn Sie nicht erpresst werden, dann ist es sehr wahrscheinlich, dass der Richter Sie in Untersuchungshaft nimmt. Wir würden dann ermitteln und natürlich Ihren Hof erst einmal dicht machen. Wahrscheinlich würden wir Ihre Mutter ebenfalls in Haft nehmen und – je nach dem was wir ermitteln – auch alle Ihre Mitarbeiter. Das Gift fällt ja nicht vom Himmel. Irgendwie ist es in Ihre Produkte gekommen und mindestens zwei Menschen sind daran gestorben. Wenn wir in unseren Ermittlungen gut vorankommen, dann wird das Ergebnis in ein paar Monaten vorliegen. Wenn nicht, dann kann es auch Jahre dauern, bis der Richter eine Entscheidung trifft."

„Ich habe Verpflichtungen, Kreditraten. Selbst wenn die Bank mir Aufschub gewährt, ich kann nicht einfach mal so ein paar Wochen Unterbrechung verkraften. Eine Woche Schließung und ich bin ruiniert."

Germer lässt das so stehen. Er sitzt mit gesenktem Blick auf seinem Stuhl und wartet.

„Ich kann das Unternehmen nicht meiner Mutter auflasten. Das schafft sie nicht."

Germer reagiert nicht.

„Egal, ob ich Einnahmen habe, die Kosten laufen weiter. Verstehen Sie?"

Germer nickt.

„Bitte!"

„Zwei tote Frauen. Warum?"

Schnabel schaut zur Seite. Er schluckt und räuspert sich. „Ich weiß es nicht. Ich habe damit nichts zu tun."

„Herr Schnabel, ich kann Sie nicht nach Hause gehen lassen. Sie werden heute im Laufe des Tages dem Untersuchungsrichter vorgestellt. Der entscheidet, wie es mit Ihnen weiter geht. Wenn Ihnen noch etwas einfällt, dann lassen Sie es mich wissen."

Julia hat das Gespräch hinter der verspiegelten Glasscheibe des Vernehmungsraumes verfolgt. Das Handy klingelt. Es ist der Pförtner vom Besuchereingang. „Hier ist eine Frau Schnabel. Sie sagt, sie müsse unbedingt mit Ihrem Sohn sprechen. Sie hat mir Ihre Visitenkarte vorgelegt, Frau Kollegin."

„Ich komme und hole sie ab."

Frau Schnabel steht mit einer Postsendung in der Hand wartend neben der Pförtnerloge. Als sie Julia sieht, sagt sie: „Frau Kranz, das ist heute Morgen mit der Post gekommen." Sie hält Julia einen dicken Umschlag hin. Kein Absender. Die Anschrift ist ein gedrucktes Etikett, gerichtet an Herrn Stephan Schnabel. Der Umschlag ist hastig aufgerissen worden. „Ich denke, das sollten Sie wissen!"

Alex sitzt vor seinem Telefon. Heute hat es noch nicht geklingelt. Er sortiert die Anrufe, die gestern in der Einsatzzentrale eingegangen sind, während er im Fernsehstudio war. Sein Handy liegt auf dem Schreibtisch. Jede Sekunde schaut er auf das Display. Die Anzeige, dass ein Anruf eingeht, erscheint immer eine halbe Sekunde vor dem Klingeln. Er wartet auf Caros Anruf. Seine Halsschlagadern sind geschwollen, schon seit gestern. Er fühlt sich, wie eine Maus in der Falle. Lebendfalle, korrigiert er seinen Gedanken. Wie lange soll das noch so weiter gehen? Er schaut auf seinen Monitor und wüsste gern, was die Kollegen tun, doch mit seinen beschränkten Zugangsrechten kann er kaum die Vorfälle des letzten Tages einsehen. Er würde gern wissen, ob es bei Julia mit den E605-Fällen vorangeht. Doch sie hat Order, ihn nicht zu informieren. Was, wenn Germer ihn ganz aus seinem Dezernat heraushaben will? Alex könnte explodieren. Wenn er wenigstens von Caro eine Nachricht hätte.

Germer hat sich Gummihandschuhe angezogen, als er das Päckchen von Frau Schnabel öffnet. „Sie wissen schon, dass Sie mit dem Öffnen einer persönlich adressierten Postsendung, die nicht an Sie selbst gerichtet ist, gegen das Postgesetz verstoßen haben?"

„Ich kümmere mich seit eh und je um die Post meines Sohnes."

Germer zieht ein Handy aus dem Umschlag und ein Blatt Papier. Er liest: „Halte es Tag und Nacht eingeschaltet. Ich rufe dich an."

Germer sagt zu Julia: „Ich brauche Volkmann hier. Sofort!"

Julia geht mit ihrem Telefon am Ohr hinaus.

„Frau Schnabel, warum denken Sie, dass es uns interessieren könnte?"

„Nur so ein Gefühl."

„Wird Ihr Sohn erpresst?"

„Ich weiß es nicht. Wenn es so ist, hat er mit mir nicht darüber gesprochen. Ich denke aber, dass dieses Telefon nichts Gutes bedeutet. Eigentlich sollte er entscheiden, was damit geschieht."

„Ihr Sohn steht unter Verdacht, dass er vergiftete Lebensmittel verkauft hat. Er wird vorerst auf seinem Hof gar nichts entscheiden."

„Nein!" Frau Schnabel schüttelt heftig den Kopf. „Das hat er nicht. Niemals. Dazu wäre er gar nicht fähig. Was glauben Sie, was wir für Tierarztkosten haben, weil er sich um jede Kleinigkeit kümmert und den Tierarzt ruft. Er kann kein Tier leiden sehen. Wir würden viel besser wirtschaften, hätte er nicht dieses mitfühlende Naturell. Mein Sohn hat mit diesen vergifteten Joghurtgläsern nichts zu tun!"

„Wer dann?" Germer schaut die Frau an, als ob er sie für die Mörderin hält.

„Sie denken, dass ich es war?" Sie schnappt nach Luft und schreit mit schriller Stimme: „Sie sind verrückt!" Dann holt sie tief Luft und sagt: „Entschuldigung, aber das ist absurd."

Als Julia in Begleitung von Volkmann das Zimmer betritt, gibt Germer Anweisung, dass die Frau im Vernehmungsraum auf ihn warten soll. Er brauche noch ihre Aussage. Mit wenigen Worten erklärt Germer dem Staatanwalt, was sich ereignet hat.

„Das lässt nur einen Schluss zu", sagt Volkmann, „Der wird erpresst!"

Minuten später sitzt Schnabel auf dem Stuhl, wo eben noch seine Mutter saß. Germer schiebt ihm die Postsendung über den Tisch. „Nicht anfassen! Das muss noch in die KT."

„Was ist das?"

„Ihre Post. Das hat Ihre Mutter vor ein paar Minuten gebracht. Was sagen Sie dazu?"

Schnabel wird blass.

„Haben Sie eine Drohung erhalten? Eine Erpressung?"

Schnabel schüttelt den Kopf: „Nein, wirklich nicht."

„Denken Sie nach!"

„Nein."

Germer dreht sich mit seinem Stuhl zum Fenster. Er schaut einige Sekunden in die Ferne. Dann hat er einen Plan. „Herr Schnabel, wir müssen jetzt auf die Forderung warten. Das ist ganz klar eine Erpressung. Sind Sie unser Mann und kooperieren Sie?"

„Natürlich."

„Gut. Ich rufe jetzt unseren Spezialisten für diese Technik. Wenn der da ist, werden wir das Handy einschalten. Der Erpresser wird Ihnen seine Forderung mitteilen und Sie werden auf alles eingehen. Sie müssen damit rechnen, dass in diesem Handy ein Abhörprogramm installiert ist, das Sie abhören kann, auch wenn Sie nicht telefonieren. Sobald es eingeschaltet ist, hat er über Sie Kontrolle. Auch wir werden Sie abhören. Der Kerl scheint Sie gut zu kennen. Er wird schlussfolgern, dass wir das tun. Wir - ich meine Sie zu uns - müssen also einen Kommunikationsweg finden, der geräuschlos ist.

„Ich schicke Ihnen mit meinem Privathandy eine Kurznachricht."

„Ja. So können wir es machen. Denken Sie aber daran, dass er Ihnen wahrscheinlich sehr nachdrücklich drohen wird. Er wird Sie unter Druck setzen. Wenn wir ihn nicht kriegen, dann bleibt der Laden für immer zu. Wir müssen über jeden Schritt von Ihnen Kenntnis haben."

„Heißt das, Sie glauben mir, dass ich nichts mit der Sache zu tun habe?"

„Das heißt erstmal überhaupt nichts." Germer fährt sich mit den Fingern durch die Haare. „Eine der ersten Forderungen bei Erpressung ist immer: Keine Polizei. Er wird bemerkt haben, dass wir schon da sind. Wie gehen wir vor?" Den letzten Satz hat Germer mehr zu sich selbst gesagt, als zu Schnabel. „Ich denke, wir werden die Giftsache erst einmal unerwähnt lassen. Sie sagen, dass es eine schwere Verletzung gegeben hat, weil Glassplitter in einem Ihrer Produkte waren. Das würde Ihnen auch Anlass geben, sämtliche Joghurtsorten zurückzurufen. Das machen wir vorrangig sofort."

Julia schüttelt den Kopf: „Glassplitter sind nicht glaubhaft. Können wir nicht sagen, dass es Salmonellen oder Bakterien sind? Gefährlich für die Gesundheit, vor allem für Kinder und Alte." Germer nickt Julia zu. „Kümmern Sie sich darum. Unverzüglich."

Julia geht.

Schnabel fleht: „Herr Germer, bitte, diese Giftsache darf nie an die Öffentlichkeit kommen. Das wäre mein Ende. Jahrzehnte der Arbeit für die Katz. Bitte, das darf nie jemand erfahren."

„Das wird schwierig. Sicher wird von uns keine Pressemeldung kommen, doch irgendjemand plaudert bestimmt. Ein Mitarbeiter oder ein Lieferant. Spätestens, wenn der Fall abgeschlossen ist und Anklage erhoben wird, ist Geheimhaltung kaum noch zu garantieren."

Schnabel starrt an die Wand. „Dann war alles umsonst."

Germer holt tief Luft: „Herr Schnabel, hier wird gerade ein Verbrechen schlimmster Art verübt. Leute sind gestorben. Die Gefahr ist noch immer nicht gebannt. Wer weiß, wie viel von diesem Gift noch in irgendwelchen Kühlschränken steht. Das hat jetzt absoluten Vorrang vor wirtschaftlichen Interessen. Auch Sie tragen Verantwortung für die Unversehrtheit Ihrer Kunden."

Eine Stunde später sitzen Schnabel und seine Mutter mit Mikrofonen verkabelt in Germers Zimmer. Germer sagt: „Fahren Sie jetzt nach Hause und tun Sie so, als ob Sie gerade Ihre Post geöffnet haben. Erst dann aktivieren Sie dieses Handy. Er wird sich bald bei Ihnen melden."

„Und dann?"

„Hören wir, was er will."

„Aber wie geht es dann weiter?"

„Wir können nur Schritt für Schritt entscheiden."

„Ich weiß nicht, ob ich das durchhalte. Ich muss meinen Laden wieder öffnen."

„Sie haben keine Wahl. Wir müssen erst diesen Verbrecher festsetzen, ehe Sie an die Wiedereröffnung denken können."

Schnabel sagt: „Das ist ein Alptraum!"

„Ja. Und der hört erst auf, wenn der Kerl dingfest gemacht ist. Hören Sie einfach zu, was er will. Die kritische Phase kommt in den meisten Fällen, wenn es um die Geldübergabe geht."

Schnabel und seine Mutter gehen. Germer sitzt vor der Überwachungstechnik in seinem Zimmer.

Julia fragt: „Sollten wir nicht in der Nähe sein, wenn es losgeht? In einem Einsatzwagen?"

„Ja, das sollten wir. Doch haben Sie sich das Gelände angesehen? Ein Gehöft auf einem Hügel, ringsum nichts als Felder. Wo können wir Position beziehen und werden nicht bemerkt? Wir können nur hoffen, dass die Verbindung stabil ist."

„Ich könnte als Mitarbeiterin getarnt..."

„Nein. Zu gefährlich. Wir haben eine Kamera in einem Gebüsch installiert, die die Auffahrt zu Schnabels Hof überwacht. Die Kollegen sitzen zweihundert Meter davon entfernt versteckt und greifen sofort ein, wenn sich jemand dem Hof nähert. Sämtliche Telefone werden überwacht. Das Anwesen liegt so auf dem Präsentierteller, dass man es in allen Details einsehen kann. Wenn es dort wirklich eine Erpressung gegeben hat, dann nur deshalb, weil dieses Grundstück so exponiert ist."

„Was bedeutet: Wenn es dort wirklich eine Erpressung gegeben hat? Gibt es Hinweise? Zweifel?"

„Haben Sie schon einmal eine Erpressung mit Lösegeldforderung und Übergabe mitgemacht, Kollegin?"

Julia schüttelt den Kopf.

„Das läuft normalerweise alles ganz anders. Man droht mit einem Körperschaden oder Ermordung einer Geisel. Hier sind bereits vor der Erpressung Leute gestorben. Das ist nur zufällig entdeckt worden. Ich weiß noch nicht, was dort läuft. Die Erpressung scheint mir nur ein Täuschungsmanöver zu sein."

Sonntag

Julia hat zum dritten Mal in dieser Woche verschlafen. Vor einer Stunde hätte sie aufstehen müssen und ihren Dienst zum Sonntag beginnen. Wahrscheinlich hätte sie noch eine weitere Stunde geschlafen, wenn sie nicht geweckt worden wäre. Doch heute ist sie nicht in Hast und Eile verfallen. Sie hat sich ein Frühstück gegönnt, sie hat noch einen kleinen Schwatz dabei gehalten und erst dann ist sie gegangen. Auf dem Weg von ihrer Wohnung über die Elbbrücke zum Polizeipräsidium wird normalerweise ihr linkes Ohr von der Sonne beschienen. Heute kommt die Sonne bereits von vorn. Heute ist so manches anders auf dem Weg zu ihrer Arbeit. Kein ehrgeiziger Wettlauf mit sich selbst, stattdessen trägt sie behutsam eine Papiertüte in ihrer Hand. Ihre ganze Aufmerksamkeit gilt dieser Tüte. Außerdem hat Julia ein wütendes Gefühl im Bauch. Germer hat sich heute einen freien Tag gegönnt. Sie hat noch nicht einmal gewagt, danach zu fragen. Die dritte Woche ohne Unterbrechung, das ist eine Zumutung, schimpft sie in Gedanken. Andererseits hatte die Ermittlung auch positive Auswirkung auf ihr Privatleben.

Das Polizeipräsidium ist an diesem Wochenende fast menschenleer. Jedes Geräusch hallt durch das Haus. Julia hört schon auf dem Treppenabsatz, dass Alex am Kaffeeautomaten seinen Kaffee zapft.

Auch er hat ihre Schritte gehört und ruft: „Willst du auch einen?"

„Nein, danke. Ich hatte gerade Kaffee."

„Auch gut", brummt Alex und verschwindet mit beiden Bechern in sein Dienstzimmer.

Julia widersteht dem Impuls, ihm zu folgen, um zu fragen, wie bei ihm der Stand der Ermittlung ist. Sie weiß, dass er abgestellt ist und von jeder interessanten Information ferngehalten wird. Ganz sicher hätte sie sich verplappert, wenn er gefragt hätte, was es bei ihr Neues gibt. Sie fährt ihren Computer hoch, hängt ihre Jacke über die Stuhllehne und legt die Papiertüte in eine schattige Ecke.

Volkmann ruft an: „Wo bleiben Sie denn? Ich habe schon zehnmal hier angerufen. Ich stelle jetzt die Überwachungseinrichtung des Bio-Hofes auf Ihren Computer um. Ich sitze in Germers Zimmer. Sobald sich etwas bewegt auf dem Hof, will ich umgehend informiert werden."

„Hat sich in der Nacht irgendetwas ereignet? Gibts was Neues?"

„Schnabel hat eine Textnachricht bekommen. Inhalt: Wenn du die Polizei informierst, bist du tot." Volkmann beendet das Telefonat ohne Gruß.

Julia überprüft, ob die Verbindung zu Schnabels Handy funktioniert. Die akustische Überwachung ist aktiv und Julia hört, dass der Mann wahrscheinlich in seinem Büro sitzt und mit Papier raschelt. Er scheint mit dem Locher zu hantieren. Sie schaut, was es an neuen Informationen gibt. Ein Bestatter hat gemeldet, dass es 2 weitere Verdachtsfälle geben könnte. In beiden Fällen sind die Verstorbenen bereits eingeäschert und die Wohnungen sind schon aufgelöst. Julia zieht die Augenbrauen zusammen und sagt leise: „Mist! Wer weiß, wie viele Leute schon an diesem Gift gestorben sind." Sie leitet die Information an Volkmann weiter. Es dauert keine Minute und Volkmann tritt durch die Tür.

„Frau Kranz, wir müssen dringend die Bevölkerung warnen. Wir müssen die Rückrufaktion für diese Charge Joghurt erweitern. Jetzt gleich!"

Julia nickt. Das hätten wir schon längst tun sollen, denkt sie.

Er sagt: „Entwerfen Sie ein kleines Plakat und einen Handzettel mit den nötigen Informationen. Fordern Sie die Bevölkerung auf, dass die Joghurtgläser in den nächstgelegenen Polizeirevieren gegen Quittung abzugeben sind. Diese Quittungen können beim Schnabel später eingelöst werden. Geben Sie die Dateien dem Administrator. Ich will 200 Plakate und 500 Handzettel."

„Warum soll der Administrator das machen? Das kann ich doch auch erledigen."

„Er hat notfalls das Nachfüllmaterial für den Drucker bei der Hand. Wenn Sie sich darum kümmern, dauert es viel zu lange und ich will, dass Sie hierbleiben."

Julia nickt.

„Frau Kranz, erstellen Sie eine Liste, wo das Info-Material überall verteilt werden soll. Machen Sie es so schnell wie möglich fertig. Ich kümmere mich um den Rest." Die letzten Wörter sagt Volkmann schon auf dem Weg zur Tür.

Eine halbe Stunde später steht er wieder vor Julias Schreibtisch. „Frau Kranz, machen Sie bitte eine Verlautbarung für die Fernsehsendung ‚Kripo aktuell' fertig. Ihr Kollege wird diese Rückrufaktion heute im Abendprogramm im Fernsehen verlesen. Machen Sie das Ganze ein wenig dramatisch: Magen-Darm-Bakterien schlimmster Sorte, Leute erkrankt, große Gefahr und so weiter…"

„Äh, das ist, also", stammelt Julia.

„Was ist?"

„Wir müssen davon ausgehen, dass der Biohof Schnabel möglicherweise deshalb in den Fokus des Erpressers geraten ist, weil man dieses Anwesen von allen Seiten einsehen kann. Der Erpresser kann also irgendwo eine Kamera installiert haben oder selbst in der Nähe sitzen. Er wird gesehen haben, dass die Spurensicherung länger als einen Tag dort war. Er wird wissen, dass die Polizei eingeschaltet ist. In der Textnachricht letzter Nacht hat er gedroht, dass er Schnabel töten will, wenn die Polizei eingeschaltet wird. Wird er die Geschichte mit den gefährlichen Bakterien glauben? Er weiß ja, was er in den Joghurt gerührt hat."

„Haben Sie eine bessere Idee? Wie würden Sie begründen?"

Julia starrt einen Augenblick an die Decke. „Mir fällt nichts Besseres ein."

"Ja, gut", sagt er und geht zur Tür.

Volkmann dreht sich noch einmal um. „Ich glaube mich zu erinnern, dass dieser Hof vor Jahren eine Einrichtung war, in der verurteilte Jugendliche ihre Sozialstunden ableisten konnten. Ich werde mal anfragen, wer dort alles im Auftrag der Besserung gearbeitet hat."

Julia schreibt den verlangten Text und schickt ihn per E-Mail an Volkmann. Was jetzt, denkt sie. Ihr Blick fällt auf die Papiertüte in der schattigen Ecke. Sie holt einen Teller und ein Messer aus ihrem Schreibtisch. Dann nimmt sie dieses besonders leckere Pausenbrot aus der Tüte, schneidet es durch und bringt eine Hälfte hinüber zu Alex. Julia denkt: Der arme Kerl hat heute bestimmt noch nichts gegessen. Ich möchte nicht mit ihm tauschen, kaltgestellt und verlassen.

Alex hat einen Ohrhörer und ein Mikrofon mit Metallbügel am Kopf befestigt. So hat er die Hände frei um den Computer zu bedienen. Julia klopft kurz an, öffnet die Tür und stellt ihm den Teller auf den Schreibtisch. Alex ist gerade in einem Gespräch. Sie deutet auf den Teller, dann zeigt sie auf Alex und macht eine Bewegung, dass er das essen soll. Alex nickt. Als Julia in ihr Zimmer zurückkommt, öffnet sich gerade die Maske des Überwachungsprogrammes des Biohofes auf ihrem Bildschirm. Der Ton verrät, dass das neue Handy, das Stephan Schnabel mit der Post bekommen hat, klingelt. Vier Klingeltöne, ehe Schnabel endlich die Verbindung herstellt.

„Ja, Schnabel", meldet er sich.

In diesem Augenblick reißt Alex die Tür auf. Er hat das halbe Pausenbrot in der Hand und brüllt: „Wo ist Caro? Wo habt ihr sie hingebracht?"

Julia legt den Zeigefinger auf die Lippen und bedeutet Alex, dass er still sein soll.

Alex reißt Julias Jacke von der Stuhllehne und sucht ihren Schlüsselbund. Es dauert keine Sekunde, bis er ihn in den Händen hält. Er rennt die Treppe des Polizeipräsidiums hinunter, ohne eine Tür zu schließen oder in seinem Computer die Rufumleitung an die Zentrale einzuschalten.

Aus Julias Monitor ist eine Stimme zu hören, die mit einem Sprachverzerrer unkenntlich gemacht worden ist.

„Schnabel, du alte Sau, hast massenhaft Leute vergiftet."

„Nein, das habe ich nicht."

„Willst du, dass es aufhört?"

„Natürlich!"

„Was ist es dir denn wert?"

„Ich habe nichts, gar nichts."

„Dann werde ich später noch einmal anrufen, wenn du es dir überlegt hast."

„Nein! Sagen Sie, was Sie wollen!"

„Fünfhunderttausend. Bis morgen Mittag 12 Uhr."

„Das ist unmöglich!"

Böses Lachen.

„Wo soll ich das Geld hernehmen? Ich habe Schulden bis zur Hutkrempe."

„Vielleicht hast du Schulden, aber du hast auch 500.000 auf der Bank."

„Woher wollen Sie das wissen?"

„Aus einer gut informierten Quelle."

Der Erpresser hat aufgelegt.

Alex rennt so schnell er kann über die Elbbrücke. Er steht vor den Klingelschildern und sucht nach der Etage, in der Julia wohnt. Er wartet nicht auf den Lift, er nimmt die Treppe, immer zwei Stufen auf einmal.

Julia betätigt die Wiederholungstaste des Programmes, um den Anruf noch einmal zu hören, als Germers Gesicht vor ihr auf dem Monitor erscheint. „Frau Kranz, rufen Sie diese Nummer an." Er diktiert eine Zahlenfolge. „Das ist der Verantwortliche der Bank. Der Mann ist bereits informiert. Teilen Sie ihm mit, was hier gerade los ist und kümmern Sie sich um die Bereitstellung des Geldes. Bleiben Sie auf Ihrem Posten. Wilhelms und ich sehen zu, ob der Anrufer irgendwie zu ermitteln ist."

„Ja, mache ich", murmelt Julia. Sie muss jetzt erst einmal ihre Gedanken ordnen. Alex, ist ihr erster Gedanke und der macht ihr Bauchschmerzen.

Völlig atemlos steht Alex vor Julias Wohnungstür. Von drinnen sind Geräusche zu hören. Er sucht den passenden Schlüssel, der Schlüsselbund fällt ihm aus der Hand. Als er die Tür endlich offen hat, steht er vor seiner Tochter Laura.

„Wo ist Mama?"

„Nicht da."

„Was macht ihr hier?", brüllt er, dass es vom Treppenhaus widerhallt.

„Das ist unsere Angelegenheit! Lass uns in Ruhe und hau ab! Dir sind deine Verbrecher wichtiger als wir", brüllt es in der gleichen Lautstärke zurück.

Wenige Minuten später ist Alex wieder auf dem Weg in seine Dienststelle. Er hat es eilig. Er muss zur Aufzeichnung der „Kripo aktuell" Sendung. Der Text, den er verlesen soll, liegt bereits fertig auf seinem Schreibtisch.

Alex muss seine Uniformjacke und den Text holen, ehe er ins Fernsehstudio fährt. Doch vorher will er Julia zur Rede stellen. Sie hätte ihm nicht verheimlichen dürfen, dass Caro und Laura bei ihr sind. Das ist ein schwerer Vertrauensbruch, das wird er ihr nicht einfach verzeihen können. Er öffnet ihre Tür und Volkmann steht neben ihr. Alex holt tief Luft: „Julia, ich muss mit dir reden!"

„Nicht jetzt!", donnert Volkmann zurück. „Tür zu!"

Alexanders Telefon in seiner Hosentasche meldet sich. Germer sagt: „Alex, wenn du den Text nachher verliest, dann richte den besonderen Fokus auf die Website, die wir eingerichtet haben. Dort werden stündlich die Fahndungsfortschritte aktualisiert. Die Leute sollen das Bild von Schiffer ansehen und die Informationen nachlesen. Dort sind auch die Telefonnummer und die Emailadresse nachzulesen, wo wir erreichbar sind."

„Aber…"

„Nein! Kein aber. Diese Website ist die eigentliche Information, die wir rausbringen müssen. Natürlich auch die Warnung vor dem Joghurt."

„Hans-Jürgen, wir werden endlose Informationen bekommen, die uns nur aufhalten. In der Flut der Hinweise werden wir die wahre Spur gar nicht erkennen. Ich halte das für absolut kontraproduktiv!"

„Du bist ausschließlich für den Rücklauf dieser Informationen abgestellt. Du wirst hier gute Arbeit leisten. Das ist deine Anweisung und die diskutiere ich nicht mit dir. Bring die Information mit allem Nachdruck an die Zuschauer. Danach machst du Feierabend."

Alex schaltet die Rufumleitung des Hinweistelefons in die Einsatzzentrale um und geht. Einen Moment lang ist er versucht, Julias Tür zu öffnen, doch er unterlässt es. Er wird sich nach der Aufzeichnung der Fernsehsendung darum kümmern. Er schaut auf die Uhr und beschleunigt seinen Schritt.

Volkmann hat eine E-Mail mit der Liste aller Jugendlichen, die Sozialstunden bei Schnabel ableisten mussten. Einer der ersten war Nick Schiffer. Er gibt die Information an Julia weiter.

Sie sagt: „Ich hatte von Anfang an so ein Gefühl."

„Das muss nichts bedeuten. Ich glaube einfach nicht, dass dieser Schiffer zu so einer komplexen Sache fähig ist. Der ist auf der Flucht, muss sich verstecken, muss sich organisieren. Der kann nicht einfach so ein nicht registriertes Handy besorgen und es Schnabel zuspielen. Das schafft der nicht."

Julia hört, was Volkmann sagt. Ihren Widerspruch dazu behält sie für sich.

Volkmann sieht ihren Blick und scheint ihre Gedanken zu erraten. „Frau Kranz, wenn der Schiffer diese Erpressung inszenieren würde, dann nicht für 500.000. Dann wäre die Summe mindestens 7stellig."

„Ich frage mich überhaupt, wie der Erpresser zu dieser Summe kommt?"

„Gute Frage, Frau Kranz. Das würde ich auch gern wissen."

Die Aufzeichnung im Fernsehstudio dauerte länger, als Alex gedacht hat. Erst kurz vor der Ausstrahlung um 19.45 Uhr war er fertig. Er hat sich die Schminke mit einem Reinigungstuch oberflächlich abgewischt und ist zu Julias Wohnhaus gefahren. Obwohl er alle Verkehrsüberwachungs-einrichtungen der Stadt kennt, ist er einmal geblitzt worden. Normalerweise regt er sich darüber immer gewaltig auf. Heute nicht. Er stellt sein Auto direkt vor der Haustür ab. Im Halteverbot. Er nimmt wieder die Treppe. Vor Julias Tür stehend, klingelt und klopft er gleichzeitig. Von drinnen kommt keine Reaktion. In der Wohnung ist es still. Alex klopft und klingelt weiter. Er ruft: „Caro, bist du da?"

Die Tür der Nachbarwohnung öffnet sich. Eine freundliche alte Dame sagt: „Die sind alle vor einer Stunde weg. Sie hatten Taschen und Rucksäcke dabei."

Alex holt sein Handy aus der Tasche und ruft ein Foto von Caro auf. „War diese Frau dabei?"

„Ja, die war ein paar Tage hier. Vorhin ist sie mit einem jungen Mädchen und Frau Kranz gemeinsam weggegangen. Ich habe sie gesehen, als ich von meinem Spaziergang zurückgekommen bin."

„Wissen Sie, wohin sie gegangen sind? Haben sie etwas gesagt?"

„Nein. Wir haben uns nur gegrüßt, sonst nichts."

Die Dame macht die Tür wieder zu und Alex steht ratlos auf dem Flur. Ihm ist schwindlig. Außer einem Liter Automatenkaffee hat er heute nichts gegessen und nichts getrunken. Er setzt sich auf den Boden, den Rücken an Julias Wohnungstür gelehnt. Irgendwann wird Julia nach Hause kommen und dann will ich wissen, wo meine Familie ist, denkt er. Wut tobt in ihm. Nach einer Weile legt sich die Wut und ein fieses Gefühl kriecht in ihm hoch. Was, wenn er seine Familie für immer verloren hat? Was, wenn die beiden nie wieder in sein Haus zurückkehren? Was, wenn Julia und Germer hier eine Entscheidung getroffen haben, gegen ihn. Plötzlich fügen sich die Dinge zusammen. Seit mehr als einer Woche wird er festgenagelt an einem Telefon, dass nichts Wesentliches bringt. Julia ermittelt allein und gibt keine Information an ihn weiter. Germer weist Dinge an, die er nicht versteht und dann isoliert man ihn von seiner Familie. Was wird hier gespielt?

Alex hat ungefähr zwei Stunden so gesessen und gewartet. Ihm fällt ein, dass sein Auto unten vor der Haustür steht. Wenn Julia ihm aus dem Weg gehen will, dann ist sie dadurch gewarnt. Er nimmt sein Handy und ruft Caro an. „Der Teilnehmer ist im Augenblick nicht erreichbar... Bei Laura ist es das gleiche. Doch nicht bei Julia. Nach dem zweiten Klingeln sagt sie: „Alex, was gibts?"

„Das frage ich dich! Ich sitze vor deiner Wohnungstür und warte auf dich und Caro und Laura. Wo seid ihr?"

„Alex, das darf ich dir nicht sagen. Ich habe die beiden woanders hingebracht. Ich werde heute auch nicht nach Hause fahren. Gib auf. Fahr heim. Ich kann dir nichts sagen."

„Warum? Was ist los? Wieso spricht niemand mit mir?"

„Alex, ich bin nicht befugt. Bedränge mich nicht. Wenn die beiden mit dir sprechen wollen, dann können sie dich anrufen. Ich kann dir heute nicht helfen." Julia beendet das Gespräch.

Alex sitzt noch eine Weile vor Julias Tür, ehe er sich erhebt. Er geht langsam die Treppe hinunter. Vor der Haustür schaut er in alle Richtungen in der Hoffnung, Caro irgendwo zu entdecken. Schließlich steigt er in sein Auto und fährt nach Hause. Er legt sich in sein Bett. Sein Blick ist starr zur Decke gerichtet. Seine Gedanken fahren Karussell. Was, wenn er für den Rest seines Lebens hier allein liegt? Was, wenn Laura sich weigert in ihr Elternhaus zurückzukehren. Was, wenn Caro das Vertrauen zu ihm verloren hat? Dann ist sein Leben sinnlos. Sein Gehirn bleibt an diesem Gedanken hängen, wie eingefroren. Die Bilder von den Selbstmorden, die er gesehen hat, steigen in ihm auf. Diesen Weg für sich selbst zu wählen, erscheint für Alex durchaus eine Möglichkeit, um seinen Kummer zu beenden. Seine Hand zieht Caros Kissen herüber und er gräbt sein Gesicht tief hinein.

Montag

Als Alex die Treppe hinaufsteigt zu seinem Dienstzimmer, kommt Julia ihm von oben entgegen. Ohne jede Förmlichkeit zur Begrüßung schreit er sie an: „Wo hast du die beiden hingebracht? Du mischst dich in Angelegenheiten, die dich nichts angehen. Sag mir: WO SIND SIE!"
Julia bleibt nicht stehen. Sie schüttelt den Kopf und geht weiter. Als sie einen halben Treppenabsatz unter ihm steht, dreht sie sich um und sagt: „Frage Germer!"

Eine Sekunde später ist sie aus Alexanders Gesichtsfeld entschwunden. Eine weitere Sekunde lang hört er ihre Schritte, dann ist auch diese letzte Verbindung zu seiner Frau und seiner Tochter für diesen Augenblick weg. Ein Impuls drängt ihn, ihr jetzt nachzulaufen, sie festzuhalten und aus ihr herauszuquetschen, was er wissen will. Doch hier im Polizeipräsidium, in seiner Situation, steht er wie angewachsen da und kämpft mit den Tränen der Wut. Es sind seine Füße, die entschieden haben, was zu tun ist. Er stößt die Tür von Germers Vorzimmer auf und schreit Marion Vogel an: „Ist er da?"

Noch während er spricht schließt sich die Tür zu Germers Dienstzimmer von innen.

„Offenbar nicht für Sie, Herr List", sagt Germers Sekretärin. „Bitte, gehen Sie. Herr Polizeirat Germer hat einen Termin. Er wird Sie rufen lassen, wenn er Sie sehen will." Marion Vogel steht auf und öffnet die Tür zum Flur.

Julia sitzt in einem Transporter. Der ist vollgepackt mit Technik. Außer ihr sitzt ein Techniker darin und Pit Wilhelms am Lenkrad. Sie fahren ins Nachbardorf des Biohofes. Sie werden hinter dem Gasthof parken und so die räumliche Entfernung zum Ort der Erpressung verkürzen. Julia und Pit Wilhelms besprechen, wie sie vorgehen werden, wenn Schnabel auf der Bank das Geld abholt. Ihr Transporter wird mit einigem

Abstand dem Biobauern vorausfahren. Julia wird in die Bank gehen, die Aushänge betrachten und tun, als ob sie eine Bankkundin wäre. Es ist nicht ausgeschlossen, dass die Geldübergabe innerhalb der Bank stattfinden soll.

Julia fragt: „Ist noch ein Team vor Ort? Wie gehen wir vor, wenn der Erpresser bereits in der Bank ist?"

Pit schüttelt den Kopf. „Außer uns ist keiner da. Wir können in diesem Fall nicht einmal auf Alex zurückgreifen. Wenn wir es nicht hinkriegen, dann hat der Kerl bekommen, was er wollte."

Julia fühlt Schweißperlen auf ihrer Stirn. Was, wenn der Kerl hier bewaffnet auftritt und Stephan Schnabel überfällt, wenn der die Bank verlässt? Wird ihre Reaktionsschnelligkeit ausreichen, um die Aktion zu verhindern? Noch ehe sie den Gedanken zu Ende gedacht hat, wallt Wut in ihr auf. Was soll das bedeuten? Hat man sie unter die Leitung von Pit Wilhelms gestellt? Er ist der Leiter der Kriminaltechnik, hoch qualifiziert in Biologie, Chemie und Physik. Ganz sicher hat er keine Ausbildung im operativen Einsatz. Traut man ihr diese Aufgabe nicht zu? Als ob Wilhelms ihre Gedanken erraten hat, sagt er: „Sie werden sich wundern, warum ich hier dabei bin."

Julia nickt.

„Germer und alle anderen, die irgendwie aufzutreiben waren, arbeiten an dem Fall Schiffer. Ich bin abgestellt, Sie hier in diesem Fall zu unterstützen. Nicht, dass ich mich dazu besonders berufen fühle, aber Germer meint, hier ist Unterstützung nötig."

Julia nickt. „Gibt es bei Schiffer neue Ergebnisse?"

„Dieser Fall hat die höchste Geheimhaltung. Ich weiß nichts."

Julia nickt. „Wissen Sie, woran ich eben denken musste?", fragt sie rhetorisch. „Der Erpresser hat eine halbe Million gefordert und erwähnt, dass Schnabel über dieses Geld verfügt, außerhalb der Schulden. Woher weiß der das?"

Wilhelms zieht die Schultern hoch. „Wenn dem wirklich so ist, dann hat er Informationen, die nur Nahestehende oder Bankmitarbeiter haben."

Julia sagt: „Vielleicht sollten wir uns die Mitarbeiter der Bank genauer ansehen?"

Der Techniker stattet Wilhelms und Julia mit je einem Knopf im Ohr aus. Kaum funktionieren die, kommt schon die Info, dass Schnabel in sein Auto gestiegen ist und zur Bank fährt. Pit Wilhelms startet den Transporter und fährt die Strecke zur Bank, ohne Sichtkontakt zu Schnabel zu haben. Er hält das Auto etwa 150 Meter von der Bank entfernt an. Julia steigt aus, bleibt an einem Schaufenster stehen, bis Wilhelms das Auto weitergefahren hat, auf den Parkplatz eines Supermarktes direkt neben der Bank. Auch er steigt aus, kramt in seinem Portemonnaie nach seiner Geldkarte und zwängt sich durch die Hecke auf der Grenze des Supermarktes, auf das Gelände der Bank. Pit Wilhelms steht in der Bank drei Meter von Julia entfernt und tut, als ob er sie nicht kennt. Er geht zum Kontoauszugdrucker und lässt sich seine Auszüge drucken. Julia betrachtet scheinbar die Immobilienaushänge und sieht aus den Augenwinkeln, dass Schnabel mit seinem Auto direkt vor der Bank hält. „Er kommt", flüstern die Knöpfe in den Ohren der beiden Polizisten.

Alex hustet seit heute Morgen wieder. Er sieht elend aus und am liebsten würde er sich krankmelden. Alles, was ihm wichtig war, ist verschwunden, hat sich gegen ihn gerichtet und ist dabei ihn zu zerstören. ‚Warum?', schreit er innerlich. Was habe ich falsch gemacht, denkt er und seine Gedanken drehen sich im Kreis. Wo liegt der Fehler, fragt er sich, ohne eine Antwort zu finden.

418 Hinweise sind seit der Ausstrahlung von Kripo aktuell in der Einsatzzentrale eingegangen. Alex öffnet die Dateien. Zu jeder Information gibt es eine Uhrzeit und eine akustische Datei. Alex wird 418mal

anhören müssen: „Guten Tag, mein Name ist... und ich möchte einen Hinweis geben." Er überschlägt, dass er ungefähr 28 Stunden brauchen wird, ehe er alle angehört, in Stichworten erfasst und katalogisiert hat. Alex rauft sich die Haare, dann legt er die Stirn auf die Tischplatte und stöhnt: „Womit habe ich das verdient? Wofür werde ich so bestraft?"

Lediglich der Gedanke an die Kantineninformation lässt ihn den Kopf wieder heben.

Eier mit Senfsoße.

Stephan Schnabel hat seine Bankkarte aus der Jackentasche gezogen und steht am Schalter. Seinen leeren Rucksack trägt er lässig über der linken Schulter. Er sagt leise: „Mein Name ist Schnabel und..."

„Kommen Sie bitte mit. Es ist alles vorbereitet." Die Bankangestellte öffnet ihm eine Tür hinter dem Tresen und Schnabel verschwindet. Zehn Minuten später öffnet sich die Tür wieder und Schnabel trägt den Rucksack nun unter der rechten Schulter und umfasst ihn mit dem ganzen Arm. Er schaut sich kurz um und geht zu seinem Auto zurück. Er geht vorbei an Julia, die nun vor dem Geldautomaten steht und auch vorbei an Pit Wilhelms, der seine Kontoauszüge durchblättert. Der Techniker in dem Transporter sagt den beiden Kriminalpolizisten ins Ohr: „Weit und breit nichts zu sehen. Alles ruhig." Als Schnabel außer Sichtweite ist, geht Wilhelms zurück zum Transporter und Julia läuft ein paar Meter in die Seitenstraße, um dort wieder in das Auto zu steigen. „Was nun?", fragt sie.

Wilhelms zuckt die Schultern. „Abwarten. Der Erpresser will sein Geld. Er wird wissen, dass Schnabel das Geld geholt hat. Er wird sich melden." Sie fahren zurück ins Nachbardorf des Biohofes und parken das Auto hinter dem Gasthof.

Warten, das hat Julia gelernt in den Jahren bei der Polizei. Ihr Vater sagte einmal: „Erst sitzt du stundenlang irgendwo gelangweilt rum, dann kommt das Signal und du musst innerhalb einer Sekunde auf

Volllast arbeiten. Man wundert sich, dass die Polizisten nicht reihenweise an einem Herzkasper sterben, wenn es heißt: „Einsatz!"

Julia bekommt eine Nachricht von ihrer Schwester Tina aufs Handy: Bin krankgeschrieben. Unfall.

Was ist passiert, fragt sie zurück.

Bin vom Fahrrad gefallen. Straßenbahnschiene.

Mist. Wie schlimm ist es?

Hand im Gips.

Gute Besserung. Wie fühlst du dich?

Zittrig.

Schmerzen?

Geht so.

Leg dich hin.

Mach ich.

Julia fürchtet, dass Tina aus ihrem WG-Zimmer zu Mama umsiedeln wird, um sich pflegen zu lassen. Mamas Gästecouch ist derzeit belegt und die aufblasbare Matratze auch. Außerdem wäre es für Mama nicht gut, wenn Tina wieder in ihren Alltag eindringt. So viele Jahre hat es gedauert, bis Mama ihre Eigenständigkeit wiedergefunden hat. Papa hatte ihr jeden Spielraum genommen. Er hat über alles bestimmt. Damals, als Papa gestorben war, sah es eine Zeitlang so aus, als ob Tina Papas Platz einnehmen wollte. Zum Glück hat Mama das durchschaut und eine kleine Wohnung für sich allein gesucht. Jetzt lebt sie selbstbestimmt, aber im Augenblick beengt von drei Kostgängern. Caro, Laura und Julia selbst. Es scheint, als ob ihr diese Besucher guttun. Sie kocht, plaudert und schmiedet Pläne. Sie spricht über ihre Gedanken und sie lacht wieder.

Der Techniker im hinteren Teil des Wagens sagt: „Anruf bei Schnabel." Julias und Pits Knopf im Ohr melden das Rufzeichen des Handys, das der Erpresser mit der Post geschickt hat.

„Ja. Schnabel", sagt der Biobauer.

„Hast du das Geld?"

„Ja."

„Gut, ich melde mich wieder."

Ende des Telefonates.

„Was nun?", fragt Julia.

„Warten", sagt Pit Wilhelms.

Julia schaut wieder in ihr Handy, Wilhelms holt seinen Laptop heraus und arbeitet ab, was in dieser Situation zu machen ist.

Die Sonne steht wolkenlos über dem Auto der Polizisten und erwärmt das Blech. Julias Handy klingelt. Volkmann.

„Haben Sie etwas Neues?"

Julia berichtet.

„Okay, dann werden Sie dort eine Weile festsitzen. Hier gibt es jedoch eine Neuigkeit. Schiffer. Der war nicht nur auf diesem Biohof, um Sozialstunden abzuleisten. Einer der alten Mitarbeiter des Hofes hat sich erinnert. Er sagte, dass dieser Schiffer sich für jede Kleinigkeit interessiert hat, damals. Er hat seine Arbeit gemacht, so dass er keine negative Beurteilung bekommen konnte. Doch diesem Mann war der Schiffer unheimlich. Er hat jede Ecke ausspioniert, selbst dort, wo er überhaupt nichts zu tun hatte. Es gab damals Gerüchte, dass er sich an Schnabels Tochter Janina rangemacht hat. Beweise gab es nicht. Der Mann sagte jedoch, dass Janina unmittelbar danach ausgezogen war. Wohin, das wusste er nicht. Janina hat sich seitdem nicht wieder auf dem Hof sehenlassen. Allerdings ist der Mitarbeiter schon seit einigen Jahren nicht mehr dort tätig. Ich habe Ihnen die Sprachaufnahme dieser Vernehmung per E-Mail zugeschickt. Hören Sie sich das mal an und versuchen Sie den Aufenthaltsort dieser Janina Schnabel ausfindig zu machen."

„Ja, mach ich", bestätigt Julia.

Julia logt sich mit ihrem Handy in ihre Emails ein. 29 Minuten lang hört sie die Aussage des befragten Mitarbeiters. Julias Suche nach Janinas Aufenthalt bleibt ergebnislos.

Es ist kurz vor fünf Uhr, als Pit Wilhelms sagt: „Ich kann hier nicht länger herumsitzen." Er fordert eine Ablösung für sich an. Es gibt keine Ablösung, aber eine neue Anweisung: Überwachung einstellen.

Julia wird angewiesen, Feierabend zu machen, aber in Bereitschaft zu bleiben. Pit und der Techniker fahren in die Kriminaltechnik, schalten die Überwachung auf Automatik um und kümmern sich um die liegengebliebenen Dinge.

Kurz vor neun Uhr fährt Alex seinen Computer herunter. Von den 418 Sprachnachrichten hat er gerade einmal 80 aufgearbeitet und im Laufe des Tages sind noch einmal 30 neu hinzugekommen. Er fühlt sich leer, unnütz und verlassen und er hustet. Auf dem Heimweg hält er an einer Apotheke an und kauft sich Schlaftabletten. Er nimmt eine, gleich als er nach Hause kommt und geht ins Bett. Es ist ihm sogar egal, ob dieser Eindringling wieder irgendwelche Spuren hinterlassen hat. Er will nur noch abtauchen aus dieser schrecklichen Welt, in einen traumlosen Schlaf.

Dienstag

Germer teilt Julia telefonisch mit, dass sie sofort in sein Dienstzimmer kommen soll, wenn sie eintrifft.

Germer trägt – ganz gegen seine Gewohnheit Zivilkleidung. Julia grüßt kurz und erwartet ihre Anweisung.

Germer nickt nur und dann sagt er: „Der Erpresser hat sich bisher nicht gemeldet. Er weiß, dass das Geld abgehoben ist. Entweder hat er es sich anders überlegt, oder ihn hindert etwas, das Lösegeld einzusammeln."

„Vielleicht will er gar keine Übergabe. Vielleicht hat er eine Möglichkeit gefunden, dass Geld aus Schnabels Haus zu holen. Schließlich weiß der jetzt, das Geld ist im Haus."

„Möglich. Der Techniker hat seinen Standort bezogen und dann werden wir uns in Geduld fassen. Die Kollegen von der Bereitschaftspolizei sind informiert. Wir müssen warten, Kollegin."

„Ja, müssen wir. Kann ich an meinen Arbeitsplatz gehen?"

„Nein. Ich möchte, dass Sie hierbleiben. Frau Vogel hat für Sie und den Techniker einen Schreibtisch im Vorzimmer frei geräumt."

Julias Computer steht bereits dort.

„Frau Kranz, bitte recherchieren Sie, wo sich die Tochter von Stephan Schnabel aufhält. Ich denke, dass es nicht ausgeschlossen ist, dass sie hinter der Erpressung steckt." Julia nickt. Das scheint auch ihr die einzige sinnvolle Spur zu sein.

Alex hat immer noch Husten und außerdem Kopfschmerzen von der gestrigen Schlaftablette. Er fühlt sich benommen und er ist wütend. Gern würde er Julia beim Schlafittchen nehmen und aus ihr herausbringen, wo sie seine Familie hingebracht hat. Er weiß, dass sie es nicht aus eigenem Entschluss getan hat, doch seine Wut richtet sich massiv gegen Julia. Er sitzt dennoch vor seinem Computer und hört sich eine

Sprachnachricht nach der anderen an. Die meisten enthalten keine Information, die hilfreich sein könnte. Er verdreht die Augen, jedes Mal, wenn er hört: „Hier ist – dann folgt ein Name – und ich glaube ich habe diesen Nick Schiffer gesehen." Dann folgt eine Geschichte, die schon lange zurück liegt, oder garantiert nicht zu dem Gesuchten führt. Er hört sie sich an, macht eine Notiz in Stichpunkten und hört sich die nächste Information an. Zwischendurch ist er von Hustenanfällen gebeutelt. Selbst der Ungarische Gulasch mit Semmelklößen schmeckt ihm heute nicht. Er lässt die Hälfte auf dem Teller und trottet noch vor Ende seiner Mittagspause an seinen Computer zurück. Einen Augenblick lang ist er versucht hinüber in Germers Dienstzimmer zu gehen. Doch er lässt es. Er wird nicht erfahren, wo seine Familie ist. Alles andere ist ihm egal. Als er in der Dämmerung dieser Sommernacht nach Hause fährt, hat er die Hoffnung, Caros Auto steht vorm Haus. Sie ist zurück und gibt ihm eine Chance, dass alles so wird, wie es einmal war. Doch ihr Auto steht nicht da. Alle Fenster sind geschlossen und es brennt kein Licht. Der Husten quält ihn.

Julia sitzt noch immer in Erwartung des Einsatzes zur Lösegeldübergabe mit Marion Vogel in Germers Vorzimmer und prüft jede Möglichkeit, die Tochter des erpressten Biobauern zu finden. Sie arbeitet sich durch endlose Dateien mit Übernachtungsbelegen von Hotels, Pensionen und Herbergen.

Das Fenster im Computer mit der Überwachung des Bioladens öffnet sich.

Schnabels Handy klingelt.

„Na, Schnabel, wo sitzen die Bullen?"

„Sie hatten doch gesagt, dass ich die Polizei nicht benachrichtigen darf. Hier ist keine Polizei."

„Halt mich nicht für blöd."

Aufgelegt.

Germer steht neben Julia. Er hat das Telefon am Ohr. Julia hört, wie er sagt: „Es geht los. Es gab telefonischen Kontakt, aber noch keine Übergabe."

Germer schaut Julia an. „Wir haben die Bereitschaftspolizei im Nachbardorf. Wenn es losgeht, dann brauchen die weniger als 5 Minuten bis zu Schnabel."

„Haben die Sichtkontakt?"

„Nein, unmöglich."

„Ist das nicht zu auffällig, wenn unsere Leute in einem Dorf stationiert sind? Dort kennt jeder jeden und jeder weiß, welches Auto ins Dorf gehört."

„Haben Sie eine bessere Lösung?"

Julia hat inzwischen die Dateien der Übernachtungsgäste des letzten Monats durchgearbeitet. Kein Hinweis auf Janina Schnabel. Sie erweitert die Suchoptionen auf 3 Monate und beginnt erneut. Jeden Moment ist sie bereit ihre Arbeit zu unterbrechen, um an dem Erpressungsfall weiterzuarbeiten.

Es ist nach ein Uhr nachts, als Julia sich einen Kaffee vom Automaten holt. Sie bringt Germer einen mit. Ihre Augen brennen und ihr Rücken schmerzt. Sie ist jetzt seit 18 Stunden im Dienst. Dabei hat sie die ausgefallenen Pausen nicht mitgerechnet.

„Frau Kranz, was denken Sie zu diesem Nervenspiel?"

Julia würde dieser Frage gern ausweichen. Sie hat das Gefühl, dass es in diesem Fall um etwas ganz anderes geht, als um diese halbe Million. „Ich weiß nicht so recht, was ich davon halten soll. Es gibt mehrere Möglichkeiten. Bis zu dem Anruf eben dachte ich, bei dem Erpresser ist etwas dazwischengekommen und er hat die ganze Aktion abgeblasen. Ganz offenbar ist dieses Zeitspiel Teil seiner Planung."

„Scheint mir auch so...", brummt Germer und holt eine Schachtel Kekse aus seinem Schreibtisch. Er stellt sie zwischen sich und Julia und bietet sie an. Julia greift zu. Germer sagt: „Ich glaube, er weiß, dass unsere Beamten nicht ausreichen, um dieses Spielchen wochenlang zu spielen. Nach 3 Tagen müssen wir Leute abziehen und nach 5 Tagen muss die Einsatzgruppe neu zusammengestellt werden. Das plant der ein!"

Julia sagt mit vollem Mund: „Außerdem denke ich, dass er das nicht zum ersten Mal macht. Er bleibt in der Deckung, provoziert und verschwindet wieder. Vielleicht sollten wir mal Ähnlichkeiten in dieser Vorgehensweise mit älteren Fällen überprüfen."

Germer nickt. „Habe ich schon veranlasst. Ich habe im Bundeskriminalamt eine Zusammenfassung aller Erpressungen der letzten 10 Jahre angefragt. Sie arbeiten dran. Hier ist diese Vorgehensweise noch nie aufgetreten, jedenfalls nicht, solange ich hier bin."

Julia senkt die Augen auf die Schreibtischplatte und sagt leise: „Was, wenn der weiß, wie wir arbeiten? Was, wenn der uns eine Woche warten lässt? Wie Sie schon sagten, spätestens in drei, vier Tagen können wir das personell nicht mehr abdecken." Julia versucht ein Gähnen zu unterdrücken.

Wieder nickt Germer und dann wird auch er von ihrem Gähnen angesteckt.

Germer hat sich den Besucherstuhl, der vor seinem Schreibtisch steht, herangezogen und die Füße hochgelegt. Julia sitzt zusammengesunken auf ihrem Stuhl und stützt den Kopf auf die Hand. Ihre Suche nach den Übernachtungen im Filter von 3 Monaten war ebenfalls ergebnislos. Vor dem Fenster singen die Vögel. Es ist 4.22 Uhr.

Das Telefon auf Germers Schreibtisch klingelt. Er ist sofort wach. „Ja!", schreit er.

Julia steht in der Tür und starrt ihn an. Germer hört zu, nickt und fragt schließlich: „Ist jemand verletzt?"

Er hört die Antwort.

„Gut, wenigstens das nicht. Ich schicke Ihnen sofort die Kriminaltechnik. Bleiben Sie unbedingt im Haus, halten Sie sich von den Fenstern fern. Unsere Leute sind in wenigen Minuten bei Ihnen. Bleiben Sie auch dann im Haus, wenn die Kollegen da sind."

Germer gibt telefonische Anweisungen, dann winkt er Julia und sagt: „Kommen Sie, ich informiere Sie unterwegs."

Germer und Julia fahren durch die schlafende Stadt. Keine Ampel und keine haltende Straßenbahn stoppen sie. Julia ist zum Platzen gespannt, was geschehen ist, doch Germer lässt sich Zeit.

„Der Erpresser ist um 4.15 Uhr vor dem Haus aufgetaucht. Er hat in das Fenster von Schnabels Schlafzimmer geschossen und als Schnabel das Licht eingeschaltet hat, hat der Erpresser von draußen gerufen ‚Leg das Geld ohne Tüte auf die Türschwelle deiner Haustür und dann verschwinde wieder, sonst knall ich dich ab.' Das hat Schnabel gemacht und dann hat er mich angerufen."

„4.15 Uhr?", fragt Julia.

Germer nickt.

„Das ist die Zeit, wo normalerweise Razzien stattfinden."

„Ja, Frau Kranz. Der scheint sich mit polizeilichen Vorgehensweisen auszukennen."

„Hat das Bundeskriminalamt schon geantwortet?"

Germer schüttelt den Kopf.

„Vielleicht ist dieser Kerl Polizist", überlegt Julia laut.

„Hoffentlich nicht. Ich glaube an jeden einzelnen unserer Kollegen und ich lege meine Hand für sie ins Feuer." Dann gibt er Anweisung: „Frau Kranz, beordern Sie einen Suchhund zum Tatort."

Julia tut, was angesagt ist.

Der Tatort ist ruhig. Die Kollegen vom Einsatzteam haben das Gelände um den Hof abgeriegelt. Die Spurensicherung ist noch nicht da und auch der Hund kann frühestens in einer Stunde vor Ort sein. Germer ruft Schnabel an. Er informiert ihn, dass er jetzt zur Tür kommen und ihn hereinlassen soll. Augenblicke später stehen Julia und Germer im Schlafzimmer des Biobauern. Sie betrachten die zerschossene Fensterscheibe und das Projektil in der Decke.

„Herr Schnabel", fordert Germer den Geschädigten auf, „hier muss zuerst die Spurensicherung arbeiten, ehe Sie es wieder betreten dürfen. Können wir in einen anderen Raum gehen und reden?"

Schnabel führt sie ins Wohnzimmer.

„Herr Schnabel, wo ist das Handy, das Sie vom Erpresser bekommen haben?"

Es liegt auf dem Couchtisch. Schnabel zeigt darauf. Germer steckt es in einen Kunststoffbeutel.

Germer fragt die Ereignisse chronologisch ab. Julia hat ihr Handy dabei und nimmt die Angaben von Schnabel auf. Die Kollegen der Spurensicherung arbeiten im Schlafzimmer und der von der Hundestaffel ist mit der Türschwelle beschäftigt.

Germer befragt Schnabels Mutter.

Es ist gegen 10 Uhr als Germer mit seinem Teil der Arbeit fertig ist. Jetzt heißt es warten, was die Spurensicherung ermittelt hat und vor allem, was der Hund findet. Julia und Germer sind zu diesem Zeitpunkt schon 26 Stunden auf den Beinen. Als die beiden das Haus verlassen, übersieht Julia eine Stufe, stolpert und fällt zu Boden.

Germer ordnet an, dass sie nach Hause fahren soll. Er wird sie anrufen, wenn die ersten Ergebnisse vorliegen.

Es ist 16 Uhr, als Julia wieder ins Polizeipräsidium kommt. Germer sieht aus, wie ein Gespenst. Er hat eingefallene Augen und Wangen. Gebeugt sitzt er hinter seinem Schreibtisch. Er ist noch immer in Zivilkleidung, ganz gegen seine Gewohnheit.

Er begrüßt sie mit den Worten: „Schön, dass Sie wieder da sind."

„Was kann ich tun?"

„Finden Sie Janina Schnabel. So schnell, wie möglich."

Julia zieht fragend die Augenbrauen hoch.

„Der Hund hat eine Fährte aufgenommen und ist bis zu Schnabels Garage gekommen. Dort endete offenbar die Spur. Die Kollegen haben dann einen weiteren Hund hinzugezogen. Der hat die gleiche Strecke genommen und auch seine Spur endete vor der Garage. Die Kollegen haben daraufhin das gesamte Grundstück abgesucht, denn der Hundeführer meinte, dass der Erpresser das Grundstück nicht verlassen hat."

„Und?"

„Nichts. Außer Schnabel und seiner Mutter war niemand da."

„Was schlussfolgern Sie?"

„Das kann bedeuten, dass entweder Schnabel oder seine Mutter diese Erpressung vorgetäuscht haben, oder es war jemand, dessen Geruch dort überall in der Luft hängt. Es kann aber auch sein, dass dort irgendein Einfluss war, der die Hunde derart irritiert hat, dass die ihren Job nicht gemacht haben."

„Was könnte das sein?"

„Ich weiß es nicht und die Hundeführer hatten auch keine Idee. Der eine sagte, dass es manchmal super funktioniert und die Hunde eine Spur über viele Kilometer halten können und manchmal eben nicht. Am wahrscheinlichsten ist aber, dass dort ein Fahrzeug stand, mit dem der Täter den Hof verlassen hat."

„Ich weiß nicht... Wenn dort ein Fahrzeug gestanden hätte, müssten die Bewohner des Hofes das doch bemerkt haben. Außerdem: So ein

Hund kann einer Fahrzeugspur folgen. Manchmal war das sogar nach langer Zeit noch möglich."

„Wie wir wissen, kann nur der Hundeführer die Signale des Tieres deuten. Dort liegt die Fehlerquelle bei allen Arbeiten mit Tieren. Gehen wir mal davon aus, dass wir die Ergebnisse des Hundeeinsatzes nicht verwerten können. Nehmen wir also, was wir bisher haben. Das ist nicht viel. Schnabel hat sein Konto leergeräumt und das Geld, nach seinen Angaben, dem Erpresser übergeben. Es gab keine unmittelbare Personenbedrohung. Mir scheint, dass Schnabel zu wenig Widerstand geleistet hat. Wenn wir nicht durch die beiden Todesfälle auf seinen vergifteten Joghurt gekommen wären, wer weiß, ob diese Erpressung überhaupt so gelaufen wäre. Ich denke, wir sollten uns die Familienangehörigen und auch die Mitarbeiter ganz genau ansehen. Vater, Tochter und Großmutter zuerst. Im zweiten Schritt die Mitarbeiter."

„Gut", sagt Julia „ich werde zuerst nach den Kontodaten von Janina Schnabel suchen. Sie muss schließlich leben und das kostet Geld."

„Frau Kranz, beginnen Sie damit im Umfeld des Hofes nach Janina zu fragen. Wenn sie irgendwelche Spielchen treibt, dann hat man sie auch gesehen. Schauen Sie sich ihr Zimmer an und suchen Sie nach Unterlagen, die einen Hinweis geben könnten. Ich muss mich jetzt kurz hinlegen."

Die Dampfer am Elbufer rücken zur Abendfahrt aus, als Julia zurück ins Präsidium kommt. Germer sitzt schon wieder hinter seinem Schreibtisch und bereitet die Vernehmung von Schnabels Mutter vor. Sie sitzt im Vernehmungsraum. Schnabel selbst ist mit Hausarrest auf seinem Hof. Er muss die Tiere versorgen. Man hat jemanden zu seiner Bewachung abgestellt. Germer fragt, was Julia in Erfahrung gebracht hat.

„Janina hat seit Monaten, wenn nicht sogar Jahren niemand mehr gesehen im Dorf. Vor einem halben Jahr gab es ein Klassentreffen. Die

Einladung hat man an ihre alte Adresse auf dem Hof geschickt. Sie ist nicht erschienen. In ihrem Zimmer war nichts von Belang zu finden. Keine Unterlagen, Ausweise oder sonst etwas Nützliches. Ein paar Kleidungsstücke hingen noch in ihrem Schrank im Kinderzimmer, Bücher über Landwirtschaft und eine Sammlung Comics. Keine Fotos, keine Briefe."

„Frau Kranz, finden Sie diese Janina. Das hat jetzt höchste Priorität."

„Ja, ich bin dran."

„Finden! Wenn Sie irgendetwas ermittelt haben, dann will ich das sofort wissen. Unverzüglich.", sagt Germer ungehalten. „Ich bin im Vernehmungszimmer. Die Großmutter muss mehr wissen, als Schnabel selbst. Großmutter und Enkelin, da gab es garantiert Vertraulichkeiten."

Julia öffnet die Tür und steht direkt vor Alex. Er hält einen Schuhkarton voll mit Gesprächsnotizen in den Händen.

„Hans-Jürgen, was soll damit werden? Das ist die Zusammenfassung der Anrufe, die möglicherweise einen Hinweis beinhalten. Mehr als die Hälfte waren nicht brauchbar." Alex schaut auf die Uhr. „Ich habe die Anrufumleitung in die Zentrale umgeschaltet. Soll ich mich jetzt um die Bearbeitung kümmern?"

Germer schaut auf die Uhr und sagt: „Nein, deine Aufgabe ist das Telefon. Darum", Germer zeigt auf den Karton, „kümmert sich jemand anderes." Er nimmt den Karton. „Mach Schluss für heute. Für dich ist Feierabend."

„Bei euch brennt die Luft und ich soll nach Hause gehen? Was hat das zu bedeuten? Sag mir, was ich tun soll!"

„Tschüss, bis morgen", sagt Germer und geht an Alex vorbei ins Vernehmungszimmer.

Im Vernehmungszimmer sitzt eine kleine Frau um die siebzig. Man sieht ihr an, dass sie viel gearbeitet hat in ihrem Leben. Die Haut ist von der Sonne gebräunt und voller Falten. Doch ihre Ausstrahlung ist freundlich und offen.

Germer eröffnet die Vernehmung und bemüht sich um ihr Vertrauen. „Frau Schnabel, wie geht es Ihnen?"

„Ich habe Angst und ich bin wütend."

„Verständlich. Bitte schildern Sie mir ganz genau, was in der letzten Nacht geschehen ist."

„Ich konnte nicht schlafen. Normalerweise gehe ich gegen zehn Uhr zu Bett und schlafe dann gut bis sechs. Doch gestern konnte ich nicht einschlafen. Stephan hat sein ganzes Geld von der Bank geholt. Ich habe ihn nicht gefragt, wo er es aufbewahrt. Insgeheim habe ich mit einem Überfall gerechnet. Ich bin gegen elf Uhr wieder aufgestanden, habe mir etwas angezogen und darauf gewartet, dass sich die Beleuchtung in der Auffahrt einschaltet."

„Sie haben gewusst, dass der Erpresser zu Ihnen kommt?"

„Nein. Das wusste ich nicht. Aber warum sollte Stephan das Geld sonst holen?"

„Wo waren Sie genau im Haus?"

„Ich habe meine eigene kleine Wohnung. Von meinem Küchenfenster aus kann ich ein Stück weit die Einfahrt überblicken. Soll ich Ihnen eine Skizze machen von meiner Wohnung?"

„Ja, gerne." Germer schiebt ihr ein Blatt Papier und einen Stift zu.

Frau Schnabel zeichnet ihre kleine Wohnung über dem Laden ein, das Büro und die Umkleideräume. Auf der anderen Seite des Gebäudes skizziert sie die Wohnung von Stephan und Janinas Zimmer, als die noch bei ihnen lebte. Zu jeder Wohnung führt eine eigene Treppe und eine Wohnungstür. Frau Schnabel tippt auf eine Stelle des Papieres und sagt: „Hier habe ich gesessen und Tee getrunken. Im Dunklen. Ich habe gewartet. Es ist nichts geschehen. Irgendwann bin ich auf dem Stuhl eingeschlafen. Dann hat es geknallt. Ich wusste sofort, dass ist kein Flugzeug oder Gewitter. Im ersten Moment wollte ich hinunter und nachsehen, was los ist. Ich bin dann doch in der Wohnung geblieben. Das war vielleicht ein bisschen feige?"

„Würde ich nicht sagen. Vorsichtig, das trifft es eher. Wie oft hat es geknallt?"

„Einmal!"

„Und dann?"

„Ich bin dann von Fenster zu Fenster in meiner Wohnung gelaufen und habe versucht etwas zu sehen. Es war alles dunkel und es war niemand da. Ich dachte, wenn da jemand ist, muss sich doch die automatische Beleuchtung einschalten. Es war rundherum dunkel."

„Wie ging es weiter?"

„Stephan hat das Licht in seinem Schlafzimmer eingeschaltet und der Lichtschein erhellte ein Stück des Hofes. Ich habe hier am Fenster gestanden", sie tippt auf das Papier, „und habe mich nicht getraut nachzusehen. Ich habe das Fenster nicht geöffnet."

„Das haben Sie richtig gemacht."

„Ich weiß nicht, wie lange es gedauert hat, aber dann hat Stephan bei mir angerufen und gefragt, ob bei mir alles in Ordnung ist. Es war vorbei. Der Kerl hatte das Geld geholt."

„Sie sagen, der Kerl. Können Sie irgendetwas zu der Person sagen?"

„Ich habe nichts gesehen, ich denke nur, dass es ein Mann war. Mehr kann ich nicht sagen."

„Wie ging es dann weiter?"

„Ich bin dann in den Hof gegangen und da stand Stephan in seiner Haustür. Als ich das zerschossene Fenster sah, ist mir fast das Herz stehengeblieben. Stephan hätte tot sein können. Ich war so froh, dass er unverletzt war. Er hatte schon die Polizei benachrichtigt. Wir standen ein paar Minuten, wie versteinert da. Dann sahen wir schon die Lichter Ihrer Autos."

„Wissen Sie, was ich mich frage: Wie kam der Erpresser gerade auf diese Summe? Normalerweise werden viele Millionen verlangt und im Gegenzug mit der Tötung einer Geisel gedroht. Der hat Sie ruiniert mit vergifteten Waren. Dass dafür mindestens 2, vielleicht aber auch viel mehr Menschen ihr Leben lassen mussten, nahm er billigend in Kauf. Er erpresst Ihren Sohn um genau die Summe, die er als Rücklage besitzt und Ihr Sohn geht auf die Erpressung ein. Er hätte sich weigern können. Schließlich war der Schaden schon eingetreten. Die Geldübergabe war so eingefädelt, dass wir keine Chance hatten, einzugreifen. Da fehlt ein Stein im Puzzle. Was halten Sie davon?"

„Ich verstehe es auch nicht. Erklären Sie es mir."

„Normalerweise lockt der Erpresser den Erpressten mit dem Geld aus dem Haus. Dann beginnt eine Art Hasenjagd und er hängt dabei die Polizei ab. Dann trennt sich der Erpresste von dem Geld und die Polizei beginnt mit der Arbeit. Aber dieser Erpresser holt es sich bei Ihnen auf dem Hof ab und verschwindet dann, ohne dass jemand sieht, wohin. Finden Sie das nicht auch ein bisschen merkwürdig?"

„Das ist das erste Mal, dass ich bei so etwas beteiligt bin. Was wollen Sie damit sagen?"

„Wer wusste, dass Ihr Sohn eine solche Summe besitzt?"

„Niemand!" Frau Schnabel ist kurzatmig. „Nicht einmal ich wusste es. Ich bin immer davon ausgegangen, dass er jeden Monat gerade so um die Runden kommt. Er arbeitet für drei. Was immer er selbst machen kann, dass macht er auch. Er steht morgens um halb fünf auf und geht nach elf zu Bett. Dazwischen ist er ununterbrochen am Arbeiten. Ich helfe, so gut ich kann, aber ich bin eine alte Frau. Wenn er nur einen oder zwei Leute mehr anstellen würde, dann wäre es ein erträgliches Leben. Aber so gibt es nur Arbeit und Arbeit und Arbeit."

„Wie halten das die anderen Familienmitglieder?"

„Welche anderen Familienmitglieder?"

„Im Melderegister steht, dass er verheiratet ist und eine Tochter hat."

„Seine Frau ist abgehauen, als Janina noch in den Kindergarten ging. Janina wollte bei ihrem Papa bleiben. Letztlich habe ich sie großgezogen."

„Wo lebt Janinas Mutter jetzt?"

„Ich weiß es nicht. Sie hat einen Koffer voll Sachen gepackt, hat ihn auf ihr Fahrrad geladen und ist gegangen. Sie hat Janina zum Abschied geküsst und sie gefragt, ob sie wirklich hierbleiben will. Das Mädchen hat genickt. Dann war sie weg und ich habe nie wieder etwas von ihr gehört."

„Haben Janina oder Ihr Sohn noch Kontakt zu ihr?"

„Wahrscheinlich. Janina hat, als sie noch bei uns wohnte, gelegentlich mit ihrer Mutter telefoniert. Mit mir hat sie nie darüber gesprochen."

„Wo ist Janina jetzt?"

„Das weiß ich auch nicht. Sie hat studiert, als sie noch bei uns gewohnt hat. Damals hatten wir noch eine Menge junger Leute auf dem Hof. Wiedereingliederung nach Straftaten, Leute im Drogenentzug, Sozialstunden und Jugendliche mit psychischen Problemen. Mein Sohn hat sie betreut und sie haben auf dem Hof mitgearbeitet. Anfangs lief das auch ganz gut. Aber die Jugendlichen, die zu uns kamen, waren zunehmend schwierigere Charaktere. Einmal hat Stephan einen Mann erwischt, der scheinbar ein Kunde in unserem Hofladen war. Doch unter diesem Vorwand hat er Drogen gebracht und verkauft. Stephan hat dann diese Betreuung beendet. Er sagte, dass diese Leute nicht zu uns passen und ehrlich, ich war froh, dass er so entschieden hat."

„Wie meinen Sie das?"

„Es war keine gute Stimmung bei uns. Kontrolle und Aufsicht und Lügen und Falschheit. Das verbraucht so viel Energie."

„Wann ist Janina ausgezogen und wohin?"

„Das ist jetzt ein paar Jahre her. Ich war damals zur Kur. Als ich wegfuhr, hat sie meine Aufgaben übernommen. Es waren Ferien. Als ich von der Kur zurückkam, war sie ausgezogen. Ich habe Stephan gefragt, was geschehen sei? Er sagte nur, dass ihr irgendeiner von den Jugendlichen einen Floh ins Ohr gesetzt habe und sie mit ihm gegangen sei."

„Name?"

Schulterzucken. „Das weiß ich nicht. Ich weiß auch nicht, was genau geschehen ist. Stephan redet nicht darüber. Sie ruft mich manchmal an und dann plaudern wir ein wenig. Ich habe sie gefragt, wo sie wohnt. Sie sagte: Bei einem Freund."

„Haben Sie ihre Telefonnummer?"

„Nein. Im Display steht immer ‚Anonym'."

„Wir müssten uns Ihr Telefon genauer ansehen. Kann ich Ihr Telefon haben?"

Sie schiebt es über den Tisch. „Ja, bitteschön."

„Wann hatten Sie zuletzt mit ihr Kontakt?"

„Vor vier Wochen ungefähr."

Das Handy in Germers Uniformjacke meldet einen stummen Alarm. Textnachricht von Julia Kranz: Janina Schnabel hat 2 Flüge nach Havanna gebucht.

Er schaut die Frau auf der anderen Seite des Tisches an: „Frau Schnabel, wir machen eine kurze Pause. Ich bin gleich wieder hier. Möchten Sie einen Kaffee, wenn ich zurückkomme?"

Sekunden später steht Germer neben Julia. Sie zeigt auf ihren Monitor und sagt: „Sie hat bei einer Schweizer Airline einen Flug nach Zürich gebucht und dann einen Anschlussflug nach Havanna. 2 Personen, nur Hinflug."

„Auf wen ist der 2. Platz gebucht?"

„Das ist hier nicht vermerkt. Hier steht nur Janina Schnabel, 2 Personen."

Germer schaut auf das Datum. Der Flug wird erst in 3 Wochen gehen. Wo ist die Frau?

„Haben Sie über ihre Kontobewegungen Informationen?"

„Frühestens morgen. Ich bin dran."

Germer nickt ihr zu: „Gute Arbeit, Kollegin. Machen Sie Feierabend."

Mit zwei Bechern Kaffee tritt er wieder ins Vernehmungszimmer. „Frau Schnabel, könnte es sein, dass Janina vom Vermögen ihres Vaters wusste?"

„Das weiß ich nicht. Fragen Sie Stephan. Wenn sie es gewusst hat, dann von ihm."

„Was hatte Janina für Träume und Pläne?"

„Warum interessieren Sie sich so für meine Enkelin? Hat sie damit etwas zu tun?"

„Das kann ich noch nicht einschätzen. Die Lage ist, dass offenbar jemand aus dem Nahbereich Ihres Sohnes ihn erpresst. Seine Tochter Janina ist nicht erreichbar. Was liegt da näher, als sie zu finden und zu fragen?"

„Janina wäre dazu gar nicht fähig. Sie ist eine Seele von einem Menschen. Ihr Vater ist der Sturkopf."

„Was ist mit der Mutter Ihrer Enkelin? Wo wohnt die? Ist Janina vielleicht bei ihrer Mutter eingezogen? Das läge doch nahe."

„Ich weiß nicht, wo meine Schwiegertochter lebt. Ich habe sie nicht wieder gesehen, seit sie vor Jahrzehnten bei uns ausgezogen ist. Janina hat nie von ihr gesprochen und ich habe nicht nachgefragt. Aber Sie können doch bestimmt feststellen, wo sie wohnt."

„Grundsätzlich ja, aber dazu muss jeder seiner polizeilichen Meldepflicht nachkommen. In unseren Unterlagen ist sie noch bei Ihnen auf dem Hof gemeldet und es gibt auch keinen Vermerk über eine Scheidung. Deshalb frage ich Sie."

„Ich kümmere mich nicht um die Angelegenheiten meines Sohnes. Fragen Sie Stephan."

„Vielleicht wird Janina irgendwo festgehalten und Ihr Sohn wird damit erpresst?"

„Nein! Das darf nicht sein.", sagt sie mit Entsetzen in der Stimme. „Janina hat schon genug mit ihrem Vater durchgemacht. Finden Sie das Mädchen!" Frau Schnabel starrt Germer ins Gesicht und ihr Ausdruck ist die pure Angst.

„Das ist jetzt unsere höchste Priorität." Er nickt und wartet einen Moment. „Wir können nur dort ansetzen, wo wir Informationen haben. Mit wem war Janina zusammen, als es diesen Streit gab?"

„Ich weiß es nicht. Fragen Sie meinen Sohn."

„Was hatte Janina für Pläne?"

„Heute das und morgen jenes. Sie hat Landwirtschaft studiert und wollte ihren eigenen Betrieb aufbauen. Sie hat von der Südsee geträumt und vom Fallschirmspringen. Sie wollte Pferde halten und ein Motorboot haben."

„Südsee? Etwas Bestimmtes?"

„Ursprünglich war es Neuseeland und Landwirtschaft. Dann war es ein Projekt zum Schutze des Regenwaldes. Solche Sachen eben."

„Neuseeland und Landwirtschaft, dafür braucht man Geld."

„Ich sagte, dass es Spinnereien waren."

„Fällt Ihnen noch irgendetwas ein, was uns nützlich sein könnte?"

„Nein. Ich hätte nicht gedacht, dass Sie Janina damit in Verbindung bringen. Ich habe jetzt richtig Angst um sie."

Germer gibt ihr seine Visitenkarte. Er sagt: „Wenn Ihnen noch irgendetwas einfällt, rufen Sie mich sofort an. Ihre Enkelin zu finden, ist wichtiger, als den Erpresser. Es könnte sein, dass Janina das Druckmittel des Erpressers ist. "

„Ja. Unbedingt."

„Ich muss jetzt Ihren Sohn befragen. Kommen Sie mit der Versorgung der Tiere auch ohne ihn zurecht?"

„Ja. Natürlich."

Germer gibt Anweisung, dass Frau Schnabel nach Hause gefahren und ihr Sohn Stephan ins Polizeipräsidium zur Vernehmung gebracht werden soll. „Achten Sie darauf, ", sagt Germer zu dem Polizisten, „dass Schnabel und seine Mutter keine Gelegenheit für ein Gespräch haben."

Donnerstag

Germer hat ein wenig geschlafen, als er Stephan Schnabel ins Vernehmungszimmer bringen lässt.

Schnabel tobt: „Warum haben Sie mich schon wieder herbringen lassen. Ich habe zu tun. Bei mir gehts drunter und drüber. Ich kann es mir nicht leisten, hier stundenlang herumzusitzen!"

Germer lässt ihn reden, bis er still ist. „Ich hoffe, Sie entschuldigen die Unannehmlichkeiten. Wir tun alles, was in unseren Möglichkeiten liegt. Es geht hier schließlich um ein Kapitalverbrechen. Diese Ermittlungen haben jetzt jeden Vorrang. Es steht Ihnen frei zu kooperieren oder sich zu weigern."

„Habe ich eine Wahl?"

Germers Lächeln ist die Antwort.

„Bitte schildern Sie ganz genau, was Sie getan haben, nachdem Sie das Geld von der Bank geholt haben."

Schnabel versucht sich an jede Kleinigkeit zu erinnern. Er beschreibt, dass er den ganzen Tag das Telefon nicht aus der Hand gelegt hat. Er war immer in der Erwartung des Anrufes für die Übergabe des Lösegeldes.

„Was haben Sie getan, während Sie warteten?"

„Genau genommen überhaupt nichts."

„War irgendetwas anders, als normal?"

„Ja. Es waren keine Kunden da. Ihre Kollegen hatten bereits an der Einfahrt in meine Zufahrt ein Schild aufgestellt, dass die Straße gesperrt ist."

„Was war sonst noch anders?"

Schnabel zieht die Schultern hoch. „Da vergiftet jemand meine Produkte, ich werde erpresst, den Laden haben Sie mir dichtgemacht. Bis auf den Umstand, dass die Tiere gefüttert werden müssen, ist komplett alles anders. Der Erpresser verlangt: keine Polizei. Natürlich war überall zu sehen, dass Polizei bei mir war. Also, fragen Sie besser, was normal war."

„Die Kollegen waren in Fahrzeugen ohne Aufschrift bei Ihnen."

„Hinter dem Gasthof stand ein Kastenwagen mit einer Antenne. Hier kennt jeder jedes Auto. Die Leute sind doch nicht blöd. Sie haben mich angerufen und gefragt, was passiert ist."

„Wer hat sie angerufen? Schreiben Sie die Namen auf." Germer schiebt ein Blatt Papier über den Tisch.

Schnabel notiert drei Namen.

„Wie ging es dann weiter?"

„Gegen acht Uhr habe ich mir etwas zu Essen gemacht und um 23 Uhr bin ich zu Bett gegangen. Ich konnte nicht schlafen. Als ich dann doch eingeschlafen war, bin ich von einem Schuss geweckt worden. Es war komplett dunkel, aber mir rieselte feiner Putz ins Gesicht. Einen Augenblick lang habe ich überlegt, ob ich das Licht einschalte oder nicht. Dann hörte ich eine Männerstimme: Schnabel, bring das Geld raus. Leg es auf die Türschwelle deiner Haustür, ohne Tüte oder Tasche. Ich will das Geld sehen. Leg es hin, mach die Tür wieder zu und verschwinde. Wenn nicht, habe ich noch eine Kugel für dich."

Schnabel ist bleich und er fühlt den Schock der letzten Nacht noch einmal.

„Wo hatten Sie das Geld?"

„Auf meinem Nachtschrank. Es war zusammengehalten von zwei Gummibändern."

„Weiter."

„Ich habe das Geld genommen, bin die Treppe runter, habe die Haustür geöffnet und das Geld auf die Schwelle gelegt, die Tür wieder zugemacht und dann weg von der Tür."

„Hatten Sie eine Lampe dabei? War irgendwo eine Beleuchtung an?"

„Die Lampe im Treppenhaus war an. Es war ein kleiner Lichtschein, so dass ich nicht ganz im Dunklen stand. Aber draußen, die Außenbeleuchtung war komplett aus. Wir haben mehrere Lampen rund ums Haus mit Bewegungsmeldern. Wenn jemand kommt, schalten sich die Lampen von selbst ein. Es war dunkel."

„Wie ging es dann weiter?"

„Ich saß innen neben der Haustür mit dem Rücken zur Wand. Erst war es still, dann hörte ich rascheln. Jemand sagte: „Dankeschön." Dann entfernten sich Schritte. Ich habe dann noch zwei oder drei Sekunden so gesessen. Schließlich habe ich den Notruf informiert. Ihre Kollegen waren umgehend da, doch der Kerl war schon weg."

„Die haben im Nachbarort auf ihren Einsatz bei Ihnen gewartet. Haben Sie den Kerl gesehen, wie er verschwunden ist?"

Schnabel schüttelt den Kopf. „Nein. Wie vom Erdboden verschluckt. Von meiner Haustür bis runter zur Straße sind es gut 300 Meter. Das schafft man nicht in fünf Sekunden."

„Ihr Haus und ihr Hof sind von Weideflächen umgeben. Vielleicht ist er übers offene Gelände verschwunden? Haben Sie nach allen Seiten gesehen?"

„Da war niemand. Ich hätte ihn gesehen."

„Haben Sie die Stimme erkannt?"

„Nein."

„Warum haben Sie das Geld auf die Türschwelle gelegt?"

„Er hat auf mich geschossen!"

„Nein. Er stand vor Ihrem Haus und er hat vom Boden aus durch das Fenster im 1. Stockwerk in die Decke geschossen. Sie hätten sich hinter Ihrem Bett in Deckung bringen können und uns rufen. Sie wussten ja, dass wir in wenigen Augenblicken bei Ihnen sein können. Sie haben genau das nicht getan. Wer sagt mir, dass Sie nicht an dieser Erpressung beteiligt sind?"

„Ich bin der Geschädigte!"

„Sie hätten sich weigern können. Was hat sich verändert, seit Sie das Geld übergeben haben?"

Stephan Schnabel wird kurzatmig. „Da hat jemand meine Kunden vergiftet und mein ganzes Geld verlangt. Er hat verlangt: keine Polizei. Ich habe gemacht, was er wollte und jetzt werde ich beschuldigt? Das ist nicht Ihr Ernst!"

Germer schaut Schnabel an und wartet. Dann fragt er: „Sie hatten keinen Vorteil davon, das Geld zu übergeben?"

„Wenn das mit den vergifteten Kunden in die Öffentlichkeit gelangt, bin ich absolut ruiniert."

„Wer könnte daran ein Interesse haben?"

„Woher soll ich das wissen?"

„Wenn Sie von dem Erpresser sprechen, sagen Sie ‚er'. Wer ist er?"

„Das weiß ich nicht. Neider gibt es immer."

„Haben Sie den Mann erkannt, der das Geld geholt hat?"

„Nein."

„Die Stimme?"

„Nein."

„Gut", sagt Germer, „gehen wir der Reihe nach vor. Im Melderegister sind auf Ihren Hof polizeilich gemeldet: Ihre Mutter, Sie, Ihre Ehefrau und Ihre Tochter Janina. Die beiden letzteren haben wir nicht angetroffen. Wo sind sie?"

„Ich weiß es nicht."

„Herr Schnabel, es gibt jetzt zwei Möglichkeiten: Entweder kooperieren Sie und geben uns jede Information, die Sie haben, oder wir müssen davon ausgehen, dass die Erpressung Ihrerseits nur vorgetäuscht wurde."

„Natürlich kooperiere ich. Aber ich weiß trotzdem nicht, wo Janina und ihre Mutter sind."

„Sind die beiden zusammen?"

„Ich weiß es nicht."

„Was wissen Sie dann?"

„Meine Frau Katrin hat den Hof mit mir zusammen von meiner Mutter übernommen. Wir haben extra geheiratet deshalb. Sie wollte nicht rechtlos auf dem Hof sein, wenn sie schon mitarbeitet. Anfangs lief alles gut. Wir kamen unseren Zielen schnell nahe. In dem Jahr, in dem ich meinen ersten Hofladen aufmachen wollte, fing sie an zu zetern. Wir brauchen mal Urlaub. Wir brauchen eine neue Küche. Wir müssen die Wohnung besser einrichten. Janina sollte Musikunterricht bekommen. Ich habe ihr dann vorgerechnet, dass wir uns das alles nicht leisten können. Sie wollte plötzlich Bezahlung für ihre Arbeit. Auch das wäre undurchführbar gewesen. Ich habe ihr dann vorgerechnet, was das Leben in der Stadt kostet und was wir hier sparen, wenn wir so weiter wirtschaften. Dann hat sie verlangt, dass sie ins Grundbuch eingetragen wird. Das wollte ich nicht. Das hätte meine Entscheidungsfreiheit eingeschränkt. Dann hat sie sich einen Job gesucht, wollte mit Janina ausziehen. Das Kind hat sich mit Händen und Füßen gewehrt. Also ist sie bei mir geblieben. Das ist schon alles."

„Wo ist sie hingezogen?"

„Eine Zeit lang hat meine Frau wohl bei ihrer Mutter gewohnt. Dann hat sie sich eine Wohnung mit ihrem neuen Freund genommen. Die Adresse habe ich in meinem Notizbuch."

Germer telefoniert mit den Kollegen, die noch auf dem Hof Spuren sichern. „Findet mal das Notizbuch von Stephan Schnabel." Er wendet sich wieder an den Geschädigten: „Was ist mit Janina?"

„Was soll sein? Sie geht ihre eigenen Wege, schon seit ein paar Jahren."

„Was macht sie genau?"

„Ich weiß es nicht. Sie hat mit ihrem Studium begonnen und plötzlich musste sie sich in alles einmischen. Sie wollte mir erklären, wie Landwirtschaft geht. Dann wollte sie Bezahlung für ganz normale Hilfestellungen innerhalb der Familie. Es gab Streit."

„Weiter", fordert Germer.

„Nichts weiter. Den Streit gab es zum Nachmittagskaffee und als ich nach der Fütterung am Abend aus dem Stall kam, sah ich sie, einen schweren Rucksack auf dem Rücken, mit ihrem Moped davonfahren. Das war alles."

Germer nickt. Dann sagt er: „Herr Schnabel, ich muss jetzt erst einmal Ihre Frau und Ihre Tochter finden. Dann werde ich die Ergebnisse der Spurensicherung auswerten und dann werde ich mich noch einmal mit Ihnen zusammensetzen."

„War es das für den Augenblick?"

Germer nickt.

Schnabel erhebt sich und will sich der Tür zuwenden.

„Herr Schnabel, es sind mindestens 2 Menschen an Produkten aus Ihrem Angebot gestorben. Ich kann Sie nicht gehen lassen."

Als Germer ins Büro kommt, liegt bereits ein Stapel Papier auf seinem Schreibtisch. Es ist die Auswertung der Spurensicherung. Das Projektil stammt von einer gängigen Sportwaffe. Die ballistische Auswertung wird noch eine Weile dauern. Der Besitz dieser Waffen ist meldepflichtig und an einen Waffenschein gebunden. Eine neue Spur, freut sich Germer. Durch die geöffnete Tür ruft er Marion Vogel im Vorzimmer zu: „Rufen Sie mir bitte Frau Kranz, sofort."

Als Julia vor ihm sitzt, sagt er: „Was haben Sie?"

„Janina Schnabel hat regelmäßige Kontobewegung."

„Dann haben wir sie endlich!"

„Leider nicht. Sie zahlt in unregelmäßigen Abständen eine runde Summe Bargeld ein und benutzt ebenso unregelmäßig eine Kreditkarte. Die Adresse im Melderegister ist noch immer der Hof ihres Vaters."

„Es wäre zu schön gewesen!", brummt Germer. „Jedenfalls ist sie noch im Lande."

Julia nickt. „Ich habe noch etwas. Katrin Schnabel, die Mutter von Janina, lebt bei ihrer Mutter. Ich habe sie angerufen und sie ist auf dem Weg hierher. Allerdings, wo Janina ist, weiß sie nicht."

„Gut gemacht. Sobald sie da ist, befragen Sie die Frau. Sie ist noch nicht tatverdächtig, aber sie hätte ein Motiv. Schließlich hat sie jahrelang in Schnabels Unternehmen gearbeitet und ist letztendlich leer ausgegangen. Es ist mit Gift gemordet worden und wir alle wissen ja, wer das tut."

Julia nickt. „Aber dazu hätte die Frau auf den Hof kommen müssen, um den Joghurt zu holen und wieder zurückzubringen und dabei hätte sie garantiert jemand erkannt. Das Katrin Schnabel die Giftmischerin ist, das glaube ich nicht."

Germer sagt: „Es muss jemand einen Grund haben, Schnabel zu schaden. Wenn es nur um Geld ginge, dann wäre der Erpresser anders vorgegangen." Er wendet sich an seine Sekretärin: „Haben Sie in der Liste der registrierten Waffen den Namen Schnabel?"

„Nein."

„Warum haben die Hunde nichts gefunden?", fragt Julia.

„Liebe Kollegin, glauben Sie mir, Hunde im Ermittlerteam werden generell überschätzt."

Pit Wilhelms öffnet die Tür. Ohne Aufforderung sagt er mit einem diebischen Grinsen im Gesicht: „Es klappt. Ich glaube, wir haben ihn an der Angel." Er hält einen Laptop in den Händen und geht in Germers Zimmer. Germer folgt ihm und schließt die Tür.

Eine Stunde später sitzt Julia im Vernehmungszimmer. „Guten Tag, Frau Schnabel. Danke, dass Sie so schnell gekommen sind. Sie sind die Ehefrau von Stephan Schnabel?"

Die Frau nickt. „Ja, das bin ich. Doch wir leben schon ewig nicht mehr zusammen."

„Sie haben gehört, worum es geht?"

„Nein."

Julia berichtet, so knapp nur möglich.

„Sind Sie sicher, dass die beiden Toten zweifelsfrei an Stephans Joghurt gestorben sind? Das kann ich nicht glauben."

„Es gibt keinen Zweifel. Wir brauchen nun jeden Hinweis. Was können Sie dazu sagen?"

„Ich?", die Frau reißt die Augen auf. „Ich bin vor siebzehn Jahren das letzte Mal auf dem Hof gewesen. Ich weiß nicht einmal, dass er einen Laden hat und mit Lebensmitteln handelt. Das war damals in der ersten Planungsphase und er wollte mir den Laden übertragen. Ich sollte dort ganz nebenbei noch den Vertrieb übernehmen. Ich war damals sehr wütend auf ihn und ich habe mir geschworen, mit alldem restlos abzuschließen. Gern hätte ich Janina mitgenommen. Doch die wollte unbedingt dortbleiben. Also habe ich mich abgefunden. Heimlich hatte ich die Hoffnung, dass sie eines Tages auch genug hat, von diesen niemals endenden Arbeiten. Doch sie scheint das Naturell ihres Vaters geerbt zu haben. Ihr scheint es zu gefallen."

„Wenn ich das richtig sehe, sind Sie noch immer verheiratet."

„Ja. Ich wollte mit dem Ganzen nichts mehr zu tun haben."

„Haben Sie einen Ehevertrag?"

Die Frau schüttelt den Kopf.

„Dann lebten Sie also in einer Zugewinngemeinschaft? Wenn die nicht aufgelöst wurde, dann ist es auch Ihr Geld, das hier erpresst wurde."

Die Frau starrt Julia an. „Daran habe ich noch gar nicht gedacht."

Julia wartet einen Moment, dann fragt sie: „Frau Schnabel, noch sammeln wir nur Fakten. Deshalb ist es jetzt für uns vorrangig, Ihre Tochter zu finden. Wissen Sie, wo sie ist?"

Die Frau senkt den Kopf und sagt leise: „Nein. Ich habe keine Ahnung."

„Wissen Sie, wo ihre Freunde wohnen, wo sie einen Anlaufpunkt hat? Haben Sie eine Telefonnummer von ihr?"

Kopfschütteln. „Ich wünschte, ich wüsste, wo sie ist. Sie hat sich damals an ihren Papa geklammert und wollte mir kaum die Hand zum Abschied geben." Tränen tropfen auf die Tischplatte. „Unzählige Male habe ich versucht, sie anzurufen. Er hat sie einfach nicht ans Telefon gelassen. Ich bin zu ihrem Kindergarten gefahren und habe sie sehen wollen. Er hat Anweisung gegeben, dass sie keinen Kontakt zu mir haben darf."

„Waren Sie nicht wütend auf Ihren Mann? Haben Sie keine Rachegefühle gehegt?"

„Nein. Ich war nur unendlich traurig."

Kurz nach 15 Uhr hat Julia alle Protokolle geschrieben. Sie geht in Germers Vorzimmer und will eine neue Anweisung. Marion Vogel ist nicht an ihrem Platz. Durch die geöffnete Tür sieht Julia, dass Germer, Wilhelms und der Staatsanwalt gemeinsam auf den Monitor eines Laptops schauen. Wilhelms grinst über das ganze Gesicht. „Na, habe ich zu viel versprochen?"

Erst jetzt bemerkt Germer, dass Julia in der Tür steht.

„Alles fertig." Julia wartet auf neue Anweisung. „Was steht jetzt an?"

„Gut, Kollegin", sagt er. „Ich habe noch etwas zu tun. In einer halben Stunde brauche ich Sie hier zur Beratung."

Als Julia zurückkommt, sitzt Volkmann nicht mehr in der Runde. Noch immer schaut der Leiter der Kriminaltechnik in seinen Laptop. Er scheint fasziniert von dem, was er da sieht. Sein Gesicht strahlt Freude aus. Er schaut nur kurz auf, um Julia mit einem Nicken zu begrüßen.

Germer sagt: „Frau Kranz, fassen Sie bitte zusammen, was Katrin Schnabel ausgesagt hat."

Julia berichtet. Sie erinnert auch noch einmal, dass Janina zwei Flugtickets nach Havanna in Kuba gebucht hat.

Germer und auch Wilhelms fassen die Fakten zusammen, die bereits ermittelt sind.

„Welche Schritte sind jetzt noch möglich?", fragt Germer rhetorisch. Wilhelms hat bereits eine Liste. „Wir müssen die Waffe finden, damit wir einen ballistischen Abgleich mit dem Projektil aus Schnabels Schlafzimmer machen können. Dieses Spurenbild ist bisher noch nicht registriert."

Wilhelms fährt fort: „Wir haben mehrere Reifenspuren sichergestellt. Zurzeit gleichen wir Schnabels Fahrzeuge damit ab. Es war eine Reifenspur dabei, die von einem alten DDR-Moped stammen könnte. Dazu haben wir kein Fahrzeug gefunden. Die Auswertung wird aber frühestens morgen fertig."

„Gut", sagt Germer. „was könnte noch eine Spur bieten?"

Schweigen.

„Wir müssen jetzt warten." Germer antwortet selbst. „Das Geld ist registriert. Es wird auftauchen. Wir wissen, wann Janina Schnabel das Land verlassen will. Spätestens dann werden wir sie erwischen."

Julia traut sich nicht, dem Chef ins Wort zu fallen.

„Was ist?", fragt er.

„Weder die Schweiz noch Kuba liefern an die Bundesrepublik aus."

„Wir werden sie fassen."

Zum Schluss fragt er: „Frau Kranz, können Sie mir sagen, wie es Frau List geht?"

„Soweit ich das einschätzen kann, gut. Laura scheint das Ganze sehr zuzusetzen. Sie vermisst ihre Freundinnen und ihr Umfeld. Sie wollte Dinge aus ihrem Zimmer haben. Langsam wird sie unleidlich."

„Ich verstehe. Ich habe inzwischen eine Ferienwohnung in Hellerau gefunden. Fragen Sie die beiden, ob sie lieber dorthin umziehen möchten. Dann kann Laura von dort aus die letzten Tage vor den Sommerferien in die Schule gehen, wenn sie will." Germer schiebt Julia ein Prospekt von der Ferienwohnung zu.

Als sich Julia erhebt, sagt Germer: „Denken Sie daran, dass Alex komplett aus unseren Ermittlungen herausgehalten wird. Absolut keine Information, auch darüber nicht." Er zeigt auf den Prospekt vom Ferienhaus.

Den Rest der Woche verbringt Julia in Lauerstellung. Sie wartet auf die Ergebnisse der Kollegen. Doch die Kollegen haben keinen Erfolg. Nichts.

Am Freitag nach der Mittagspause ist in Germers Arbeitszimmer eine Besprechung. Als Julia eintrifft, sitzen bereits Germer und Pit Wilhelms an einem Laptop und ihre Gesichter verraten Spannung.

Germer beginnt: „Fassen wir zusammen, was wir an Ergebnissen haben. Es gibt nichts, was eindeutig auf eine Erpressung des Biohofs Schnabel hinweist. Zwei Frauen sind an vergifteten Produkten aus dieser Produktion gestorben. Der Rücklauf der Befragung der Bestatter lässt auf eine Dunkelziffer von mindestens 10 Personen schließen. Leider sind die betroffenen Verstorbenen schon eingeäschert und die Wohnungen bereits beräumt. Wir werden hier keine Beweise finden. Wir müssen davon ausgehen, dass der Täter auf dem Hof zu finden ist. Nach der Vorgehensweise liegt nahe, dass es um einen Racheakt geht. Finden wir also heraus, wer auf Schnabel die größte Wut hat und wer wusste, über welche Summe er frei verfügen kann. Hier geht es darum, dass Schnabel im übertragenen Sinne ausgeblutet werden soll. Ich denke, dass die Ehefrau und auch die Tochter hier im engsten Fokus stehen. Es kommen auch die Mitarbeiter in Frage und natürlich Steuerberater, Bankmitarbeiter und Versicherungsangestellte. Wir werden auch die Mutter von Schnabel noch einmal vernehmen müssen und – wir müssen das Geld finden!"

Julia denkt: Als ob wir bisher etwas anderes getan hätten.

Germer fährt fort: „Am Montag werde ich die Bankmitarbeiter befragen. Schnabel macht mir gerade eine Liste der Versicherungen, mit denen er in den letzten Jahren gearbeitet hat. Jetzt wäre ich froh", sagt Germer mit Bedauern, „wenn wir auf Alexanders Fähigkeiten bei den Vernehmungen zurückgreifen könnten. Niemand bringt die Leute so zielsicher dazu sich zu verplaudern, wie er."

Germer fährt fort: „Nach dem augenblicklichen Stand ist die Tochter von Schnabel, Janina, die Person, die am dringendsten vernommen werden sollte. Ich habe sie zur Fahndung ausgeschrieben. Sie und auch ihr Auto. Kollegen, gibt es noch eine Information, die ich noch nicht habe?"

Kopfschütteln.

„Gut", dann machen wir systematisch weiter."

Germer grinst. „Zum Glück sind wir in einem anderen Fall gut vorangekommen. Nick Schiffer. Inzwischen haben die Kollegen von der Brandermittlung entscheidende Fortschritte gemacht. Beweissicher steht jetzt fest, dass Michael Bayer, der Gartenbesitzer, bereits vor dem Brand tot war. Sein Zungenbein war gebrochen, was zweifelsfrei die Folge einer Erdrosselung ist. Seine Lunge enthielt keine Rußpartikel. Der Brand ist mit einem Brandbeschleuniger gelegt worden und die DNS von Nick Schiffer ist ebenfalls sichergestellt worden. Wir suchen also keinen abgängigen Freigänger, sondern wir ermitteln in einem Tötungsfall. Ob er tatbeteiligt ist, wissen wir nicht, er war aber am Tatort."

Germer und Pit Wilhelms starren wie auf Kommando wieder auf den Monitor des Laptops, den Julia von ihrem Platz nicht einsehen kann.

Germer fährt fort: „Nun hatte unser geschätzter Kollege Pit Wilhelms die geniale Idee, eine Website zu schalten, mit Informationen zur Suche von Nick Schiffer. Er hat sozusagen damit eine Angel ausgelegt und der Fisch umkreist den Köder. Sobald er angebissen hat, schnappen wir ihn."

Julia nickt und lächelt. „Gott sei Dank!" Sie wendet sich an Pit Wilhelms. „Ist das kompliziert? Wie geht das?"

Wilhelms schüttelt den Kopf. „Nein, eigentlich überhaupt nicht kompliziert. Doch in diesem Fall deuten die Fakten auf Unglaubliches. Das wird Ihnen Herr Germer genau erklären."

Germer schüttelt den Kopf. „Frau Kranz, ich möchte Sie in diese Ermittlungen im Moment noch nicht einweihen. Ich möchte Sie jedoch noch einmal daran erinnern, dass Ihr Kollege Alex unter gar keinen

Umständen irgendeine Information erhalten darf. Das ist entscheidend, ob wir erfolgreich sind. Der ganze Zirkus, den wir hier veranstalten, dient einzig dem Zweck, den Namen Alexander List aus den Ermittlungen zu Nick Schiffer herauszuhalten. Das ist die einzige Möglichkeit ihn zu schützen."

„Ich verstehe nicht?"

„Ja, das soll so sein. Wenn wir dann zugreifen, werde ich Sie informieren."

Julia ist weiß, wie eine gekalkte Wand. „Bedeutet es, dass Alex…"

„Nein, das bedeutet gar nichts." Sagt Germer und um das Thema zu wechseln, fragt er: „Wie geht es seiner Frau? Ist sie in die Ferienwohnung gezogen?"

„Ja. Sie hat mich gebeten, bei ihr zu bleiben. Sie fühlt sich im Moment ein wenig unsicher."

„Und?"

„Ich habe gestern bei Caro und Laura in dieser Ferienwohnung übernachtet. Laura ist ein wenig ungeduldig. Sie möchte gern wieder mit ihren Freundinnen zusammen sein. Caro und ich haben jeden Abend lange, wunderbare Gespräche miteinander. Ich habe es genossen."

„Gut, das beruhigt mich. Hat sie angedeutet, ob die Angelegenheit für Alex irgendwelche familiären Konsequenzen haben wird? Will sie die Trennung?"

„Ich habe sie gefragt. Sie weiß es noch nicht. Sie hat Sichtweisen, die sind ganz unglaublich."

Germer zieht fragend die Augenbrauen hoch.

„Sie geht davon aus, dass jedes und alles seine eigene Schwingung hat. Manches tut einem gut, anderes ist zerstörerisch. Sie glaubt, dass Alex sich mit diesem Job selbst bestraft und dass dort der Ansatz zur Lösung ihres partnerschaftlichen Problems liegt."

„Was? Würde das bedeuten, dass Alex seinen Job hinschmeißen soll? Das liegt nicht in meinem Interesse. Sagen Sie ihr das, Frau Kranz!"

Tage sind vergangen. Alex hat noch immer keine Nachricht von Caro. Ungewissheit und Einsamkeit fressen ihn innerlich auf. Äußerlich ist er zur Routine zurückgekehrt. Er hat den Auftrag, alle Audiodateien der eingegangenen Hinweise auf Auffälligkeiten, Parallelen und Merkwürdigkeiten zu kontrollieren. Er weiß, dass es dafür ein Computerprogramm gibt, das diesen Job in kurzer Zeit viel besser macht, als er es jemals könnte. Hätte ihn jemand gefragt, wie es ihm geht, hätte er geantwortet: Man hat mich in die Wüste geschickt, um die Sandkörner zu zählen.

Als er sich seinen Vormittagskaffee holt, erinnert er sich noch an die Ankündigung der Kantine. Rindsroulade mit Rotkraut und Kartoffelklößen. Er denkt: Etwas Gutes wird der Tag haben. Mehr erwarte ich nicht.

Vor dem Einschlafen hat er überlegt, wie er sein Leben gestalten wird, wenn Caro niemals zurückkommt. Wird er weiterhin in diesem Haus wohnen? Wird er sich das Motorrad kaufen, von dem er schon so lange träumt und das Caro so vehement ablehnt? Wie wird sich Laura verhalten? Noch bevor er auch nur eine Antwort fand, war er eingeschlafen. Das Geräusch der Wasserspülung in seinem Bad hat ihn geweckt. Er ist in der Dunkelheit durch das Haus gerannt, hat sich fürchterlich den kleinen Zeh gestoßen und war doch allein im Haus. Das nachlaufende Wasser im Spülkasten war noch deutlich zu hören, aber außer ihm war niemand da.

Ich werde verrückt, war gestern sein letzter Gedanke.

Heute Morgen ist er gezwungen Sandalen anzuziehen. Sein kleiner Zeh ist so stark geschwollen, dass er in keinen geschlossenen Schuh passt. Sandalen sind keine vorschriftsmäßige Dienstkleidung.

Er geht mit seinem Pappbecher an Julias Tür vorbei. Er weiß, dass sie nicht mit ihm spricht. Trotzdem drückt er die Klinke. Er wäre schon glücklich über ein „Hallo" oder einen Kommentar zu seinem Zeh. Normalerweise verabscheut er belanglose Plaudereien, doch heute wäre es ein Pflaster auf sein blutendes Herz. Julias Tür ist verschlossen. Als er über den Flur in sein Dienstzimmer humpelt, kommt ihm Pit Wilhelms entgegen.

„Morgen, Alex", sagt er ohne stehenzubleiben. „Warst du Tanzen?" Er sagt es und zeigt auf seinen Fuß. Ehe Alex etwas antworten kann, ist Pit in Germers Vorzimmer verschwunden.

Kurz vor Mittag wird Alexanders Tür geöffnet und Germer, Wilhelms und auch Volkmann stehen im Rahmen. Germer sagt zu Volkmann: „Alex ist hier, wie Sie sehen können." Dann schließt sich die Tür wieder. Die drei verschwinden. Alex ist es inzwischen egal, was vor seiner Tür vorgeht.

Als er nach der Mittagspause zurückkommt – eine Roulade im Bauch – die seine Wut auf die Welt ein wenig besänftigt, ruft Marion Vogel an. Er soll sofort zum Alten kommen.

„Alex, was ist geschehen?", fragt Germer und zeigt auf seinen Fuß. „Hab mich gestoßen. Es ist nichts."

„Für nichts humpelst du gewaltig. Was hältst du davon, wenn du ein paar Überstunden abbaust? Nimm dir frei und komm am Montag in ordentlicher Dienstkleidung wieder." Germer formuliert es als Frage, aber es ist ein Befehl.

Alex weiß nicht, ob er froh ist oder nicht, über dieses lange Wochenende. Er fragt: „Was wird aus den Audio-Dateien?"

„Montag!", ist Germers Antwort.

Alex sitzt vor seinem privaten Computer und schaut alte Bilder an. Ein Tropfen schlägt auf seiner Tastatur auf. Der muss aus seinem Gesicht gefallen sein. Gegen Mitternacht geht er ins Bett. Im obersten Schubfach seines Nachtschränkchens liegt heute seine Waffe.

Es ist gegen drei Uhr als Alex erwacht. Er zieht sich seinen Bademantel über, steckt die gesicherte Dienstwaffe in die rechte Tasche und schleicht im Dunkeln in die Küche. Nach jedem Schritt bleibt er stehen und lauscht in die Nacht. Alles ist ruhig. Er setzt Wasser für einen Tee auf und sitzt am Küchentisch. Alle Sinne richtet er darauf etwas wahrzunehmen, was da nicht sein sollte. Das Aggregat des Kühlschrankes schaltet sich ein und ein leises Summen ist zu hören. Seine rechte Hand greift nach der Waffe in seinem Bademantel. Ein Auto fährt die Straße entlang und der Lichtschein der Scheinwerfer lässt ein wanderndes Muster an der Decke seiner Küche entstehen. Halb fünf muss Alex ins Bad. Durch das Badfenster sieht er einen wandernden Lichtkegel am hinteren Ende seines Gartens. Im ersten Schein der Dämmerung erkennt er Menschen in Tarnkleidung. Sie tragen Waffen. Alex springt vom Fenster weg, wie er es in seiner Ausbildung gelernt hat. Eigensicherung. Er steht mit dem Rücken an der Wand, mitten in der Dusche. Als sich sein erster Schreck gelegt hat, beobachtet er aus sicherem Winkel, ohne selbst im möglichen Schussfeld zu sein, was die Lichtverhältnisse ihm zeigen. Dort findet gerade ein Polizeieinsatz statt, erkennt er.

Alex umklammert die Waffe in der Tasche seines Bademantels. Er rennt durch sein Haus. Im Rennen ertastet er den Weg. Jetzt Licht zu machen, könnte ihn verraten. Er läuft in den Keller, durch den Gang bis zur Kellertür, die in den Garten führt. In geduckter Haltung schleicht er bis zu seinem Gartenteich im hinteren Teil seines Gartens. Er schiebt die Zweige eines Gebüschs zurück. Obwohl es noch nicht hell genug ist, sieht Alex an der Wand des Schuppens hinter seinem Garten zwei Kollegen in der schusssicheren Montur. Er erkennt sie nicht unter den Helmen mit den herunter gelassenen Visieren. Sie haben die Waffen schussbereit vor sich. Alex schiebt sich ein Stück vor, um besser zu sehen. Wenn es hier einen Einsatz gibt, dann müssen da noch mehr Einsatzkräfte sein. Alex will sie alle sehen.

Er hört leise zischend Germers Stimme: „Alex, hau ab, oder wir müssen dich festsetzen!"

Alex duckt sich und kriecht zurück. Er schleicht die Kellertreppe vom Garten aus hinab und schaut aus dieser Deckung, ob er etwas erkennen kann. Die Sonne steht ein wenig höher und das verbessert die Situation für seine Neugier. Doch mit dem Kopf auf dem Niveau der Grashalme, ist die Sicht sehr eingeschränkt. Außerdem sind jede Menge Gebüsch, Gestrüpp und Caros Bepflanzung eine Sichtbehinderung. Außer ein paar frühen Vogelstimmen ist es absolut still. Minuten vergehen, dann bricht Lärm los. Drei Schläge mit dem Rammbock lassen vermuten, dass die Tür des Schuppens aufgebrochen wird. Alex hört einen lauten Knall. Die Tür ist aufgesprungen. Alex weiß, das ist der alte Lagerschuppen der Möbelfabrik. Der steht schon seit Jahrzehnten ungenutzt. Der Schuppen ist inzwischen mit Gebüsch zugewachsen. Alex hat den hinteren Zaun zu diesem Grundstück nicht fertig gebaut. Die Zaunssäulen stehen und auch die waagerechten Zaunsriegel sind fertig, doch die Latten liegen noch immer hinter der Garage und warten darauf, dass Alex diese Arbeit einmal fertigbringt.

Lautes Gebrüll ertönt aus der Richtung. „Polizei! Hinlegen! Arme und Beine auseinander!" Alex hört das Schreien einer Frau. Was hat das zu bedeuten, fragt er sich. Laura? Nein, das ist nicht ihre Stimme. Autotüren klappen, unverständliche Gesprächsfetzen wehen zu ihm. Autos fahren weg und auch die Leute von der Einsatztruppe ziehen ab. Starke Scheinwerfer erhellen alles, was jenseits seines Zaunes ist. Das Licht blendet ihn so, dass er die Augen zusammenkneift. Er überlegt, ob er jetzt noch einen Vorstoß wagen könnte. Er steigt die erste Stufe hoch und sieht in Augenhöhe ein Paar Stiefel. Sein Blick wandert weiter. Germer.

„Moin Alex! Lässt du mich rein?"

„Ja, natürlich, komm."

Als die beiden in der Küche sind, fragt Alex: „Was war dort los? Wieso weiß ich nicht, was hinter meinem Haus vor sich geht?"

„Lege erst einmal deine Waffe weg. Es ist mir zu gefährlich, wenn du sie im Bademantel hast."

Alex tut, was aufgetragen wurde. Er steckt sie in das Holster, das an der Flurgarderobe hängt. „Woher wusstest du…", fragt Alex und zeigt auf die Waffe.

„Es ist naheliegend, nur so eine Vermutung."

Germer sitzt auf Caros Küchenstuhl und er beginnt in dienstlich, sachlichem Ton: „Alex, es sieht nicht gut aus, was hier abgegangen ist. Ich sage es nur ungern, aber du stehst unter Verdacht an kriminellen Handlungen beteiligt zu sein. Die Liste der Vorwürfe ist lang. Ich habe mich bisher ein wenig unwissend gestellt, um eine Untersuchung zu deiner Beteiligung zu verhindern. Ich kann im Moment noch nicht sagen, wie es weitergeht. Meine Anordnung an dich ist, dass du das Haus nicht verlässt. Ich werde dich befragen, wenn wir mit den beiden fertig sind. Bis dahin bleibst du erreichbar!" Germer wartet auf Alexanders Bestätigung.

Alex nickt. „Ja, aber warum?"

„Das klären wir später. Jetzt will ich deinen Dienstausweis und deine Waffe in Verwahrung nehmen. Du bist nicht suspendiert. Es gibt auch noch keine Untersuchung. Ich will nur sichergehen, dass der Haufen deiner Probleme nicht noch größer wird."

Alex legt beides auf den Küchentisch.

Germer nimmt es und verlässt ohne Gruß das Haus durch die Vordertür.

Alex ruft ihm hinterher: „Was ist mit Caro?" Er bekommt keine Antwort.

Vom Schlafzimmerfenster kann Alex mit einem Fernglas sehen, dass die Kollegen Kisten mit Unterlagen, einen Computer, große Flaschen mit Flüssigkeiten und allerlei Kram heraustragen. Einer der Kollegen ist Pit Wilhelms. Alex hat sich inzwischen angezogen. Er steht auf dem Sprung, um Pit zu fragen. Er schleicht sich wieder an den Schuppen. Pit steigt in seinen Wagen und fährt davon. Es steht nur noch einer der Transporter vor dem Schuppen und es sind nur noch zwei Leute da, die Fotos machen. Alex würde gern zu ihnen gehen und nach ersten Ergebnissen fragen, doch er hält sich zurück. Er könnte platzen vor Spannung. Seine Augen suchen nach interessanten Details, die ihm einen Hinweis auf das Geschehen geben könnten. Erst jetzt fällt Alex auf, dass der Trampelpfad vom Gartenteich durch die Büsche zum Komposthaufen weiter geht, bis zum Schuppen auf dem Nachbargrundstück. Markierungen der Spurensicherung liegen noch im Gebüsch. Ganz offensichtlich ist der Weg bereits kriminaltechnisch erfasst worden. Er zwängt sich selbst durch den Zaun und nähert sich dem Schuppen. Er sieht drinnen Helena Große, eine Mitarbeiterin der Kriminaltechnik einen Zollstock auslegen und Fotos machen. Er räuspert sich, um Helena nicht zu erschrecken. „Guten Tag, Kollegin", sagt er von der zertrümmerten Tür aus.

„Hallo, Alex", antwortet sie, ohne sich umzusehen.

„Was ist hier los?"

„Ich dachte, dass ich das von dir erfahre. Wir haben nur den Einsatzplan nach der Festnahme Beweismaterial laut Liste sicherzustellen."

„Wen haben die Kollegen hier festgenommen?"

„Keine Ahnung."

„Hast du auch die Auflage nicht mit mir zu sprechen?"

„Nein. Ich dachte, dass wir eben miteinander gesprochen haben."

„Schon gut", sagt Alex, „ich schau mich nur ein wenig um."

Alex braucht einen Augenblick, ehe er versteht, was er sieht. Da ist ein Bett, das einmal Jonas' Jugendbett war. Als er mit seiner Familie in das Haus gezogen ist, vor vielen Jahren, stand dieses Bett noch eine Weile im Zimmer seines Stiefsohnes. Dann hat er neue Möbel bekommen und die alten Sachen sind entsorgt worden. Eine Decke liegt in diesem Bett. Die hat er selbst einmal gekauft. Er war der Überzeugung, dass diese Decke in Caros Auto ist. In einer Ecke stehen massenhaft leere Flaschen. Auch die Cognacflasche, die Caro vermisst hat, ist dabei. Leer. Mindestens zehn leere Gläser Nuss-Nougat-Creme stehen dort. Der Tisch kommt Alex auch bekannt vor. Die beiden Stühle standen früher mal auf der Terrasse. Auf dem Tisch steht ein Grill. Der war bis vor ein paar Tagen Teil von Alexanders Kücheneinrichtung. Geschirr aus seiner Küche, Handtücher mit Lauras Namensschild – bestickt für die Klassenfahrt. Als Alex sich der nächsten Ecke zuwendet, bleibt ihm fast das Herz stehen. An der Wand entdeckt er Fotos von Jonas, Caro und auch von Jonas' leiblichem Vater. Darunter steht eine Kiste mit altem Kinderspielzeug. Geschenke, die er von seinem Vater bekommen hat. Alex muss sich setzen. Das hier ist das Versteck seines Sohnes Jonas! Ihm bietet sich gerade ein Blick auf das traurige Seelenleben dieses Jungen. Alex beginnt zu verstehen. War Jonas hier? Er sitzt noch immer im Gefängnis. Ist er entlassen worden? Warum weiß ich nichts von diesem Unterschlupf, überlegt Alex. War das wirklich Jonas, der heute abgeführt wurde? Wer war die Frau? Minuten später hat Alex so viele Fragen, die auch Helena Große nicht beantworten kann. Er zieht sich dienstlich an und fährt ins Präsidium.

Julia sitzt wieder an ihrem ursprünglichen Arbeitsplatz im gemeinsamen Dienstzimmer. Er grüßt nicht. Er fragt: „Was war heute bei mir zu Hause los?"

„Alex, geh zu Germer. Rede mit ihm. Ich kann dir nichts sagen."

Auf dem Weg zu Germers Büro kommen ihm zwei Kollegen in Uniform entgegen. Zwischen ihnen läuft ein Mann in Handschellen. Sie kommen aus dem Vernehmungsraum und der Mann wird gerade abgeführt. Alex erkennt Nick Schiffer. Es ist das Gesicht von den Fahndungsfotos. Hinter ihnen geht Germer.

In einem Ton von Verzweiflung in der Stimme sagt Alex: „Hans-Jürgen, ich muss mit dir reden."

Germer nickt. „Komm rein", sagt er. „Ja, wir haben zu reden."

„Was wird hier gespielt? Was war heute Morgen bei mir zu Hause los? Warum weiß ich nichts?"

„Bevor wir überhaupt etwas besprechen, lass dir sagen, dass ich noch nie so in Bedrängnis war, wie in deinem Fall. Ich weiß nicht, ob ich mit dir in Zukunft noch zusammenarbeiten will. Es ist die Frage des Vertrauens, die unsere Arbeit von der aller anderen Leute unterscheidet und du hast mir gezeigt, dass du kein Vertrauen hast."

„Nein, so ist das nicht!"

„Doch. Da schleicht jemand wochenlang in deinem Haus herum und du redest von Privatangelegenheit? Entweder bist du grenzenlos blöd, oder du billigst das Ganze. Solange der Verdacht bestand, dass sich hier ein Stalker an deine Tochter ranmacht, konnte ich das noch verstehen. Doch als wir die DNS von Nick Schiffer extrahiert hatten - einem hoch kriminellen Wiederholungstäter – stand ich vor der Frage, ob du die Seiten gewechselt hast."

„Nick Schiffer? In meinem Haus? Woher wusstest du das?"

„Hast du nicht selbst der Kollegin erzählt, dass du Schaum in deiner Badewanne hattest, als du nach Hause kamst? Daraufhin habe ich Pit zu dir nach Hause geschickt und der hat ein paar Proben eingesammelt."

„Pit! Dieser Verräter! Das war nicht sein Recht!"

„Oh, nein. Der hat dir den Arsch gerettet. Wenn du jemandem etwas zu verdanken hast, dann Pit Wilhelms und Frau Kranz."

„Wieso geht ihr in mein Haus und ermittelt, ohne mich zu unterrichten? Wie willst du das begründen?"

„Gefahr in Verzug! Du kennst den Spruch. Hätten wir das als offizielle Ermittlungen vorgenommen, wäre das dein Ende als Polizeibeamter gewesen. An dir hätte der Makel der internen Ermittlung gehaftet. Wann immer deine Personalakte zukünftig aufgerufen wird, poppt zuerst diese Information hoch. Niemand macht sich die Mühe, den ganzen langen Text des Warums und Wieso zu lesen. Alexander List hat Dreck am Stecken, fertig. Weißt du, was das bedeutet? Keine Beförderungen, keine Sonderkommissionen, wenn abgebaut wird mit Personal, du zuerst. Mit so einem Eintrag bist du B-Ware. Ich und natürlich auch Pit haben das verhindern wollen. Dein Name durfte in keiner Ermittlung auftauchen. Nur so konnten wir dich schützen. Wenn du irgendetwas dazu beitragen willst, dann bete, dass der Plan aufgeht."

„Was meinst du?"

„Vielleicht erinnerst du dich, dass wir nach dem Personalgespräch dein Handy überprüft haben? Es gab Hinweise, dass etwas nicht stimmt."

„Julia, die Schlange!"

„Kein Wort gegen Frau Kranz. Der bist du mindestens genauso Dank schuldig, wie Pit."

„Wenn sie nichts gesagt hätte…"

„…wärst du vielleicht schon tot! Wir haben auf deinem Handy eine Abhör-Software entdeckt, eine osteuropäische vom Schwarzmarkt. Wir haben sie draufgelassen und noch eine installiert, mit der wir immer wussten, wo du bist und mit wem du redest."

„Das ist illegal. Das könnte euch Kopf und Kragen kosten."

„Willst du es anzeigen? Bitte."

„Du hast mir bei jedem Toilettengang und bei jedem Schnarchen zugehört?"

„Ich nur selten, eher Pit."

Alex schüttelt den Kopf.

„Wir - Pit, Volkmann und ich haben dann lange überlegt, wie wir an Schiffer rankommen. Das wäre kein Problem gewesen, wenn du kooperiert hättest. Du hast es aber vorgezogen, den einsamen Ritter zu spielen. Pit hatte die grandiose Idee, eine öffentliche Fahndung nach Schiffer auszurufen und eine Website im Internet zu diesem Thema zu schalten. Er hat sie so eingerichtet, dass jeder Besucher, der diese Website anschaut, auch registriert wird. Jeder Computer hat eine eigene IP-Nummer, die es nur einmal gibt. Diese Nummer verrät, wie oft sich jemand auf dieser Website eingefunden hat. Anfangs waren es Tausende. Von Tag zu Tag wurden es weniger. Seit ein paar Tagen ist es nur noch einer. Wir haben die IP-Nummer des Computers recherchiert und nun rate mal?"

Alex zuckt mit den Schultern. „Nick Schiffer?"

„Das haben wir gedacht. Aber die Überraschung war umso größer, als sich Jonas List als Besitzer herausstellte."

„Was! Jonas? Der sitzt im Knast!"

„Ja, das tut er tatsächlich." Germer sagt: „Nun ist es eine Sache zu wissen, wer diesen Computer gekauft hat. Eine andere Frage stellt sich viel dringender: Wo ist dieser Computer ins Internet eingeloggt. Unsere Vermutung war, dass er einen mobilen Datenstick gekauft hat und den benutzt. Dann hätten wir die Funkzelle ermitteln müssen und das kann eine große Fläche sein, die in Frage kommt. Wir hatten mehr Glück. Kein Datenstick."

„Wo?"

„Festnetz." Germer schaut Alex lange an und ein Grinsen huscht über Germers Mund. „Alex, dein Festnetz."

„Ich habe damit nichts zu tun!" Alex hat Schweißperlen auf der Stirn.

„Das wissen wir. Schließlich haben wir dich abgehört."

Erleichterung bei Alex.

„Der Laptop deines Sohnes ist jetzt in der KT. Wir sind sicher, dass wir DNS von Schiffer auf der Tastatur finden."

Alex nickt.

„Wenn wir diese Spur wasserdicht kriegen, dann können wir die kleine eigenmächtige Ermittlung in deinem Haus als Spur außer Acht lassen."

Alex entspannt sich. Er lehnt sich zurück und er lächelt Germer an. „Danke. Ihr habt mir wirklich den A... gerettet." Erst jetzt begreift Alex, was Germer für ihn getan hat.

„Über dieses Thema reden wir noch einmal gesondert."

Alex nickt. Für einen Augenblick ist es still. Dann fragt Alex: „Das war Schiffer, eben auf dem Gang. Was hat er ausgesagt?"

„Der Klassiker: Keine Aussage, er will einen Anwalt. Der hat schon früher nichts zu den Ermittlungen beigetragen. Der weiß, dass es für uns schwerer ist, etwas zu ermitteln, wenn er die Klappe hält. Dann wird nach Indizien verurteilt und das ist für einen guten Anwalt ein Kinderspiel, diese Beweise zu zerpflücken."

„Ihr habt auch eine Frau festgenommen? Wer ist sie?"

„Halt dich fest! Es ist Janina Schnabel, die Tochter des Erpressungsopfers."

„Was sagt sie?"

„Noch nichts. Sie soll sich erst einmal beruhigen. Sie sitzt in der Verwahrung. Nach dem Mittagessen werde ich sie kommen lassen."

„Darf ich dabei sein?"

„Warum nicht? Lass uns erst essen gehen. Heute gibts Spinat mit Spiegelei. Das esse ich besonders gerne."

Mit vollem Mund fragt Alex: „Ich verstehe nicht, wieso dieser Schiffer ausgerechnet auf mich gekommen ist? Ich hatte mit ihm noch nie etwas zu tun. Er kennt mich überhaupt nicht."

„Er kennt Jonas, das reicht. Du weißt doch, wie es drinnen zugeht. Da gilt das Prinzip Amboss oder Hammer. Jonas wird in dieser Gesellschaft niemals ein Hammer sein. Aus Angst vor dem nächsten Schlag hat er alles verraten, was er konnte. Natürlich auch sein Versteck. Vielleicht hat er durch dieses Versteck Schiffer erst auf Ideen gebracht?"

„Aber wie ist er ins Haus gekommen?"

„Das werden wir noch herausfinden."

„Hans-Jürgen, sagst du mir, wo Caro ist?"

Germer lässt das Besteck sinken, schaut Alex an und überlegt, was er antworten wird: „Alex..."

In dem Moment vibriert das Handy in seiner Tasche. Er nimmt ab und dann sagt er: „Alex, die KT hat den Inhalt der Chemikalien bestimmt. Komm, wir haben Arbeit!" Germer steht auf, lässt sein Geschirr stehen und geht. Alex nimmt beide Teller, räumt sie schnell in den Geschirrwagen und rennt hinter Germer her.

„Alex, das ist der Durchbruch!", Germer sagt es so laut, dass Alex erschrickt.

„Was?"

„Die Kollegen haben E605 gefunden, unvergällt. Schiffer hatte zwei Liter davon in einer Glasflasche in seinem Unterschlupf. Damit hätte er die ganze Stadt vergiften können. Auch der Sekundenkleber, mit dem die Joghurtgläser verschlossen waren, lag neben dem E605. Jetzt prüft Pit, ob es exakt die gleichen Substanzen sind, die bei der Erpressung verwendet worden sind. Das genaue Ergebnis dauert noch. Pit wird absolut sicher sein müssen, im Nachweis. Wenn der Richter nach Indizienlage entscheiden muss, dann darf es nicht die leiseste Unsicherheit geben. Das werden langwierige und teure Untersuchungen werden."

„Habt ihr irgendetwas gefunden, was er mir untergejubelt haben könnte, an jenem Sonntag nach dem Sonnenwendfeuer?"

„Noch nicht. Pit wird auch darauf eine Antwort finden. Es gab vor Jahren einen Fall in Spanien, da hat eine Diebesbande Narkotika als Aerosol verwendet. Die haben ihre Opfer im Schlaf eingesprüht und wenn die Gangster sicher waren, dass die Bewohner nicht aufwachen, haben die in aller Ruhe das Haus durchsucht, sich etwas zu Essen gekocht und in Ruhe gegessen."

„Bei mir ist nichts von Wert gestohlen worden, nur irgendwelcher Hausrat. Warum macht jemand so etwas?"

„Solche Typen wie Schiffer weiden sich an der Angst ihrer Opfer. Sie brauchen den Kick."

„Warum hat er ausgerechnet mir das angetan?"

„Diese Frage musst du Schiffer stellen. Doch wenn ich der Logik seiner Taten folge, dann hat er den Bio-Bauern mit einem Landwirtschaftsgift ruiniert. Was läge da näher, einen Polizisten, der Verbrecher festsetzt, in die totale Handlungsunfähigkeit zu bringen?"

„Was ist das für ein Monster?"

„Vorsicht, Alex! Er ist höchstens ein mutmaßliches Monster", sagt Germer grinsend.

Germer lässt Janina Schnabel in den Vernehmungsraum bringen. Dann sagt er: „Komm, Alex, Zeit für die Märchenstunde."

Alex schaut durch die verspiegelte Glasscheibe hinüber zu Germer. Die Aufzeichnungstechnik läuft und Germer beginnt: „Guten Tag, Frau Schnabel. Sie sind doch Janina Schnabel?"

„Ich werde keine Angaben machen."

„Das ist Ihr gutes Recht. Doch dann ergeben sich zwei Situationen. Einerseits gehen wir davon aus, dass Sie bei der Aufklärung nicht kooperieren. Das wird beim Richterspruch Berücksichtigung finden. Andererseits zwingen Sie uns zu recherchieren, was geschehen ist. Das bedeutet, dass sich dadurch Ihre Untersuchungshaft erheblich verlängern könnte. Stellt es sich nun heraus, dass Sie nicht tatbeteiligt waren, haben Sie trotzdem eingesessen. Ich werde Sie jetzt als Zeugin befragen. Sie haben kein Recht, eine Zeugenaussage zu verweigern." Germer sagt den ganzen Gesetzestext der Belehrung auf. „Erst wenn Sie tatverdächtig sind, dürfen Sie die Aussage verweigern. Ich frage Sie also noch einmal: Wie lautet Ihr Name?"

„Janina Schnabel."

„Sie wissen, warum Sie hier sind?"

„Nein. Man hat mich heute Morgen hierhergebracht. Ich habe nichts getan."

„Wie ist Ihr Verhältnis zu Nick Schiffer?"

„Wir sind ein Paar. Schon lange."

„Seit wann?"

„Nick hat vor Jahren auf dem Hof meines Vaters Sozialstunden abgeleistet. Da haben wir uns in einander verliebt."

„Das ist viele Jahre her und Schiffer hat inzwischen lange Zeit im Gefängnis verbracht. Haben Sie ihm die Treue gehalten?"

„Natürlich. Ich liebe ihn."

„Ihr Vater sagte, dass Sie seit Jahren nicht mehr auf seinem Hof waren. Wo waren Sie?"

„Ich habe eine Freundin, die wohnt in einer WG und dort bin ich auch untergekommen. Ich konnte bei meinem Vater nicht mehr leben. Der ist widerlich."

„Wieso?"

„Der sieht in jedem Verwandten eine billige Arbeitskraft. Am schlimmsten treibt er es mit Oma. Es ist für ihn ganz natürlich, dass er jeden vor seinen Karren spannen kann. Umsonst, natürlich. Als ich mir ein Moped kaufen wollte, habe ich ihn gefragt, ob er mir die Arbeit bezahlt, die ich jeden Tag für ihn leiste, wenigstens ein bisschen. Er meinte, ich wohne umsonst, ich esse umsonst, also muss ich auch helfen. An manchen Tagen waren es 16 Stunden. Sobald ich durchs Tor kam, hat er mir sofort eine Aufgabe gegeben. Es gab niemals frei. Kein Wochenende, keine Ferien. Anfangs dachte ich, der kämpft geschäftlich ums Überleben. Er hat mir die Kontoauszüge gezeigt, wie hoch seine Kreditbelastungen sind. Aber das war alles nur Show. Ich habe dann auch andere Kontoauszüge gefunden. Eine halbe Million hat der gebunkert. Ich wollte nur eintausend Euro von ihm, fürs Moped. Wissen Sie, was er gesagt hat?"

Germer schüttelt den Kopf.

„Geld wächst nicht auf Bäumen." Janina ist ihr Zorn noch immer anzusehen. „Das war der Tropfen, der das Fass zum Überlaufen gebracht hat. Danach bin ich abgehauen."

„Sprechen Sie über die Tropfen, die schon im Fass waren."

„Er hat mir verboten, mich mit Nick zu treffen. Der ist nichts für dich, hat er zehnmal am Tag gesagt. Der würde nicht zu uns passen. Er wäre ein Aufrührer, der nur aufs Geld aus wäre. Dann hat er Nick verboten, seinen Grund und Boden zu betreten. Als ich sagte, dass Nick mein Gast ist, bekam ich zur Antwort: Und du bist mein Gast. Schiffer hat hier nichts mehr zu suchen. Als ich dann nach dem Geld fragte, sagte mein Vater: Das Moped brauchst du doch nur, um diesem Schiffer nachzulaufen. Keinen Pfennig von mir!"

„Haben Sie mit Nick Schiffer über den Streit gesprochen?"

Die Frau schüttelt heftig den Kopf. Nach einer Weile sagt sie: „Ja."

„Wer von Ihnen beiden hatte die Idee mit der Erpressung?"

„Wovon reden Sie? Welche Erpressung?"

„Wo ist das Geld jetzt?"

„Welches Geld? Was ist geschehen?"

„Ihr Vater ist erpresst worden. Seine Waren wurden vergiftet. Das verwendete Gift haben wir in dem Schuppen sichergestellt, in dem Sie und Schiffer verhaftet worden sind. Es gab mindestens zwei Tote. Ihr Vater ist per Handy aufgefordert worden, 500 Tausend Euro von der Bank zu holen und bereitzuhalten. Er hat das Geld übergeben. Wir ermitteln zu diesem Fall. Wo ist das Geld?"

„Davon weiß ich nichts. Wer wurde vergiftet? Oma?"

„Nein, zwei Kundinnen."

Janina ist bleich und bekommt nur stammelnd heraus: „Das ist ja furchtbar. Damit habe ich nichts zu tun. Nick auch nicht. Das muss jemand anderes gewesen sein. Wir nicht."

„Wer dann?", fragt Germer.

„Ich sage jetzt gar nichts mehr. Ich muss auf die Toilette."

Eine Beamtin begleitet Janina Schnabel. Germer verlässt den Raum, geht zum Kaffeeautomaten. Er zieht sein Handy aus der Tasche und liest eine Textnachricht. Als er mit dem Kaffee zurückkommt, sagt er zu Alex: „Ich kann dir keine Vorschriften machen, aber wenn ich du wäre, dann würde ich jetzt zwei oder drei Wochen Urlaub nehmen. Das wäre wohl das Schlauste, im Moment. Außerdem ist Caro wieder zu Hause. Bring dein Leben in Ordnung und dann sehen wir weiter. Du solltest jetzt gehen."

Bei dem Gedanken, dass Caro wieder zu Hause ist, laufen Alexanders Beine von allein. Vor dem Haus steht ihr Auto. Alex rennt. „Caro!", schreit er schon vor der Haustür. Im Flur steht Laura. „Wo ist Mama?", fragt er atemlos.

„Guten Tag, Papa. Ich freue mich auch dich zu sehen."

„Ja, natürlich freue ich mich, dich zu sehen."

„Das habe ich deutlich gespürt", sagt Laura und trägt einen Wäschekorb ins Bad.

„Hallo", hört er leise hinter sich. Es ist Caros Stimme. Die hat er so lange vermisst. Er dreht sich um und drückt sie an sich. „Caro", flüstert er leise. „Verzeih mir, bitte. Ich wollte euch nur schützen."

„Ich weiß, aber so einfach ist das nicht."

„Wo wart ihr? Warum habt ihr nicht gesagt, wo ihr seid?"

Caro geht an ihm vorbei in die Küche. „Du wirst keine Vernehmung durchführen. Wenn hier jemand das Recht hat Fragen zu stellen, dann ich."

Laura ist dazugekommen.

Alex nickt.

Caro fragt: „Was war hier los?"

Alex berichtet chronologisch, soweit er sich erinnert. Besondere Betonung richtet er auf Lauras zerwühltes Zimmer. „Ich bin davon ausgegangen, dass unsere Tochter einen Verehrer hat, der die Grenzen nicht respektiert. Sollte ich deshalb die Hundertschaften der Bereitschaftspolizei auf den Plan rufen? Wie hätte das ausgesehen? Ein altgedienter Polizist regelt so etwas selbst."

Laura hat einen roten Kopf. Sie schnappt nach Luft. „Was gehen dich meine Verehrer an? Das ist meine Sache. Da hast du dich nicht einzumischen!" Sie ist völlig außer sich.

Alex antwortet in besonders ruhigem Ton: „Laura, wenn jemand hier eindringt, ohne Aufforderung, dann ist das keinesfalls deine Sache." Er wendet sich Caro zu und will fortfahren, da springt Laura auf und brüllt: „Du hast dich aus meinen Angelegenheiten herauszuhalten. Meine Freunde sind ganz allein meine Sache!"

Caro mischt sich ein: „Nein, Laura. Das ist es nicht. Außerdem bist du deinem Vater Respekt schuldig und dieser Ton steht dir nicht zu. Du entschuldigst dich jetzt für diese frechen Äußerungen und dann lässt du uns allein."

Alex hätte jubeln können vor Glück. Sie steht zu mir! Es ist noch nicht aus. Alles wird gut.

Laura springt von ihrem Stuhl hoch, rennt hinaus und knallt die Küchentür zu. Im Flur stößt sie mit Pit Wilhelms zusammen. Er ruft „Hallo! Alex? Bist du hier?"

Pit kommt in die Küche und hält einen Schlüssel in der Hand. „Entschuldigung, Alex, dass ich hier so eindringe, aber ich habe diesen Schlüssel überprüft. Der lag unter dem Blumentopf an der Kellertür."

Caro nickt. „Der gehört meinem Sohn, Jonas. Der hat laufend Schlüssel verloren und deshalb hat er ihn irgendwo im Garten versteckt. Ich wusste selbst nicht, wo."

„Dann hätten wir jetzt auch geklärt, wie Schiffer hier Zutritt erlangt hat", sagt Pit und verlässt das Haus, wie er gekommen ist.

Alex fragt Caro: „Du wusstest das? Warum hast du mir nichts gesagt?"

„Lenk nicht ab", schnauzt Caro. „Du dachtest, dass Laura einen Stalker hat?"

„Ja."

„Soweit verstehe ich das. Aber warum hast du nach ein paar Tagen diesen Kerl nicht angezeigt? Du musst doch gemerkt haben, dass er sich nicht so einfach fangen lässt. Das macht für mich keinen Sinn."

„Frag mich etwas Leichteres. Vielleicht war es Stolz, vielleicht habe ich die Situation unterschätzt oder ich habe mich vor meinen Kollegen geschämt. Ich kann es nicht so genau sagen."

„Machst du Scherze? Ich weiß noch nicht genau, welches Ausmaß diese Geschichte hat, aber ich weiß, dass du betäubt worden bist. Der Kerl ist hier ein- und ausgegangen, während du schliefst, hat Wäsche gewaschen und Vorräte geplündert und du erzählst mir, du hättest es unterschätzt und dich geschämt? Für wie blöd hältst du mich?"

„Caro, ich liebe dich. Ich will dich nicht verlieren. Du bist das Wichtigste in meinem Leben. Hör auf in diese Sache weiter hineinzubohren, bitte."

„Ich vertraue dir nicht mehr."

„Dich, nein, euch zu schützen ist mein Beruf. Ich habe so viele menschliche Katastrophen gesehen. Erst kürzlich war ein altes Ehepaar nachts von einem Einbrecher überfallen worden. Die beiden konnten ihr Haus nicht mehr betreten. Sie waren nie wieder dort. Prozentual haben 95 % der Betroffenen jedes Sicherheitsgefühl in ihren Häusern verloren, nachdem dort jemand eingedrungen war. Sie konnten nicht mehr schlafen, wurden bei den kleinsten Geräuschen panisch und manche brauchten jahrelang Therapien, bis sie halbwegs wieder stabil waren. Ein wenig Linderung hatten die Leute immer dann, wenn der Täter gefasst worden war. Es gab für mich gar keine Frage, dass ich den Kerl schnappen muss, ehe ihr wieder hier seid. Ich wollte euch diesen Stress ersparen. Was, wenn es euch wie den 95 % ergangen wäre? Ich kann nicht auf die Schnelle mal ein neues Zuhause für uns schaffen. Laura wäre abgehauen. Garantiert. Ich wollte das regeln, ehe es zum Problem wird. Glaub mir. Es steckt keine böse Absicht meinerseits dahinter. Es war eine Maßnahme der Schadensbegrenzung."

Caros Blick ist zum Fenster hinaus gerichtet. Sie braucht eine Weile, ehe sie antwortet. „Alex, weißt du, was das Schlimmste ist?"

„Nein."

„Du hast mir die Eigenverantwortung genommen. Das verzeihe ich dir nicht."

„Das war bestimmt nicht meine Absicht."

„Ich weiß. Nur deshalb sitze ich überhaupt noch hier und höre mir deine Geschichte an. Wie soll es denn nun weitergehen? Schwamm drüber und auf ein Neues?"

Der Staatsanwalt Jens Volkmann sitzt in Germers Dienstzimmer. Er sagt: „Wir müssen davon ausgehen, dass Schiffer zu den Vorwürfen gar nichts sagt. Das hat er schon in früheren Ermittlungen so gemacht."

Germer nickt.

„Der Richter wird es schwer haben,", fährt Volkmann fort, „ein gerechtes Urteil nur nach Indizien zu fällen. Wir brauchen alle Aussagen von Zeugen, die wir bekommen können. Ganz vorn steht Janina Schnabel auf meiner Liste. Dann müssen wir die Ermittlungen zu dem getöteten Schrebergärtner als Teil der Anklage mit Ihren Ermittlungen zusammenlegen. Wenn wir Janina Schnabel dazu bringen, dass sie Nick Schiffer belastet, dann wäre es für die Anklage nur gut. Außerdem müssen wir diesem Schiffer nachweisen, wie und wo er das Gift E605 gekauft oder besorgt hat. Dazu müssen Sie den Computer untersuchen, den er benutzt hat. Damit ist aber noch nicht bewiesen, dass er im Biohof Joghurt entwendet, vergiftet und wieder ins Regal gestellt hat. Mit dem, was wir bis jetzt haben, schmettert jeder mittelmäßige Anwalt die Anklage ab. Vielleicht hat er sein Handy dabeigehabt. Über die Ortungsdaten könnten wir dann den Aufenthalt beim Schnabel beweisen. Doch auch dieser Beweis ist unsicher. Wir müssen Zeugen finden, die ihn auf dem Hof von Schnabel gesehen haben und eine Zeit und Datumsangabe machen können. Damit bekommt die Handyortung Beweiskraft. Herr Germer, es gibt viel zu tun." Volkmann erhebt sich, doch dann fällt ihm noch etwas ein: „Haben Sie das erpresste Geld schon gefunden? Hatte er es in seinem Unterschlupf?"

Germer schüttelt den Kopf. „Bis jetzt ist es noch nicht wieder aufgetaucht."

„Ich fürchte, bei diesen Ermittlungen werden wir sehr lange brauchen, bis wir alles zusammengetragen haben, was für die Anklage nötig ist."

Germer nickt.

Caro lässt Wasser in einen Topf laufen und gibt Salz dazu. Sie stellt den Topf auf den Herd und nimmt eine Packung Nudeln aus dem Schrank. Dann sagt sie: „Alex, wie soll das jetzt hier weitergehen?"
„Germer hat mir Urlaub nahegelegt. Ich werde nehmen, so viel wie möglich. Dann setzen wir uns ins Auto und fahren zum Nordkap. Dort wollte ich schon lange hin. Wir fahren die Norwegische Küste hoch und auf der schwedischen Seite zurück. Wir haben Zeit für einander und wir können

in Ruhe über alles reden. Wir machen neue Pläne für die Zukunft und finden uns wieder. Was hältst du davon?"

Die Küchentür fliegt auf. Laura schreit: „Gar nichts. Das ist das Blödeste, was es gibt und das kann sich nur ein Bulle ausdenken. Wochenlang soll ich auf der Rückbank sitzen und gegens Kotzen ankämpfen, damit du reichlich Gelegenheit hast, uns eine Gehirnwäsche zu verpassen. Ohne mich!"

„Laura", sagt Alex, „du bist noch nicht volljährig und du wirst dich anpassen müssen."

„Ich kann hier nicht mehr leben. Ich wandere aus!" Laura will die Küche verlassen, doch Alex hält sie am Arm fest. „Jetzt hörst du mir zu, ob es dir gefällt, oder nicht. Zu allererst sind Kinder ihren Eltern Respekt und Gehorsam schuldig. Auch du. Als nächstes solltest du dir mal überlegen, was ich jeden Tag für Mädchen wie dich tue. In den meisten Ländern der Erde werden auch heute noch die Töchter als diplomatisches Kapital ihrer Väter betrachtet. Man verheiratet sie, wie es gerade nützlich ist, ohne auf ihre Wünsche Rücksicht zu nehmen. Das ist hier – Gott sei Dank – nicht der Fall. Du sollst dein Glück finden, wie du es magst. Doch wenn ich sehe, dass du in dein Unglück rennst, dann mische ich mich ein. Glaub mir, ein freundliches Gesicht und süßliche Wörter machen noch lange keinen guten Menschen. Da gibt es Abgründe zwischen Männern und Mädchen, von denen ich dir nicht einmal erzählen will. Mädchen werden wie Ware verkauft und ausgebeutet. Wenn sie nicht mehr nützlich sind, umgebracht und auf den Müll geworfen. Meine Verantwortung ist es, die Menschen vor solchen Teufeln zu schützen. Auch dich. Ich setze mein Leben dafür ein, wenn es sein muss. Es steht dir nicht zu, mit deinem Stolz und deiner Naivität die ganze Familie in Gefahr zu bringen. Wenn du einen Freund hast, der halbwegs vernünftig ist, dann bringe ihn mit, stelle ihn vor und alles ist gut. Wenn der Verdacht besteht, dass er hier einbricht, dann werde ich dagegen vorgehen. Zum

Glück hat sich das jetzt aufgelöst und ich kann sagen, dass es keiner deiner Verehrer war." Alex nimmt ein Glas und lässt Wasser ein. Er trinkt einen Schluck und dann sagt er: „Ich erwarte keinen Dank. Ich erwarte, dass du dich so sozial verhältst, wie jeder andere. Deinen Hochmut dulde ich nicht. Wenn du nicht mit in den Urlaub fahren willst, meinetwegen. Doch dann sage mir das in angemessenem Ton. So, und jetzt lass uns allein!"

Laura trottet davon.

Caro sagt: „Wenn wir schon beim Thema sind, auch ich werde nicht mit dir zum Nordkap fahren. Wochenlang im Auto sitzen, will auch ich nicht. Diese Reise wirst du allein machen müssen. Das würde Laura und mir Gelegenheit geben, uns gedanklich neu zu sortieren. Wir können nicht so tun, als sei nichts geschehen. Schließlich hast du über unsere Köpfe hinweg eine Entscheidung getroffen, zu der du nicht berechtigt warst."

„Ich habe dir in allen Einzelheiten meine Gründe genannt. Ich habe eingesehen, dass es falsch war so zu entscheiden. Ich bitte dich noch einmal um Verzeihung. Ich tat es nicht in böser Absicht."

Caro schüttelt den Kopf: „Das mit der bösen Absicht wäre die Krönung!" Sie schaut ihn an und nichts an ihr lässt ahnen, dass sie ihm verzeihen könnte. „Nein, Alex. Hier stellen sich andere Fragen. Als erstes möchte ich wissen, woher dieser Einbrecher wusste, wann niemand im Haus ist?"

„Er hat eine Spionagesoftware zum Abhören von Geräuschen jeder Art in meinem Handy installiert. So hat er alles mitgehört. Jedes Gespräch, mein Schnarchen, die Toilettenspülung, Telefonate sowieso und auch, wenn ich das Garagentor betätigt habe. Er wusste immer, was ich tat und wo ich war."

„Wenn ich oder Laura hier unverhofft hineingeraten wären, dann hätte er uns umgebracht, um nicht entdeckt zu werden?"

Alex wackelt mit dem Kopf unschlüssig hin und her. „Möglicherweise. Wahrscheinlich. Ja."

„Ich glaube, das ist unser Ende. Ich möchte nicht mehr mit dir zusammen sein. Nicht, weil du in dieser Angelegenheit einen Alleingang gegen uns gestartet hast. Das war nur der krönende Abschluss. Ich kann und ich will so nicht mehr leben."

„Caro, das wird alles wieder gut. Ich tue alles, was du willst!"

„Genau das will ich nicht. Du lebst dein Leben. Ich lebe mein Leben. Da gibt es schon lange keine Berührungspunkte mehr. Von Verzahnung und Gemeinsamkeit wollen wir gar nicht erst reden. Du bist ständig hinter irgendwelchen Verbrechern her. Das Adrenalin muss dir schon zu den Ohren herauskommen. Du lebst wie im Rausch. Hier zu Hause trittst du auf, als ob wir alle deine Untergebenen sind. Laura würde alles tun, um diesem Druck zu entkommen. Du gehörst hier schon lange nicht mehr dazu. Du stehst soweit über uns, dass man von Familie gar nicht mehr reden kann. Wenn du mal schauen würdest, wie zum Beispiel unsere Nachbarn leben, dann hättest du einen Vergleich. Jeder der Männer trägt etwas bei. Der eine kümmert sich um den Garten, der andere kann reparieren, was kaputt ist. Der andere kocht und der im ersten Haus kümmert sich um seine Frau, seit die im Rollstuhl sitzt. Vorhin hast du Laura ermahnt, sich sozial zu verhalten. Das gebe ich jetzt mal an dich zurück. Nennst du das sozial, was du hier mit uns lebst? Meine Interessen interessieren dich nicht. Wenn ich dir von meinen Lehrgängen erzähle, dann machst du abfällige Bemerkungen. Meine Klienten nennst du Spinner. Ich fasse das mal zusammen: Du hast keinen Respekt vor mir und auch kein Interesse. Du drehst dich nur um dich selbst."

„Caro, das ist nicht wahr!" Er schüttelt mit dem Kopf und sucht nach Wörtern. „Ich drehe fast durch, wenn du nicht hier bist. Versteh' doch. Mein Job ist nicht wie jeder andere. Es ist wichtig, dass man die Regeln einer Gesellschaft auch durchsetzt. Schau dich doch mal um in Ländern, wo die Polizei diese Aufgabe nicht wahrnimmt. Chaos. Das will niemand."

„Nein, das will niemand. Doch jeder ist für sich selbst verantwortlich. Die Gedanken und die Handlungen eines jeden Menschen machen seine Schwingung aus. Wie sagt das Sprichwort: Womit man sich umgibt, das haftet einem an. Genau diese verbrecherischen Schwingungen haften dir an. Sicher sagst du gleich, dass du dagegen kämpfst. Ja, das tust du. Verbrecher und Polizisten, das sind zwei Seiten der gleichen Medaille. Du hast dich im Laufe der Zeit immer weiter in diese Energien hineinziehen lassen, ohne Ausgleich. Jetzt laufen dir diese Energien nach, bis ins eigene Haus. Dir fehlt der nötige Abstand. Du hast außer dieser Verbrecherjagd kein anderes Leben mehr."

„Du bist mein Leben." Er sagt es leise, beinahe kleinlaut.

„Ja, du klammerst dich an mich, um genau diese fehlende positive Schwingung auszugleichen. Das kann ich nicht mehr. Du verlangst zu viel. Unser Leben liegt in Schieflage."

„Caro…"

„Vielleicht haben wir – jeder für sich – noch die Chance auf ein gutes Leben."

„Lass uns zusammen Urlaub machen und dann über diese neue Chance entscheiden, bitte."

„Ich habe für mich und Laura schon etwas gebucht. Ein Pensionszimmer in den Alpen. Es war so unglaublich schön dort. Laufen, genießen und an nichts denken."

Laura reißt die Tür auf. „Das hört sich noch schlimmer an, als im Auto zum Nordkap. Berge hoch und Berge runter latschen? Ohne mich." Sie knallt die Tür zu.

Alex ergreift seine Chance: „Lass uns zusammenfahren. Ich latsche mit dir jeden Berg hoch und auch wieder runter. Ich will alles wissen, was du auf dem Lehrgang erfahren hast. Wenn du willst, dann setze ich mich neben dich, wenn du meditierst, dann sitze ich still und versuche es selbst." Alexanders Augen sehen aus, wie die eines hungrigen Hundes. „Am Montag beantrage ich meinen Urlaub und dann können wir sofort fahren."

„Und was wird aus Laura? Sie bleibt auf keinen Fall allein in diesem Haus."

„Wir finden eine Lösung, versprochen."

Caro schaut eine Weile in die Ferne, dann sagt sie: „Alex, das mag im Augenblick alles ganz gut und schön sein, aber ich kann so nicht mehr. Auch wenn du dich jetzt in jeder Weise meinen Wünschen anpasst, es ändert sich dadurch nichts. Es geht um den Unterschied von Verhalten und Haltung. Verhalten kann man lernen, aber die Haltung macht den Menschen aus. Deine Haltung braucht eine Korrektur. Du solltest an dieser Stelle einen Fachmann konsultieren. Eine Therapie ist unumgänglich. Du bist nicht der göttliche Retter, dem sich alle unterzuordnen haben. Du bist ein Mensch unter Menschen. Die einen muss man wegsperren, weil sie sich zu weit von der Gesellschaft entfernt haben. Du bist auf der anderen Seite zu weit an den Rand gerutscht. Auch wenn du dich für den Guten hältst, ist dein Gutsein so weit weg von der Mitte, dass es schon wieder schädlich ist. Alex, du brauchst Hilfe."

Alex reißt die Augen auf. Er schüttelt mit dem Kopf. „Wir brauchen Abstand vom Alltag." Er steht auf und will Caro in die Arme nehmen. Sie wehrt ihn ab.

„Caro, ich kann nicht zu dem Psychologen gehen und sagen, dass ich verrückt geworden bin. Das geht einfach nicht."

„Doch. Das ist nicht verrückt. Das ist vernünftig. Such dir einen Therapeuten außerhalb der Polizei."

„Caro, du weißt so viel von der menschlichen Seele. Könntest du nicht…"

„Nein. Das kann ich nicht."

Am Montag kommt Alex in sein Dienstzimmer, als hätte er Sprungfedern unter seinen Schuhen. Heute wird er seinen Urlaubsantrag bei Germer abgeben. Caro nimmt ihn mit, wenn sie in die Berge fährt. Zwar sind noch nicht alle Steine aus dem Weg geräumt, aber es gibt Hoffnung. Er hat sämtliche Schlösser im Haus ausgetauscht und je eine Überwachungskamera mit Aufzeichnung vorn und hinten am Haus angebaut. Laura wird während des Urlaubs bei seinen Eltern bleiben. Sie scheint sich sogar auf Oma und Opa zu freuen. Alex ist seit Wochen zum ersten Mal wieder hoffnungsvoll.

Julia sitzt an ihrem alten Arbeitsplatz ihm gegenüber. Sie schaut kurz auf, lächelt Alex an und sagt: „Guten Morgen, Alex." Dann wandert ihr Blick wieder zu dem Berg Unterlagen, den sie jetzt für den Staatsanwalt aufarbeiten muss. „Ich schätze, das werden tausend Seiten, die ich hier schreiben muss." Sie fährt sich mit den Fingern durch die Haare und sieht wie ein Igel aus.

Ihr Handy klingelt. Der Kollege aus dem Bereich Verwahrzellen teilt mit, dass Janina Schnabel eine Aussage mache möchte.

„Bringen Sie die Frau in den Vernehmungsraum", sagt Julia.

Alex hängt seine Jacke über die Stuhllehne und verschwindet wieder. Eine halbe Stunde später kommt er zurück. Er hat einen unterschriebenen Urlaubsschein ab morgen und den Auftrag, die Auswertung der Bevölkerungsreaktionen auf die Suche nach Schiffer abschließend zusammenzufassen.

Germer und Julia sitzen Janina gegenüber. Sie wirkt gefasst. Man sieht ihr an, dass sie nach einer Nacht in der Zelle ihre Zukunft offenbar aus einem anderen Blickwinkel betrachtet.

Germer beginnt: „Guten Morgen, Frau Schnabel. Sie möchten eine Aussage machen?"

„Ja. Ich glaube, dass Nick mir gegenüber nicht ehrlich war. Ich hatte immer großes Vertrauen zu ihm, aber er hat möglicherweise ein doppeltes Spiel gespielt. Nach diesem Gespräch hier wird er wohl nicht mehr mein Freund sein."

„Sind Sie sicher, dass er es jemals war?"

Sie nickt. „Darüber war ich mir bis vor ein paar Tagen ganz sicher. Aber dann sind Dinge geschehen, die ich nie für möglich gehalten hätte."

„Bitte, Frau Schnabel, der Reihe nach."

„Kennengelernt habe ich ihn vor einigen Jahren. Er hat damals gerichtlich angeordnete Sozialstunden auf dem Hof meines Vaters ableisten müssen. Wir hatten in dieser Zeit mehrere Jugendliche da. Sie sollten bei uns Besserung erlangen. Anfangs waren die beflissen, um die angedrohten Strafen erlassen zu bekommen, dann wurden sie faul und wenn sie ermahnt wurden, begannen sie Schaden zu machen. Einer hat einmal einer Kuh ein brennendes Büschel Stroh an den Schwanz gebunden, dann wurden Maschinen sabotiert und gearbeitet wurde nur, wenn eine Aufsichtsperson dabeistand. Es war mehr Aufwand die Schäden in Ordnung zu bringen und den Jugendlichen auf die Finger zu schauen, als dass sie nützlich gewesen wären. Außer Nick. Der kam pünktlich, machte, was er sollte und die Arbeit war von guter Qualität. Er war fürsorglich mit den Tieren und nett zu den Menschen. Besonders aufmerksam war er mit Oma. Wir waren begeistert. Nach den Mahlzeiten fragte er, ob er abwaschen soll. Solche Sachen eben. Nach ein paar Tagen legte er mir zum Frühstück jeden Tag ein kleines Geschenk auf meinen Platz. Mal war es ein Gänseblümchen, mal ein Bonbon und manchmal malte er einen Smiley auf die Schale meines Frühstückseis. Er holte mich von der Schule ab und begleitete mich auf dem Heimweg. Ich war total verliebt in ihn. Oma und mein Vater waren entsetzt. ‚Der führt etwas Böses im Schilde, lass die Finger von ihm, wer in so jungen Jahren schon so viel auf dem Kerbholz hat, der ist im Kern ein schlechter Mensch, der spielt nur mit dir...' so ging es jeden Tag. Ich war sauer. Schließlich war ich mir sicher, dass die beiden mir mein Glück nicht gönnten. Ich musste jede Minute arbeiten, bekam keinen Pfennig und es bestand keine Aussicht auf Veränderung. Als ich mit der Schule fertig war, bin ich in eine WG gezogen. Mein Studium hätte ich auch von zu Hause machen können, aber ich wollte nur weg. Nick musste zu diesem Zeitpunkt das erste Mal in den Knast einrücken. Sicher hat mein Vater seinen Anteil dazu beigetragen mit seiner Beurteilung über die Ableistung der Sozialstunden. Nick hat mir tolle Briefe geschrieben. Ich habe sie alle noch. Wir wollten uns eine Zukunft aufbauen, weit weg von Deutschland. Wir wollten in Kuba neu anfangen. Eine Landwirtschaft, ein Haus und viele Kinder, das ganze Jahr schönes Wetter und Musik. Irgendwann kam dann die Frage auf, womit bezahlen wir das. Da fiel mir ein, dass mein Vater zwar immer von seinen Schulden spricht, aber außerdem noch ein hübsches Polster hat. Das wollten wir uns holen. Das war der Plan."

Sie macht eine Pause und Germer fragt: „Haben Sie ihm eine Summe genannt?"

„Ich weiß es nicht mehr genau, aber ich glaube schon."

„Welche Summe hat ihr Vater?"

„Eine halbe Million. Damals jedenfalls. Das wollten wir uns schnappen und ab, über alle Berge damit." Mit der flachen Hand deutet sie an, wie ein Flugzeug startet.

„Wie sollte das genau ablaufen?"

„Wir hatten vor langer Zeit von einem Kumpel ein Handy gekauft. Das wollte Nick meinem Vater schicken. Wenn er es hat, wäre ich untergetaucht. Dann hätte Nick ihm gesagt, dass ich entführt worden sei und nur gegen Lösegeld wieder freikomme. Außerdem sollte er keine Polizei einschalten, sonst würde er mich töten"

„Sie waren damit einverstanden, dass Ihr Vater in den Glauben versetzt wird, dass Sie körperlich in Gefahr sind?"

„Ja. Sonst hätte er das Geld niemals von der Bank geholt."

„Haben Sie daran gedacht, wie es Ihrer Großmutter dabei ergangen ist?"

„Nein. Das habe ich nicht. Oma tut mir leid. Ich hätte dann, wenn Gras über die Sache gewachsen ist, Oma gefragt, ob sie zu uns kommen will."

Germer schaut sie an.

„Ich bin dann in seinen Unterschlupf gegangen. Das ist eine Bretterbude in Hellerau. Dort hauste wohl mal ein Knastkumpel. Der soll dort ein Drogenlabor betrieben haben. Ich weiß nichts Genaues. Ich wäre ja nur ein paar Tage dortgeblieben."

„Wie sollte die Geldübergabe vonstattengehen?"

Janina lächelt: „Nick wollte mit dem Handy bei meinem Vater anrufen und ihm sagen, dass er das Geld jetzt rauslegen soll, aber es nicht holen. Nick sagte, dass die Bull... die Polizei das nach ein paar Tagen personalmäßig nicht mehr durchhält und die Leute im Nachbardorf abziehen würde. Dann würde er es tatsächlich holen. Das könne noch einige Tage bis Wochen dauern. Man müsse halt warten." Sie grinst.

„Aber er hat das Geld dann doch geholt. Wo ist das Geld?"

„Nein, er hat nur angerufen und gesagt, dass er es holen kommt. Er war die ganze Nacht bei mir."

„Hat er Ihnen das aufgetragen zu sagen?"

„Nein. Er hat mit mir in dem Schuppen gelegen. Wir haben ein paar Konserven aufgemacht einen süßen Wein getrunken und sind dann ins Bett gegangen."

„Sind Sie sicher, dass er nicht doch noch das Quartier verlassen hat?"

„Ganz sicher. Er hat geschnarcht, dass die Wände gewackelt haben."

„Was hat er für eine Waffe?"

„Eine Waffe? Ich habe keine gesehen. Davon weiß ich nichts."

„Angenommen, das mit der Geldübergabe hätte geklappt und sie hätten das Geld bekommen, wie wäre es dann weitergegangen?"

„Der Plan war, dass wir uns dann in diesem Schuppen verstecken, bis niemand mehr nach uns sucht. Dann wären wir abgehauen."

„Wie, abgehauen?"

„Ich habe 2 Flugtickets nach Kuba gebucht. Von dort aus hätten wir uns bei Oma gemeldet."

„Frau Schnabel, das Geld ist abgeholt worden. Die Übergabe hat bereits stattgefunden. Wo ist das Geld?"

„Nicht von uns. Wir haben das Geld nicht. Das versichere ich Ihnen. Wir waren die ganze letzte Woche in dem Schuppen und haben Videos geguckt."

„Wie haben Sie sich dort versorgt?"

„Nick hatte Berge von Vorräten dort. Er sagte, dass alles einem Kumpel gehört und er sich bedienen darf. Ich weiß nicht, was das für Sachen waren."

„Gab es Absprachen zwischen Ihnen und Herrn Schiffer, wie es weitergeht, wenn die Sache nicht funktioniert?"

„Nein. Er war ganz sicher, dass es funktioniert und dass wir Deutschland verlassen, ohne dass uns jemand aufhalten kann. Er hat mir nur einmal gesagt: Sprich nie mit den Bullen! Die wollen etwas von dir. Die müssen dir beweisen, dass du etwas getan hast. Wenn du mit denen redest, dann lieferst du ihnen, was sie noch nicht wissen."

„Sie haben mit mir gesprochen, Frau Schnabel. Warum?"

„Ich bin nicht kriminell. Ich habe das alles nur mitgemacht, weil ich wütend auf meinen Vater war. Dem wollte ich schaden. Meine Oma habe ich letztlich damit getroffen. Es tut mir leid. Ich war total blöd, mich auf so etwas einzulassen. Ich werde es nie wieder tun."

„Die Einsicht kommt vielleicht ein bisschen spät."

„Muss ich ins Gefängnis?"

„Das wird der Richter entscheiden. Aber er wird berücksichtigen, dass Sie letztlich kooperiert haben. Das wird er Ihnen zugutehalten, hoffentlich."

Alex ist erleichtert. Er hat mehrere Stapel Notizen vor sich. Dass diese Arbeit völlig unsinnig ist, weil die Suche nach Nick Schiffer erfolgreich beendet wurde, interessiert ihn nicht. Er macht noch schnell, was aufgetragen wurde und dann wird er mit Caro in die Berge fahren.

Julia fragt ihn, ob er mit zum Mittagessen geht. „Schon so spät...", sagt er und begleitet sie. Es gibt gefüllte Paprikaschoten mit Risotto und als Dessert Vanillepudding mit Himbeersoße.

Auf den Kantinentischen stehen Aufsteller mit Informationen an die Belegschaft.

> Liebe Kollegen und Kolleginnen,
> zum Jahresende wird die Verpachtung unserer Kantine neu ausgeschrieben. Der bisherige Pachtvertrag endet aus Altersgründen. Wir suchen ab 1. Januar des neuen Jahres einen Pächter für unsere Kantine. Er sollte außer der Ausbildung zum Küchenleiter einen Abschluss als Ernährungsberater haben. Das Angebot seiner Speisen sollte nach ernährungsphysiologischen Gesichtspunkten gestaltet sein. Der Schwerpunkt liegt auf vegetarischer und veganer Ernährung. Nähere Auskünfte und Bewerbungen....
> Emailadresse:

Das wird die absolute Härte, denkt Alex und schiebt das Schild beiseite. An den anderen Tischen diskutieren die Kollegen heftig. Einer wischt das Schild mit dem Ärmel vom Tisch.

In einer anderen Ecke der Kantine sitzen Volkmann, Pit Wilhelms und Germer und diskutieren. Germer schickt Julia eine Nachricht auf ihr Handy: Nach der Mittagspause Beratung bei mir.

In Germers Zimmer sitzen Volkmann, Wilhelms und Julia vor Germers Computer und schauen sich die Aufzeichnung von Janina Schnabels Aussage an.

Germer fragt: „Was halten Sie davon? Wenn ich dieser Aussage Glauben schenke, dann hat Schiffer das Geld nicht abgeholt."

Volkmann nickt: „Ganz ehrlich, das hört sich für mich stimmig an. Der hat bisher mit den Ermittlern Katz und Maus gespielt. Der behält die Nerven. Der wartet einfach, bis wir personalmäßig nicht mehr können, spaziert dahin, holt das Geld und dann: Ab durch die Mitte, vom Übergabeort direkt nach Kuba."

Julia stimmt zu: „Das würde passen. Aber wo ist das Geld?"

Wilhelms steht auf und brummt im Gehen: „Ich habe da eine Idee! Ich melde mich in einer Stunde."

Germer lässt sich Nick Schiffer in den Vernehmungsraum bringen. Er fragt: „Wo ist das Geld?"

Schiffers Antwort: „Sie haben mir zu beweisen, was ich getan habe. Wenn kein Geld da ist, werden Sie sich wohl insgesamt geirrt haben."

Germer hat bisher noch kein Wort über den toten Schrebergärtner verloren. Das wird noch einmal Steine klopfen, mit diesem Berufsverbrecher, denkt er. Doch jetzt will er nur über die halbe Million Lösegeld Auskunft.

Schiffer steht auf: „Wars das?"

„Herr Schiffer, Sie sollten überlegen, ob Sie nicht vielleicht doch kooperieren. Vielleicht springt dabei die Aufhebung der Reststrafe für Sie heraus. Manchmal sind Richter entgegenkommend."

„Richter sind immer entgegenkommend. Die Gefängnisse sind voll. Was sollen sie machen? Herr Germer, Sie wissen doch selbst, dass die vielen

Bewährungsstrafen nur aus diesem Grund verhängt werden. Wenn Sie sonst nichts weiter haben, würde ich mich verabschieden." Er wendet sich zur Tür und Germer lässt ihn in seine Zelle bringen.

Germer ist es gelungen Alex aus der Geschichte herauszuhalten. Es wird keine Untersuchung geben und er wird auch in den Ermittlungsakten nicht benannt. Er ist weit über seine Befugnisse gegangen. Er hätte beim allerersten Verdacht eine Meldung machen müssen. Er fühlt sich erleichtert. Das hätte böse enden können. Alex hätte bei der Sache ums Leben kommen können und er, Germer, wäre zur Verantwortung gezogen worden. Jetzt wird alles gut. Pit wird den Mund halten und Volkmann hat auch nichts gesagt. Germers Welt entspannt sich.

Pit Wilhelms ruft an.

„Ich brauche jetzt sofort ein oder zwei Leute auf dem Biohof. Ich habe beim Zoll einen Spürhund aufgetrieben, der auf den Geruch von Geld trainiert ist. Der Hundeführer und das Tier sind schon auf dem Weg zu Schnabel."

Aufgelegt.

Germer und Julia fahren selbst zum Biohof.

Eine junge Frau in der Zolluniform holt aus ihrem Auto einen kleinen Münsterländer Hund. Er geht ihr bis zum Knie und niemand würde denken, dass dieser kleine Kerl einen großen Job macht.

Sie sagt: „Ich brauche eine Geruchsprobe von dem, was wir suchen. Geld riecht nicht immer gleich."

„Die Tasche", sagt Julia. „Schnabel hatte eine Umhängetasche, als er auf der Bank war."

Schnabel schaut verwirrt. „Was wollen Sie mit der Tasche? Ich weiß gar nicht, wo ich die hingetan habe."

Germer lächelt: „Suchen Sie in Ruhe. Sie kann nicht weg sein."

„Ich habe sie weggeworfen. Ich hätte sie nie wieder benutzt."

Germer öffnet die Mülltonne. „Hier ist sie nicht. Herr Schnabel, suchen Sie in Ruhe."

Schließlich kommt Schnabel doch mit der Tasche. Die Hundeführerin lässt den Hund schnuppern und der wendet sich sofort der Türschwelle zu. Gezielt läuft der Hund an allen anwesenden Personen vorbei, hinein ins Haus. Er bleibt vor der Kellertür stehen. Die Hundeführerin öffnet die Kellertür. Der Hund läuft die Kellertreppe hinunter und geht, die Nase immer auf dem Boden, an einer langen Reihe von Kühltruhen vorbei. Vor der letzten bleibt er stehen, dann setzt er sich hin und schaut die Hundeführerin erwartungsvoll an.

„Gut gemacht! Braver Hund! Fein!" Sie klickt mit einem Knackfrosch. Das ist das Belohnungssignal für den Hund.

Pit Wilhelms zieht sich Gummihandschuhe an und öffnet die Truhe. Er nimmt gefrorene Fleischpakete heraus, bis er sich tief auf den Grund der Truhe bücken muss. Dann grinst er, bückt sich noch einmal hinein und hält eine lange Sportwaffe in der Hand. Er legt sie ab und nun grinst er noch mehr. „Was haben wir denn hier?" Er hält eine Folientüte in der Hand und darin befindet sich ein dickes Bündel Geld.

Germer sagt: „Herr Schnabel, können Sie uns dazu etwas sagen?"

„Ich weiß nicht, wie das dahin gekommen ist. Ich habe Ihnen doch schon gesagt, was hier los war. Vielleicht hat das jemand dort heimlich versteckt."

„Scheint mir auch so, dass es jemand heimlich versteckt hat."

„Ich wars nicht!"

Pit Wilhelms nimmt beides. „Das sehe ich mir im Labor an. Dann wissen wir mehr."

Dienstag

Schnabel sitzt im Vernehmungsraum, Germer und Volkmann ihm gegenüber. Die beiden haben den Untersuchungsbericht von Pit Wilhelms gelesen und wissen, dass die Waffe Fingerabdrücke von Stephan Schnabel trägt. Woher diese Waffe stammt, ist noch nicht bewiesen. Wahrscheinlich wurde sie 1996 bei einem Einbruch in einem Schützenverein in Meißen gestohlen. Damals wurden insgesamt 11 Waffen gestohlen, aber so ganz genau war das nicht zu ermitteln. Es konnten auch mehr sein. Die Buchhaltung war ein wenig mangelhaft. 3 von denen sind inzwischen wieder aufgetaucht. Die neuen Besitzer hatten sie über das Internet ohne Vorlage eines Berechtigungsscheines erworben. Der Verkäufer saß in Tschechien und konnte bisher noch nicht ausfindig gemacht werden. Bleibt abzuwarten, wie Schnabel an diese Waffe gekommen ist.

„Guten Morgen, Herr Schnabel", beginnt Germer. „Wir haben das Lösegeld gefunden. Was sagen Sie dazu." Germer grinst.

„Ja. Gott sei Dank! Ich weiß. Ich weiß aber nicht, wie es in meinen Keller gekommen ist."

„Eins nach dem anderen. Berichten Sie doch bitte noch einmal, wie der Ablauf der Geldübergabe war. Fangen Sie ganz von vorne an und versuchen Sie sich an jede Kleinigkeit zu erinnern."

Schnabel beginnt. Er berichtet von dem Moment an, als er das Geld von der Bank abgeholt hat. Er berichtet von dem Schuss durch sein Schlafzimmerfenster und davon, dass er das Geld auf die Türschwelle gelegt hat.

Germer fragt nach: „Der Schuss? Wie war der?"

„Es hat geknallt und im selben Moment rieselte mir Putz ins Gesicht."

„Hat sie der Schuss geweckt?"

„Ja. Ich habe geschlafen und der Schuss hat mich geweckt."

„Beneidenswert, wer in so einer Situation schlafen kann. Ich hätte unter diesen Umständen kein Auge zugekriegt."

„Ich kann immer schlafen. Ich arbeite von 5 bis 21 Uhr. Da ist man müde."

„Verstehe. Wohin ist Ihnen der Putz genau gerieselt? Zeigen Sie die Stelle."

„Vorn, direkt auf Nase und Mund und die geschlossenen Augen."

„Das heißt, sie haben auf dem Rücken gelegen. In dieser Position bekommt man schlechter Luft, als wenn man auf der Seite liegt. Haben Sie den Putz nicht eher auf das rechte oder linke Ohr bekommen?"

Schnabel überlegt. „So genau kann ich das nicht mehr sagen. Da waren ja auch die Glasscherben von der Fensterscheibe und der Knall. Es könnte auch ein Ohr gewesen sein."

Germer schaut Volkmann an. Dann sagt er: „Wir machen 10 Minuten Pause." Die beiden erheben sich und gehen. Germer ruft auf seinem Computer die Fotos von Pit Wilhelms Bericht auf. Das Geschoss ist in spitzem Winkel durch die Scheibe gedrungen. Es hat im Glas eine tellergroße Beschädigung mit strahlenförmigen Rissen hinterlassen, die jedoch stabil zusammengehalten haben. Im Zentrum dieser Beschädigung ist ein Loch von etwa 2 cm Durchmesser. Das nächste Foto zeigt die Decke des Schlafzimmers. Das Projektil steckt in der hölzernen Unterkonstruktion der Zimmerdecke und der Putz fehlt auf der Fläche eines halben Quadratmeters. Das nächste Foto zeigt das unbenutzte Bett darunter.

Auf Kopfkissen und Bettdecke liegen große Brocken des Deckenputzes. Volkmann und Germer schauen sich an und grinsen.

Zurück im Vernehmungsraum, fragt Germer: „Das letzte, was sie sagten, waren die Glasscherben. Erzählen Sie, was war mit den Glasscherben?"

„Überall war Glas..."

Nach zwei Stunden stand fest, dass Schnabel weder geschlafen hatte, noch dass jemand Fremdes auf dem Hof war. Er selbst hat den Schuss auf sein Schlafzimmerfenster abgegeben und das Geld wieder an sich genommen.

Er sagt: „Verstehen Sie mich. Ich habe mein Leben lang gearbeitet. Das war meine Altersvorsorge. Die konnte ich nicht einfach so preisgeben. Wer weiß, wie ich nach der Verhandlung dastehe. Ich bin ruiniert, von Frau und Tochter verlassen, habe die Verantwortung für meine Mutter und ich bin am Ende. Ich weiß nicht, ob ich noch einmal die Kraft haben werde, mir nach dem, was geschehen ist, eine Existenz aufzubauen. Verstehen Sie mich doch. Ich wollte die Ermittlungen nicht behindern oder täuschen."

„Das wird der Richter entscheiden." Volkmann unterbricht die Vernehmung und lässt Schnabel in eine Verwahrzelle bringen.

Germer und Volkmann müssen die neuen Fakten überdenken. Es ist Mittag und denken kann man auch während des Essens.

Buletten mit Erbsen, Salzkartoffeln und Gurkensalat.

Volkmann sagt mit vollem Mund: „Den Schnabel müssen wir anklagen wegen Vortäuschens einer Straftat. Für das Gift im Joghurt ist er nicht verantwortlich, aber dass er das Geld verschwinden lassen wollte, ist kein Scherz. Dafür muss er sich verantworten."

Germer nickt. Dann fragt er Volkmann: „Müssen wir die Ermittlung zum Tod von Bayer, dem Schrebergärtner, mit diesem Fall zusammenlegen?"

„Ja. Auch wenn der Schiffer bis zum Urteilsspruch kein Wort mehr sagt, werden wir ihm beweisen, dass er mindestens 2 Menschen vergiftet hat; er hat Rolf Unruh eine schwere Körperverletzung zugefügt; er hat den Biobauern erpresst und er hat sich nach einem Freigang nicht wieder in der JVA eingefunden."

Dass Schiffer sich Zugang zu Alexander Lists Haus verschafft hat, dort Diebstähle begangen und den schlafenden Polizisten betäubt hat, davon wird nie ein Wort in einem Bericht stehen.